湖南文学蓝皮书（2022）

主编◎王跃文　胡革平

湘潭大学出版社

《湖南文学蓝皮书(2022)》编委会

前　言

2021年，以习近平同志为核心的党中央团结带领全国各族人民锐意进取，奋发向上，战胜各种风险挑战，取得举世瞩目的成就。“两个一百年”奋斗目标历史交汇，开启了全面建设社会主义现代化国家新征程，全国人民正昂首阔步行进在实现中华民族伟大复兴的道路上。

一年来，湖南文学坚持党的领导，紧跟时代步伐。坚持以习近平新时代中国特色社会主义思想为指引，与党同心同德，与人民同向同行，围绕中心、服务大局，隆重庆祝中国共产党成立100周年，深入学习党的十九届六中全会精神，全面贯彻落实中国作家协会第十次全国代表大会和中国共产党湖南省第十二次代表大会精神，切实加强党对文学工作的领导，坚持以人民为中心的创作导向，心系“国之大者”，团结带领全省广大作家和文学工作者在奋进新时代、建设现代化新湖南的伟大实践中，自觉履行举旗帜、聚民心、育新人、兴文化、展形象的使命任务，服务和助力“三高四新”战略，致力于推动湖南文学高质量发展，为建设社会主义现代化新湖南贡献文学力量。

一年来，湖南文学牢记殷殷嘱托，书写时代华章。习近平总书记在湖南考察时深情指出，湖南是红色沃土、将帅之乡，“十步之内必有芳草”。湖南作家努力践行习近平总书记关于文艺工作的重要论述，将习近平总书记关于湖南的重要讲话和指示批示精神贯彻落实到创作中去，从党领导中国文学的百年历史中吸取砥砺奋进的磅礴力量，深入挖掘湖南丰富的红色资源，描绘一百年来共产党人抛头颅、洒热血，一往无前、舍生忘死的壮丽诗篇，创作了《共和国英雄》《半条被子》《铁血师长陈树湘》《红土地上的寻找》《逐梦海天》《白帆船》等一批传承红色基因的优秀作品，深情讲述中国共产党为什么能，社会主义为什么好的历史必然，激发奋斗精神，凝聚前行力量。

一年来，湖南文学聚焦重大事件，记录时代变迁。在重大历史时刻和重要时间节点，湖南文学始终在场，深刻反映三湘大地的沧桑巨变。聚焦中国共产党成立100周年，组织主题文学创作，确定《白帆船》《诗志：1921－2021》等14部重点文学作品；与湖南日报联合举办“父辈的旗帜——我身边的老共产党员的青春年华”征文活动，收到作品500余篇，择优刊发60余篇。聚焦生态文明思想在三湘大地的生动实践，组织开展“青山碧水新湖南”文学创作活动，邀请省内外100多名作家深入岳阳、郴州等生态文明建设的美好现场，创作了一批和时代气质相匹配、和山水灵蕴相媲美，属于湖南、面向全国、走向世界的精品力作，展现湖湘大地的山水田园之美，评选出《大湖消息》《清水塘叙事》《也是你的完美生活》《话说洞庭湖》等30部（篇）优秀作品。聚焦湖南先进制造业前进的铿锵足音，锚定“三高四新”的宏伟目标，组织作家深入火热的工厂车间，创作了《中国北斗》等一批展示先进制造业和国家科技发展的长篇作品，一幕幕波澜壮阔的壮美画面，凝聚起科技强国的强大力量。

一年来，湖南文学致力打造精品力作，攀登时代高峰。修订完善《湖南省作家协会重点作品扶持工作条例》，加大支持基层作家力度，对重点作品进行全程跟踪，及时为作家解决创作中的困难和问题。把作品的质量放在第一位置，召开重点作品改稿会和重点作品研讨会，全年克服疫情的影响，组织了《一生的长征》《湘路》《格局》《红土地上的寻找》《逐梦海天》等作品研讨会，组织了长篇历史小说《谭嗣同》等作品改稿会。鼓励作家冲击大刊名刊，修订《湖南省作协原创作品奖励办法》，对在全国重要文学期刊发表的原创性优秀文学作品进行奖励，共奖励121人及255篇作品。用评奖激励创作，开展第二届湖南省文学艺术奖·毛泽东文学奖及青年文学奖评选，《坪上村传》《毕兹卡族谱》《去洞庭》《长鼓王》《来神腔》《石头开花》《约等于虚构》《百手联弹》《回家地图》《阿莲》获毛泽东文学奖，李春龙、青蓖、秦羽墨、江冬、彭湖获青年文学奖，谭谈获终身成就奖。汤素兰《南村传奇》获得第十一届全国优秀儿童文学奖。

一年来，湖南文学注重人才培养，壮大新时代文学力量。发挥毛泽东文学院人才大本营的作用，用心用情用力培养青年作家。举办湖南省第二十期中青年作家研讨班和第十期新疆作家研讨班，培养中青年作家69人；举办第九期专题文学（生态文学）研修班，培训44人。推荐6名优秀作家参加鲁迅文学院学习。联合举办“彭燕郊诞辰百年纪念暨诗学研讨会”，拍摄制作未央、谭士珍、朱正、李昆纯、王以平等老作家的影像资料，举办湖南新时期文学名家展（未央、谭谈），用老作家的创作精神激励青年作家拥抱新时代、记录新时代，与时代共成长。贯彻落实中央宣传部等五部委意见，切实加强文娱领域综合治理，摒弃“庸俗”“低俗”“媚俗”，弘扬主旋律、倡导正能量，培养德艺双馨的优秀作家队伍。修订完善《湖南省作家协会会员发展工作具体办法》，不断吸收新鲜血液，优化作家队伍结构，推荐32名优秀作家加入中国作协，发展134名省作协会员。郑小驴获茅盾新人奖。彭湖被人民文学出版社列为2021年值得关注的年轻作家。

一年来，湖南文学深入基层，倾听时代足音。完善作家深入生活创作制度，在十八洞村和炎陵县建设“湖南文学创作示范基地”，安排青年作家到安化县龙塘乡沙田溪村定点深入生活，使作家在深入生活、扎根人民中吸取创作营养、磨炼创作意志、丰富创作经验。湖南省作协获评中国作家协会2021年“深入生活、扎根人民”主题实践先进集体，两名作家获先进个人。持续组织开展“文学照亮三湘”“文学名家讲堂”活动，水运宪、王跃文等名家登上讲坛，为农村社区群众普及文学知识，与机关事业单位开展读书分享等文学公益活动，更好地满足人民对美好生活的向往。为湘西州30多所中小学和100余位边远乡村文学青年免费赠送文学期刊，向农村社区捐赠文学书籍，将文学的种子洒向三湘四水，壮大读者队伍，厚植湖南文学土壤。

一年来，湖南文学坚持守正创新，加强新时代文学批评。落实中宣部等五部门联合印发的《关于加强新时代文艺评论工作的指导意见》精神，制定《湖南省作家协会关于加强新时代文学评论工作的方案》，着力解决文学评论工作体制机制不完善、评价标准不一致、专业人才短缺等一系列问题，推动湖南文学评论上台阶。与《中国文学研究》建立湖南文学评论长效合作机制，搭建研究和发表平台，推出“湖南文学和湖湘文化研究”专栏，专题研究湖南作家作品。优化整合高校资源，成立湖南少数民族文学研究中心，聚集研究力量，拓展研究空间，形成研究品牌。发布2020年湖南文学年度报告，出版《2021年度湖南文学蓝皮书》，系统总结湖南文学一年来的工作，及时强弱项、补短板，推动湖南文学高质量发展。

一年来，湖南文学阵地天清气朗，展现时代新风貌。毛泽东文学院发挥“毛泽东与文艺展”功能，建设湖南现当代作家作品展，完善湖南现当代文学馆图书典藏，传承伟人思想、培育文艺人才、研究湖南文学的功能进一步增强。《湖南文学》勇担发掘培养湖南文学青年的责任与使命，全年发表省内和湘籍200多位作家作品，占全年份额的61%；同时致力于推动刊物高质量发展，新开设“文章台”专栏，刊发李敬泽、叶兆言等全国著名作家的作品，36篇作品被《小说选刊》《小说月报》等全国知名文学刊物转载或收入选本；坚持服务中心，推出“庆祝中国共产党成立100周年专辑”，编辑“青山碧水新湖南”增刊，发表作品59篇。湖南作家网开设“热烈庆祝中国共产党成立100周年”“青山碧水新湖南”“湖南中青年作家系列访谈”等专栏，转载了700余条省内外文坛新闻，推出头条新闻100余条，推介40余位湘籍作家作品，推出湘籍作家新书50余本，转载和发表了400余位作家的文学作品，发布了120余条各文学学会相关信息。

一年来，湖南文学团结向上，呈现时代新风尚。35名代表肩负时代重托，参加中国作家协会第十次全国代表大会，现场聆听习近平总书记的谆谆教诲，将殷切期望内化为推动湖南文学奋力前行的力量。省作协始终围绕“做人的工作”这一主题，尊重作家，尊重文学创作规律，积极引导广大作家和文学工作者听党话、跟党走，书写生生不息的人民史诗，创作跟得上时代的文学作品。各团体会员紧紧围绕作协的中心工作，发挥职能优势，踔厉奋发、砥砺前行，不断繁荣文学创作、举办文学活动、壮大作家力量、塑造文学品牌，推动文学事业高质量发展，展现了昂扬向上的精神风貌，为湖南文学事业发展作出了重要贡献。目前，老作家笔耕不辍，佳作迭出；中年作家正处在创作旺盛期，蓄势待发；青年作家逐渐进入成熟期，未来可期，湖南文学队伍呈现出竞相迸发的可喜态势，湖南文学进入了一个新的繁荣发展期。

在新的一年里，全省广大作家和文学工作者要紧密团结在以习近平同志为核心的党中央周围，从百年党史中汲取奋进的力量，胸怀“两个大局”、心系“国之大者”，深耕湖南这片文化的沃土、生活的厚土、创新的热土，以“闯”的精神、“创”的劲头、“干”的作风，热忱描绘新时代新征程的恢弘气象，谱写新时代山乡巨变，攀登新时代文学高峰！

目　录

● 2021 年度文学创作概况 ●

● 2021年度期刊观察 ●

● 2021年度市州文学概况 ●

● 2021 年度省级文学学会（协会）文学概况 ●

● 2021 年度湖南文学作品汇总 ●

● 附录 ●

● 2021年度文学创作概况 ●

2021年度湖南长篇小说创作综述

2021年湖南长篇小说创作产量丰盛，据省作协与研究机构统计，总计有30余部，其中不乏思想性和艺术性俱佳之作，名家新作也是本年度一个亮点。作品大多结合历史语境与现实生活进行双重书写，从多维角度表达了人文主义的关怀和哲思，兼具史诗分量和现代美感。

首先是作家们对“庆祝中国共产党成立100周年”的集中献礼，具体表现为党史题材在新时代的转型书写。百年峥嵘岁月匆匆，那些遥远的革命故事在作家笔下重启记忆，卸下沉重的血泪尘垢，在岁月中不变色的红色精神回归大众视野。在新的时代背景下，红色文学已经开始转变创作思路，以微小的文化切口、生动的文学形式将历史嵌入到当下现代生活之中，涌现了刘道云的《大矿山》、徐秋良的《红土地上的寻找》等作品。它们充分体现着长篇小说的新史诗品格，赋予本年度湖南文学“历史感”与“时代感”相结合的丰润气质。除开偏重史诗性质的红色小说，本年度乡土小说也成果颇丰。自沈从文开辟“湘西世界”以来，湖南的农村小说就因其独特的风采从中国乡土文学中脱颖而出。湘水哺育的土地具有灵性与野性，与北方乡村的凛冽粗犷形成鲜明对比。土生土长的湖南作家们扎根故乡，充分调动个人经历、生命体悟与“在场”感受，以各自熟稔的视角挖掘湖湘大地上正在发生着的隐秘变革，形成了“新山乡巨变书写”。杨远新的《春柳湖》、龚鹏飞的《燕子花》、廖天锡的《瓦厂地》、魏枫的《金匠一号》等作品突破了地方文学叙事中的视野局限性，以开阔的笔调书写时代变迁中乡村生活的崭新面貌，为湖南乡土文学注入了新活力。还有一批作家跨越时间长河，在百年风云中捕捉时代气息，聚焦各类或小众或严肃的题材，为本年度长篇小说增添了浓厚的现实主义色彩。如肖仁福的《阳光之下》、舒中民的《网弈》、曾理的《绣坊街》揭开鲜为人知的行业经验，以人物的执着追求映射湖南人"霸得蛮"的群体品格。归结到底，它们都落脚于时代变化，关注各行各业的百姓生活，补充并完善着对现实社会的多方位描摹，以沉郁的眼光观照一代代湖南人的精神世界。

此外，女性作家在2021年度长篇小说领域显示出丰沛的原创力。以残雪为代表的女性作家致力于对人类的群体命运进行多维观察，用敏锐的笔触深入社会环境的各个角落。她们悉心感知着新时期湖湘人民的生活境况，产生了《水乡》《棘花》《明月几时有》等一批沉淀着时代记忆的作品。文学新人在新的时代获得崭新的生存经验，正是借助女性新经验的不断加入，湖南现当代女性写作的流脉得以延续传承，也展示了湖南女作家在当代文坛中的独特魅力。

本年度长篇小说在文体意识层面也实现了一定拓展，譬如徐秋良、龚鹏飞采取时空交叉的叙事结构进行时代对比书写，残雪、许艳文借助幽微的梦境叙事刻画人物内心活动，魏枫借助现代主义技巧进行乡村寓言写作……总之，以红色题材和"山乡巨变"书写为写作主线，现实主义关怀与现代主义精神探索结合，各种艺术经验得到融汇，老中青三代作家接力创新，组成了2021年度湖南长篇小说百花齐放的蓬勃局面。各个题材领域充分凸显出湖湘地域文化特色，共同推动我省长篇小说创作走向一个新发展阶段。

一、红色题材：献礼建党百年

从20世纪20年代"革命文学"的创作传播，到"十七年文学"的辉煌，再到90年代对"红色经典"的重新审视，"红色"小说经历百年沉淀，形成了一种较成熟的文学资源。此类作品中流贯着革命精神和英雄主义的思想风貌，反映出典型的史诗追求。进入新时期以来，红色小说在思想上延续着十七年文学“红色经典”的精神内核，在题材上则顺应大众文化语境进一步发展，承载着新一代作家的叙述欲望。成长于新中国的作家们没有直接的战争经历，因此侧重关注文化传承中的红色基因，对革命年代进行致敬式的再回忆。同时，以地理文化叙事为基础，衍生出带有地方性色彩的话语形式和情感表现，用全新的历史视野书写党史故事。“百年恰是风华正茂”，2021 年是中国共产党成立 100 周年，习近平总书记强调：“要教育引导全党大力发扬红色传统、传承红色基因，赓续共产党人精神血脉。”建党百年，不仅是中华民族政治史的重大事件，也是文艺创作的热门话题。作为中国共产党创建的重要策源地，近现代以来湖南的建党领袖群英荟萃，留下宝贵丰富的革命旧址和红色事迹，为文学创作提供了众多素材，也给文艺界催生了一大批中坚力量。

全省文艺工作者热情响应习近平总书记的号召，深入历史脉络，探寻百年艰难历程中的沧海变幻。在本年度长篇小说领域，红色题材开枝散叶到各个角落，不仅有英雄人物、革命浪潮还有红色创业史，叙事跨度上衔接百年风云，展现历史长河中广大共产党员的傲人风采。作家们以磅礴大气的文学作品庆祝建党一百周年，选取不同的历史片段、聚焦不同的职业，勾勒出一条明晰纯粹的红色血脉，为湖湘大地掀起了一阵“红色”小说热。因为题材带有政治性色彩，创作上更加具有挑战性。湖南作家依靠自身厚实的生活积累，充分的史料掌握，饱满的写作激情和扎实的叙事能力，努力在文学性与政治性之间找到一个平衡支点。通过本年度的红色小说，我们可以充分看到湖南作家关于党史题材写作的文学理念与美学追求。一方面透过冰冷的档案钻入历史地表，揭开了那些封存于骨血记忆中的滚烫的革命岁月；另一方面从史诗书写与微观叙事结合的角度，把当代作家们创作革命文学、书写红色历史的步伐，扎扎实实向前推进了一步。

瑶族作家陈茂智的《白帆船》聚焦民国乱世之中的一方小天地，以瑶湾村和莫柯寨村的利益纠纷为故事主线，重述老百姓在乱世中的悲惨生活，着力描绘时代先驱者的革命道路。小说借助精神意象“白帆船”传递先进理念与改革希望，用直抵心灵深处的悲剧叙事描绘多个不屈的高贵灵魂，以瑶湾村的血泪岁月观照整个中华民族艰难曲折的近代史。

第一，文本中充斥着高强度的悲剧意识。小说从瑶湾村因十亩河滩地与莫柯寨村打官司的事件开始，围绕为贫苦农民主持公道的老太公甘新亭的人际关系，展示了一系列连锁的悲剧情节。甘新亭在一周后被邻村人暗算而死；两个儿子被莫柯寨村的孟家针对暗害；学生骆黑马的“桃花源”惨遭洗劫。就连代表着地方权威的县府郑知事，都因为替瑶湾村主持公道被孟家人害死。小说开篇所营造的美好的人、事、物，随着故事发展被无情地一一毁灭。悲剧书写组成了小说不可或缺的重要部分，把美好事物撕裂，将民众们的苦难以一种无法回避的残酷方式血淋淋地呈现出来，使历史叙事更加富有张力与感染力。被欺压已久的人民，总是因为势单力薄、顾忌村庄的生存延续选择忍耐，以沉寂作为无声的嘶吼，使悲剧叙事走向爆发的边缘。革命者的“介入”因此顺理成章，打破了瑶湾村被压制的局面：李森乘坐白帆船偶然出现，正如白帆船的寓意那样给瑶湾村带来了生的希望。沉重气氛压抑下的黑暗背景，与革命者追寻理想的希望之光形成了鲜明对比，一明一暗，逆境中的不屈抗争因此更具破釜沉舟的美感。

第二，小说注重意象的营造与渲染，以“白帆船”和“黄马褂”为载体，形成一组新旧思想的艺术对照。白帆船出现在小说开头，“满叔公甘俊信在临终前，反反复复说起儿时见过的白帆船，以及第一次见到李森的情景。”在涨水的时候，“白帆船挨挨挤挤泊在河湾，已形成很庞大的阵势。”正是因为涨水，白帆船从外界航行而来，带来了革命者李森，引进了先进斗争思想。白帆船作为一个代表着改革希望的精神象征，起到了承前启后的作用，不仅给老一辈带来了先进的理念，也指引着有志青年纷纷觉醒，为祖国大地点燃了许多革命的火种。与白帆船相呼应的，是位于对立面的“黄马褂”。作为旧时代的产物，黄马褂是皇宫御赐之物，象征着旧势力与旧思想，也是财富与权力的代表。当“桃花源”被官兵围剿时，骆黑马的母亲拿出黄马褂阻挠，她知晓知事大人想要夺取手中的黄马褂，便说道：“知事大人，不是说民国了吗？你怎么还在惦记大清朝的黄马褂啊，是想着要把它挂在你家祖宗神坛上，冒充你家是保境安民的英雄吗?”虽然官员们嘴上说为民国政府服务、为老百姓办实事，但腐朽的专制思想依旧深深刻在骨子里。当“黄马褂”出现时，他们难以抵抗诱惑，试图争夺黄马褂来满足内心权欲。黄马褂在争夺中变成“一片稀烂”，也暗示着旧势力、旧思想必将走向瓦解与覆灭。

第三，作者以“正邪”交锋，多层次、立体地塑造人物形象。“山匪”骆黑马虽上山为“寇”，但在大儒甘新亭的思想熏陶下，用一言一行践行着老师的仁善理念。与传统小说中凶恶的匪寇形象不同，骆黑马始终坚守内心良知，当山寨缺少物资无法过冬时，他没有打家劫舍，而是向周边村民租借物资。小说在勾勒这个草莽英雄时设定了一个接受过良好教育的人物背景，以开拓其思想深度，并从侧面反映出乱世对人民的沉重压迫。作者借“山匪”骆黑马之口说出了许多仁人志士的心声：“邦有道，贫且贱焉，耻也；邦无道，富且贵焉，耻也。”骆黑马是个理想主义者，试图在现实世界中打造一片安稳的“桃花源”。当山寨被众军围困，他不愿自己的心血毁在眼前，最终为了保护“桃花源”免于战火而跳下山崖。除了反传统的山匪形象，还有一个位于敌对阵营却深明大义的人物孟贤平。虽然孟贤平来自莫柯寨村，孟家与甘家也有着血海深仇，但是孟贤平心里有一座公道的天平，始终站在他认为对的一方。当孟贤平无意中知晓亲兄弟的勾当后，“他攥紧拳头，真想把眼前这个恶魔一般的弟弟狠狠揍一顿。他‘唉唉唉’连叹几声，冲孟贤高说：‘孟贤高啊，你怎么下得了手啊!’”作者特意将这个人物安插在阴险的孟家人之中，以其超脱的胸怀反衬甘、孟两家的悲剧。他身处黑暗却心向光明，代表着普罗大众的良知，具有非凡的现实意义。《白帆船》揭开历史的面纱，突破世俗的迷雾，用沉郁的笔触书写着老一辈的苦难记忆，为当下社会获取源源不断的生机与活力。

徐秋良的《红土地上的寻找》采用双线交织的结构，讲述了两位主人公寻找红军将领黄公略将军墓地的故事。一个是曾为黄将军警卫员的牛均田，他想对黄将军倾吐思念之情，告慰其在天之灵；一个是曾参与挖掘黄将军祖坟的战俘江天健，他悔恨自己做出伤天害理之事，意图到墓前磕头谢罪、洗清罪孽。作为一部革命历史小说，作者放弃了总括性的宏大叙事，下沉到具体人物身上。小说对两位主人公的内心世界进行了深入挖掘，人物的记忆在现实场景中不断闪回，故事在此时空间与彼时空间之间穿梭交织。这种穿插叙述的方式将历史与现实连接起来，让个体作为历史的参与者，以微小而有限的视点去回顾宏大的历史进程，完成对革命前辈光辉事迹的追忆。

在《沉思录》中亚里士多德说："幸福是把灵魂安放在最合适的位置"。牛均田在解放后位至军区副司令，江天健逃脱了挖掘坟墓的罪责，但是他们从未得到过真正的幸福，对黄将军的追思与悔恨就是悬在他们头上的斯芬克斯之剑，只有找到黄将军的葬身之所才能使不安的灵魂安放到最合适的位置。小说正是围绕着这一条线索展开对两位主人公心灵的剖析，将个人的存在作为介入历史的落脚点。小说中对历史的追溯以二人的回忆展开，如"牛均田在小车里回忆当时的情景""江天健不禁想起如烟往事"，作者正是如此借助他们的眼睛带领读者重回历史现场。布斯曾指出创作者选择叙述的角度不同，"会轻易地引导我们带着截然不同的期待和担心进入这些历险"，这种叙述方式会让读者在阅读中受到叙述者主观的影响，尤其当对象是多重力量交互作用、纷乱庞杂的历史进程时，读者接受信息的视角就天然地存在局限性。但是《红土地上的寻找》也恰恰抓住了这种视点的优益之处，让这种有限的叙述对全篇主题起到了巧妙的服从作用。

小说的目的并不在于以无所不能的全知视角去复述党在艰难时刻的牺牲奋斗的历史事实，而是通过亲历者的记忆去挖掘历史中被掩盖的细枝末节。作者在创作前花费了一年多的时间前往黄公略将军故地收集一手资料，试图重塑教科书式的史料，将冰冷的文字转换为历史英雄人物身上鲜活而真实的生命力，呈现出一段有温度、有温情的党史，以此发掘在最艰难的时刻支撑中华民族前行的内在精神力量。在处理宏大历史时，小说更偏向于"展示"而非"讲述"，这也是通过故事人物的视角去回顾历史所形成的艺术效果。以回忆的方式切入，历史通过人物的描述以多幅画面铺陈开来，展示在读者眼前。历史不再是一个难以把握的虚化概念，而是被充分地具象化为一个个真实的人物生存过的"场景"。

黄公略奉命率领战士上山打游击以掩护主力部队撤退，既要在山林中忍受缺衣少食的现实困境，还要时刻注意躲避敌人的围追堵截。这一裹挟在历史潮流中的巨大危机被一步一步逐渐化解的过程，依靠的正是难为人知的警卫员的讲述，以及作家对一系列场景细节的把控与处理。在山谷中连日被敌人追打，黄将军凭借一群被惊吓的野鸟感知敌人动向，提前预警保住了大部分队伍；部队忍饥挨饿时，黄将军依然坚守不可搅扰百姓的原则；打探情报时，刘排长察觉干货老板“右手的食指和拇指捻着秤砣系绳来回移动不自然”而躲过了敌人的三面包抄。如果说重要的大事记是历史的主动脉，那么这些在党史的宏大叙事中常常被忽视的细微之处，恰恰成为了丰富历史内涵的毛细血管。有了这些细枝末节，历史才能够以饱满的“场景”的形式传达给读者。同时，在场景中活动的人物形象也借由主人公的回忆得到了强化，呈现出鲜活而自然的生命力。如国民党军官江天健在被俘虏时回忆起黄将军的话语：“不要把枪口对准自家人……保证大家户户有田种，人人有地耕……希望白军兄弟早点醒悟，弃暗投明。”通过“敌人”江天健的角度来叙述黄将军这一番煽动性极强的话语，既是对前文中黄将军善于掌控军心这一特点的强化，同时也摆脱了布斯所说的作者的“专断的讲述”，读者从只能“毫无疑问地认可”转为观赏人物用自己的语言来彰显特质，历史人物的内在生命力因此自然而然地显现出来。

刘道云的《大矿山》以长画卷的构造揭示历史本质，再现 20 世纪 20 年代至 40 年代锡矿山革命斗争，表现了新时期文人的史诗型追求。他深入雪峰山下的古老土地，埋头挖掘红色革命资源，以锡矿山成立湖南省第一工矿党支部为主线，将矿山革命的艰辛历程作为党史的时代缩影，着重描绘共产党员的精神风貌。刘道云充分尊重史料，扎根于真实的历史发生现场，在对历史现场的还原中塑造英雄人物，使得真实性与深刻性并举，成为《大矿山》区别于普通讲述党员党史长篇小说的独特性所在。小说笔调雄健，以“人”与“矿山”之间的相存、相依、相兴为叙事线索，刻画出前仆后继、无私奉献的矿山英雄形象，传达“和平年代也需要时代英雄”的振聋发聩之音。《大矿山》虽然采用白描的叙事手法，却营造出恢弘大气的文本氛围，这样的文学效果离不开重大历史与典型英雄的结合。作者秉持史诗型的书写姿态，把“历史性”作为本文叙述的最高原则，依靠矿山革命运动的红色史实，以塑造人性的文化力量照亮了中国共产党的光辉成长道路。湖南锡矿山素有“世界锑都”之的美称，集梅山文化、域外文化、红色文化等多元文化于一体，为其成为湖南省工人运动的先驱圣地打下雄厚地基。刘道云以这块红色热土为小说背景，在写作中致力于回到文学文本的历史语境。走谭家冲、进童家院、入肖家湾、访陶塘老街，感受昔日矿工生活的凄苦，在长龙界、坝塘山、十八茅湾等地，收集列强掠夺矿藏的证明，采访当地老人，记录红军英雄事迹。经过三年对锡矿山革命斗争史实孜孜不倦地挖掘，他才着笔书写这一厚重的红色历史题材。小说中，无论是伴随“呷面”等湖南方言词汇出现的矿山生活场景，还是地下党组织在锡矿山传播马克思主义的片段，抑或是肖怀玉等人组织工人纠察队“护矿迎解”的情节，都从自然地理、人文环境和革命斗争体现出作者深耕史实的不懈努力。锑工业发展、工人运动、红军长征等真实历史事件在锡矿山的土地上交织上演，红色文化资产在对史实的描摹中振动着红色基因。小说通过对矿山革命斗争矛盾的深度和广度的挖掘，再现了红色党史跳动的鲜活脉搏。革命斗争“正史”的书写，使重大史实得到艺术再现，为小说增添了真实性。而在革命斗争中不懈勃发的优秀共产党人，则以英雄典型的形象为小说文本增添了深刻性，呼唤当代共产党员不忘初心。小说以肖石月、邹建武等革命先驱为原型进行书写，雕琢出肖怀玉、邹海全等高大的人物形象，并通过矿山革命斗争生动体现共产党人不怕牺牲的革命意志。高尔基在写给契科夫的信中就提到，要积极塑造反映时代精神的无产阶级英雄典型：“真正需要英雄人物的时代到来了，大家希望有不是酷似生活，而是比生活更高、更美、更好的东西。”锡矿山作为湖南省第一工矿党支部的诞生地，是典型的红色环境，在此塑造反映矿山精神、时代风貌的代表人物具有必要性。小说中的英雄人物往往承担着多面的社会身份，以中国共产党成长路上的“新人”面貌出现。比如，肖怀玉不仅是带领老乡来矿山“谋生存”的异乡人，也是矿工会的掌门，更是湖南工矿第一党支部的革命先驱。多维身份塑造，生动辉映出共产党员肩上的责任使命。工会领袖邹海全在教工友写字时，卸下了领导者和“少爷”的身份，转变为一个细心教导、学识渊博的知识分子形象。他以大矿山能洗出云籽和洗籽的矿为例，向工人师傅说明甲骨文占卜的制作。值得注意的是，在描绘文字扫盲的情节时，作者只刻画了邹海全教矿山群众“斧头”“镰刀”二词的场景。斧头与镰刀不仅是党徽的组成部分，也是有代表性的红色意象，蕴含着中国共产党蓬勃向上的精神内核。作者有意识地将人物与党的血肉联系纳入日常叙事中，以生活片段自然体现出矿山英雄对党的忠诚和不屈的革命气概。《大矿山》不仅是刘道云写作生涯中的纪念碑式的作品，也为红色题材小说创作提供了一条别致的出路。他以小而典型的锡矿山为历史剖面，将重大史实与英雄人物相结合、融党性修养于生活流叙事，整部小说精细且颇具质感，经得起现实主义文学经典标准的考量。

如果说前三部作品侧重描写革命岁月，胡小平《格局》的党建叙述则推进到改革开放时期，以国有银行股改与国有企业改制为主要内容，生动地描绘了波澜壮阔的金融改革之路。小说将宏大的历史纵深叙述与日常生活的写实刻画结合起来，塑造了谷为怀、凌志云、王援朝等一批立体鲜明的人物形象。他们既是我们身边的普通人，有着家长里短的琐细日常；又是改革的参与者、组织者与见证者，在改革的洪流中逆流而上，承载着历史的使命与气息。小说题材重大，通过沧江支行冲破危局与机械厂起死回生的主辅两线，对筚路蓝缕的创业精神和顾全大局的党员精神进行了深沉歌颂。这两种精神具有鲜明的时代性，与当今社会的主流价值倡导完美契合，在作品中有着多维度书写呈现。一是以困境书写突出创业精神。作者善于制造“困境”，以跌宕起伏的情节体现改革之艰辛，突出人物之坚毅。最有代表性的事件便是“风波迭起”一章中的挤兑风暴。机械厂已经面临严重的内外交困，即便如此，以胡国庆为核心的领导班子仍未放弃一线希望，殚智竭虑、知难而进，从长盛公司请来技术员陈双有，为新产品提供技术支撑，又以诚意打动了博大公司，得到了预支货款，使新产品的生产得以持续进行，为后来市场规模的扩大与连年亏损局面的扭转奠定了坚实基础。“考验如火，正在淬炼真金”，形势的严峻与人物的坚毅之间形成了强烈的艺术张力。在艰难的考验面前该如何抉择，是畏首畏尾、止步不前，还是迎难而上、不屈不挠，抑或是自暴自弃、坐以待毙，都会最终导向完全不同的结局。胡国庆是现实生活中许多创业者的真实写照，传递着艰苦奋斗、知难而进的拼搏精神，用机械厂的曲折发展谱写出新时代宏伟的创业之歌。二是以矛盾冲突刻画大局意识。作品为了塑造主要人物的性格，在情节上多次制造矛盾，将党员干部置于党性格局与人之本性相冲突的情境中，重点刻画人物的大局意识，以一次次坚定的抉择突出他们开阔的胸襟。比如，谷为怀作为一名老党员，在接到支行可能被撤销的通知后拒绝了调去市分行，选择与支行共存亡；曾迎春在行长梦彻底破灭之后选择服从组织安排，不将个人情绪带入工作，继续保持热情；胡国庆在党员责任意识的感召下接过王援朝的授命，即使可能变成“末日皇帝”，也要在末日的限期里求生求存；余小丽与廖三元为了支行和机械厂的利益，放弃寻求爱情自由，将三十万原封不动地交回。作者通过一次次激烈的矛盾事件，强调了小说题目的深刻意义，生动描摹出一批以大局为重的优秀党员群像。大局与个人之间相辅相成，大局的好坏离不开个人在其中所做出的努力，同时，个人要想谋求更好的发展，也离不开大局框架。三是以现实书写反衬党性光辉。作者在刻画“党员”这一群体时，并没有将人物全部塑造为正面光辉的形象，而是运用现实主义的表现手法，保留了对复杂人性的多面书写。比如，王援朝为了虚荣心与私利选择留任厂长，结果由于优柔寡断使机械厂境况持续恶化；万春晖没有坚守初心与使命，反而在其位不谋其事，走入穷途末路才幡然悔悟。此二人是由于尚未摒弃人性恶的一面，显现出对党性的背离倾向，但实际上党性作为大局之性，其存在的意义并不是要泯灭人性，恰恰是保留了人性中光辉的一隅，使人的本质力量在大局之中得到升华。因此，小说对这两位“失德”党员的描写，从侧面表现出其余党员坚持党性原则的可贵与高尚。党性作为一个共产党员必须具备的优良品质，在事业危亡的关键时刻起到定海神针的作用，也是党攻坚克难、不断取得胜利的素养和品格。每个党员都需要拥有开阔的“格局”，坚守富有人文关怀和人情味儿的党性。《格局》中的创业史并不是僵硬的党性宣传与践行，而是溢出对个体情结的体察和对个体愿望的尊重，不时闪现人性之微光。

二、乡土小说：走向“新山乡巨变书写”

自鲁迅 1921 年发表《故乡》以来，乡土文学作为反映农民阶层真实生活的社会写照，牢牢占据着百年中国文学的主流，在当代长篇小说中是一个分量很重的阵营。“十七年”时期，乡土题材在小说创作中的数量居于首位，这既是对“五四”运动以来新文学的小说“传统”的延续，也与当时文学界对农村、农民问题的重视程度有关。北方（晋、陕、冀、豫等）作家与“解放区”文学存在延续关系，在乡土小说创作的艺术经验上呈现出先天优势；南方作家则更多地依托于自身与地域之间的亲密联系，对农村生活的观察角度更加隐蔽、深入。湖南作为典型的南方丘陵地貌，纵横三湘四水，糅杂着中原文化与楚蛮文化，对乡村文化的叙述天然浸润着一股野性生命力。回顾当代文学史，可以发现湖南的乡土小说具有丰厚地基。20 世纪 50 年代末，湖南作家周立波创造了一种“山乡巨变书写”，采取富有乡土气的益阳方言叙事，通过农村工作中的矛盾冲突塑造社会主义新人形象，将“规格化”主题放在日常生活与人情风俗之中展开，为当代农村题材写作提供了新范式和艺术经验。新时代湖南作家在书写对象和艺术资源上继承了《山乡巨变》，并根据时代语境不断做出调整，聚焦振兴之路上物质生活和思想文化的蜕变，以一种更开阔、接地气的视野观察乡村的自我调整，形成了“新山乡巨变书写”。首先，情节回避了尖锐的历史问题与矛盾冲突，在宏大背景框架之余留有间隙和余地，坚持从日常生活去写时代主题，从生活经验去写政治政策。其次，叙事内容主要选择小人物平凡而具有代表性的人生故事，细节富有人情味。最后，用全面辐射的眼光沉入乡村角落，从多个入口挖掘湖湘底蕴、描摹乡土记忆，不仅延续了周立波以方言写作的纯朴文风，同时力图在日常叙事中营造诗意氛围。作家们出身农村，对农家生活有直接经历，知悉乡亲们的深刻诉求，文本表现出强烈的现实介入意识，试图帮助人民发声，如为志愿千万渔民立传的《春柳湖》、以“在场”时代记忆更新乡村风貌的《燕子花》。还有些作品继承了“五四”文学的传统，创作立场和艺术倾向上具有启蒙性，既以沉浸体验书写对农民的人文关怀，又以俯瞰角度开展审视批判，如对乡村伦理进行深度内省的《瓦厂地》、凸显世界文学气质的《金匠一号》。几位作家扎根广袤的山林湖野，借助时空跳跃搭建多个叙事空间，不约而同地以内敛深沉的乡土情结赋予地方叙事文学新质，在文本创作中积累“新山乡巨变”的书写经验。通过不断回溯历史，既对乡村文化嬗变表达感慨、叹息和悲悼，又对当下乡村生活开展细致入微的扫视和记录，诚实地书写着湖湘大地的崭新风貌，将复杂情感融注于现实主义的描摹中。

《春柳湖》以第一人称和第三人称交替叙事搭建了两个叙事时空，借由“我”对忘年交黄春江（春柳湖渔村党总支书记）溺亡案件的侦察过程，引出西洞庭湖畔小小渔村百年巨变的故事。本书以春柳湖的发展岁月作为主线贯穿全篇，以汉寿县地下党活动作为副线巧妙衔接，以小见大地反映了中国淡水渔业发展变迁的史诗。作者杨远新一家人践行“以人民为中心”的文学理念，一反主流创作对扎根大地的农民的普遍关注，将文学视角投向自由洒脱的渔民，抱定“为八百里洞庭立传，替数千万渔民代言”的豪情壮志，走遍洞庭湖域、深入渔村生活，几十年来数易其稿，鲜活刻画了浑身带有鱼腥气、内心充满真情义的渔乡儿女群像。作品中主要人物的出场有小传铺陈，即使人物众多也能性格分明，彰显出渔民们可贵的“江湖侠气”。小说运用悲剧叙事、政治叙事、爱情叙事、传奇叙事等方式，为塑造当代文学人物形象提供了新锐角度。首先是以悲剧叙事凸显群体魅力。比如面对洪灾，挣扎在生死线的渔民们守望相助，“无论男女都一手紧抓着刚从水里搭救起来的小孩和老人”，有血有肉地展现了春柳湖渔民们同舟共济的担当情义。当渔船汇拢时，作者并没有安排一幅众人垂头丧气的画面，反而让劫后余生的渔民们嘻嘻哈哈互相打招呼，以幽默的话语化解死亡带来的冷峻氛围，展示出湖湘儿女超越生死的洒脱不羁。天真的孩童们在废墟上打闹玩耍，灾难之中展现的无忧无虑，更加强化了渔民生活的漂泊艰辛。悲惨的环境叙事与乐观的人物行为形成了极大反差，不仅表现出渔民们如同野草般坚韧不折的生命态度，也为后文春柳湖改造连家渔船、实现陆上定居的壮举埋下伏笔。其次是以政治叙事、爱情叙事树立敢爱敢恨的英雄儿女典型。黄春江是一名无私为民的党员干部，因反对刘局长提出的“水面开放”设想，在政治生涯中多次与刘国池等人交锋，始终坚定地维护广大渔民的利益。作者用酷爱泅水的“春汛期的鱼儿”、喜欢顶风飞翔的“鱼鹰”等极富渔乡特色的事物喻人，不仅写出了黄春江勇敢洒脱、不畏斗争的性格品质，还紧密结合了地方风情。一方面凸现出地理文化环境对人物产生的重大影响，悄然流露着对家乡的深情；另一方面牢牢抓住了小说背景，使读者收获了浸润着洞庭氛围的阅读体验。黄春江身上一往无前的“鱼鹰精神”，正是“江湖侠气”的真实反映。如果说黄春江是春柳湖好男儿的典范，那么梅秋华就是渔乡女子的典型。作为女人，她主动追求小九岁的黄春江，还大度善良地收养了情敌的女儿并视如己出，心中充盈着水一般的浪漫大胆和鲜活自由；作为妻子，她对丈夫建设新渔村的政治工作给予充分的理解和支持。小说在描写夫妻俩的日常生活细节时，笔调也具有朴素的烟火气，读来颇令人感动。“你写，我坐在旁边给你打扇，跟你赶蚊子。”简单朴实的话语，三两句就勾勒出一个识大体、明事理的女性形象，平淡的对话越发让读者感受到相互扶持的夫妻情义，体会这一方水域所诞生的侠骨柔情。最后是以传奇叙事刻画民间高手，以个体风采彰显地域特色。小说第二部书写了惊心动魄的“踩罾节”，并着重刻画了负责指挥“踩罾”（即用竹网筛选大鱼，让小鱼随水流回江河）的“掌作师傅”雷银河，通过人物对淡水鱼种和踩罾技艺的熟稔，成功塑造出一个民间高人形象。作者在叙述“踩罾节”的过程中，飞来一笔，穿插了一段雷银河捕鱼的场景，运用黑夜、悬崖、渔船、银鱼等意象，渲染出惊心动魄的氛围，使得整个画面具有万籁俱寂、天人合一的美感。“他用一根绳子把自己吊在悬崖上，双手提起渔船，侧靠在悬崖边上”，用流水反射渔船的白光吸引银鱼跳入船中。独特的捕鱼智慧不仅凸显出雷银河的过人之处，还表现了他胆大心细的利落作风。单桨独舟赴悬崖，被作者写出了类似单枪匹马闯江湖的豪气。极具民间特色的捕鱼手艺，加上奇瑰细腻的描写手法，赋予人物传奇性的色彩。面对“踩留节”当日的接连险情，雷银河更是充分发挥了领头人运筹帷幄的风范，化险为夷。事毕，他按祖传规矩送大鱼、设酒肉款待前来援助的农民，体现了江湖儿女的豪爽气质，展现了湘北渔民与农民的深厚情谊。雷银河作为一个集理想品质于一身的渔民代表，具有浓厚的浪漫主义色彩，诉说着作者对春柳湖渔民文化的热爱与怀恋。小说在语言艺术上颇具特色，与周立波的《山乡巨变》一脉相通，保留了地域色彩，巧妙运用方言叙事。不仅用汉寿话讲汉寿故事，恰当得体地表现出人物的身份和性格，还在文中广泛插入渔歌俗谚，亲切动人，营造浓郁的水乡风情。同时注重场景描写，节奏变化颇为巧妙。涉及渔民捕鱼作业的惊险画面时，作者往往放慢叙述节奏，精心描绘肢体动作的紧绷感，体现人物与山川江湖的博弈张力；镜头转向山色湖光时，语言节奏又舒展自如、娓娓道来，将现实叙事与浪漫抒情融为一体，在清丽笔调中展现洞庭美景。

相对叙事线较长的巨著《春柳湖》，《燕子花》只选取了两个阶段的农民生活，表面上是“游子回乡”的传统主题，实际上着眼于挖掘乡村如同燕子花一般“春风吹又生”的生命力。作者龚鹏飞作为土生土长的“乡里人”，借用主人公吕怀远的眼睛，以忧伤的目光凝视着许多乡村文明的逝去，这一点与多数乡土作家不谋而合；而小说的新意，就在于不忘结合时代感，每每写到新时代的农村风貌时，字里行间就洋溢着欢欣之情。作者着重描绘故乡的人、事、物的自然生命力，有意营造伤感与喜悦并存的叙事氛围，谱写了一曲乡村生活的双重奏。首先是用双线叙事结构打捞并更新乡村风貌。小说在章节布局上采取了两条时空线路，一是吕怀远于2018年回乡探亲二十来天的所见所闻，二是他写于20世纪80年代大学时期的18篇乡村札记。两线交织，通过回忆性叙事与现实书写的交织，不仅抒发了对昔日乡村物语的怀恋，还对新时代山乡巨变进行了讴歌。小说以儿童的视角和成人的视角，对白沙村的风土人情、乡亲们的命运遭际做了全景描写，横向陈列了生活的酸甜苦辣，纵向展示了历史的深度与厚度。小说第三章“醉酒者”深刻地表现了对乡土中国的眷恋，以人物酒醉后对水车、风车、包壶等旧事物的一句句呼喊，组成了一首令人动容的诗。这种深情呼唤若单凭现实叙事就显得单薄，只有借助一篇篇沉淀着乡村记忆的札记，才能跨越时空，用碎片化的景象重返时间的河流。当今乡土叙事大多沉浸在追溯往事的窠臼中，而作者没有一味放纵忧伤气质，突破了经验写作的高度同质化问题，用敏锐的触角探索着每一寸崭新的乡村版图。“土地”虽然仍作为乡土叙事的质朴主旋律，但主人公的视角也时刻更新着在场的时代记忆。临近结尾的十章书写了代表着新鲜活力的大学生村官、改厕风波等，与札记中的艰苦生活形成了鲜明对比，用真挚的笔触勾勒着新时代乡村的美好面貌。此外，小说开头和结尾均有关于燕子花的描写，以生生不息的力量象征着乡村叙事开启了激励人心的崭新篇章。其次是以人名作章节标题，展现超越时空的人物魅力。全书共四十七章，其中有近半数章节的标题都直接冠用了村民的名字，而且大多是小名或绰号，比如“春瞎子”“维达嘿”“田马桶”等，富有速写画的野性传神气质。这些名字不仅是一种代表湖湘文化的符号，更是乡愁的载体，倾注了作者的乡情。此外，用充满乡土气的名字做题目，正好形成一篇篇独立的人物小传，不仅勾勒出鲜活的村民形象，还吻合了本书“为土地的主人树碑立传”的目的。作者打破了“中心人物主义”，将笔墨均匀平分，以块茎状结构塑造人物，通过盘根错节的人物关系串联起爱恨情仇，在一次次回眸与眺望中为读者展现了一部故乡史。小说中不乏对新时代农民的赞美，比如：“吕怀远看到夏婆子打着赤膊，太阳明晃晃追着他不放，认为他是最值得一晒的人，那种古铜色，那一股一股向夏风炫耀的力量和美，也是一道风景。”这种接地气的原始之美，虽然没有“高大全”式的英雄气概，但流露出一股自然生命力，在平凡中闪烁着耀眼光芒。角色原型都是作者现实生活中的熟人，因此农民形象兼具精打细算与憨厚朴素的特质，呈现出“吃得苦、霸得蛮、耐得烦”的益阳文化基因。在语言艺术方面，作者也始终拿捏着“自然美”的分寸。譬如第一章关于过年回家的记忆描写，首先以嗅觉展开场景叙事。木柴、竹篙上的腊肉、甜酒、白菜薹子等，都属于令人心安的家的味道，交织成一幅岁月静好的画面，带领读者陷入一片辽远的乡愁中。这一段是“静”述，下文关于声音的描写则体现了“动”的魅力：“到处是哗啦啦的麻将声，地上的烟蒂巴到处都是，有短有长，好像摆了一地的逗号、问号和感叹号的标点符号。”年味在聚会的热闹氛围中推向高潮，听觉与视觉的直接冲击，带来了朴素动人的烟火气，组成了“家”的完整面貌，也体现出乡野生活的肆意快乐。小说中关于故乡事物的回忆都带有一层纯美滤镜，反映出作者对这片土地的无限深情。本文通篇采取益阳的方言俚语，不仅让人物对话真实可感，更增添了地道的乡野韵味，使得行文一气呵成，富有清新质朴的韵律美与生命力。

与《春柳湖》《燕子花》的抒情写作不同，廖天锡的《瓦厂地》落脚于对乡村文化的内省，围绕肖建斌与肖忠茂争夺瓦厂地展开情节，讲述了一个个令人啼笑皆非的故事，在反映沉重的经济领域矛盾的同时呈现了生活本身的质感。廖天锡是真正生长在泥土中的作家，近年长篇小说创作执着于乡土题材，着重表现改革开放以来湖南农村生产生活方式的变迁，以及农民观念从封闭到开放的蜕变过程。既有史诗型的广阔社会生活写实，又对当代农民个体精神世界有较深的注视。湖南乡村的长久生活体验使其充分了解农民的生活方式与现实境遇，自觉又坚定地站在农民的立场，继承了赵树理为乡村代言、为农民代言的文学精神与文化传统。小说向历史的深处开掘，以农民的视角重新审视历史。从推行生产责任制、土地承包到户，到个体经销户的崛起，再到实施计划生育，小说展现了历史发展进程中乡村生活的变化，构成了一幅乡村振兴的真实图景。文本充斥着纯正的泥土气息，作家对历史和乡村的思考内省，与农民的血泪希望交织在一起，字里行间流淌着对土地的眷恋和痛感。《瓦厂地》属于批评家贺仲明所言“现实介入型乡土文学”，即带着乡村的生存体验深入到农民生活的内部，全面展现乡村的历史现实变革与农民生活的全貌。在这个意义上，也可说小说是生活本身所馈赠的，在表达作者对当代农村历史发展的思考的同时，发散一种来自乡土的天然的“土气”。首先体现在对农民生活的地道描绘中。生存环境的闭塞与落后使他们不可避免地携带着一些愚昧因子：譬如肖忠茂一家遵循“狡猾谋利”的生存法则，为争夺三大件使出了种种诡计；冬姣与月英在丈夫的指使下进行性交易、三林给女儿取名“来弟”均体现了农村女性的压抑处境。农民式的幽默是小说创作的主要基调，村里人之间的玩笑与嘲弄、农民爱看热闹爱聊八卦的属性演绎了一出出荒诞可笑的闹剧，而闹剧背后是作者对乡村与农民的深层剖析和省察。农民的坚韧、团结与朴实同样在小说中清晰地展现出来，年长者如苦干热心的厚友、德仁，年轻人如勇毅果敢的建斌、巧英，都是正面农民形象的代表。“只要不落雨，谷放场上是不必收的，也不须防人偷”，即使相互提防算计，但是仍旧保持基本的品性，能够团结一心、一致对外。小说全面展现了农民的生活和特点，背后深嵌着饱满的乡村情感。“土气”也融进了小说人物的血脉中，在刻画人物外表时，作者极力展现农民普遍追求的健康美。小说中在外貌上被夸赞的人物都是健康结实的，“男人们喜欢巧英健康漂亮，女人们欣赏建斌英俊结实”，秋兰“不仅健康而且俊美”。对生命力和健康美的赞扬不仅符合农民淳朴的审美取向，亦是对城市中“骨感美”潮流的矫正。作家梁瑞郴评价：“他们的一言一行，一举手，一投足，活脱脱就是泥土中走出来的人物。”小说据此立住了几个代表性的人物形象，巧英的巧、泽武的精、忠茂的霸，以及用“抠脚丫”这一灵性的动作展现德仁的懦弱和没主见。“农村，越来越萧条！农民，越来越苦了！”作者通过刻画典型人物表达出对农民命运的深刻同情，从农民对田地由争抢到漠视的态度展开对乡村落败、土地荒芜的沉痛思索。此外，小说语言带着强烈的地域色彩。一方面，采取地道的湘南方言讲述农民故事，如“粉了”“广佬古”“扎迷子”，使农村叙事更真实贴切；另一方面，调动诸多巧思，给语言打上清晰的泥土烙印，如“他用巴掌擦了擦两只眼睛”，动作描写高度符合农民的性格特点和文化心理，熨帖且接地气，生动勾勒出人物的性格特征，对乡村的充分了解以及深深眷恋在文字中显露无疑。作者对农民乘着改革开放的春风、迈入欣欣向荣的生活表示欣慰与祝福，同时对乡村的消亡表示惋惜与无奈。20 世纪 90 年代以降，真正原汁原味再现乡村生活的长篇小说较稀缺，这是一部难得的写出农村地道与乡土味的作品，作者身处农村生活中心，书写农村真实历史，表达农民心声，彰显出“现实介入型乡土文学”的内视角意义。

魏枫的《金匠一号》在本年度乡土小说中别具一格，拥有跟踪世界文学最新发展的开放意识，在一个小地方写出了世界文学的气质，而且写出了生命的一些本源、原初的东西，总体而言，可用三个动词进行归结——“融合”“打开”“张扬”。首先，小说融合了福克纳、马尔克斯的气质，还能发现《我弥留之际》《我的名字叫红》等书的印迹，具有世界文学视野。一是现代主义技巧，如第一人称交叉叙事，由多个人物轮番充当叙述人，充满心理分析的色彩；魔幻现实主义的开头，比如以死去的金匠二号作为叙述者，一种神秘阴郁的气息扑面而来；幽灵叙事，黑伢出场时便碰到养父金匠二号的鬼魂，在原野上飘忽，引他来到被害的枯井旁；零度叙事，死者金匠二号描述堂客李桂花拍棺悲伤的样子，用的是冷静、无动于衷的语气。二是寓言性主题，小说所述乡村凶杀、寻凶情节来自新闻故事，但作者把新闻故事提升了，变成一个精神性的寓言。现实情节、新闻故事只是一个壳和载体，背后蕴含的是人类普遍的“出走”“寻找”“复仇”等母题。这种寓言书写的倾向从作者修改书稿也可看出，如结尾把原来的追到了凶手改成没追到，并让他们一家人放弃追凶，过上正常人的生活。魏枫说：“起初一家人认定的终极目标追凶，到最后，在活着面前，竟然是如此不足为道。”三是文学性强，他的语言学习了西方翻译文学的句式，但游刃有余，吸收了短句。如写李桂花与裤子在田里撕打后回家躺在床上，“在夜深人静时，我静静地聆听从屋顶、从窗根间传来的阵阵风吟。我从来没有这么清晰地感知过打鼓垄的存在。”语言体现了现代性张力和弹性，唯美、流畅、富有质感，隐含着诗性品质。在现代主义的整体格局中，小说打开了一扇通往现实的窗口，提供了三个方面的现实经验。一是乡村生活经验，如翠鸟潜伏在兰癫婆院子里，闻到树叶、淤泥的气味，听到泥鳅、小虾的声音，感到乡村夜晚潮湿的水汽，这些都是乡村亲历的生活经验，无法虚构，尤其对声音的敏感度呈现了人与自然的原初的亲密关系。二是时代生活经验，通过李桂花去三亚、翠鸟去深圳、黑伢去成都，展开了中国改革开放初期的生活画面，把农民工奔忙在城市工地、工厂、货运中心、销售公司的生存状态进行了具体刻画，他们为城市出汗出力、被城市排挤，始终是茫然失措。小说主题实际上是讲述乡村伦理道德和传统工艺品质在现代化的冲击下沦落、势微、消逝的悲剧性历程，揭示中国现代化进程中不可避免的阵痛和代价。三是金匠行业经验。作者家乡老粮仓镇是金银首饰之乡，本人也从事过这个行业，便把被害者和凶手都设置为打金人，融入许多打金的故事。作者写道：“那里有被我摸得油光发亮的铁锤、砧铁、拉丝板，有气味好闻的盐酸、硝酸、硫酸，有能开出紫色花朵的硼砂。哦，我最珍爱的是那支焊枪，它上面带齿轮的开关，我手指轻轻地一拨，那淡蓝色的火焰就忽明忽暗。我最珍爱的是那个皮老虎，那上面的踏板，就像钢琴的键盘，我的右脚，就像一只手，在踏板上时而轻时而重，时而快时而慢，时而不快不慢。”金匠二号使用器具时达到人物合一状态，在工艺程序中体会到生命的安定感和职业的诗意，描写的文学性由此而生发；金匠工艺又连结着民族文化、传统文脉，赋予小说幽深气质。此外，小说还在现实故事的书写中着重张扬了乡村自然生命力，使文本意蕴层次趋于立体化，表现为几个主要人物那种异于世俗人格的灵魂悸动力。如写受害者金匠一号堂客李桂花，就写出了不同于乡村普通妇女性格的多重性。李桂花和仇人在窄窄的田埂上相遇。“就在我与她接肩而过的一眼间，她用肘一推，我就失去平衡滚下两米多高的土嘞，下边是长满浮萍的沼泽地……就在她推我的一眨眼间，我顺手揪住她的那条胳膊。”面对凶悍的对手，潜在身体里的本源生命力升腾起来，克服了传统封建道德的“温驯”规约，平时贤淑的李桂花毫不示弱地和仇人对打起来。书中还有一个对乡村生命张扬的典型表现，就是黑伢在看到父亲金匠二号被人杀害后在原野上奔跑纵火的场景，“我将禾蔸踩在脚下，一蔸蔸，一排排。我将原野上的稻草垛一垛垛地点燃。燃烧。燃烧。燃烧。燃烧。火焰冲天照亮了我，黑夜，打鼓垄。那罪恶的魂灵。烟雾冲天，在风中飘摇。我在火焰和烟雾里奔跑，跳跃跟尖叫。”目睹家族尊严被践踏，巨大的悲伤驱使、刺激着他的神经，使人物变得疯狂，在秋末的荒芜的原野上奔跑，原始生命力如同火山喷发，以至于他不顾一切地点燃了原野上堆着的一个个稻草垛。这个场景在全书写实描写中富有异质性，就像乡村自身作为一个生命体，不堪忍受外部压力与爱恨情仇，自己呼喊起来，画面和人物形象富有冲击力，让人读来有惊悸之感，演绎了打鼓垄人血脉里的不屈和抗争。

三、行业书写：彰显现实涌动力量

近年来湖南现实主义长篇小说在文学市场和文学界均颇具影响力。一方面，作家的现实介入意识越发强烈，以某个领域的当下工作状况为切入口，紧跟时代热点，关注社会矛盾，形成作品浓郁的写实色彩；另一方面，湖南文化资源得到各界重视，本土作家对那些颇具特色的风物人情具有天然创作优势，一部分作家致力于表现行业经验历史与工艺制作。2021 年，湖南作家聚焦都市中的各个行业，秉持着“文学是人学”的创作信仰，关注真实可感的人民生活。作品告别了传统现实主义专注于典型性、客观性的谨慎特点，大踏步走近湖湘文化与生活现场。作家们扎根不同行业内部，带着珍视怀念的情怀与批判自省的态度，在历史洪流中打捞个体与民族的鲜活记忆。他们以现代的眼光追溯本土文化脉络，身处都市则见证反腐斗争和“净网”行动，回归民间则漫步绣坊街，感受湘绣产业的兴衰发展。创作思想插上了一双遨游古今的翅膀，围绕各位从业者的精神世界尽情展开书写，包括当代官场的反腐精神、公安网警的博弈精神、职场人物的生存状态、湘绣行业的传承精神。特定的地域带来特殊的意象，“湘绣”不仅是湖南人与故乡的血缘纽带，更是重要的传统手工业；而“阳光下的反腐现场”与“网络中的安全保卫战”则连接着虚拟与现实，唤醒那些失落的灵魂。这也是本年度行业题材小说之所以兼具历史底蕴与生命活力的独特之处。湖南作家将笔触探向不同行业，从细微的大众生活入手，折射对国内政治、经济、文化发展面貌的反映。在叙事上辅以生活细节，自然切实地反映时代特征，为严肃题材注入鲜活的文学性，造就了小说具有弹性的文本肌质。字里行间皆是对世相人心的生动勾勒，真实地承载着人民的悲欢离合，精准地切中了时代的基层命脉，不仅使湖湘人民积极坚毅的生命底色得到充分彰显，更为民族灵魂提供了珍贵的栖息地。

肖仁福的《阳光之下》截取十九大后党中央监察体制改革的时代剖面，通过自己扎根反腐斗争一线的五年经验，构建起“监察委员会组建挂牌、纪委监委合署办公”的叙事空间，摄下反腐纪实的生活写真，使纪检干部群像生动地从反腐现场走入文本叙述。本书超越了以往纪实小说单调刻板的文风，将细腻写实的日常细节融入枯燥的监委工作叙述中。生活流叙事和反腐斗争明暗交织，共同定格成被阳光分割的时代画面。人情、道德与法律三方激烈交锋，在纪检干部、落马官员的内心中来回撕扯。小说通过矛盾对抗的张力书写，带来强有力的心灵冲击，使读者感受到法律的威严，富有正面积极的社会意义。余华在谈现实主义小说细节真实时提到：“细部一定要非常真实。我认为能表明一个作家洞察力的，其实就是对细部的处理。……这就对语言只有一个要求：准确。”准确的语言、真实的细节，造就了《阳光之下》如摄影相片般逼真还原的叙事效果。比如小说对重要场景“留置室”的描写：“……由窄窄方窗、简易卫生间、三把灰色皮椅、一张条桌和活动床所构成，墙上贴着红色党旗和入党誓词。”从“留置第一案”的嫌疑人张正义供出曹寄青，至曹寄青被押留置室与俞波涛兄弟相认，留置室这一二十平方米小房间，成了一个具有象征意义的人物活动地点。小说以留置室起，至留置室终，在留置室中发生的点滴皆是肖仁福深入反腐现场深耕的证明。小说对于细节的真实摹写，除了诚实书写纪检工作所接触的空间、事件，还准确地落地到人物的生活中去。在处理叙事平衡时，文本肌质是富有弹性的，总能恰当地插入富有生活气息的叙述，营造出纪检监察工作严肃又接地气的氛围。譬如干部俞波涛回家后没有一味埋头处理工作，而是转变为丈夫、儿子与父亲的角色，投入到催生二胎、孩子升学的家庭琐碎中去。这种对人物多重身份的勾勒，真实地反映了现实鸡飞狗跳的一面，增加了小说的可读性。作者没有囿于单线刻画纪检干部“守夜人”神圣形象的象牙塔，而是立足于生活层面，从真正鲜活的个体人格出发，“在场”地生动记录下反腐斗争中的人物群像。《阳光之下》突破了传统纪实小说对正面人物的脸谱化描绘，纪检干部呈现出立体复杂、多面圆型的特征。

“圆型人物的生活宽广无限，变化多端”，福斯特在《小说面面观》中提到圆型人物的性格具有变化性与多样性，《阳光之下》的主人公俞波涛在其纪检工作生涯中亦是如此。作者使他接连面对被人陷害、重遇初恋、工作受挫的考验，让情节曲折前进。俞波涛并不是一座冰冷的天秤，在坚守本心的过程中，也有过动摇和矛盾，幸而在组织与亲情的感召下，他抵挡住了欲念与退缩之心。作者隐晦地表达了对人性的深度思考，在刻画克己奉公的纪检干部时，首先注意到他们的本质是具有七情六欲的人。小说利用矛盾冲突，以“超我”克服“本我”的艰难抉择，突显出纪检干部用理智战胜感性的可敬品质，表现出这个职业超乎常人的钢铁般的使命感。本文致力于照亮官场黑暗，披露腐败贪婪的权力链。当我们游走在肖仁福厚重的时代经验中，必定会为他犀利的文字锋芒所触动。

舒中民的《网弈》同样关注都市生活，围绕网络警察丁杨与黑客达一路的生死博弈，从网络到现实，全方位展开了一场有关电信网络诈骗、尖端技术盗窃等多重网络犯罪的侦察故事。小说题材新颖别致，在完成对人性的探索的同时，聚焦网络安全与犯罪，具有鲜明的时代特征。有别于传统小说在叙事结构上的顺时脉络，开篇利用倒叙设置悬念，并且是从配角的视角展开场景，向读者预告一个坠入爱河的女子“还能活五分钟”，营造出浓郁的诡谲气氛。作者以女研究员的监测软件为切入口，抛出一个迷雾重重的桃色“情杀案”，借此探测网络犯罪的深渊，拉开小说真正的核心篇章。舒中民在文中多次强调现实与网络的“界限”，这个主题在他的另一部小说《网探》中已经出现，在《网弈》中则得到充分展开，并将其进一步深化，使人物艰难行走在现实与虚拟之间，以各自的欲望选择表现叙事张力。《网弈》整个故事以南都为背景，但具体场景上却涉及两个“一实一虚”的世界：一个是光怪陆离、光彩夺目的现实世界，一个是高科技的虚拟网络世界。从情节安排来看，这两个世界绝并非井河不犯，实际上互相交通，甚至彼此利用。丁扬的侦查活动、掘金女的恋情以及黑客的犯罪行为把两个世界巧妙地编织在一起。各色人物在虚实难辨的边界探索，更加凸显出了网警在执行“净网行动”时的强韧毅力。《网弈》不仅是一场有关多重犯罪真相的悬疑追查，更是一场关于人物真实身份和道德品质的深刻追问。在公众眼里，乔曼儿、顾杏等人不仅是娇娇美女，更是魅力四射的成功人士，但循着全部情节的展开，就会发现她们其实是一些只顾追求物质的肤浅之人；多金英俊的黑客达一路更是一个唯利是图、蔑视法律、践踏道德的恶魔。作者对众多人物的性格进行生动勾勒，并以前后反差突出人性的复杂底色，在叙事中隐约表露对当代人精神世界的批判。在现实社会中，伪善与邪恶爬过许多世纪依然紧附在人类的身后，真诚与善良也穿越时空在我们的心底留存。网络社会存在于现实与虚拟的交界处，更加体现着伪善与真善的杂糅和冲撞，而与网络朝夕相处的当代人，则处于“夕阳的柔光与夜晚的黑暗之间，在历史与未来之间摇摆”。在小说主人公网警丁杨的身上，我们看到了“夕阳的柔光”，即没有被科技和资本彻底挤压变形的人性。为了打击犯罪、保护群众利益，丁杨推迟婚礼，受到猜忌和责难，甚至差点在南都献出自己的生命。但他仍然坚持在不被人理解、不为普通群众所熟知的领域探求真相。透过这个人物形象，我们能够在虚拟科技和隐秘的时代罪恶里，看到网络警察们与犯罪行为斗争到底的博弈精神，以及对职业的忠诚与执着。

许艳文的《熵变》是职场题材，讲述高级科研机构（中医研究所）的明争暗斗，包括心机与算计、挣扎与彷徨、迷惘与救赎。小说以化学反应名词“熵变”为题，通过展示名利场上的人性变化，恰当地引出“自我控制”的主题——我们需得不断经历灵魂的拷问与修复，阻止自己走向混乱，对抗熵增定律。正如薛定谔所说：“生命以负熵为生。”现实主义题材往往扎根社会生活，作家的个人经验发挥着无可替代的重要性，因此通常具有鲜明的视角倾向，主人公的性别多与作家性别相吻合，以便在勾画人物时更好地代入情感体验。《熵变》比起以往专注于奋斗风云的职场小说更多了一份细腻，将重点落在对女主人公“不完美”形象的勾画上，运用第三人称全知视角将其敏感纠结的内心一一展示出来，以此书写职场环境中的艰难生存与逆风成长。小说从梦境叙事反向切入现实主义，增添了一抹诗意。例如主人公莫晓瑜的梦境常常预示着她将要面临的处境，景物和意象的描摹与情节发展相互映称。第一次梦境描写出现在体检风波结束之后，权力的斗争序幕即将拉开，梦境也昭示了这一点："梦里，所有的一切都是模糊幽暗的，她独自走在一个深长的巷子里，突然被一群不明身份的人追杀。"也有一大部分梦境是相当诡异又无厘头的：穿着古怪手持兵器的人；被恶狗追赶；被无数条毒蛇缠绕等等。这些梦境相互交织，不仅烘托出了阴冷、紧张的氛围，为后续情节发展奠定了一个不安的基调，同时也让读者得以窥探主人公内心的煎熬、苦痛与挣扎。梦境意义的不确定性和无法解读性让我们难以与主人公的境遇一一对应，而作者也并未对此做出任何的解释。这些不确定性带来的神秘感一方面表明了紧张局势，另一方面通过奇特的艺术留白，给读者创造了极大的解读与想象空间。除了诡谲的梦境叙事，作者还对物象进行细致描绘，使环境浸润着人物的复杂情感。小说第十五章"云遮雾绕"对这一特点表现得尤为明显："她感觉自己似乎成了一只裸鸟，被人扒掉衣服，揪掉羽毛，在秋风里瑟缩、疼痛。"腹背受敌的莫晓瑜感到莫大的痛苦，她不由自主地将自己的处境和一只鸟儿的遭遇联想在一起，并以"秋风"和"季风"象征着职场的严酷打击，鸟儿"折伤了一条腿，掉了几根羽毛"，代表主人公的内心世界也遭受到创伤。莫晓瑜是一只困顿于云雾的鸟儿，她清晰地感知着环境磨练带来的疼痛，颤抖着迎难而上。人物的脆弱情绪借助"伤鸟"意象实现含蓄流露，这种兼具朦胧性和抒情性的联想体现了人物的独特气质，更好地贴近人物心理。莫晓瑜始终坚守着自己的信条，却也固守了所谓的黑暗面。她不懂得如何处理好家庭和工作的关系，面对家人郁郁寡欢、疏于交流，总是抱怨"遇人不淑"。作为一位久经官场的中级干部，她的内心似乎比我们期待的样子脆弱许多，只因下属态度冷淡便"瞬间泪水盈眶"。这不是一个完美的角色，但却是一个极度真实的人。她懂得审视自己，心中装着研究所的前途命运，因此总能在混乱中找到前进方向。作者为莫晓瑜安排了一个"欧亨利式的结尾"，让她在得到正义后被新的权力斗争排挤出局，以戏剧性反转呼应"负熵生存"的主旨。最黑暗的日子已经过去，调职是一种放逐，更是一种解脱，正如人物所说："远山尽头，明月依旧"。在塑造莫晓瑜这一复杂形象时，作者始终有意识地将她的感性性格与理性职业设置成一对截然相反的矛盾，通过勾勒一个诗意的灵魂，对抗职场中复杂黑暗的名利争斗。小说经常借助她的想象插入一些文学作品，比如泰戈尔《飞鸟集》、梭罗《瓦尔登湖》、米兰·昆德拉《生活在别处》、但丁《神曲》等；同时利用情节发展穿插人物频繁的文学活动，比如作诗悼念舅舅、坚持写日记、创作书稿《犬祸》等。以上这些琐碎片段富有真实的生活气息，从侧面突出了人物敏感多思、浪漫纯真的个性，不仅让我们看到一个更为立体饱满的新时代职场女性形象。

曾理的《绣坊街》承延此前《荷鹤图》《天然阁》的时间脉络和人物谱系，接续述说湘绣产业于峰谷间的盛衰史，细写商场风波与行业内幕。小说横跨几十年，以个体、世家、绣厂、公司之命运，同湘绣文化之发展轨迹相映，同国家外交史及国内政治、经济、文化发展史相系。小说还将笔触延展开来，为各类群体生活画像，透过不同领域的人物折射时代面貌，勾织出湘绣发展史背后的世相图，使小众的湘绣题材裹挟着浓郁的生活气息，缓步走进读者视野。在塑造人物时，作者主要围绕湘绣行业的发展脉络突出了两个关键人物，一是湘绣世家传人曾昭英，二是天才画师张子奇。曾昭英既具湘绣产制经验又具经营管理能力，负有传扬湘绣文化的责任感与使命感。他始终将祖辈“人在剑就在”“种瓜得瓜”之言铭记于心，在暗潮明礁间劈波斩浪而行。这一形象集中反映了湘绣人坚忍质直、慎言笃行、求实求新的特质，以及排除万难、焕扬荣光的历久弥坚的世代理想。以曾昭英为代表的湘绣传人是传统护卫者，亦是不懈筑梦者。作者借曾昭英的几个人生转折点，如辞职下海创业、为湘绣“申遗”出头等，反复穿插着曾家数代核心人物的标志性话语。一方面借几代湘绣人的体悟映现出湘绣产业发展中的风云变幻、一波三折，另一方面也强调了血脉赓续之间对精神信念的承延与演进，由贯彻始终的精神内核显露出湘绣人在时代之变、制度之变、人心之变中所坚持的初衷。而张子奇作为湘绣界的天才画师，可与曾昭英同被视作湘绣产业在技术及精神上的代表。这一人物略带神秘色彩，往复于“隐身”与“现身”之间，常处在“被寻觅”的状态，其结局亦是失踪；曾因说错话被打成右派，命运坎坷；还有数个外号，即使现身也难以辨认。他一心作画，名扬中外而又淡泊名利，喜好独游山野写生采风，夜间便居于穴洞陋室，为钟爱的艺术尽献心力——这种“痴”与“真”同湘绣人的坚守亦是相通的。作者以他们的命运起伏串联起湘绣行业的辛酸苦辣，用颇具感染力的文段铺叙曲折情节，道出那些不为人知的业内点滴。小说叙事艺术上也显现出两点亮色。其一，热奈特曾谈道，引语间接地说明或强调文本的意义，通常其意义只有读完小说后才能被厘清或证实，《绣坊街》的章前引言亦类似。小说每章皆以约百字的引言开场，以发问或设问酝酿氛围、牵动情节，内含悬念因素，兼具解释性及指引性，既有对二字章题的阐释效果，又起到指向并强调章节重心的预叙作用。标题、引言至章节主体层层铺开，帷幔缓敛，显出逐步深化的意义图景。其二，“对话是人物性格最有力的说明书”，《绣坊街》常以大篇幅对话交代背景、呈露各色形象，精细描摹人物在言语间的语气、神色、心理和动作，颇具灵动感、立体感与真实感，还常间杂俗语方言以配合情节变换，使叙事节奏张弛有度。

四、女性写作：“将自己写进历史”

女性写作用具有女性特质的语言负载着社会质疑、个性解放、婚姻批判等主题，内容反叛开放、自由流淌、不断变化，表现女性思维的主体性。它曾两次以集中喷涌的姿态和较高的艺术水准在男性书写包裹下的中国文坛杀出重围，引发“五四”时期和20世纪80年代的文化转型中的微型地震，并在近二十年来积极探索文体创新，对当代文学史起到一定先锋作用。戴锦华在《涉渡之舟——新时期中国女性写作与女性文化》中曾指出：“迅速崛起并不断更新的女作家群，是新时期重要的文化景观之一。”湖南女性作家作为中国女性写作的重要群体，在百年间从未间断创作传承，一直有脉可循：如“五四”时期的陈衡哲、白薇，闻名于40年代文坛的丁玲，“十七年”时期被纳入文学“主流”的杨沫，80年代焕发活力的残雪、蒋子丹……时至今日，层出不穷、百花齐放的湘籍女作家们仍旧活跃于当下文坛。她们继承了前辈们从“内视角”深度审视个体生命的写作方式，并以敏锐、细腻的洞察力，结合时代环境转变中的成长经验，将个人经验书写上升到剖析群体命运，对人民生存环境进行着多维切片观察。本年度湖南长篇小说就出现了较为明显的女性作家群体写作现象，她们从当代人的精神追寻、职场蜕变、婚姻情感和悲剧命运，对其历史状况、现实处境和生活经验作了详尽探索，文体形式上广泛运用梦境叙事、寓言写作，具有鲜明的现代主义风格。几位作家在男权文化映射下坚持发掘幽微的个人体验，通过文本中间或显露出的精神印痕，隐秘地标识着自我立场，并在有意无意之间撕裂男权文化的华衣美服。这种深刻、内敛且带有疼痛感的写作，从更私人化的角度补充、完善着对世界的认知，无疑对当代小说叙事具有一定拓展意义。越过女性作家沉静的文字表象，我们可以窥见小说地心被压抑着的沸腾翻涌的岩浆。她们尝试以尖锐的心理描写，凸显“个人”的隐蔽思考与自我救赎，将无数个“自己”写进历史演变的岩层。此类题材中的人物以其顽强坚韧的生命力，形成了对湖湘民众的真实刻画，可以说是作家们对广大同胞的深情礼赞。

残雪仍然执着于探索现代人的精神世界，体现出女性特有的细腻、幽微、深邃的文体风格。女作家的敏锐直觉，加以广博的中外文学经典研读，使她能把“宽”的视界与“窄”的女性体验结合起来，笔触深入到人类精神的渊薮。新作《水乡》以洞庭水域为故事背景，采用单元化的叙述模式，借用幽静的“水”意象展开叙事。她沿着人们“无水—寻水—得水”的探寻历程，以线性结构细腻展示了野鸭滩人民关于“水”的冒险，证明水乡不仅是作者笔下的净土，更是当代人生存的故根、精神的皈依。小说笔触细腻，人物的一言一行具有寓言性质，“寻水”之旅形象表现出人物从身体到精神的内转过程，展现了对人类精神世界的不懈追寻——这也是新时代女性写作的重要主题之一。首先是“无水”，代表一种灵魂干涸的状态。残雪素来擅长以隐蔽的旁观者视角描绘中国社会劳动人民的人生百态，这些小人物正是她对无数个“自己”的真实写照。《水乡》中也刻画了许多社会底层人物，他们均深陷现实生活的泥潭而无法自拔。比如铁锤与铁扇被迫离开家乡洞庭湖前往城市求学，却受到打压和迫害。为了能在城市中立足，兄弟俩甚至想去做不法的勾当，迫切地想要得到城市的接受与认同，并渴望能够在此寻找自我价值。离开了洁净之水的保护，城市这片“死水”悄然污染着这两个可怜少年的身心。残雪残酷地用现实打碎人物的愿望，以此展现无水状态下人类面临的精神困境。此外，还有饱受温饱问题困扰的老曹一家子，因物质匮乏导致思想精神都服从于现实生计。残雪以二胡曲《江河水》唤起一家人心中无限的悲凉与悲哀，更唤起了他们潜藏的对于更高精神追求的渴望。这种艺术化的情节安排也带有明显的女性写作标识。悲切的音乐让老曹想到了洞庭湖，这片远离残酷现实的桃花源，给挣扎在生存底线的小人物带来了精神慰藉。其次是“寻水”，代表一种灵魂漂泊的状态。荣格认为水原型是集体无意识的象征，离开水源会给精神世界带来剧烈震荡。为了摆脱身心折磨，小说中的人物不约而同地走上了寻水的道路。比如在城市工作的年轻人南，心里总觉得空荡荡的，直到他看见邻居家的鱼缸，产生了水乡联想和朦胧的“寻水”念头。作者通过梦境叙事给人物的潜意识埋下“水乡”的种子：梦中有人不断地拉南跳入裂缝之中。这一举动折射出人物内心的愿望，暗示他渴望跳入裂缝中，踏入那条属于自己的通道，像伟明一样游到水乡。南的潜意识中一直有着对水乡的深层记忆，作者通过循序渐进的情节安排激发了他的本能，促使南作为年轻一代“寻水”的代表，走上前往水乡的道路。这种寻找，实际上就是游子摆脱灵魂漂泊状态，回归精神故乡。最后是“得水”，即实现灵魂生根的愿景。人物终于克服艰难险阻找到了水源——洞庭湖。作为在漫长历史中形成的水原型，洞庭湖对野鸭滩人民的精神与灵魂有着重要意义。第一，洞庭湖象征着对生命存在意义的积极肯定。作者多次通过人物之口发出“没有了水，我将如何生存”的疑问。洞庭湖蕴含着人们最深层的敬重和喜爱，并上升为对生命的肯定与敬重。千百年来，捕鱼种稻等劳动实践都依靠这片水域，洞庭湖与野鸭滩人民之间是一种天然的物质层面的羁绊。然而，在退耕还湖政策实施以后，这种较为功利的关系突然瓦解了，人们开始陷入一种尴尬的处境，重新思考人与湖泊的关系，积极寻找新的生命目标。比如村民常永三在六十二岁开始了一种全新的营生，顺利地完成角色转变，在“五亩藕塘”实现了“万亩良田”的理想。第二，洞庭湖代表着灵魂与精神的诗意归属。一方水土养一方人，残雪在《水乡》中，同样表达了中国人的乡土情结。洞庭湖在文中作为水原型，是野鸭滩人民千百年来的生活场所，凝结着深沉的情感，因而无处不在、无所不流，体现着人类对“普遍”或“回归”的永恒追求。尽管小说人物因为各种原因曾经离开洞庭湖，但与湖水的血缘纽带总会牵引他们回归生命本源。比如，秀原曾离开家乡前往城市谋生，但在多年后又萌生了重返乡下居住的强烈愿望。除了肉体的回归，乡土情结的表达最终是要指向终极层面的精神皈依。残雪以深刻幽微的女性写作探索当代人隐秘的精神世界，描绘了个体生命寻找灵魂栖息地的崎岖之旅。心之所向皆为水乡，水乡成了书中人物肉身的寄寓地与灵魂的庇护所。小说对人物与洞庭湖之间的羁绊的生动刻画，为解决都市人群“无根可依”的精神危机以及如何处理人与自然的关系提供了启示意义。

简媛的新作《棘花》可谓当代女性精神隐痛的微观切片。小说以肛肠科科室作为故事发源地，对医生杨素看似平稳、毫无波澜的生活进行抽丝剥茧，在悬疑氛围中不断解码真相。简媛坦言，自己“试图从不可预测的冲突和屡屡打碎的片段中……让人感受到生命的悲伤”。她以女性特有的感触力，在悉心构造故事框架的同时，深入人物的心灵空间，对女性的精神压力和创伤进行如实还原，完成对生活矛盾鞭辟入里的精准揭露。小说以幻梦般迷蒙的文字构造出缠绕交织的叙事结构，深刻剖析了当代女性的欲望和困境，比如因异地分居而出现危机的夫妻关系、隐瞒多年的血亲秘密，以及上一代人在历史变革背景下的抛弃、纠缠与辜负等，反映出社会最为脆弱的症结和隐痛，使琐碎的日常叙事取得了非凡的艺术效果。小说的明线以杨素等待丈夫周亚宁的回归为始，以周亚宁的第二次“回归”、杨素的失明为终，引导读者与杨素的心情同步，陷入一种盼望丈夫归来的焦虑紧张中；叙事上不断引入“插叙”和“倒叙”，有意造成文本的破裂和留白，又在下一段叙事中进行补充说明。通过“留白—补充—留白—补充”的循环，埋藏在故事表面之下的不安因素一个接一个暴露出来：丈夫的不忠、血缘的真假……随着剧情的层层铺开，紧绷的情绪不断累积，成为一种无法消解的绝望。由全篇观之，小说结构遵循由“果”到“因”的写作顺序，先写出“果”，再“执果索因”，线索环环紧扣，互相关联、彼此嵌套。作者仿佛设计拍摄着一出精妙的悬疑剧，运用回环往复的委婉叙述，有条不紊地拼凑出环环相扣的故事线索，以“暴露的事实”引诱读者深入，在揭秘过程中不断寻找“证据”，并最终得到真相。小说的暗线是一个不断完善的“鱼”意象，象征着主人公绝望情绪的高度凝结。“鱼”意象来源于杨素童年时期村落里的阴阳河，“河底住着一公一母两个水怪。两个水怪后来相爱了，可他们属于不同的种族，他们不能结合为夫妻……”杨素的父母在山村相爱，母亲是淳朴的山村女孩，但父亲作为下乡知青最终返城，她因此成了“两个水怪”的孩子。第七章中，得知血缘真相的杨素看见“她的脚不见了，拖在她身后的是带血的鱼尾”，“感觉身上的鱼鳞在片片掉落”。通过受伤的“鱼尾”意象，女性生存中的抽象隐痛得以实现具象化表达，琐碎生活对女性的消磨也得以生动地呈现。在小说末尾，“鱼”意象再次出现，这也是它第一次以全貌出现在文本中。杨素终于完成了“人鱼”的转变：“她一丝不挂站在河边，没了双脚，身后拖着鱼尾。”此处“鱼尾”象征着新生。一种新的生活正出现在杨素的面前，丈夫再次回归，上一辈人的恩怨于和解中化为无形，伤痕累累的杨素在黑暗中完成了自我救赎，故事的环状结构形成了闭合，人文关怀的温情隐现其中。作者借此表达对生命哲学的思考——人生正是在一个个幽深的闭环中螺旋式上升，并于难以解脱的困境中发现希望的微光。托马舍夫斯基曾指出：“要把旧的和习惯的东西当作新的和尚未习惯的东西来谈；要把司空见惯的东西当作反常的东西来谈。作家必须化普通为神奇。”“化普通为神奇”便是这部小说在艺术探索上最值得肯定的地方。作者并未选取光鲜亮丽的事物作为写作对象，而是着墨于生活中被认为谈来“不雅”的肛肠科，对科室一些常见的例行治疗进行细致观察，通过细腻丰沛的五官感知和艺术手法赋予“丑态”审美的特征，并以一种坦荡的态度将其描摹下来。如在描写年轻女孩进行外科检查时，并未避讳一些日常经验中难以直视的词汇，而是通过生动的譬喻，以富有审美意蕴的意象冲破惯性认知中的刻板印象，创造出了可被观看的陌生化的“视象”。由此可见，这种描摹不仅仅是自然主义般对现实事物的直接“投影”，而是在“投影”的过程中夹杂了“形式化”的言辞和主观情感。如在对年轻女孩外科检查进行描写后，作者补充了一句议论：“对于一个年轻女孩来说，她是无法像垂暮老妪那般安然地躺在手术台上的，这是她应有的常态，她有她的矜持，她的胆怯，她的懦弱与茫然。”纤细优美的语言富有诗意情调，可以窥见作者对文字的精准把控力，同时展现了细腻丰沛的感情。小说直面两性之间、城乡之间、时代之间的纠纷和阵痛，将这些沉疴条分缕析地放置于读者眼前；文字之上，漂浮着由精巧构思与艺术手段织成的结构网，层层叠叠的巧思形如美妙的幻梦，给予读者“陌生化”的阅读体验和启发——诚如简媛所说，她把问题还给了读者。

同样关注当代女性情感世界的还有《明月几时有》，赵燕飞以细腻的笔调书写了主人公苏晓月在家庭、婚姻和事业中的坎坷与蜕变，通过苏晓月与三个男人（青梅竹马的前夫于伟军、青年大学生陆清风和市长秦汉明）的多组关系展开故事。作者让主人公在新时代背景下不断认识自己、打碎自己、重建自己，完成自我价值的跃迁，最终对话一个更完整的自己，寄托了作者对广大女性的美好祝福。首先，小说通过冷峻的现实书写，重点揭示女性的情感困境。苏晓月被强暴侵犯后，没有及时获得家人的关怀安慰，而是直面了丈夫于伟军的种种冷遇，进一步加剧了人物的心理创伤。天然的悲悯本能使女性在情感关系中更容易背负沉重的道德感，所以苏晓月认为自己对这段婚姻有所亏欠，默默忍受着家庭暴力。这段情节剖视了二人畸形的婚姻关系，具有残酷的现实映射性。小说还有另一位着墨较多的女性角色，即苏晓月的闺蜜刘莲。即使她敢爱敢恨，依然在情感道路上屡受挫折，将错误归结于自身，没有突破女性情感认知的困境。父权社会的等级制度将女性视为男性的附庸，使女性长期处于被审视和判断的他者位置，导致大多数女子面对两性关系时，习惯成为“反思者”，无法实现平等对话。作者用毫不留情的写实手法，不仅将女性被动无奈的生存状态直接展示出来，同时对深陷情感困境的女性提出了隐含期许，具有批判现实的深刻力量。其次，小说深入女性的敏感内心，通过苏晓月一波三折的情感归属刻画理想的两性关系。作者为苏晓月设计了两段失败的感情，即前夫于伟军和网友陆清风。他们习惯将女性置于附属地位，对女性情感以及身体排他性具有独占心理，折射出社会常见的男权意识，深深伤害了苏晓月的独立意识，最终刺激她选择逃离。对于苏晓月这样注重心灵共鸣的女性来说，真正的爱情能够唤起她们对新世界的渴望以及对崇高精神的向往。作者通过两次“遇人不淑”曲折勾勒其寻找爱情的艰辛历程，顺理成章地引出第三位男性角色秦汉明。秦汉明作为市长，拥有一定社会地位，在两性关系中常被看作强势的一方。小说通过其不完美的婚姻和有暴力倾向的妻子来削减这种客观身份赋予的强势，丰富人物的形象层次。同时，作者巧妙地将他设计为苏晓月的笔友，二者通过邮件往来倾诉情感困境，以心灵上的互通验证情感的纯洁性。这段爱情展现了当代女性眼中两性关系的理想模样——既能满足个体在情感与生理方面的自然需求，又能促进双方在精神思想上的共同发展。最后，小说关注女性生存发展的突围，刻画了人物的华丽蜕变。苏晓月不但要面对爱人秦汉明的昏迷，还要承受世俗大众对她攀权富贵的误解。作者设置四面夹击的处境，反向推动人物快速成长，让女性觉醒个人主体意识，走出爱情这一方狭窄的领域，收获更加广袤的天空。苏晓月一边照顾爱人，一边为遭受矿难而失父的儿童募捐；在工作中不畏惧势力与舆论，谨记记者的使命，用正义的笔杆揭开同江市深藏的社会问题。她在逐渐回归自己生命的本性，一步步完成蜕变，最终化蝶飞舞，展现了温和而坚定的女性力量。苏晓月身上蕴藏着理想人性的光辉：从爱情的藩篱中实现个人突围，不仅是“重塑”自我的过程，也是健全独立人格的证明。她心中燃烧着一把正义善良的火苗，引领其走出现实遭遇带来的层层困境，也点燃了如今物欲时代下还残存着的理想之烛。

相较于前几部作品对主角个人经历的突出刻画，熊梦红的《苇花飘处》则将目光均匀分散，以生动的文字记录了洞庭湖区现代芦苇场生活，对几代湖区人的命运进行了一场全程式录像。在芦苇场风云变动的同时，湖区女性的命运也如同水中的苇花般不断摇曳，经历从盛开到凋落的悲剧历程。作者以支部书记之女江梦凡高考落榜重返苇场的生活为基点，描写她与三个好友各自不平的经历。其中，艾朵儿因酒后失身远走他乡；曹志云遭遇无端污名而精神失常；陈文英欲离开结婚对象却又陷入另一层深渊；江梦凡自己也险被强暴、爱情受挫。大环境中的苇场体制进行着无声的剧变，小环境中的女人难逃被束缚、被捆绑的宿命，直到一场大水冲毁了一切——江梦凡登上离开的渡船，不仅预示着苇场改制，也预示着个人命运经历长久挣扎后，终于被真正地掌握在了自己手里。全文语调清新，情感丰沛，将洞庭湖畔的风俗民情、自然景观毕现于纸面。而在纯真质朴的语言之下，作者对旧俗糟粕的指控是尖锐直接的。比如直面“贞操观”对女性造成的毁灭性压迫，如实还原了这一残酷的“文化景观”。江梦凡险些被强奸，德高望重的鲁嗲第一反应竟是“只想趁这事别人还不知晓……为凡妹子的名节着想，先不要动公安”；而当梦凡要去派出所报案时，父亲竟然直言：“你出了这个门，就莫跟老子姓……你不要脸，老子还要。”代表地方权威的长辈、具有血缘关系的父亲，此二人的愚昧立场皆是从“脸面”出发，不顾受害者的心灵创伤，作者以男性话语残忍道破了女性的艰难处境。艾朵儿酒后被刘超群强奸，竟然以结婚收场。女性的个人诉求、愿望均被埋没于所谓的“名节”之下，而“名节”所代表的贞操观正是专制父权社会遗留下来的糟粕。严酷的道德评价是一把镣铐，将女性锁在附属的位置，而男性作为此种法制的制定者，却游离于法制之外，不受规则管控。“嚼舌根”的人更是此“守贞”体系的忠实捍卫者，对本为受害者的女性施加污名化的流言，给女性造成二次伤害和压迫。文中的曹志云便不堪这种压迫和羞辱，最终被逼疯，成为男本位体系下的又一桩悲剧。小说的旋律并没有一味消沉下去，湖区女性在悲剧笼罩的灰暗氛围中，依然坚强地诞生了一朵希望之花。苇场中的新生一代女孩，接受过新式教育，尽管她们依然受到庞大父系阴影的约束，但已然有了独立的思维和个人的追求。朵儿和梦凡的出走便颇具象征意义。朵儿在婚礼前夕逃走，留下了一封揭露刘超群罪行的信，做出勇敢有力的反击。而在这两个“新式”人物以外，作者以老练笔法深刻描绘了几个“旧式”女性形象，其中最为突出的便是江梦凡的母亲余凤桃。余凤桃可以说是整篇小说中被塑造得最成功的人物之一，这个旧式女人既经受着夫权制度的压迫，又有着较为开明的教育理念和择偶观念。她深知自己只能囿于狭小的湖区，发自内心地希望女儿能够走出去，找个经济优渥的如意郎君，不用吃苦受罪。作者通过地道的方言对话，将余凤桃复杂的母爱表现得具体生动。“想当初我生你时，你外婆在一旁看见是妹儿，连声喊你爸，让他快些送她去北河头赶船。我当时抱着你，眼泪双流，妹儿难道就不是人？别人不爱，我自己爱。”在农村根深蒂固的重男轻女思维下，余凤桃依然对女儿满怀纯粹的爱意。她对说媒人的一次次回绝，实则是对江梦凡的一次次保护。若没有坚定的母爱从旁庇佑，江梦凡恐怕难以从制度森严的男权体系下顺利逃脱。作者凭借着对苇场生活丰富细腻的体验和感受，运用直观纯真、饱含地域特色的语言，深挖人物故事，直击生活现场，将小人物的智慧与拼搏、局限与困顿勾勒得淋漓尽致，使辛酸苦辣的百味人生得到熨帖表达。小说对四位年轻女性的关注，更是揭露了平静生活背后不容忽视的隐症。传统历史中被忽视的女性、被迫沉默的女性、被迫成为疯子或丧失生命的女性，在文本中得到尽情言说的权利。作者以较为深刻的问题意识，为淹没于时代浪潮中的女性演奏了一曲凄哀悠长的挽歌。

此外，本年度还有一些长篇小说也有较为亮眼的可取之处。胡建文的《好好活着》围绕“湘西伢子”龙杰的大学生活展开叙事，夹杂着对爱情与欲望、个体与社会、理想与现实等矛盾冲突的刻画。小说笔触冷峻忧伤，以现实主义的错位书写深入展示了农村青年丧失归属感之后的震荡状态，以及身份、价值和爱情三层秩序的重新建立过程。刘金国的《洞庭听风》借助回忆的形式进行微观史诗叙述，在场地记录了改革开放时期庭子县商业系统的兴衰历程，同时对“爱情与婚姻”的话题进行了深刻探讨，文风典雅优美，悉心捕捉着时代变革中那些闪烁着动人光芒的真情。阿良的《芙蓉绣庄》以主人公黎秀娟弘扬湘绣技艺、发展湘绣事业为主线，深度还原了个体手工业向企业转型的重重困难，以人物趺趺撞撞的商海经历组成无数创业者的真实写照。小说通过对比和映衬手法塑造了三位性格迥异的女子形象，为湘绣传奇增添了别样风情。陈忠的《逆向而生》以感性犀利的视角切入当代都市生活缝隙，围绕一名基层医生的工作经历，对社区卫生体制改革进行追踪式纪录。小说真挚讴歌着“逆行者”的精神境界，以个体的沉潜思考对医道、人性、理想进行批判与拷问，揭示社会弊病的同时生动展现医务人员的初心。冯剑鸣的《振兴 振兴》以乡村振兴为题材，围绕返乡青年田家兴的坎坷创业之路，描绘出一幅新时代的美丽农村画卷，具有浓郁的田园风情。文风带有散文诗般纯真恬静的气质，语言接地气且颇为灵动，点缀其间的花鼓词也从侧面渲染了农家生活的美好氛围。曹阿娣的《一张轻飘飘的铜版纸》以纪实性的笔调依次展示了民国时期、建国初期和改革开放后等三个历史横截面，描写不同女性的生存状态，表现出个人命运与所处时代的社会状况、发展变迁紧密相连。小说题目“铜版纸”隐喻着结婚证，看似“轻飘飘”，实则承载着人生、家庭、责任的重托，富有盎然诗意和哲学意味。这些作品切入社会生活和历史发展的各个角度，共同形成 2021 年度湖南长篇小说的多向展开格局，真实反映出湖南作家日趋成熟的创作能力，在产量之丰的同时进一步提升了讲好中国故事的能力。

（晏杰雄　陈璐瑶）

2021 年度湖南中短篇小说创作综述

2021 年度，湖南老、中、青作家共同发力，致力于展示湖湘人情风貌和历史文化，以敏锐的生活嗅觉和时代洞察力发掘暗藏在现实表层之下的污浊或光明。他们用坚实的笔力书写中国故事，在针砭时弊、讽恶扬善的同时传递社会正能量，显示出高度的社会责任感和人道主义精神。以残雪、蔡测海、聂鑫森等为代表的老作家创造力不减，新作不断出现，通过《烟城》《纪念格村的一颗牙齿》《寻常百姓家》等作品传达出铿锵有力的湖湘文学声音；以何顿、沈念、马笑泉等为代表的晚生代湖湘作家则继续深入生活内里，用《山人》《那夜》《回荡》等作品展现了本土写实艺术传统的创化。一个值得注意的现象的是，本年度《湖南文学》推出“湖南青年”写作专栏三期，集束式发表本土 80、90 后作者中短篇小说，已推介了玉珍、彭湖、青蓖三位作者的小说，引发了文学界对 80、90 后湖南青年写作的关注。扫描湖南新一代青年创作，可以发现一批 80、90 后作者开始崭露头角，如集体展示他们小说创作的原创性、新锐性与青春文学活力，可以列举出名字有郑小驴、青蓖、李砚青、彭湖、江冬、李娃等，此外，一部分有才华的诗歌、散文作者，如秦羽墨、玉珍、王爱等转向中短篇小说创作，经由之前良好的文学素养积累，小说一出手即显示成熟的品格，体现前沿文体意识。本年度，以中短篇小说创作为主体的 80 后、90 后作者已形成阵势，发展势头良好，内蕴巨大的发展空间及向外拓展潜质，“湖南青年写作”有可能形成一个引发全国文坛关注的典型现象，形成文学湘军新力量。总之，本年度湖南中短篇小说创作以独到的历史眼光审视社会、现实和人生，并在文本中注入深刻的时代反思，同时不断创新写作模式，力图实现中短篇小说形式与内容创作的双向丰收。

与去年相比，本年度湖南中短篇小说创作在题材内容上拓宽了广度和深度，在世情题材、官场小说、乡村书写、回望父辈和开掘内在精神世界这几个方面均有着力，实现了对于个体成长、时代主潮与历史魅影的三重叙述。一方面，作品延续了以往对于乡村、世情的关注和书写热情，以现实主义的笔触深入摹写城乡普通人的平凡人生，在细枝末节的生活流转中凸显生命的意义，对湖湘自然风光和人文景观进行双重表现，焕发了湖南地域文化的活力。另一方面，积极开发固有文化资源，在继承本土政经小说创作传统的同时，创新叙述模式来呈现当下政治文明与经济发展，用另类的书写形式激活了本土文学景观的生命力。与此同时，创作明显向下沉、向内转，更加关注个体的内在心灵，从而透显现代人的精神世界，并将叙述时间转向过去，将叙述主体投向父辈，在回望父辈中完成对亲情和家族记忆的反思和顿悟，表现个体生命与历史大潮的通融，留下关于近代史的私人注脚。此外，郑小驴的《火山边缘》突破原有的文学地理空间，用国际化视域进行叙事，沈念的《那夜》通过个体人生的转变隐喻生态文明从觉醒到兴盛的大历史潮流脉动。总之，本年度湖南中短篇小说所涉内容呈现多样化特征，世界景观、红色历史、革命印记、女性心理都可以成为小说叙事的背景或重要元素，作品以此为幕布展开对现实人生与历史文化的讲述，构成了包罗万象、含蕴丰富的广阔生活图景与精神审视。

一、世情题材：象喻与生活深度融合

世情题材是中国小说史上最为常见的类型之一，以书写民间世俗生活及人情物理为着力点，以小见大，往往“极摹人情世态之歧，备写悲欢离合之致”。世情小说发展经历了明末清初的繁荣、晚清的短暂中兴和现当代的再度兴盛过程，并延续至今，由于历经发展，内涵和外延得以扩大，叙述视角不再局限于单一的市民阶层，笔触逐渐延伸至各个社会阶层，但始终保留着反映社会现实、描摹世态人情的基本特征。追溯现当代文学发展历程，世情小说并没有作为一个独立而显著的小说类别存在，但是其写作内核中的“世情”传统一直影响着作家的创作，成为其创作灵感的重要来源。进入当代，汪曾祺、池莉、毕飞宇、苏童、邓友梅、陆文夫、范小青等人积极尝试新世情创作，他们的作品广泛地描摹了包孕万千的世态人情，且大多蕴藉古典世情小说的审美传统，成为当代文坛上一道亮丽的风景线。时至今日，对于新世情的书写已经成为许多作家的内在追求，文学界也已涌现出一批优秀之作。徐福达认为：“2021 年可谓是新世情小说创作的集大成之年……呈现出百花齐放、百家争鸣的状态”。考察 2021 年湖南中短篇小说创作，作家们毫不逊色，他们进一步发扬了去年的现实主义写作风格，充分利用本土文化资源，继续对生活的本真面目进行开掘，绘制了湖湘地区的世态人情风俗画。作品所涉内容丰富，包括世间男女婚恋、寻常人的世俗人生、街头巷尾的家长里短，以及各种社会乱象等，真实地表现了“人”的世界，既发掘了人性的幽暗意识，又透视了人性明亮的底色。以何顿、潘绍东、聂鑫森、王平、姜贻斌、唐吉虎为代表的湖南作家笔耕不辍，积极尝试将传统与现代，历史与现实进行有效的融合贯通，描摹时代迁徙中的精神变革，在新世情书写上留下了浓墨重彩的一笔。一方面，湖南作家深入摹写现代社会痴男怨女的爱恨情仇和悲欢离合，力图表现世俗社会的物欲横流和功利的、道德的、伦理的一面，深刻反映社会、历史、风俗所折射的文化，并渗透自身的人生感触和哲学思考。另一方面，湖南作家用细腻的笔触描写寻常人的世俗人生，呈现人与人之间的温情，并结合湖湘地区的文化特色书写区域性的世俗风貌，凸显湖南的地域文明和文化气质。同时，反映社会上的各类价值观，表现现代人的观念冲突。此外，湖南作家也对各种社会乱象进行了讽刺批判，致力于揭露人性丑陋险恶的一面，表现世俗社会中普遍存在的利益矛盾，展现当下时代最真实的面貌。总之，本年度湖南作家承继了中国古典世情小说的传统，显示出与传统文化文心的相通和契合，并试图开掘新时代下普通民众的琐碎日常，反映世俗社会生活和思想风貌。作家们致力于细节中人物性格的刻画和人情之常的表现，既有温情的现象学叙事，又有对日常世俗生活的传奇化、哲理化沉思，还着力呈现了世情与地域文化的双向反哺，在世情的表现中达到对当下生命意义的体悟与勘察。

何顿的《山人》发表在《芙蓉》，以第三人称叙事视角讲述了县高美术老师黄昌盛和女学生卢平因画画结缘展开恋爱，后因黄赌博负债累累，卢与黄分手南下广州，多年后，黄在飞机上偶遇已经结婚的卢，心灰意冷的他便也结婚生子，最后在得知自己身患绝症后去无为庙做了道士的故事。小说以一场麻将局为触发点，以黄、卢二人的爱情故事为线索，串联起张明、二毛、道长等各个社会群体的生活，采用穿插式叙述勾勒了一幅包罗万象的社会群像图。一方面，小说着重塑造了卢平这一人物，并通过大量的语言与心理描写聚焦其内心世界，揭示了昔日才女在金钱诱惑下内心的动摇和降格，反映了物质现实给女性造成的生存困境与无奈感。同时也表现了女性面对苦难现实的韧性和坚强，显示出其顽强的生命力。另一方面，小说用写实的笔触摹写了少女的青涩悸动、艺术家的放浪形骸、商人的精明算计、政客的贪污腐败、道长的悠然生活，在散点叙事中表现了大千世界中不同人的生活面貌和曲折人生，并对社会负面现象进行讽刺与批评，开掘了社会生活和现实人生的真相，反映了人在世俗中的欲念、挣扎和选择。此外，小说以黄昌盛的人生巨变为切入口，通过思辨性的人物对话，对比了欲念纷扰的世俗生活和清闲悠然的修道生活，呈现了“入世”和“出世”两种不同的人生理念，表现了现代文明对人造成的冲击，也反映了“俗人”和“道人”之间的精神隔膜。小说结尾处设置悬念，暗示着人性的复杂，也为读者营造了想象空间。整部作品叙事精巧，回忆与在场兼行，多用伏笔和悬念，情节一波三折，勾人心弦。语言雅俗共赏，率性平实，充满哲思。

聂鑫森的《寻常百姓家》发表在《长城》，包括《老人和狗》和《夜幕下的超市》两个短篇。前者讲述了国营大厂退休钳工舒宽生技艺高超，无偿帮街坊邻里修理东西，妻子去世后与一只黄狗——老黄相伴，因老黄及时发现心肌梗塞而度过一劫，事后给考上大学的困难家庭送去红包的故事。一方面，小说以写实的笔触塑造了一个不慕名利、乐于助人、品行高洁的退休工人形象，同时着重描写了舒宽生和邻里们的生活细节，反映了人性的光明。作者深入生活内里，将小巷子里的烟火气诉诸笔端，表现了平凡生活中人与人之间的爱与温馨。另一方面，小说对于“老黄”也着墨很多，呈现了一个机智聪明、勇敢救主的动物形象，表现了动物的灵性，反映了人和动物互帮互助的和谐美好。后者讲述了国企员工何殷殷和文史编辑向高远在相亲会上认识后，相约逛超市，但是向高远沉醉在自己的书稿中，并不关心应该买什么。这次逛超市，向高远和何殷殷在超市中走散，何殷殷恍然意识到双方并不是一个层面的人。小说通过对男女主人公三次逛超市的生活片段的细腻描写，以小见大地反映了两种截然不同的人生观：一种是心安理得地过凡俗的烟火生活；一种是埋头眷恋的领域，成为出类拔萃的人。作者并未批判或赞颂任何一种人生态度，仅仅是客观地呈现了人与人之间观念的差异。两部作品都重在表现世俗人生，呈现原生态的生活，叙事流畅自然且充满温情，善于捕捉生活的细节，语言简洁明快。

王平的《倒脱靴两章》发表在《湖南文学》，由两则发生在倒脱靴巷子里的小故事组成，第一个故事讲述了小巷居民郑志良和其岳父的人生经历，第二个故事讲述了红卫机械厂的车工师傅莫应勋在厂内的生活及其与益阳堂客、胡堂客等人的爱恨纠葛。一方面，小说塑造了许多看似平凡却又暗藏光芒的小人物，反映了最为真实的社会人生，凸显了人性的复杂。小说塑造的人物都具有多面性，无法对其进行非黑即白的简单价值评判，然而他们都有一个共同点，即为命运挣扎奋斗。作者对于个体命运的表现包含着对生命体温的感知，显示出人文主义关怀。另一方面，小说虽然是由两个单线脉络清晰流畅的故事共同构成，但小巷的独特文化气质却一脉相承，使两个故事实现了情感上的衔接与延续，作者借此塑造出过往岁月中巷子里几代人的生活图景。小说以青少年时代的小巷往事切入，用细腻的文笔将做学徒的经历、邻里的家事、长辈的记忆、前人的往事娓娓道来，不仅把巷子中的家长里短生动形象地铺展开来，而且反映出平凡岁月里的人生理想。此外，小说以“倒脱靴”小巷为中心进行叙述，全方位、立体化展现了小巷的世俗人情和文化风貌，传扬了湖湘地域文化。倒脱靴原本是长沙城里一条极其普通的古老巷子，作者通过书写小巷的冗长时光，表现其衣食住行、婚丧嫁娶、买卖经营等方方面面的文化特征，建构起时代文明的缩影。总之，小说弥漫着淡淡的忧思，包含着作者对人生意义的追问、对时光易逝的感慨以及对当代历史的深度感悟。整部作品叙事视角新颖独特，语言醇厚朴实，融入了大量的本地方言，带有浓郁的生活气息、时代印记和长沙地域文化特色。

姜贻斌的《偷盗记》发表在《长城》，讲述了在“文革”期间的窑山煤矿上，患有白翳的造反派司令女儿张军花身材矮小，却爱上了身高过人的矿工兼篮球教练刘清越，在其生病期间偷来各种补品照料他，但事情出现意外，刘清越不幸入狱，张军花便一直等待，出狱后两人结婚的故事。小说以一个孩童的视角讲述“文革”时期普通民众的生活，在普通生活中映射不普通的人性，在简单生活中反映出不简单的人道。作者将那个特殊时期作为映现人性的镜子，挖掘人性中矛盾而又复杂的一面，小说中的各色人等就是各种人性的集中汇演，在一个极端的环境下被拷问出本原意味。一方面，小说着重塑造了张军花和刘清越这两个人物形象，深刻表现了人性的复杂。小说中的张军花既有心机、飞扬跋扈，却又在父亲的保护下专情、纯洁；刘清越爱笑爱玩、高大阳光，喜爱小孩子，却爱以他人的缺点来开玩笑、找寻乐子。小说借此反映了人性没有绝对的好，也没有绝对的坏，而是简单与复杂交融，纯洁与心机交织，善良与世俗融汇。另一方面，小说深刻表现了不同权力阶层之间的对抗与冲突，展现了特定历史时期下真实的社会现实。小说中的“萝卜花”张军花与其父张东方代表有权势的造反派，而刘师父和“我们”这些孩子则代表底层人群。小说在几个场景的描绘中，揭露了造反派在小地方只手遮天、呼风唤雨、滥用职权的丑恶行径，表现了其凶狠的一面，并借此反映了有权阶级对普通底层的欺压和伤害，显示出激烈的社会冲突。此外，小说也描写了没有被污染的人性，显示出人性至真至纯的一面，表现了特殊时期普通劳动者们平凡的生活。小说中的六个孩子形象各异，性格不一，组成了窑山唯一的少年篮球队，构成了煤矿环境中富有生命活力的人物群像。他们在小说中是一股清流，在人人自危的环境下，却心甘情愿地为刘师父忙前忙后，体现了孩子们善良的天性，也体现了那个年代依旧存在的人与人之间的柔情，透显出人性的自然和纯朴品性。在艺术上，作者以第一人称视角为主体，辅以第三人称，产生了叙述的张力。小说中“偷盗”的情节略显荒诞，消解了小说社会时代背景所隐含的严肃意味，使其显得幽默诙谐。整部作品语言富有生活的质感，作者在普通话写作中嵌入了很多方言词汇，增加了小说的地域色彩，增强了真实性与趣味性。

残雪的《烟城》由三个单线小故事串联而成，分别从“我”、汪姨、古伯伯和桃金娘四人的视角讲述了发生在烟城中的各种琐事，呈现了烟城的风貌与特色，展现了烟城人民的生活日常。一方面，作者在小说中沿袭了一贯的写作风格，并以诗意化的语言构筑了一个奇幻的城市，呈现了一群神采各异的人物。小说中的“烟城”被烟雾吞没，终年不见阳光，迥异于现实的城市，但主人公们都坦然从容、温暖善良、热爱生活，对自己的言行与理想有着清晰的认识、执着的追求，展现了独特的烟城性格。另一方面，小说不仅书写了烟城故事，还更书写了灵魂故事。作者讲述的三个故事看似各自独立，但都遵循了一种独特的“灵魂脉络”，表现出对个体心灵的体察和向灵魂更深处的探寻。此外，小说还通过展现虚构的世界、虚构的人物，实现了对被现实现象掩盖下的本真生活的挖掘。作者运用视角转换、空间互喻的叙述方式，进一步呈现了烟城人民的生存图景，深刻表现人物与空间的隐喻意义，强调了放慢生活节奏能够促进人们的精神世界的丰盈。在艺术技巧上，作者采用“陌生化”手法进行“迷宫”叙事，巧妙地调试着读者与文本的距离，使得作品具有朦胧感和空间感。同时，并未塑造典型人物，所截取的生活片段也表现出较大的随意性，体现出创作时的自由、率性以及小说文本的“反阅读倾向”。作品语言优美清丽，具有感染力和冲击力。

二、政经小说：为文化景观推陈出新

政经小说是作家以独特角度观察以中国政治官员为核心的大众生活、官员的执政能力和社会现实，以及中国政治文化和政治文明现状与进程的文学体裁，往往采用现实主义的创作手法。它可以反映社会的精神症候，提供一种时代镜像。本年度湖南作家继续直面官场生态，以深刻醒世的态度呈现官场生活，以文学的笔触聚焦官场中的人，表现真实而又丰富的人性。传统的官场小说重在呈现官场生态和日常的运作模式，其中很难看到正面人物，但随着作家群的更新换代和创作观念的不断变化，官场小说的叙述模式已经发生较大的改变。本年度湖南中短篇小说既不同于以往的官场小说，也不同于所谓的反腐小说，更多采用成长小说的模式，通过小人物的成长史来揭示置身于官场中的人的真实境遇，文学性大大增强。作家们并不刻意描画官场规则，也不侧重讽刺腐败、揭露黑暗，而是从细微之处着力，讲述城乡干部的官场成长历程，通过塑造正面官场人物来表现新时代干群的良好精神风貌，警示和劝诫政界人士，写出了官场小说的新境界。以阿良、少一、秦羽墨、向本贵等为代表的湖南作家既着眼于处在权力中心的干部群像，又刻画了乡镇官场中的基层小人物群像，同时还包括重回官场的退休干部群像，从不同的视角出发立体化地表现了官场中个体的价值选择和为官态度。除此之外，还创新了叙事模式，将官场叙事的情节置于湖湘传统文化的根柢之上，兼容了广阔的思想与人生之“思”，实现了“官场”与“人生”真正意义上的链接。总的来说，官场小说作为本年度中短篇小说的一个重要组成部分，显示出湖南文学充分发挥自身优势，结合当下历史语境和介入现实相融通的创作特征。作品或巧设悬念，或辛辣讽刺，或善用象征，或平实表达，不仅全方位地表现了官场中不同人物鲜活的个性，而且从独特的角度出发反映了错综复杂、充满权力斗争的官场生态，更为新时代处在迷茫中的干群提供了新的为官思路。

阿良的《路障》讲述了市委书记秘书夏柚子勤恳工作多年，却在书记贪污被查后遭遇信任危机，在证明自己的清白后，放弃更好的任职机会，选择回虎尾村任支部第一书记，解决卧虎岭铜矿垮塌问题的故事。小说主旨丰富，关涉官员受贿、土地征用、铜矿治理、干群矛盾等诸多问题，以小地方见大时代，以小人物见大世界，深刻反映了现实生活中的各类社会现象。作者对于官场和基层生活的细节刻画精妙，显示出其对人民生活观察的细致与对人性的深入思考。一方面，小说以夏柚子的视角切入，通过个体成长史的书写追问生命的意义，深刻表现了小人物面对命运波澜时的挣扎与坚守，反映了时代浪潮中的个人选择。小说细致描写了夏柚子的内心活动和处境遭遇，完整地呈现了其思想境界不断提升的全过程，展现了夏柚子在官场的得志与失意、迷茫与痛苦、坚持与舍弃，表现了一个知识分子的精神理想与官场生活之间的鸿沟和难以调和的矛盾，反映了官场知识分子的生存状态。另一方面，小说较为细致地展现了官场生态，揭露了以公谋私、贪污腐败的官场乱象，鞭挞了官场的不正之风。原书记实际上是无数身居高位却贪赃枉法的官员缩影，作者通过这一人物形象的塑造生动地再现了官场中的尔虞我诈、勾心斗角，并深刻反映了权谋世界中人性的阴险和丑恶。此外，小说歌颂了清正廉洁、服务群众的优良作风，传递了社会正能量。作者通过夏柚子的“清者自清”和“基层实干”，反映了深入乡村、建设基层、肯做实事、切实解决群众需求才是无愧于时代和人民的选择。作者借夏柚子选择回到基层服务群众的人生取舍，彰显了官场知识分子高尚的人生态度和价值选择，反映了另一种为官为政的理想的实现方式。作品注重写实，叙事简洁明快，善于把握人物心理上的变化，文笔细腻、语言流畅。

少一的《去背牛岭》在《民族文学》发表，讲述了脾气倔强的谈何易因组织需要被迫出任背牛岭派出所所长，在其即将满期“下山”的那年，“我”因一封关于他的作风问题的举报信，去背牛岭调查相关情况，在调查过程中却切身感受到他亲民且严谨的工作作风，以及农村朴实民风的故事。小说以一起官场争斗作为故事的触发点，展现了官场生活的危险性和复杂性，并细致呈现了基层民警干部的工作内容，反映了真实的官场生态。一方面，小说从政工室主任“我”的视角出发，以民警谈何易的工作经历作为线索，细致入微地描写其在处理群众问题时耐心认真的态度，使得民警为群众办事的生活场景瞬间跃然纸上，展现了新时代基层干部积极的工作作风以及与群众之间的友好和谐关系，反映了当代公务员的良好精神面貌。另一方面，小说书写了普通民警的成长历程，反映了个体生命的成长、进步和人性的复杂，也呈现了下乡工作、农村创业的时代缩影。主人公谈何易前后思想变化明显，从拒绝到继续坚守，这一系列改变都是基层工作经历的影响，是牛背岭的人民带给他的。小说借此从侧面反映了农村淳朴、真挚的民风，也表现了小人物的生命反思和精神成长。此外，小说还对詹春玲的不幸遭遇进行描写，揭露了在部分偏远落后地区妇女仍然属于弱势群体、在家庭中遭到恶劣对待的社会现象，旨在呼吁人们关注和重视农村妇女的生活状况和社会地位，争取男女平等。值得关注的是，小说围绕一封“举报信”展开叙述，但在故事结尾并没有向读者展示“举报信”的调查和决定结果，而是选择了留白。这一安排在为读者留下想象空间的同时，也从侧面反映了官场生活的复杂斗争，表现了身处其间的干部的不易。整部小说娓娓道来，没有激烈冲突的情节。作者以繁琐的工作日常展开叙事，抓住细节刻画不同人物形象，塑造人物真实立体，环境描写优美清新，语言生动形象，比较口语化。

秦羽墨的《去明月寺练练枪法》发表在《边疆文学》，讲述了在世纪之初的一个偏陲山镇，年轻警员陈况目睹了莫索镇经济发展所带来的阵痛，由此卷入激烈的权力斗争之中，最终他击毙庄聪明维护正义的故事。小说将考察的对象聚焦在改革发展视域下，新世纪个体生存境遇中与集体领导不可避免地产生的双重博弈之中，以独具楚湘巫性色彩的民族乡土笔触浅剖偏陲山镇的世故剪影图。作者用别具深韵的象征主义手法和精妙的叙事结构，牵引出乡镇上下层集团之间的矛盾，并塑造出一个个圆形人物，讲述正义执法的经过。同时，从微观角度将审视的目光投诸时代背景与潮流，以点带面地指出平衡公平正义和人情世故的嵌合与蠹蚀至关重要。一方面，小说以陈况去明月寺打青鸟为明线，从小镇的群体意志和上层权力构建中剥离出来，刻画了莫索镇在经济发展时代洪流中“摸索”的阵痛——环境污染、官僚主义和治安动荡，体现出了对普通百姓的生存现状的同情。小说明暗线交织，在篇末才交代打青鸟练枪法的原因，侧面窥探了执法人员内心的潜在畏葸，形成了精妙复杂、层层嵌套且逻辑清晰明确的闭环式结构。另一方面，小说刻画的人物近乎皆为立体的、善恶难辨的，充分表现了官场斗争中人性的复杂。例如陈况作为警察，称不上正直却很有原则；林放作为派出所所长，圆滑之中又带着理性，深谙人情却心存侥幸。还有粗鄙暴力但忠孝义勇的庄聪明，为了孩子委身于人但胆小怕事、朝秦暮楚的郑小娥。这些人物多面而复杂，但多样的人物塑造手段使得人物弧线轻盈而不媚姣，真实而“接地气”。整部小说情节紧凑，人物关系错综，但是作者始终以一种平实却富有情感色彩，粗俚但不失幽默气息的语言来推进情节的发展。人物对话紧凑湍急，叙事层层铺垫、悬疑迭起。值得一提的是，小说试图在象征主义艺术范畴中寻找现实折射，并成功将其嫁接在了楚湘的巫性色彩之上，让镇民的愚昧和迷信成为象征手法的合理表征，不仅使文本更添一分诡谲神秘，亦为象征主义本土化创作提供了新思路。小说通篇浸润着楚湘独特的文化气质，字里行间都流淌着人杰地灵的“湘音”。

向本贵的《业委会主任》发表在《民族文学》，讲述了退休干部张先成在被选举为业委会主任后，尽心尽责地解决林苑小区管理混乱的问题，逐渐改变了小区的精神面貌，让居民们成功告别混乱烦心的日子，过上舒心生活的故事。一方面，小说以张先成任职后处理各种小区事务为主线进行叙述，细致地展现了其在工作上不断自我提升的过程，塑造了一个恪尽职守、谦逊低调、温和坚定，且积极为人民服务的退休干部形象。作者以朴素的语言刻画了张先成当选业委会主任后，即便没有分文报酬，也依然用心地为小区做事的工作细节，表现了其无私奉献、不怕吃苦的良好工作作风，体现了重回官场的退休干部为社会作出的贡献，凸显了个体的社会价值。另一方面，小说还塑造了一批与张先成对立的人物形象，突显了资本的力量和来自人性的恶。小说开头部分顾副市长奚落张先成做事太认真，不够老练，可后来小偷坠楼被捕，他家藏巨款的事情败露，被纪委调查。作者将官场中某些人物的伪善和虚假推至幕前，撕碎了腐败官员的虚伪面纱，反映了人性的狡诈。此外，小说也反映了要干大事就必须勇敢同邪恶势力作斗争，并且要自觉抵制诱惑，避免欲望膨胀的人生道理。小说中顾副市长的假公济私与张先成的无私奉献形成鲜明对比，呈现了恶终将受到惩罚，而善则会让世界动容的主题，为社会注入了鲜活的正能量。小说的故事线索简单清晰，主要依托张先成的所见所闻、言行举止展开叙述，此为明线。与此同时，还有一条暗线。明线是现实，呈现出小说的内在逻辑；暗线是影子，在小说开头和中后期辅助主线。小说双线并行，明暗线交织，现实拖着影子走，而“影子”又折射出了最深的现实，并在结尾处再次凸显，成为整部小说的高光部分。作者构思精妙而严密，在小说中巧埋伏笔，将内在话语隐藏于潜文本之中，在丰富故事情节的同时，铺就了一个意味深长且具有寓言性质的结尾，增加了作品的思想内涵。小说观照了现世人生，具有启发意义，极具趣味性，且逻辑严密，语言干净简洁，基调轻松愉快，具有很强的可读性。

三、乡村书写：诗情追忆与趋实表达交织

当代文坛上一直存在书写乡村的重要传统，无数作家以个体生活记忆为起点，铺开当代乡村的众生百态长卷。莫言、陈忠实、贾平凹、阿来等中老年作家积极为家乡代言，用富有地域特色的文字用心勾勒故土风貌；马金莲、肖江虹、纪红建等青年作家则深刻把握时代变革，展现变化中的中国乡村和地域文化记忆。自 2013 年精准扶贫政策推行以来，作家们愈发表现出“干预现实”的热情，投入到乡村书写的浪潮中去。2020 年作为打赢脱贫攻坚战和全面建成小康社会的收官之年，更是引发了作家们对于乡村地区的广泛关注。湖南作为精准扶贫的首倡之地，本就应发首倡之声。以何石、王天明、黎成钢等为代表的湖南作家充分发扬敢为人先的湖湘精神，创作了《那山那村》《相思山》《远山的呼唤》等一批表现乡村现实生活、讴歌历史伟业、凝聚人民力量的“脱贫攻坚”小说，构成了丰富的湖南乡村书写创作图景。审视本年度湖南中短篇小

说创作，作家们承续了传统现实主义严谨的写实手法，延续了去年的扶贫主题，并将自身置于驳杂纷乱的乡村现场，直面当下乡村发展中的诸多矛盾，又立足多样化的生命诉求和复杂的现实生活，力图在众声喧哗中接近生活的本相。与此同时，他们积极尝试以浪漫主义的笔触来叙写古老村庄的自然风光和人文风情，试图创造出“乌托邦”式的精神乡村，力求在乡村书写的反刍中深化自身的乡土记忆和文学理想，感受传统乡村的余温。被称作“湘西文学三匹黑马”之一的于怀岸用广阔的历史视野和深厚的人文情怀表现了老一代人的故土情结。新乡土诗派作家吴昕孺以家园乡土文化为精神源泉，将其诗歌风格创造性地渗透在小说之中，细致描写乡村风土人情。蔡测海、邓宏顺、龙宁英等少数民族作家用湘地独具特色的历史文化诗情追忆传统乡村，并抒写新时代下的乡村振兴和扶贫大业。残雪、龙宁英则以女性作家独有的眼光讲述传统乡村的没落和重建，以及湘西农村的振兴过程，打破了男性作家乡村书写的单一局面，显示出湖南女性作家乡村书写的活力与风采。整体来看，摹写乡村日常、呈现城乡冲突、表现乡村振兴都是本年度湖南中短篇小说乡村书写的重要内容，湖南作家将个体乡村记忆融入新的历史背景下的扶贫、振兴纪实，在全方位立体化呈现传统乡村和现代乡村日常生活、风俗历史的同时，塑造了一批既具有社会正能量，又不失审美价值的新时代人物形象，还表现了乡村人思想观念的更迭和精神世界的嬗变。作品紧跟扶贫攻坚和乡村振兴的时代主题，深刻描绘了现代文明冲击下“城乡中国”语境中的农村和农村人的命运，表现了基层干部在广阔时代变革中勇于开拓、不断进取的绚烂风姿，显示出湖南作家立足现实、热爱家乡的宽广情怀。

蔡测海的《纪念格村的一颗牙齿》以第一人称“我”的视角出发，讲述了“我”爱慕表姨“亥”并如愿娶其为妻的故事。“我”是一个傻里傻气的人物角色，小说通过“傻子”叙事书写了真实自然的乡村生活。一方面，表姨“亥”在格村的生活是小说的主要线索，作者通过对清晨洗头、织锦绣花、智对媒人等一系列生活片段的描摹，表现了“亥”的聪慧美丽、心灵手巧和纯洁美好，同时也讲述了其他村中女子的勤劳、坚贞和聪颖，表现了她们情感上的含蓄和纯粹，温和淡然的笔触使格村女子的美好形象跃然纸上。另一方面，格村是故事的主要发生地，小说对格村的古老建筑、自然景观、氏族观念、传统文化、职业构成、民歌小曲进行书写，“媒婆”“彩陶”“木楼”“黄狗”“彩丝”“河流”等构成了村庄平静而缓慢的日常生活碎片。作者将散落在石头上的文明记忆寄托在诗意的想象之中，勾勒出一个世外桃源般的与现代文明存在一定距离的古老村落。此外，小说中的“牙齿”“石头”“太阳”等意象象征着格村的物质传统和精神内核。掉落的牙齿埋在石头下，而石头一直存在，日光也恒常不变，意味着格村在时光的冲刷中始终保持着诗意乡土本来的面目，并未被外界的现代文明所侵扰，传达出作者对文化湘西的深厚情感。就艺术手法上而言，小说的情节安排比较随意，叙事呈现出破碎感和神秘感，语言朴拙清新，自然流畅，有浓厚的汉语韵味。

吴昕孺的《骑着白象的月亮》发表在《湘江文艺》，讲述了石头村铁匠卢阿顺在一个雪夜收留了叫花子金花，并与其共同生活，在先后经历了金花与弹棉花匠私奔、与补锅匠私奔后，他将金花儿子杉杉养大，最终在一片大火中不知所踪的故事。一方面，小说用精巧的笔触刻画了一个勤劳能干、不计前嫌、温暖善良的打铁匠形象，真实地展现了脚踏实地的平凡好人卢阿顺的爱情悲剧、人生悲剧，表现了苦难民众对于美好生活的愿景。金花是卢阿顺的良药，带给了他前所未有的感觉，但她又是毒药，金花的两度离去将他对于生活的希望彻底撕碎，小说借此凸显出淳朴憨厚的卢阿顺对于爱情、对于美好生活的渴望，更反映了这种美好愿望被彻底粉碎的悲剧性。另一方面，小说彰显了底层视角的叙述张力，通过对卢阿顺、金花、丙崽与丙嫂等底层人爱情纠葛的书写，揭示了人性的复杂与幽微之处。小说通过卢阿顺与丙崽之间的情义歌颂了兄弟之情，通过金花的两次背叛反映了其内心的不安分，通过弹棉花匠和补锅匠的诱引行为表现了人的阴暗面和歹毒心肠。小人物们的内心世界在文中一一展开，人性的善与恶、光明与黑暗、温暖与冷酷也得以呈现。此外，小说也对石头村的淳朴乡风进行了书写，构建起真实而又细致的村庄生活图景，并隐晦地折射出农村人的所思所想与精神诉求。小说故意打破了传统的叙述模式，采用现实与回忆交织的叙述方法，同时悬念迭起，创作的空白也为读者提供了想象空间。整部作品充盈着丰富的可阐释性，可以引发读者深度的思考。

潘绍东的《扬尘飞舞》以第三人称叙事视角讲述了农民工钱贵当众打骂老婆春花，事情在网上传开，几个青年上门声讨，事情逐步升级，钱贵被有关部门关押，春花带儿子向政府申诉无果，年后钱贵回来后母亲已经去世，最后又继续外出打工的故事。一方面，作者通过外出务工的艰辛、回家路途的曲折、收不抵支的窘境、和家人聚少离多的常态等生活细节，塑造了钱贵这一典型的农民工形象，折射出底层群体真实的生活处境。同时，作者也塑造了性格泼辣的春花、身怀厨艺的杨细光等乡村人物，呈现了农村人民琐碎而庸常的生活，表现了农村社会复杂的人际关系。另一方面，小说书写了村支书德顺、马副镇长、吴镇长等人物，通过对其行为处事的摹写表现了基层干部的聪明圆滑，反映了基层工作的复杂性。小说并未暗含褒贬之意，只是贴着生活现实来写，呈现了政府与人民之间的真实状况。此外，小说从家庭暴力这个热门话题出发，借助一场闹剧揭示了舆论风波和网络暴力对人民生活的影响，表现了作者对于社会问题的关注和反思。小说以一种极其夸张的叙述，暗示着传统观念和现代法治之间尚且存在较大的矛盾和距离，引发人们对于两者是否应该有缓冲地带的思考。最后，小说结尾处设置巧妙，用一通电话将不同社会角色间的利益冲突展现得淋漓尽致，揭露了自媒体时代部分人为赚取流量不择手段的不良社会现象，也深刻表现了小人物忙于生计的人生常态，以及政府部门在处理舆论风波时的态度和手段，反映了最为真实的现实生活。整部作品叙事老辣而不失真诚，多从细处落笔，构思精巧。小说风格鲜明，作者用韵味十足的湖南方言进行写作，极具地方色彩，语言生动活泼，诙谐幽默，富有趣味。

于怀岸的《望龙山》主要讲述了望龙山村民朱天寿在最后一个村民离世后静待死亡，开始准备自己的后事，却在与孙子重逢后重拾了对生活的期待，决定勇敢下山的故事。一方面，小说立体化地描摹了山村在不同时期的场景风貌，真实地展现了现代化进程中山村居民的生活状态。

小说围绕朱天寿的所见、所闻、所思展开，通过老人的回忆再现了山村生活图景，通过对其心理活动的描写着重表现了老村民对山村的坚守与眷恋之情。另一方面，小说揭露了在时代变迁的大背景下，传统山村丧失生机活力，地域文化逐渐失传的状况，反映了留守村民在城市化进程不断推进的过程中所面临的无人照顾，甚至无人收尸等尴尬问题，表现了现代文明的渗透对传统山村文化带来的猛烈冲击。此外，小说体现了老一辈人对新生活的向往与对旧世界的扬弃，呈现出其固有思想的转变与新的精神力量的诞生，也彰显了封闭村落注定要融入城市，赞颂了山民们主动走出大山，融入城市，追求新生活，并且主动改造山村的新观念。“望龙山”一词在小说中被反复提及，相关的两个传说也有多处呈现，它们主要作为山村文化的象征而存在。小说也以“望龙山”为题，象征着村民对山村生活的展望与对地域文化的坚守，彰显了作者对城乡二元对立问题的深入思考。作品语言平实，情节层层递进，引人入胜，作者思想深邃、文笔老练。

邓宏顺的《谁不说俺家乡好》以第三人称叙事视角讲述了在一个村庄中，香花由于丈夫玉婆长期不在家而出轨三狗，米嫂的儿子和坡子的女儿由于经济条件的差距无法在一起，沈书记竭力处理他们之间的纠纷和矛盾的故事。一方面，小说选材大胆直白，作者对农村生活体察入微，以现实主义的笔法，深刻地反映了农村转型期存在的极为真实的社会问题，表现了农村人的生存困境和情感缺失。小说揭示了农村地区亟待解决的男女婚配问题，深刻地表现了农村在迈向现代化的进程中夫妻关系的脆弱性、敏感性，也揭露了现代农村劳动力流失、人际关系疏远等问题，切实反映了农村急剧增长的物质财富追求欲望和渴望进入城市以实现阶级跨越的风气。另一方面，小说有力地表现了广大农村地区基层工作的复杂性，反映了基层干部们勇于克服困难，化解矛盾的优良品质和聪明智慧。小说较为全面地展现了沈书记处理村民矛盾的全过程，塑造了一位善于思考、灵活变通、尽职尽责的基层工作者形象，借此表达了在现代乡村的具体治理中，村干部要努力克服物质需求和精神需求的双重考验，要善于动脑筋，用智慧赢得胜利。小说以民间的“包公判官”

为中心发散开来，文章多线并行，人物之间并不孤立隔绝，而是相互联系，形成一个圆圈式的循环。作者将故事、人物共同放置在一个相对封闭的村庄，并以这一地理空间为舞台，各人物相继登场，你唱罢来我登台，人物形象的塑造和事件的发展圆融在动态的发展过程中，节奏推进有序，人物生动鲜活。整部作品语言平实质朴，作者并不多用溢美之词，也不采用居高临下的批判姿态，而是用严肃的批判精神和饱含同情的人文关怀精神记叙社会转折中的农村生活。

残雪的《石头村》以第一人称叙事视角展开，讲述了村子里的土地、蔬菜变成石头，茗的父亲和哥哥前往外地谋生，她也萌生了出逃想法，最后在妹妹的引导下，父亲和哥哥回归，她也逐渐理解了石头的含义，完成了进一步成长的故事。小说将乡村故土的贫瘠与苦难物化为石头，用石头作为文章的核心意象以及叙事的主要线索，牵引出了整个故事，从而表达出人内心深处隐蔽的深层感情，构思精巧，宛若天成。一方面，小说展现了贫瘠乡村自然条件的天然劣势和资源不足的客观现实，反映了生活在苦难乡村中的人的焦灼和无奈。作者用魔幻现实主义的笔触创造了一个万物皆可变为石头的奇异乡村，并将村中物产的匮乏和乡人无法生存的艰难处境暴露在读者的视野中，表现了人民基本的物质生活无法满足的乡村现实。另一方面，小说深刻表现了逃避，混乱和等待解决不了问题，只有接受故乡的苦难形态才能迎来新的希望和好运。石头是希望的石头，这样的荒芜的表象下，石头也会爆裂，会发热，从而孕育出新的生机，离去的人回来了，人、村庄和石头从此连接在一起，耕耘新的希望。在这里，新长出来的石头自始至终都是没有变化的，变化的是人对于环境的认知。唯有坚守，才能让植物破石而出，直到人也变成石头。“哪里有石头，哪里就有好运”，小说借此反映了乡村人的精神成长，表现了其对苦难故乡的真正接纳和不遗余力改变家乡、创造美好家园的勇气。整部作品善用变形、幻觉和梦境进行叙事，小说中的时间、空间、地点都是抽象且不确切的，作者的叙述方式荒诞怪异，却暗藏玄机，语言则明白晓畅、简洁明亮。

龙宁英的《扁齐寨的人》以“我”帕兰朵第一人称的视角进行叙

述，娓娓道来了扁齐寨在“我”这个村主任的带领下，通过种植草烟、打通豹峡口修路、吸引回乡人才投资葡萄园产业等，逐步实现脱贫摘帽，走向生活富足的幸福之路的故事。小说从女性作家的视角出发，以丰满细腻的笔触塑造了一系列生动鲜明的人物群像，重点塑造了足智多谋、义勇双全、不怨不悔、敢打敢拼的独臂老凉大舅；同时塑造了重情重义、一心一意跟党走的老革命战士阿·巴哥罐；此外还塑造了聪明勤劳、回报家乡的老义罐等人，展现了扁齐寨人全力团结、齐心协力打赢脱贫攻坚战的决心和毅力。一方面，小说展现了从前湘西地区的古老、愚昧和落后，反映出改造湘西地区贫苦生活状态的必要性、刻不容缓性以及复杂性。作者以扶贫道路上的困难为主要矛盾推动故事情节的发展，跌宕起伏、环环相扣，人物的命运和前尘往事也随着扶贫的深入逐渐浮现出来，并向纵深发展。另一方面，作者以女性作家温情细腻的语言，生动地刻画出人情质朴、凝心聚力的湘西社会。多次出现的苗族古歌和传说“淘米婆婆”等使小说增添了巫地神秘色彩，拓宽了小说的内蕴和表现力。小说并不着意于描写某一突出人物，而是把重彩笔墨放在扶贫一线的无名英雄群像身上，他们的性格或有所不同，但那种奋斗在扶贫前线的勇气、勤劳与坚毅是小说通篇所体现出的气质精神。作者直面贫困问题，记叙贫穷与反贫穷的抗争，在时代大潮下的人物群像中以小见大，展现出波澜壮阔的湘西扶贫大业，谱写出一幅时代与个人共存、奋斗与命运共振的扶贫画卷。作品打破了传统的叙事模式，采用回忆和现实相交织的写作形式，以平缓的语调进行叙述，语言生动传神，具有浓郁的地域特色。

四、回望父辈：个体记忆与历史大潮共振

“父子冲突”是西方文学的一个经典母题，《俄狄浦斯王》中弑父娶母的情节更是将相关的文学叙事推向了极端化。将目光投向国内，在中国现当代文学的发展进程中，父与子的关系同样是一个重要的文学母题。从巴金的《家》、曹禺的《雷雨》，到钱钟书的《围城》、林培源的《以

父之名》，大量的文学作品都融入了对父子关系的讨论，父辈与子辈的矛盾冲突时常作为小说的核心主题或情节发展的助燃剂而存在。不过，值得注意的是，即便是在受启蒙话语的影响，涌现了众多“专制之父”、“反叛之子”的人物形象的五四时期，“爱子之父”与“爱父之子”的形象以及其中所蕴含的新旧伦理的纠缠，也依然是在讨论此阶段的父子关系时不可忽视的内容。也就是说，在现当代文学作品中，父辈与子辈除了矛盾、冲突之外，其实更多的仍是亲情的交融与互望。翻阅本年度湖南中短篇小说可以发现，作品中融合了对父辈、子辈关系的讨论，而且相比于一味地表现矛盾与冲突，更注重展现父辈与子辈之间无法割舍的、千丝万缕的爱。不过，这里的父辈内涵是扩大化的，它还包括祖辈、母亲等长辈亲属。作品中父与子的抗争也并不激烈、残酷，反而是以一种较为隐秘、安静且压抑的方式在进行，更加贴近生活现实。一方面，作品塑造了关爱子辈的父辈群像，又以矛盾冲突为外壳，细腻地展现了父辈与子辈之间千丝万缕的情感链接，表现了子辈对父辈的复杂情感。以易清华、彭湖、许玲为代表的湖南作家对生活细致体察，有意识地将子女对于父辈的抗争与生存压力的抗争关联，详尽地展现了“孝”与“利益”之间的辩驳，凸显了“爱”和“理解”的微观主题。另一方面，作品结合历史语境和时代大潮进行叙述，把“回望父辈”与“个体记忆”紧密结合，通过个体在不同历史时期以及不同生存空间的记忆展现了时代记忆和集体记忆，表现了湖湘人民绵延不绝、历久弥新的家国情怀。以沈念、廖静仁、蔡测海为代表的湖南作家把个体放置于群体的位置来进行回忆，塑造了一批“群体视角代言人”，凸显了“精神传承”的宏观主题。总之，这些小说在回望父辈中或解构父辈权威，重构父辈形象；或表现自我和解，反映心灵创伤；或披露世态人情，挖掘俗世悲欢；或记录两代人的人生境遇、沉浮起落；或再现历史，呈现个体成长轨迹。作者在父辈故事的讲述中，将个体记忆、家族记忆和民族记忆融合，在展现家族传奇的同时折射出不同时代下人民的生活境遇，表现了大历史背景下小人物的生命沉浮，作品兼具历史厚重感和艺术感染力。

易清华的《月明之夜》以“我”的视角讲述了父亲为了三个儿子的

前途忍痛毒死了祖父，母亲为阻止父亲自首而自杀，儿子们对父亲颇有怨言，直到多年后才逐渐了解当年真相，并陷入悲痛的故事。一方面，小说善设悬念，开篇便通过父亲执意为祖父守孝三年的奇异行为激发读者好奇心，后续又通过层层解密，还原了二十多年前祖父去世的真相，借此塑造了一个复杂的父亲形象，展现了个体对于物质与人性的抉择以及在受到双重精神重压后产生的认知模糊与情感焦虑。另一方面，小说蕴含着对于“爱”与“孝”的深入思考，反映了人性的幽微之处。父亲用毒药结束了祖父的性命，宁愿在亲情与罪恶中挣扎一生，也要换得三个儿子鱼跃“农”门的经济支撑，他对孩子的爱无私深沉，然而这份爱却是以“忤逆不孝”为代价的。作者将复杂的人物内心藏匿于小说的细节之中，试图告诉读者“爱”与“不爱”，乃至与“恶”之间其实未必有明显的界限。同样的，若要兼顾“爱”与“孝”，也可能会让人陷于两难的境地。小说不断地对人性发出叩问，不断地探讨“爱”的本义，发人深省。此外，“释怀”和“解脱”也是小说着力呈现的主题，小说的结尾处兄弟三人终于明白父亲深沉的爱，一起望向窗外的一缕月光，这与标题“月明之夜”完美契合，明亮的月光体现了对往事的释怀与精神的解脱，一切爱恨在此刻终于都变得清晰明了。作者意欲告诉读者，放下才是真正的解脱，方可获得内心的宁静。整部小说没有激烈的情节冲突，但是读来又令人跌宕起伏、惊心动魄，作者用不疾不徐、不动声色的语调进行叙述，为小说增添了一抹细水长流的韵味。

彭湖的《一无所有的春天》讲述了在父亲的病让一家人心力交瘁，大哥的婚姻即将走向破灭的背景下，“我”、哥哥、嫂子做出要遗弃父亲的决定，然而将父亲遗弃在江边后，“我”的良知与对父亲的爱却突然被唤醒，最终选择找回父亲，并带他回家的故事。一方面，小说从对生病老人的赡养问题切入进行叙事，以主人公“我”情感态度的变化为线索，展现了个体面对生活的重压，在维护亲情与保护自身利益之间所做的纠结与挣扎，深入挖掘了平凡百姓的生存困境。小说对人的耐心与良知是否会在日复一日的重复性工作以及巨大的生活压力下消磨殆尽这一问题投以关注，反映了一个极为真实的社会现象，即当父母年老体衰，生活不能自理，彻底成为家庭负累时，为人子女难以在孝顺父母与承担生活和精神的双重压力之间取得平衡。作者通过对不同人的心理、言行进行描写，照见了现代人在赡养老人时的“众生相”，揭露了社会现实与最真实的人性。另一方面，小说表现了深沉的父爱，并呼吁人们要知恩图报，强调乌鸦尚能反哺，传达了人之为人，应承担赡养长辈的责任，用心维护亲情的人生道理。小说中的父亲早已遗忘了一切，却能记得“我”的各种喜好，父亲待子时的耐心、无私与子女养父时的暴躁、敷衍形成了鲜明的对比，作者借此讽刺了当今社会孝道的沦丧和人情的冷漠。此外，小说通过“我”的心路历程，展现了人性的丧失与复归，表现了个体生命的自我救赎，具有极强的代表性与现实意义。在结尾处，作者通过“我”的悔过自新，表现了良知尚在，社会依然充满真情的主题，小说的情感基调也实现了由冷色调向暖色调的转变。整部作品语言平实、接地气，情感脉络清晰明了，字里行间都透露着浓郁的生活气息。

许玲的《一面墙》以“寻找母亲”为切入点，串联起两代人的故事。张康童年意外失去弟弟，父亲从此不断消沉，过早离世，母亲也患病，并时常走失，痛苦的经历像噩梦一样吞噬了他。但随着小女儿的出生，他在为人父的过程中逐渐成长，最后理解了自己的父母。一方面，小说通过一个发生在中产阶级小家庭里的故事，塑造了一个痛失爱子、没受过教育、身患老年痴呆，却又深爱着孩子的衰迈母亲的形象，表现了一位母亲悲惨的晚年生活。作者用细腻的文笔描绘了母亲在遭受虐待后的创伤反应，展现了母亲在面对儿子时难以掩饰的欢喜与言语之间的卑微、讨好，并通过对“悲伤的母亲”这一形象的刻画，深刻地反映了“久病床前无孝子”和“子欲养而亲不待”的社会现实。另一方面，小说详尽地书写了张康的复杂心理，关注到面临中年危机，且在城市中无根无基的男人该如何应对生活的问题，表现了小人物的人生困局与迷茫挣扎。小说中的张康既要承担房贷压力，又要供养妻儿，赡养老母，本就疲惫不堪，而来自乡村的母亲在生活习惯与思维模式上，都与他出身城市的妻子大相径庭，家庭矛盾日益凸显，小说深入地展现了走出农村在城市定居的男性的社会压力，反映了他们普遍存在的婚姻家庭问题。

此外，小说通过对人物性格和情感心理的微妙书写，展现了对人性、时代、城乡、阶层乃至中华民族恒久的历史与传统的深刻思索。小说中的“一面墙”，不仅是一种隐喻，亦是一种象征，它凝聚了身份认同、阶层流动、伦理道德、成长创伤等诸多议题。对于张康而言，墙的这边是母亲，是他身为农家子弟的历史与一段不堪回首的过往；墙的那边则是妻儿，是一个“城里人”的身份与一个看似光明的前程。他立于危墙之上，一面无法摆脱阴沉的过往所造成的桎梏与心灵创伤，另一面又控制不住地向“光明”的那一头攀爬，这正是无数城市农村人的真实写照，小说深刻表现了城市化进程中“进城人”与城市融合的艰难历程和与故乡告别的精神阵痛。整部作品善用插叙的形式，在现实中穿插回忆，构建起多重叙事空间，作者文笔老练，行文婉转流畅，富有感染力，展现了深厚的语言功力。

沈念的《那夜》讲述了“我”和老金夜里去弥渡湖找鹿后义喝酒，在闲谈中他讲起自己每晚都做噩梦，现在老了才知道打过的铳都是打自己，领悟到父亲阻挠自己打鸟的深意，次日清晨“我”们突然得知其去世的故事。一方面，小说以夜晚的一场酒局为线索展开故事，将笔墨放在洞庭湖区的一位老人身上，通过对其人生往事的回忆，刻画了一位昔日神枪手的人物形象，书写了波澜起伏的个体生命史，抒发了从城市奔赴偏僻之地的“我”对离别、生活、生命的体悟。同时，将人世间的铺锦堆绣和冰寒刺骨在叙述中铺陈开来，表现了真实的社会人生。另一方面，小说对父子两代人的人生经历娓娓道来，展现了发生在其身上的离奇经历，强调了“头顶有神明”，伤害动物会遭受报应，传达了关注与保护野生动物、人与自然和谐相处的生态文明理念。此外，作者深入洞庭湖腹地，用细腻的笔触描摹了弥渡湖的自然景观和风土人情，并追溯了其人文历史，揭示了该地与鹿类、鸟类之间的渊源和深厚联系，呈现了洞庭湖几十年来人与动物共处的曲折而又丰富的画卷，表现了对自然的领悟。整部作品全知视角与限知视角并用，回忆与现实交织，客观冷静的叙事背后包含着真切动人的情感，文字干净节制，具有直击人心的力量。

廖静仁的《祖业祖业》以回忆的形式，通过倒叙、插叙的方式讲述了廖氏茶业在时间长河里沉浮起落的命运，起于晚清，经历辛亥革命、抗日战争、新中国的成立和社会主义建设时期，在几代人的维持与坚守后，最终难逃在历史洪流中归于沉寂的结局。祖业的发展史呈现了廖氏家族成员的不同性格和命运以及中国从晚晴至今的发展景象，一副关于家族和国家的历史画卷就此展开。一方面，小说彰显了廖氏家族人员身上善的品质与民族大义，如高祖父的高风亮节，银海对革命信念的坚定，银河的坚韧与善良，银江为国捐躯的正义，以及张家三姐妹的贤良淑德。作者塑造的人物形象都是善的，这是拯救危难中国的不同英雄的缩影和代表，他们是实业救国者、探索新道路的开拓者、保护民族的革命烈士以及突破传统束缚的新时代女性。然而，廖家人身上的这种善的品质不能挽回廖氏茶行最终走向衰亡，甚至家族中无人愿意提起“祖业”，廖家努力追求的珍贵希望破灭，被日军所击毁又立马重建的茶行还是变成了废墟，小说充满浓郁的悲剧气息。另一方面，小说的核心思想内涵是民族精神的传承，浮面叙述的是廖家祖业，实则是民族祖业。曾祖父银河对子孙们的训示：“现在祖业虽无，精神犹在神龛!”，这也是对每一位中国人的训示。坚贞不屈是始终是中华民族的底色，在动荡不定的艰难生存环境里，廖家始终没有放弃茶行的发展和经营，这和中华民族的奋斗史不谋而合。小说中所设定的地点、事件、事物是虚构中的真实，长沙火宫殿、安化黑茶等是大众所熟悉的，这样的设定使小说更具历史真实感，增强了小说的艺术表现效果。整部小说伴着忧伤的氛围，通过独特的历史视角回忆奶奶的讲述，将民族历史的发展浓缩为廖家祖业的兴衰史，但民族高于家族，祖业虽无但精神永在，民族发展迎来新生。相对于其他历史文学作品侧重写人性的复杂与表现水深火热的艰难困境，这部小说则相对简单、真挚，甚至散发出一种淡淡的美好。小说人物形象鲜明丰满，故事情节一波三折，具有浓厚的历史色彩，语言磅礴大气。

蔡测海的《父亲简史》以“我”的视角聚焦祖父两代人的历史，用倒叙和插叙勾连起祖孙三代人的生活图景，讲述了上世纪四五十年代湘西乡村人民在兵荒匪乱中顽强求生的峥嵘岁月。一方面，作者以时间为线索对父亲的人生进行回忆，塑造了一个嗜赌如命、改邪归正、心存大义、善良宽容、吃苦耐劳的农民父亲形象，表现了对父亲的缅怀和思念；并对钟石、班长、大巴掌等人进行描写，表现了人在不同境遇下的选择与坚守，显示出乱世之中小人物的生命浮沉和人性的复杂，也反映了个体生命顽强坚韧的性格底色。另一方面，小说对抗日战争、抗美援朝、人民公社等重大历史事件进行“串珠式”书写，并回溯光绪、宣统年间的历史，展现了一幅战火纷飞、顽强抗争、波澜起伏的革命历史画卷，反映了几十年间的动荡时局和社会变迁。作品写实，却不重于表现客观的历史，而是着眼于表现特定人物、特定视角所感知到的历史，致力于书写有血有肉、真实可感的故事。此外，小说还表现了人与植物、动物、土地之间的乱世情谊，凸显了万物有灵、人皆有情的普世道理。整部小说多线并行，情节回环曲折，作者善于在时空转移中推动故事发展，语言质朴自然、饱含情感、富有哲理，但略显粗粝。

五、开掘内在：立体化摹写现代人心灵

文学创作与人的心灵表达密不可分，作家往往从人的心灵世界汲取灵感，融合个体生命在时代浪潮中的选择与沉浮，在小说中实现对人性的照见以及对时代的思索。追溯现当代文学及相关领域研究的发展演变可以发现，伴随着人文社会科学领域对现代社会的反思与批判，文学界也对人的心灵生态投以越来越多的关注。作家们对现代人的精神危机或信仰危机进行挖掘，并着眼于解决人与自身交往、与社会交往、与自然交往的问题。近年来，余华、张楚、铁凝、毕飞宇等众多作家都对社会心灵生态方面的危机进行了深入思考，并通过向内挖掘与向外表达，构建起人的内在心灵与外部社会之间的桥梁，完成了对心灵生态本相的开掘。本年度的湖南作家也深切关注了这一问题，对现代人的内在进行剖析，创作出一批关涉现代人心灵生态的中短篇小说，体察了个体在自我审视、社会认同、婚恋现实、职场生活等诸多方面的迷茫和焦虑。当代社会学大师齐格蒙特·鲍曼认为：“现代人在这个‘流动的时代’（即充

满不确定性的时代）过着‘流动的生活’，并充满着‘流动的恐惧’”。以青蓖、少鸿、郑小驴、唐吉虎、李砚青为代表的湖南作家正是敏锐地捕捉到了这种“流动的恐惧”，在其作品中立体化呈现了处在社会进程中的人的生存状态，并对“游走在社会边缘的人”进行深入挖掘，表现了个体心灵深处的破碎感与疏离感。一方面，他们从男性视角出发，审视当代女性的内在心灵，深入探寻其隐秘的内心世界，展现女性群体的精神困境。另一方面，他们擅长通过对个体心灵的描写，观照小人物的现实人生，从而探索个体生命对于情感、人生、职场、社会的独特体验和认知。其创作暴露了现代性的阴暗面，展现了现代性危机对人精神层面的入侵，表现了现代人摇摆不定、惴惴不安的精神面貌。除此之外，还对人与自身、社会、自然的关系链中所扮演的角色进行评判，凸显了在现代生活中谈论自由与安全是奢侈的，我们唯一能够确定的事情是一切都处在不确定性中的独特主题。总之，作品展现出湖南作家对现代性危机的深入思考、对现代社会的反思批判，反映了其深刻把握时代脉搏，为处在同一时代中的人们发声的先锋意识。

青蓖的《人物实操课》，讲述了中年女性颜陌因颈椎问题去健身房上私教课，在与教练不断讲述案件的过程中塑造了另一个自己，因双方互不了解彼此的真实生活状态，因此在相处过程中现实与虚拟交融的故事。小说通过展现女主人公的心理活动和她在讲述案件，以及与教练闲谈的过程中对彼此关系、距离的调控，塑造了一个沉迷于想象、有独特世界观，但又随性、彷徨的女性形象。一方面，小说从健身房私教课教练与学员的交流切入，深入展现了女性的情感世界，显示出女性情感的细腻和复杂性。另一方面，小说以独特的女性视角叙事，对女主人公复杂的内心世界进行挖掘，实现了对人性本真面目的剖析，反映了现实生活中人与人交往的可能性。小说以颜陌的视角展开叙事，尽管她在尽可能地对事件进行客观陈述，但事实上并未能做到完全客观，她潜在的主观情绪让一些真相在小说中被掩盖，取而代之的是一些抽象的色彩，使小说也与她和教练对彼此的认识一样，带上了一层朦胧的面纱。此外，颜陌和教练都呈现出现实与虚构世界的“中间状态”，不同身份的扮演、职业的未知性都增加了现实生活的虚幻感，在这个过程中，人物自身构成了镜像自生的表述关系，作者借此展示了对人的社会身份与真实自我之间的关系的独特理解。小说充满了游戏精神的味道，以零度写作的叙述模式把疼痛事件与疼痛的身体结合起来，使人物具有实验性和非实验性的双重状态。作者极富想象力，描写极为细腻，文笔清丽且平易晓畅。

少鸿《鹤望兰》讲述了男主人公出门旅行，因错认了自己的登山包而与一个微信名为“鹤望兰”的女子相识，在后来的相处中逐渐了解到她的家庭、生活状态以及不幸的人生遭遇，最后目睹其被父亲和哥哥送入精神康复中心后，对世界丧失了期望的故事。一方面，小说观照现实生活，聚焦现代社会个体的精神嬗变，展现了一个有个性且爽朗率真的新时代女性的命运悲剧。鹤望兰仅仅是因为追求自己想要的人生就要被送进精神病院，小说显示出现实世界的荒谬可笑，揭示了女性命运的悲哀，并通过其前后精神状态的对比书写，反映出对当代女性的生存困境。另一方面，作者通过大量的人物内心独白，全面展现人物内在心灵，表现人性的幽微与光芒，以独特的角度反映时代风貌。男主人公自身的遭遇以及他对鹤望兰的爱慕、理解乃至惺惺相惜，呈现出个体生命在这个利益至上的时代的沉浮与守望，小说深入挖掘了人物的思想动态、心灵轨迹，深刻而鲜明地反映了个体在高速变化的社会生活的不适与彷徨以及个体要突破生存与精神困境的艰难与不易。此外，小说通过男女主人公的交往展现了现代人的孤独症、缺爱症，揭示了人的精神困境。偶然相识的陌生人，反而比相伴多年的家人、同事更能理解自己；尽管不清楚对方的真实身份，一直以化名相称，却能在人生路上彼此陪伴，在精神领域相互依靠。相比于肉体上的吸引，男女主人公更多的是精神层面的相知相惜，小说深刻表现了孤独的人们对于温暖和心灵依托的渴望。“鹤望兰”实际上是一种花的名字，其花语为自由、幸福，和相爱的人比翼双飞。小说以此为名，鲜明地反映了时代大背景下个体的迷茫与无助，呈现出一种个体心灵体察与物质化社会实况有机交融的艺术韵味，在给人以审美愉悦的同时，也带来了心灵的启迪。作品文笔老练，叙事冷静，情感描写细腻，结局出人意料又令人深思。

郑小驴的《战地新娘》以第一人称“我”的视角进行叙述，以在河心岛为友人拍摄婚纱照一事，引出林晓冬等人的爱情经历，表达了“我”和林晓冬等人对婚姻的不同态度。林晓冬感情经历丰富，用尽力气想要逃离婚姻的磨爪，为如何摆脱衡阳女人苦恼，为思念何老师沉思，但最终不得不对苏陶负责，与之步入婚姻。一方面，小说以林晓冬的感情经历为底色，表现了生活在现实中的人们被无形的压力裹挟，只能在情感世界中寻找自由和安慰的精神困境，表现了现代人在婚恋上的新观念。小说中的主人公辗转在不同的女人之间，看似花心，实则是极度缺乏爱情的一种表现，显示出其内心的空虚寂寞和压力的无处纾解，而这正是现代人普遍面临的情感问题。另一方面，小说书写了婚姻对人的精神禁锢，表现了现代人对于婚姻的恐惧和排斥心理，也反映了他们想追寻真正的爱情但却求而不得，因此在爱情中极度虚伪的真实行径。文中拍摄婚纱照的地点是灰色且毫无生气的，灰色消融了一切，这体现出“我”与林晓冬对于婚姻的望而却步，也暗示着婚姻是灰暗的，禁锢着人的一切。作者善于捕捉细节，着重描写了人物的神态，苏陶沉浸在婚姻的快乐之中，林晓冬整张脸却像被福尔马林浸泡过一般没有生气，小说生动形象地呈现出两人的貌合神离；在拍摄婚纱照时为配合剧组演绎抢亲四处逃窜，小说借此表现了主人公无所定性，以乐趣为上的婚恋态度，反映了其浪荡不羁的人生态度，揭露了两人爱情的荒谬性。在艺术创作上，作品善用隐喻，构思巧妙。文中多次提到一个意象——猫，猫的行为与主人公的爱情过程高度重合，第一次出现在门窗外的流浪猫象征着没有和林晓冬结婚的诸多前任，抢走门窗位置的第二只猫象征着意外怀孕逼迫其步入婚姻的苏陶。“猫”的出现作为插曲并不构成故事主干，却将“我”的情感态度推至幕前，表现了“我”对于感情中出场先后顺序的不屑，以及对结婚缘由的无奈和嘲讽。小说杂糅了倒叙、插叙等多重叙事手法，用看似零散破碎实的叙述将故事细致地铺陈开来，使得小说人物立体可感，情节勾人心弦。整部作品篇幅短小，内容却丰富深刻，语言平实宁静。

唐吉虎的《眼光》讲述了“我”在几个公司之间辗转，与企业中各形各色的人交涉，并对不同公司的经营理念、盈利模式进行思考的故事。小说中的人物性格鲜明，极具代表性。作者重点塑造了头脑活络、敢于尝试新事物的平民企业家梁总，追求实干、重视规章的黄副总，以及思路清晰、对事物有独到见解的公司职员“我”；同时还塑造了老实本分的员工阿娜、外强中干的“空头司令”赵总等人，宏观地呈现出时代大背景下新一代创业者、企业家以及公司职员的精神面貌，构建起当代职场人物群像。一方面，小说以第一人称视角展开叙事，透过“我”的目光，将职场生活娓娓道来。“我”始终保持着理智的眼光，冷静地对人和事进行分析，小说通过书写“我”在几个公司之间不断辗转，最后选择成为自由职业者的遭遇，展现了职场的复杂性和个体员工在职场打拼的不易，强调了企业的诚信意识对于挽留员工的重要性。另一方面，小说以“我”的视角客观展现了梁总的人生经历，侧面描写了一个具有一定眼光的平民企业家在创业过程中所走的弯路，表现了其敢于创业、敢于尝试的优良品质，反映出新时代创业者的精神面貌，传递出鲜活的能量。此外，在小说的结尾处，梁总尽管创业受挫，却依然没有丧失对新生事物的好奇，仍然相信自己的眼光，与题目“眼光”呼应的同时，突出反映了现实并不能把平民企业家打倒，他们依然在时代的潮流中奋进的主题。作者对人物的思想动态把握到位，对企业经营状态的描写细致入微，显示出其对新时代职场生活的细致观察与深入思考。整部小说循序渐进，没有激烈的情节冲突，语言流畅，蕴含真知灼见。

李砚青的《小的海》用第一人称视角讲述了来自永州县城的90后青年唐杰和潜逃二十多年的杀人犯兵爹，在长沙的一户富人家庭分别当司机和保安的一段经历。小说在多重欲望的建构下勘测人心，追索生存本相，刻画了一幅充满矛盾与分裂的众生图画。一方面，小说以海作喻，将别墅中的人工湖比作小的海，凸显小区域内的大世界，分别展现了富人区奢侈糜烂和底层人辛酸无奈的生活，刻画了底层人民和上层人民各自艰难的人生图景，讽刺了“朱门酒肉臭，路有冻死骨”的社会现实。与此同时，小说也表现了不同阶层人民之间烦恼的共性，在充满矛盾的两者间找到了一个平衡点，即家庭生活的不幸，以此反映了现实人生最为真实的一面。另一方面，小说着重描写了“我”的所见所闻所感，通过“我”的视角讲述了原生家庭不幸对人造成的伤害，底层生活的压迫和艰辛对人造成的打击，以及情感受挫对人的毁灭性影响，反映了生活的苦难对人内在心灵的伤害和性格的扭曲。值得注意的是，小说在深入描写生活、事业、情感对“我”的重压之外，还对“我”身边人的内心世界进行探索，揭示了范老板、范太太、兵爹、琳姐等人的不幸原因，充分表现了在不同生活处境下的现代人的心灵生态，引人深思。此外，小说充满悲悯情怀，关注边缘人的生活，表现了底层人之间的淳朴和温情。生活在别墅底层的保姆、保安、司机尽管彼此之间并不表达情感，但是小说却通过细节的刻画捕捉他们彼此间的善意，凸显了平凡人内心纯洁的底色。作品将笔触深入到当代生活的各个方面，真诚地展现了小人物的人生与人性的力度，又兼具艺术上的形式美感。小说视野开阔，叙事扎实，文字看似冰冷却浸润着温情。

此外，本年度小小说创作更加注重艺术技巧，焕发出十足活力。湖南作家改变了以往平铺直叙的写作风格，妙用童话的外壳进行哲理故事的讲述，还多用隐喻、象征、反讽、重复叙事等西方创作技法。作品大多短小精悍，主旨鲜明且意蕴丰富，不仅关涉亲情、良善、婚恋观等世俗人生的主题，且与廉政、生态文明等上层建筑密切相关，有的还富有哲理和教育意味，具有警示和劝诫的现实功用。

戴希的《命运》从超现实层面出发，讲述了小鱼西琴被放生后，鱼族受到警示不再咬钩，垂钓者恼羞成怒用网捕捞，甚至电击，鱼族被大肆杀戮，为保全性命它们在水底深处建起新家园，可是没过多久池塘被开发商填平，建起高楼的故事。小说通过鱼类与人类斗智斗勇的几个回合，反映了鱼类生存的艰难，表现了对其命运的同情，同时也显示出人类只讲利益、残害动物的丑恶一面，传递了爱护动物生命，寻求发展与环保平衡，以及与自然和谐相处的生态文明理念。作品具有童话色彩，耐人寻味。他的另外一篇《那时》，则讲述了面对三个外表一样的金人，老人通过前两根稻草从金人的右耳、嘴巴出来，而第三根没入金人肚子来判定第三个金人最为珍贵的故事。小说通过童话劝诫人们虚心倾听、谨言慎行，学会“藏拙”。作品构思精巧，又哲理深刻，富有教育意义，结局具有戏剧性，让人忍俊不禁。

欧阳华丽的《白莲》讲述了刘秘书为晋升找张局长汇报工作，不小心将其心爱的白莲瓷杯打碎，后用家里祖传的白莲杯赔罪，被其拒绝，但最后提拔他为科长的故事。“白莲”象征着品行高洁，小说以此为题，意在表明为官需清正廉洁。小说通过细腻的描写刻画了两个典型人物，一个是工作勤奋、渴望晋升的刘秘书，一个是不受贿赂、赏识人才的张局长。作者借此反映了两类干部的精神面貌，反映了真实的官场人际交往，同时重点赞扬了后者公私分明的为官态度。作品注重心理描写，善于描摹细节。他的另外一篇《放心》，则讲述了李丽因车费昂贵舍不得回家，父亲却以可以报销为由让其放心乘车回家，李丽长大后也以可以报销为由，让母亲放心旅行的故事。小说结尾，父亲向女儿展示了储存多年的发票，却得知女儿此前就早已见过，并立志要和父亲一样清正廉洁，两人所谓的“报销”其实都只是为了让家人放心地生活。作者用欧亨利式的结尾凸显了良好的家庭教育对孩子健康成长的重要性，也展现了亲情的温暖，歌颂了人性美好的一面，读来真切感人。

聂鑫森的《绣球花》讲述了退休花木技师管锄畦和妻子种了满院子的绣球花，同住曲曲巷的杨金常来求花给心仪的女孩，可是女孩找到管爷批判了杨金求花的行为，管爷不由想到自己单身未嫁的女儿而落泪的故事。小说借单身青年杨金和徐严的思想冲突反映了当代青年男女在某些观念上的差异，传达了父母对于儿女尽快找到人生归宿的殷切希望。小说中的“绣球花”象征着尚未婚嫁的大龄优质女孩，美好灿烂却在等待脱手的机缘，作者实际上借此反映了当今社会青年人晚婚的社会现实，也反映了新、旧两代人在婚恋观上的矛盾和冲突。他的另外一篇《喜模》，则讲述了木匠曲直工为许多新婚夫妇雕刻喜模，多年过去，没一对离婚，未曾想自己的女儿、女婿却拿婚姻当儿戏，只享受暂时的激情，不奢望长久的未来，气到他扔了为他们精心准备的喜模，此生不再雕刻的故事。作者别出心裁地以一种祝福新婚夫妇永不离弃的民间糕点“喜饼”与制作喜饼所用的“喜模”为切入点，突出表现了传统与现代两辈人婚恋观念的冲突，故事情节极具趣味性，引人入胜，又发人深省，作品语言生动活泼。

唐波清的《父亲与经济学》讲述了当过民办老师的农民父亲虽然没上过大学，但自学“我”的大学课本书，掌握了很多经济学知识，在全县种植“猫丝藕”“苎麻”“朝天椒”的时候坚持只种高产水稻，有效避免了经济损失的故事。小说回望父辈经历，塑造了一位聪明好学、富有主见、活学活用的农民父亲形象，突出表现了“我”对于父亲的尊敬和钦佩，凸显了父辈精神力量对于后代的影响，反映了平凡小人物的大智慧。作品淳朴自然，语言平实质朴。

魏咏柏的《这个城市有条大河》讲述了老铁夫妻的儿子为救一个孩子溺水而死，他们伤心欲绝，搬到儿子喜欢的城市当清洁工，并在那条大河里救下一个落水孩子的故事。小说字里行间浸润着悲情与温情，作者用短小精悍的故事展现了个体生命对于家庭完整性的重要意义，同时也警醒人们要防患于未然，珍爱生命，尽可能避免不幸的发生。

熊燕君的《睡了十分钟》以写实的笔触讲述了一位员工因太过疲惫在办公室睡了十分钟，却恰好赶上领导检查而被拍照记录，后来他成为领导后遇到同样的情况，却主动阻止随行人员拍照记录，并对睡着的员工多加关怀的故事。小说首尾呼应，以“睡了十分钟”为核心进行叙述，表达了对人、对事都不能以偏概全，急于下定义，而是应该在了解事情的全貌后再做判断，以免冤枉他人，寒他人之心的主题。同时，作者也呼吁大家在面对他人的疏漏时，主动用宽容与理解代替批评与指责，互相体谅，共同进步，营造和谐的社会氛围。作品语言流畅，具有社会教育意义。

总之，本年度湖南中短篇小说继续呈现出繁荣景象，各类作品竞相涌现，题材内容广泛深刻又富有艺术质感，文学湘军竭力向世界文学标准和中华美学标准看齐，展示出自身高度的创作热情和强劲的写作实力。湖南作家广泛融汇西方的叙事学技法，尝试在本土化叙事与开放性叙事中寻求一种平衡，力图以相对新颖的艺术形式来表现现代人独特的情感和经验，在进一步讲好中国故事的同时，积极推动湖南文学走出去和国际化。与此同时，整体的创作呈现出向下沉、向内转的趋势，对人的关注开始从日常生活、多重性格等表象层面的摹写，上升到对人的存在方式和精神空间等哲学向度的深刻思考。这意味着湖南作家不再浮于表面的现实和真实，而是以一种勘探者的姿态在文本中大胆试验，书写当下各类群体的隐晦和皎洁，触摸属于个体和社会的内在真实。他们着力表现人类的无根化和空心化状态，深刻揭露现代文明主导下异化世界的时代病，显示出对于时代问题的热切关注和深入思考。高尔基曾提出“文学即人学”，强调文学与人之间的实质性联系。湖南作家正是秉持人道主义精神，用文学的热力召唤着对人的深刻理解，并由此勾连起有关社会、时代和历史的厚重记忆，构建起湖南中短篇小说旨远质美、欣欣向荣的丰富图景。此外，湖南作家在其创作中表现出不同的写作特色和创作个性，并以各自的独特风格占据着湖湘文化书写的一席之地，在传承湖湘文脉精神的同时，充分发扬新时代语境下的作家使命感与担当精神，显示出强旺的写作激情和原创活力。

（晏杰雄　张秋瑾）

2021 年度湖南诗歌创作综述

2021 年，湖南诗人深入贯彻落实习近平总书记关于文艺工作的重要论述，坚持新时代文学的方向与道路，坚定文化自信，讴歌伟大建党精神，以精品力作为湖南“三高四新”战略贡献文学力量，湖南诗歌成果斐然，长诗、组诗汇入百年党史宏大叙事，以抒情短章昭示日常存在与个体精神史。

深情回望“建党百年”，歌颂伟大建党精神。胡丘陵长诗《诗志：1921—2021》以革命地理、人物、事件的短咏叹，连贯成一部“建党百年”史诗，以具象化方式重述历史，境界阔大而立意高远。梁尔源《七十三个补丁》把宏大抒情下沉至伟人生活细节，根基扎实，表达坚贞信仰。谈雅丽《青春：湘江北去》从湖南红色人物早期经历切入，建构意气风发的青春中国形象。刘起伦《晨练》以军人的精气神来表达对党的忠贞，语言明畅，透显初心。

偏居湘西的罗长江以近十年的辛勤笔耕，拿出了散文诗集《大地五部曲》，在国内诗歌界引起广泛的反响。《大地五部曲》在唯美和崇高两个传统维度深入挖掘已经逝去和正在逝去的记忆，像一幅风俗长卷在语言里持存了岁月的美好，但是这种乡土记忆在一定程度上是文学化或审美化了，更多是一个浸染了农耕文明理想情怀的乌托邦，而非一个经过审美现代性透镜审视的真实世界。诗集《张战的诗》立足生活日常，也不乏理性深度，情感浓烈而又冷峻深沉，呈现了诗人自由而天真的独特的生命状态。诗人以充盈新奇的细节和极具陌生化的想象，揭秘了人的内心冲突，刻画了人与他人之间的情感联系，摹写了人与客观外物之间的相依相抗。作品延续了诗人一贯的清澈风格，童话般的天真和洞明世事的冷峻合二为一。向未的长诗《十二因缘》的出版，同样可喜可贺，它呈现了一个僧人的独特人文视野，以出世之眼，观处世之道，实是一曲哀婉古典文明的挽歌。草树的《淤泥之子》有着独特的个人风格，质朴，凝重，以生动的语言学个案呈现现代性诗歌美学的棱镜折光，显示了诗人对日常和人性的深刻洞察和开阔深邃的语言视野，并在某种程度上完成了“诗的见证”的功能，情感内敛，形式简洁而舒展，内容丰富且宏阔，气息沉潜又不无奇崛。

从发表的情况来看，2021 年湖南诗人在国内主要的期刊发表了大量的作品，登上《诗刊》主要栏目“方阵”“银河”的作者有梁尔源、罗鹿鸣、李杰波、张战、草树、李春龙、黄斌、甘建华、刘羊、杨漾等，廖志理和草树参加了《诗刊》社十二届青春回眸诗会，专辑作品在《诗刊》九期推出，玉珍、康雪、文西、刘娜入选了《诗刊》的青年女诗人专号，作品在 8 月下半月刊推出。贺予飞参加了《诗刊》社第 37 届青春诗会，作品专辑在《诗刊》12 期发表。刘年的《桐油寨》登上“每月诗星”，同步配发了著名评论家刘波的评论，同时该栏目在二期发表了草树的评论文章《想象或诗学之本地抽象》。在《诗刊》其他栏目上刊的作者还有陈新文、刘起伦、黄劲松、谈雅丽、胡丘陵、李虹辉、赵燕飞、吴投文、谭仲池、梁书正、熊芳、卢旺兴、谢晓婷、朱继忠、米祖等。入选《诗刊》年选的作者有康雪、草树、严彬、刘年、王馨梓。作品在《诗刊》这样一个官方诗歌权威刊物发表，在一定程度上体现了作者的专业和水平。

《诗潮》作为国内重要的专业诗刊，2021 年 2 期和 7 期头条推出了湖南诗人马萧萧和草树的组诗，同时在重要栏目“百家经纬”发表了吴投文、刘娜、周瑟瑟、邓朝晖等诗人的作品。马萧萧的诗歌里一直延续着一个军旅文学的高音，气息充沛，想象不凡。吴投文作为一个学者，始终坚持口语写作，其实口语的明白晓畅里时常夹带着语言之思。周瑟瑟近年来一直践行他自己倡导的“户外写作”，口语，个人，日常，即时。

他的写作是面向存在的，甚至有着某种时不我待的紧迫感，急于记录个人对于存在的吉光片羽的感受。邓朝晖有着一种传统的人文情怀，其诗歌方法论更多沿用了浪漫主义和象征主义。《星星》诗刊作为一家老牌诗歌刊物，2021 年 7 期头条推出梁尔源《七十三个补丁》，并分别在 3 期、4 期、6 期、7 期、8 期、10 期、11 期、12 期刊用梦天岚、范朝阳、易清华、张绍民、远人、叶菊如、唐益红、丁小平、海叶、苏启平，湖南锈才、张一兵的作品，基本上每期都有湖南诗人的作品亮相。值得一说的是梁尔源的《七十三个补丁》，在一定程度上契合了主流文化宣传的要求，但是诗之发生着眼于细节，根基扎实，而没有让一种宏大抒情流于空泛甚至空洞。《人民文学》“诗歌”栏目曾经推出无数优秀青年诗人，该栏目 2021 年刊用了湖南青年诗人李春龙、雷晓宇的作品。同样作为有影响力的诗歌栏目，2021 年《十月》刊用了胡丘陵的组诗《故事张家界》、刘年的《悬崖歌》和文西的散文诗。刘年的写作在不断强化一个孤独的声音：一个人面对高山大川，或者故土风物，其本质是他一以贯之的浪漫主义抒情，这个声音是从属于写作主体而不是来自写作主体对世界的聆听，多为主体言说而非语言言说，但是这个声音因孤独而清澈，因行吟之风物卓异而回响悠远。除此以外，在湖南本土刊物《湖南文学》《湘江文艺》《芙蓉》以及外省刊物《草原》《民族文学》《草堂》《山花》《文学港》《北京文学》等刊物上刊的诗人还有邓朝晖、李海英、雄黄、周碧华、吴和君、朱开见、杨拓夫、唐朝晖、聂泓、解、陈颉、蓝紫、刘金国、李祖新、李勇、李斌、胡平、胡晟、韩新卫、杜华、丁恩文、戴希黄峥荣等。《诗选刊》刊用了袁碧蓉的诗五首。

在诗歌获奖方面，2021 年梁尔源诗集《镜中白马》获得中国诗歌网十佳诗集奖，其本人被评为中诗网十佳年度诗人。青年诗人梁书正获得了第十一届“诗探索·中国红高粱诗歌奖”。为推动诗歌的发展和地域文化的建设，2021 年汨罗市举行了“中国汨罗江文学奖”，张家界市举办了一年一度的大型诗歌节活动，从获奖作品看，总体属于主题性写作，没有涌现出真正具有现代性和经典性的作品。湖南诗歌学会主编的《诗歌世界》和《湖南诗歌年选》，为学会的会员提供了发表的园地。地方文联、作协和诗歌学会主办的诗歌刊物，成效卓著的有邵东的《昭阳文艺》、《邵东作家》，常德的《常德作家》、《桃花源》等，默默耕耘润物无声，倒是真正有效推动了地域诗歌创作的发展，尤其邵东一年一度的端午、中秋诗会和“名家讲堂”活动，营造了良好的文学氛围，也取得了当地宣传部门的大力支持，使得诗歌创作不但纳入了地方文化建设的维度，也不断推动诗歌新人的涌现。由欧阳白、吴昕孺主编的《诗屋》一如既往践行“好诗主义”，着眼更广阔的诗歌视域，不断发现真正的优秀作品，推动着现代诗歌的发展。

值得特别关注的是年轻一代湖南诗人，逐渐形成一股新锐力量。作为湖南 80 后诗人代表之一，梁书正获得十一届红高粱诗歌奖的作品《群山祈祷》所书写的湘西苗寨，是神灵在场的，显示了诗人一种朴素而又高蹈的诗歌美学和荷尔德林式的原乡情怀，在寺庙和悬棺、苍山和瓦檐之间，诗人以简练的语言重构了一个保留着朴素伦理的乡村世界，“牛皮鼓浑厚的声音响起来了/一只手摆动，秧苗轻轻摇晃/一排手摆动，成片稻田随之起伏//左摆，武陵山往左倾斜/右摆，酉水河朝右拐弯/一起往中间摆，一座村庄轻轻托起//祠堂里，乡亲们都有一双跳舞的手/这些种下苞谷红苕的手/从阿哥胸膛取出火焰的手/把月亮当酒盏的手，为婴儿接生的手//一面托举苍天，一面摆动大地”（《摆手舞》），这是苗族独特的歌舞传统和谐所在，也寄寓了诗人天人合一的理想。梁书正的写作底色是浪漫主义的，趋向唯美和崇高，但是他的崇高美学和朴素伦理在语言上达成的平衡，使得这些诗摆脱了传统浪漫主义的脂粉气，而显得质朴而简洁，开阔又收敛。这一切如能置于现代性诗歌美学的追光中，当出现更为奇崛不凡的语言景观。

80 后诗人雷晓宇发表在《人民文学》的组诗《薄雾》，呈现出一种整体性的诗学视野，不单是对于“薄雾”的泛泛观感，而是专注于词语，试图追溯它古老的文化渊源，聚集不同的历史情境下的语言能量。作为一个军旅出身的诗人，我能够从他在命名事物时，感受一种朴素而崇高的情感，“薄雾从万物中升腾出来/仿佛大地下，藏着一片/忠良的湖泊”。雷晓宇的家国情怀不是抽象的，而是直接而具体的，“在世上/那么多彼此孤立的山水，在堆积如山的雾中/如何计数？那么多消散不见的雾/在空无一物的水中，又该如何计数”，我们可以计数山坡上的羊群，这样的计数不仅仅是功利性的，更多是精神性的，广大的百姓一如不能计数的“薄雾”，这个不能“计数”的尴尬，当然也是诗人不能“兼善天下”的忧虑，饱含着一种朴素的情愫，使得抽象的悲悯有了具体的注脚。不用说，雷晓宇的写作有了长足的进步，不论是语言之思的舒展隽永，还是言之有物的稳健从容，以及词与物关系的妥帖处理，都显示了不凡的诗歌技艺。

2021 年作为唯一入选诗刊社 37 届青春诗会的湖南青年诗人贺予飞，写作时间不长，但起点高，有着非常快的成长速度。她的诗立足个人和日常，没有唯我主义，不是抽象之后的具体，而是“我手写我心”，直接，真诚，能够恪守“修辞立其诚”的原则。她的诗语言纯净，声音清澈，一些优秀作品如《无名高地》和《一面墙也有金戈铁马》，显示了一个诗人的敏锐和不凡的洞察力，一次匆忙避让混凝土车误入那条小路所见，其实正是诗人对那个被轰轰烈烈的城市化运动边缘化的一角的“关切”，写作主体的言说表现了出色的分寸感，恰到好处，意味深长。而后者则在寂静中听出一面墙上的噪音，这面墙上的“时代缩影“正是因为”无意听出“，没有流于表象的观看，才真正显示声音的艺术秘密，黑色洞口的蜜蜂的声音，就像光亮一样穿过金戈铁马的黑暗奔腾。

本年度入选《诗刊》女诗人专号的四位作者，也展示了她们的写作实力。玉珍堪称湖南乃至全国优秀的 90 后代表诗人，她的写作在一段时间呈现出一种整体性的诗学视野，深邃的思索，独特的具象，无论建构还是解构，都显示出不凡的写作功力，比如诗人自况的想象之马和着力解构之北京的乌鸦。从这一组新作看来，玉珍的写作推向了个人性的经验腹地，有着更为可靠的生命感官的支撑，在存在和虚无之间，渐渐展开语言之道说。“水总是躺着，柔软成为它最硬的品质/我盯着它浑浊不安的部分/像月色一样，羞怯内敛地流淌//水的秘密随自己/流向了深夜，它竟是黑色的//它从最复杂的自身中洗净它自己/比星子亮，是黑色的亮，睡穿了一个深渊”（《水中》），对于水的深刻感受，悖谬性存在的出现，凸显玉珍作为一个诗人的专注、沉潜和敏锐。《抽烟》显示了玉珍从虚无中描绘几乎不可言说的存在感的非凡能力，父亲抽烟这样一个最平常不过的生活行为，在她的眼里，烟的飘忽和消散，显示了某种虚无感，它没有让父亲消沉，而是使得人在波澜不惊的平淡生活中获得了某种延伸：那些路，那些故事，仿佛生活因此被无限地丰富，并不依仗某种实用性的成果。由此，诗之语言之思，就深入了存在之域，也不难看出，三十岁以后，玉珍的写作开始走向真正成熟，有了内敛而深邃、自然而舒展的风格特征。

康雪的诗歌从早期明亮而不无命名冲动的抒情，开始变得沉静，换句话说，她的诗歌的声音开始出现停顿，就像音乐中一个休止符带来的空间的延宕，这些停顿处的空间的延伸，使得她的诗歌语言有了醇厚的质地。“七岁的我蹲在这群孩子中间/正孤独而深入地/清理满鞋的泥泞。”《树林深处》这个七岁的孩子那时并不能分别孩子们双脚在林中搅动的气息和气息的明亮，这是二十多年后的一次偶然回眸，才真正看清自己，人生之感喟竟是蕴含其中，几乎让我们愉快地和她一起反观自己的来处。

作为湖南青年诗人中的后起之秀之一，刘娜的诗表现出的克制和诚实，足以令人侧目。《光影里的父亲》在一定程度上可以代表刘娜的写作风格，质朴，深沉，直陈其事，从具体的语境中去建构语言的张力。在语言上，她的诗的描述性特征除了显示她的客观性的追求外，还有她在诗学上一种更多来自天赋的谦逊，即是说，像美国诗人雷蒙德·卡佛一样，她几乎关闭了写作主体的言说频道，因而她的诗行之间鲜少杂音，清澈而明晰。《与那村庄的关系》蕴含着一个朴素的真理：一个人和世界的关系，归根结底是人和人的关系，甚至是人和情感的关系。现代社会快节奏的生活并不限于农村，像刘娜这样一个乡村基层干部，她几乎没有闲暇徜徉于近在咫尺的山水，她每次驱车经过高架桥看到的那个村庄，随着时间的推移，四季之变也尽揽心底，但是，”除了梦中，我从未想过去一次/也许是那里没有任何亲友/也许是我只喜欢与它保持/从对面的高架桥上以 120 码的速度/匆匆一瞥的关系”，那个引起诗人关注但还不足以吸引她一探究竟的村庄，就像这个世界的别的存在，是存在的参照物，是与“此在”共存的一个“他在”。

文西的诗歌与梁书正一样，根植于湘西那一片沃土，但是相对来说，文西更专注于烟火气的人间，在她的语言世界中呈现的是一个更接近真实的湘西，而不是一个想象的或乌托邦的湘西。她的不无粗粝感的叙述，洋溢着生命的活力，有几分泼辣和任性，偶尔也大胆，不惜裸呈自己的人生。鱼刺和爱情的奇异类比，当然是文西式的修辞，这显然来自她的人生经验，以疼痛铸就诗性的内在纽带。“你成为一根鱼刺/狠毒地扎进我的咽喉/吞下它，我就利刃穿心/拔出它，我的骨架就轰然倒塌”，语言的直接，情感的饱满，一种痛苦的自白因为心理的矛盾纠结，而使得诗有了鲜明的个性。

纵观 2021 年湖南的诗歌创作，着眼文学期刊的发表情况，可能只是窥其一角，远不能观及全貌，因为当代诗人已经不像上世纪八十年代那样热衷于发表，还有一大批默默的写作者，互联网和自媒体成为他们的主要发表渠道。从发表的作品看来，生于20 世纪60 年代的湖南诗人形成了多元的写作向度和独立的写作风格，其中一些诗人的写作已经进入成熟和自觉的阶段，语言技艺的成熟和艺术上的自觉，确保了作品的成色，即便位于当代中国的优秀诗人行列也毫不逊色。20 世纪 70 年代的湖南诗人，写作呈现出先锋和传统两个方向各自坚持，风格差异相对更大，一些诗人的写作早已在国内头角峥嵘。但是总体说来，湖南诗人的写作仍需要建立更为清晰的坐标原点，以中西诗学的视野，尤其是现代性诗歌美学的系统去确立个人的语言路径。令人鼓舞的是，近年来湖南涌现了一批优秀的青年诗人，尽管他们的写作观念还不够成熟，有待完善，需要建立更为开阔的世界诗歌视野，但是他们的写作已经呈现出传统和先锋、古典和现代相融合的趋势，在艺术上有着更为开放的姿态而不执于一端，这给湖南诗歌的未来带来了更多期待。

（草　树）

2021 年度湖南散文创作综述

2021 年是中国共产党百年华诞。躬逢盛世，文学湘军作为一支具有独特标识的文学劲旅，坚持文化自觉，坚守文学阵地，不问收获，默默耕耘。他们以文学为号角，行走大地，思接千载，用如椽巨笔艺术地刻录时代，赓续湖湘精神。为了庆祝中国共产党举世瞩目的辉煌成就，由湖南省作家协会主管的湖南省散文学会联合湘潭市作家协会以文学的名义开展了“党在我心中”主题征文活动。谭谈、姜欣、石光明获得特别奖，另产生获奖作品20 篇，优秀作品30 篇。这些作品坚持以人民为中心的创作导向，立足湖湘，以小见大，歌颂人民，缅怀英雄，表达了对中国共产党的无限热爱。

2021 年，湖南散文创作立足现实人生，将视野投向乡野大地，与自然生灵和人文历史深度对话。在“青山碧水新湖南”征文活动中获佳绩，谭谈、水运宪、梁瑞郴、叶梦、谢宗玉、沈念、肖辉跃等 14 位作家获奖，他们的作品关注生态环保，纪录地理行旅，探讨人与自然和谐相生，笔触细致，文风清新，寓情山水，与人深思，彰显了倡导生态文明、保护环境的深度与力度。

2021 年，沈念获第四届茅盾新人奖提名奖。这一年，湖南散文以在场的体验发现和思考生命，他们敏锐的触角，真挚的情感，颜色起来是美人，性情起来是侠客，思索起来是哲人；他们勇于挑战难度的写作态度纵深着湖湘特征的文化标识与独到经验。这种匠人气质与文化现象在时代酝酿下穿越湘资沅澧，漫溯而上，在江河湖海旖旎生姿，集束爆发，蔚为大观。

一、2021 年文学湘军散文创作的接力与延续

纵观 2021 年度湖南作家的散文创作，从理性探索、自然生态、乡村故土三个方面梳理归纳，探析他们见证时代风云、立足湖湘大地、赓续湖湘精神、书写中国故事的坚实脚步。放眼长望，文学湘军在题材上深耕沃土，在人性世情中体验观察、深度开掘，在传承优良、更新传统的审美路径上致力探索，在新时代的历史语境下开疆拓土、溯流而上，在接力与延续中国文化的道路上披荆斩棘，跨越时空，完成一次精神和文明的叙事与对话。

（一）理性的情感与境界升华

散文的文学艺术从审美到审智的过程转化、到后来的水乳交融，都离不开情感的递进和升温，以及境界上的升华。而情感的脉冲又离不开生活中的点滴事物和真情实感，散文的真情、真气、真诚，正是一种从感性到理性的情感过渡和升华。文学湘军在散文的抒写中秉持传统，创新路径，把脉时代，融情于理，致力于探寻新的时代语境与文学叙事的可能性。

韩少功的散文集《人生忽然》被称为中国当代文学的独特存在，在社会和读者市场上产生了一定的轰动效应。《人生忽然》在时代记忆、生命感悟、人生思考、文化迭代等角度进行深入探索，讲述人与自然，阐释中国与世界的情感纽带、城市与乡村的转型思考，历史与文明、人生与价值等充满悬念与睿智之思的独特表达。这部书写时代的大书收录了作者几十年的生命经验与感悟，无论是处世哲学还是回归自我，抑或是生命观照，都充满了个性抒写和从容理性，让人脑洞大开，心灵震撼，回味无穷。20 世纪 90 年代，现代散文的公共性与个人性的观点有了明确介入，人们更为注重个人心境的生发，“文以载道”不再是衡量内在的唯一标准，在创作模式上也拓宽了道路，游记、札记、随笔、书信、历史、

文化等；都并入了散文的载体，在个人情绪和情感上增加了渲染的比重，使得散文的气场与气韵更加圆融。散文的开枝散叶恰如李洁非所言，“散文的确是特殊的体裁。老子说‘大象无形’‘大音希声’。把它们用在散文上，是蛮合适的”①。由此，散文的演变给了中国文学探索叙事的各种可能性和快意。众所周知，散文在“个性文学”观确立后，就给了美文“个性”的标准。王炳中认为“‘个性’作为现代散文最为核心的审美范畴，也成为当时众多散文理论家关注的焦点”②。而个性化的声音不仅仅是个人话语的自由表现，还兼容着一个作者的思想集成和独立风格。从一个文学家的立意和襟怀，《人生忽然》以高瞻远瞩的文学态度，对时代现场精准观察，对人事风物本真书写，对自我进行灵魂对话，文本博大精深、思接千载，焕发着独特的思想魅力与人文关怀。王跃文的散文集《喊山应》别开生面，以自我的文学创作为视角，检阅生平的创作经历，着力表达文学创作与人生经历之间的血肉交融和经验集成，具有强烈的现实主义文学色彩。作者从“我的文学原乡”“我的文学创作”“我的文学检讨”进行对历史文化、风物人情及家族亲人的描摹抒写，反映出中国社会几十年来的变革历史与时代烙印。其敏锐的触角、丰富的人生阅历、独特的个体经验，勾勒出一幅时代的历史风情画卷。《喊山应》在虚与实、真与幻之间回响。这种真实又充满了艺术性的表达，耐品，好看，受用，极具个性；给人以美的享受，又不乏诗性的张力。秦牧认为“写出个性”是散文生命力的一种表现。在“我的文学检讨”一节中，王跃文认为“小说家的良心，就是不能在真相面前转过脸去”。正如吴义勤所言，在中国当代文坛上，王跃文是一个风格极为独特的作家，他凭借对生活的丰富经验和深刻洞察，以悲悯情怀和社会责任感秉笔直书。沈念的散文集《世间以深为海》表现出一个散文家理性和感性的较量与杂糅。他深情的笔墨饱熏人间烟火，无论是“少年眼”的纯真与惶惑，还是“艽野里”的风雨和沧桑，都弥漫一股悲天悯人的忧郁气质。在我们琐碎

① 李洁非：《散文散谈——从古到今》，《文艺争鸣》2017 年第 1 期。

② 王炳中：《文类对话与现代散文理论的“个性”话语》，《东吴学术》2021 年第 3 期。

而现实的生活中，总有痛点拷打我们的灵魂，那种撕开创口的疼痛，让人体验这人世间的爱恨情愁，悲喜交加。《世间以深为海》在真情实感中抒发的“时间花朵”，给人莫名的心动与战栗。在行走的道路上，作者以超越的姿态不断积累，刷新对世界的认知，探寻一种新的叙事表达，在时间之流中冲浪那些未知的如水的秘密。

诚然，一种文化的续写在灿若星辰的体系中，离不开物质和精神成果的支撑。在社会变革、价值重新定位的时代环境下，各种转型和流变，更新着人们的观念。中国的各种传统在时代进程中逐渐向现代化、高科技转型定位，与此同时，中国文学溯流而上，无论是小说还是散文都在乡土叙事中达到了高峰，并逐渐转向文明的书写，这种叙事态势恰如陈晓明所言，“它握住了我们文明的命脉，打开了文学语言的大门，向着我们的古老的文明敞开，迎接它，哭诉它，等待它的崭新降临”①。关于文化与文明叙事的潜移默化，是思想者与作家联袂思考和探索的问题。我们的文学湘军沿袭传统，又更新传统，致力于开掘与拓宽一条新的文学路径。

韩少功的《萤火虫的故事》就很好地回应了中国文学的文明叙事之更替和延续的氛围与力量。文化作为文明的一种表现方式，充斥着社会的每个角落，与人们的生活息息相关。在这个信息大爆炸的时代，能就势造英雄，也给予文人开天辟地的机会。所谓的“大时代”也都是从“小时代”滋生而来，那么，文学还能做什么？还应该做些什么？《萤火虫的故事》告诉我们，在我们有限的生命里，不必感叹命运，抱怨时代，就做一只发光的萤火虫。如此，甚好。

蔡测海的《诗画性灵胡立伟》写人叙事别有一番韵味，以惬意洒脱的笔调描摹了胡立伟的湘声湘韵，以及其对绘画、书法、金石痴迷而精湛的艺术追求，无论是艺风还是为人品格，都体现出一代宗师的大家气象，其诙谐有趣又富含个性与思想的语言塑造了胡立伟别具一格的艺术

① 陈晓明：《是否有一种关于文明的叙事？——百年中国文学开创的现代面向思考之四》，《文艺争鸣》2021 年第 8 期。

形象。胡立伟的诗画艺术道路与其人其事在作者笔下惟妙惟肖，栩栩如生。正如作者所言“历史是众生的接力。艺术家永远是个别的”。

沈念的《人间客》给人新颖独特的另类触感。作者笔下的“她”如鹤的生动形象，凄苦的人生命运，坚韧不拔的性情品格让人印象深刻。其多维的叙事手法，生动地呈现湖边人的生命状态与命运使然，正如“她”信口的一句，要活成一群鱼。而鹤与白鹭的共舞构成了湖边的绝美风景，也许葬身鱼腹的“他”真的是飞龙化鱼，这人间的过客不只是人，还应该有鱼。沈念以人民的立场，关注卑微的生命，捕捉庸常生活中的闪光，其悲悯之力直抵灵魂。

赵燕飞的《来，我们玩跑得快》从母亲的老年生活中发现闲情逸趣，寻找他们世界中的安稳和淡然。在当下的老年痴呆愈发严重的状态下，需要亲情的陪伴、理解、包容。老年人在中国当下是一个庞大的需要被关注的群体，赵燕飞的真情叙事力图寻找一种现实的心灵慰藉。她以女性独特的冷静观察，细腻、关切的笔触构建起从“小我”到“大我”的母性主题，文笔练达，予人深思。

石光明的《九龄风度》讲述了盛唐一代名相张九龄的与众不同的品格与官宦生涯。张九龄的风度与超凡脱俗体现在其人其诗，活在人间烟火，能成为中国文化史上的一个时代的亮眼绝版，离不开他德艺双馨的品格气质。作者行文洒脱，娓娓道来，蕴藏深厚，文采斐然，其笔力之工彰显出不同凡俗的思想光芒。

刘鸿伏的《背背父亲》以在场的视角呈现真情叙事的魅力，在亲情之下洞见传统文化的因子与闪光。父亲生病住院，父子之间血脉相连的心灵感应，碰撞出中国传统文化的优良基因。作者在父亲最脆弱最无助的时刻，情急之下，就像小时候父亲把自己背在肩上一样背背父亲，给父亲心灵上的抚慰，与人流泪的冲动。中国传统老派的孝道在作者身上深刻体现，诠释着人世间爱与亲情的可贵和延续。

邓湘子《天有星光，大地稻香——怀念袁隆平》回忆了与袁隆平先生交往的闪光岁月。袁隆平先生为解决世界人民的饥饿问题勇攀高峰的科研精神令人敬佩，最为突出的是他在钻研的过程中不断“发现”的求索精神，一次次的新发现奠定了他科学的思维方式，燃起精神的火花。作者以深情的笔触记录了袁隆平先生工作和生活中闪光的点滴，让我们哀思缅怀之际，不禁仰望天上那颗永远闪耀的星光。

叶耳的《去乡》让人读到生活的疼痛和诗意。我们每个人的故乡和远方都是种在心底的秘密，而让她开出花来，结出文字的果实，是需要生活的蕴藏的。叶耳以如水的语言、如歌的行板，描摹在异乡的生活体验，其恰到好处的情感拿捏给人以似曾相识的感觉。也许每个身处异乡的过客都有他们深刻的孤独，故乡永远是埋藏在心底的那根刺，不能触碰，无法拔出。而作者恣意洒脱的人生态度，充盈又空灵的文字，却在不经意间让我们对生活充满了敬畏和憧憬。

王爱的《母思阿巴》在缤纷落英的幻境中呈现生活的真实，母思阿巴在一场大雨中悄然逝去，留下了依恋他的亲友和羊群，嘎惹的梦境和依恋再现了母思阿巴的性格品质，而生命的终结并不代表着消逝，守护家园的人永远都会在原处。王爱的散文风格是一种独特的存在，有扑鼻而来的浓重生活气息，有梦的意境、诗歌的张力，给人以新颖另类的生活体验。

秦羽墨的《陌生的身体》以自身的遭际讲述生活重压下的身心疲累。生活的透支让年轻人的职业病逐渐常态化，亚健康状态与日俱增，养生病也开始变得日常。作者以亲身的病痛体验提炼出现实生活中的身体负累与命运变数，给芸芸众生敲响警钟。

王芳的《隐匿的证据》叙述了儿时沉痛的生活遭际，以及在命运的泅渡中渐渐活成了时间的证据。父亲不经意间对自己孩子的一句对于死亡的证词让作者背负了多年的隐痛和等待。生活的泥沙俱下，时间的证词，都让人感觉到命运碾压下的苍茫与清晰。作者的文笔干练，叙事从容，字里行间的真情实感酝酿出生命的悲怆之痛、无奈之感，让人扼腕不已，烙下深刻的时间印痕。

王亚的《十个苏东坡》以十个小节梳理苏东坡的生平足迹和人生经历，触及古人风华襟抱，感时事风云，唏嘘古人冷暖，给人启迪和思考。作者行文严谨，构思立意巧妙，以史料碰撞真实，探得古人风采，犹在今日芳华。文本风雅，文意深长，底蕴深厚，颇有意味。

易文中的《王国宝的“艺术”人生》以现代笔调穿越时空，古今融合，讲述历史风云与王国宝荒诞的“艺术”人生，以及时代背景下的古代人文精神与物质文明。作者文思深远，笔墨诙谐，借王国宝过山车一样的人生道路反讽当下的官场与人情世故。文笔凝练，人物丰满，以其睿智之思再现古人风采与历史烟云，蕴含深刻，予人思考。

张雄文的《拿剃刀的师者》叙述了学乐老师一边教书一边利用业余闲暇剃头的故事。学乐老师是没有编的民办教师，剃头却似乎成了他的看家本领。作者叙事沉稳，文笔朴实，以几件生活小事将学乐老师的严厉古板刻画入微。文本浓郁的生活气息、扑面而来的年代感给人留下深刻的印记。

刘正初的《春天的花鼓》以散淡的笔调摹写了浏阳花鼓戏的民间传承、唱腔风味以及乡间对花鼓戏的迷恋氛围。作为一种历史的戏种传承，浏阳的花鼓戏流传至今，给人们带来其风格独特的戏剧魅力与艺术享受。粟远和的《一朵会唱歌的山花》讲述了团花的成长和歌唱的艺术生涯。作者以饱满、质朴的笔触将这位能歌善舞的侗族姑娘烘托得栩栩如生、春意嫣然。对民间文化艺术的执着追求、坚定守望，再加上天资聪颖，这朵大山陶冶出来的“山花”越唱越远，越开越红。

胡小平的《父亲的“三入”》以父亲生活中求实、工作中求进、永葆党员本色的人生信条奠定他的形象和声望，颂扬了基层党员干部的恪守职责、为人民服务的精神品质。文本虽精悍短小，却有以小见大的火候和力量。

甘健的《一碗甜酒冲蛋》追忆了班主任来家做家访时，母亲做了一碗甜酒冲蛋给老师喝了，作者对老师那么缓慢地吞咽一碗甜酒看做是对美食的虔诚心态，待老师离去后，母亲才发现错把自己喝的中药当成胡椒放了进去。在明白真相的这一刻，作者五味杂陈的矛盾心态与懊恼瞬时点亮了老师高大的形象。作者的真情叙事唱响了一曲深情的园丁之歌，予人温暖。

（二）从山川河流出发，体悟钟灵毓秀

纵情山水，陶冶天地，历来是文人墨客的修心养性之方式。古有李白、杜甫、陶渊明等文豪，歌咏书写，笔墨生香，山河传情。许是古人今意，文学湘军接力行走，用脚步丈量祖国壮丽河山，刻录时代，在浩瀚烟云中放飞思绪，洗濯灵魂。从某种意义上看，这种叙事方式有着进行时态的深入挖掘与在场抒情。恰如周晓枫所言“散文要表现‘此时此刻’，这使我们不会忽略沿途的风景；‘现在’连接过去的屐痕，也指向未来的光亮”①。沈念的《大湖消息》以切身的体会对生态文明的书写进行了活水溯源，在自然山水间还原静的流动，动的悲欢，呈现人与自然、天地际会、时代之思。其以诗性的笔触探究洞庭之水，融合故乡与人文、自然与山水的密码，更好地诠释了水文化与人类之间生生不息的循环与传承。沈念的“大湖消息”传递着他的悲悯情怀、体恤之态，还有那些消逝的过往，江湖儿女的世事变迁，都深潜于水，回归自然。就如人类学家洛伦·艾斯利说的“倘若世上真有魔法，它一定隐藏在水中”。《大湖消息》所承载的不仅仅是人类与环境的融合与思考，还是时代之变、古今之思。王尧的点评直抵心灵——沈念以水的清澈、灵动、深邃和波澜传递辽阔和丰富的大湖消息，对话生活在其中的江湖儿女。他把自然还给自然，又将自然生成为人文。他行走在岸边，又沉潜在水中，在行走的水中洗涤尘埃，在风生水起中流淌诗与思。这是一部中国版的《瓦尔登湖》。

刘克邦的散文集《涟水谣》取材于现实生活，文本中有人物摹写，有思想表达，亦有游历山川河流的另类在场感悟，情感真挚，叙事流畅，生发感悟真实自然。作者丰富的生活体验、老辣独到的观察视角给了作品一定的原生力量。众所周知，散文有性情、真情，散文应平实、朴拙，散文在于细枝末梢、境界大美。这些沉潜于心的法宝，在作者的领悟与巧妙运用之中驾驭自如，再输入情感脉动，把握好整体情绪，定有华彩

① 周晓枫：《散文的时态》，《文艺报》2020年4月3日。

妙章。《涟水谣》的妙处在于不惮于剖白自我，情感把控拿捏得当；不回避个性见解，在人事风物的转化中意会融合；不藏拙弄巧，以赤诚之心，朴厚其文。所谓大直若屈，大巧若拙，大辩若讷。而在山川河流的书写中，《涟水谣》中亦有思想碰撞的火花，有此时此刻的风景再现，给人留下深刻的印象。

文学湘军擅于在记录生活的点滴幸福和诗意中发现闪光，笔下有亲情，有悲欢，有故乡，亦有远方。他们的文笔清新、婉转、有力，有浓郁的乡愁气息，有纵横捭阖的格局胸怀，不负光阴，不负时代。谭谈的《春走老山界》讲叙了红军长征途中著名的老山界入选湖南“潇湘红八景”后，树碑为后人瞻仰的过往。作者在重游老山界时，不禁追忆往事，缅怀英雄，召唤人们记住这块神圣而英勇的红色之地。与此同时，深居老山界的人们深受党的政策福泽，发展茶叶产业，让老山界的人们走向一条新的康庄大道。而他的《一湖碧水入画来》则以抒情婉转的笔触，勾勒出一湖碧水环绕、一间爱心图书馆、一座青山巍然的自然美画。水库边的图书馆书香浓郁，艺术家妙笔生花，让以前贫穷落后、生态污染严重的白马湖有了翻天覆地的变化，呈现出穷则思变、奋斗如斯、人与时代共振、生活定会美好向前的愿景。

湘水深流，文学不老。汨罗江畔，一面文学的旗帜，使得江有意，水有情。水运宪的《啸聚汨罗江》回忆了文学湘军四十余载的辉煌历程。作者性情洒脱、豪气干云的气势和笔力浓缩了一个时代的文学走向，然“相忘于江湖，重逢在迟暮”。作者与谭谈、何立伟、蔡测海、彭见明、刘舰平等老友看望韩少功齐聚汨罗江，忆潇湘，慨往事，抒豪情。当年的意气风发已然不见，但见青丝转白，满脸沧桑，虽有伤感，却所幸缪斯照拂，执念自在人心。因为文学，一条河，一群人，一世情。文本语言炉火纯青，性情而作，笔力之工，字字珠玑，让散文而文学，回味无穷，隽永如斯。

梁瑞郴的《山水两重奏》讲述苏仙岭的自然气象，山之骄子。在城市文明的环境下，人们的生活质量与生存环境息息相关，苏仙岭的淡然优雅犹如“雾失楼台，月迷苏仙”。与郴江的柳暗花明，改造之后的山清水秀，奏响了一曲山水和弦，氤氲着袅袅江雾与诗意。作者对生态环境的关切，倾情笔端，逶迤延伸，如时间之流，山高水长。

马笑泉的《延边气质》写了在延边的夜晚感受到的周遭宁静与单调，却在一家生意清淡的小吃店得到了某种心灵慰藉。这家夫妻店的热情，男主人标准的汉语，让作者暂时忘却了寒冷，尤其是那碗热面的分量，给人暖意，品出了延边人的气质。作者善于从细微生发，以小见大，传情达意，水到渠成。马笑泉的文字洗练，冷峻的底色如常，却在延边有了温润的暖色。

龚鹏飞的《红色湖南赋》满怀拳拳赤子之心，盘点潇湘古今风流，从觉醒年代，到南湖船头，贯岳麓书院，但见风云际会，马蹄生烟，壮哉湖南。作者构思巧妙，立意高远，挥毫泼墨，豪气干云，以强健的湘军气势、深厚的文化底蕴升华湖湘精神。

岁月流转，山川有灵。刘克邦的《千年不老上甘棠》讲述了江永宝地的上甘棠古村的历史人文、地理风貌。作者叙事平实，感情真挚，结合所见所闻，自然生发，感悟良多。文本语言凝练，融合今古，引人深思。

奉荣梅的《读见凤凰，沈从文的小学校与大学校》以沈从文因母亲病重回湘西凤凰走水路为引子，追忆了他以桃源为起点，溯沅水西行，将沿途的风景与见闻写给妻子，诞生了《湘行散记》，成为历史的见证与延续。作者文笔老辣，视角独特，融情于景，文思如流，直抵心灵。沈从文回乡见闻的那段岁月历史经作者有条不紊地梳理与润色，沉淀为一条河流的文化，让人印象深刻，萦绕不去。

丘脊梁的《闯入者》却用另类的视角讲述了珍珠山面临开发的始末。作为城市外围的最后一片原始绿地，珍珠山也不可避免地成为拓宽城市的建设资产。而当作者无意间闯入了这片还没有开发的领地，深山密林处人间烟火地的行迹，以及这里曾经拥有过的火热生活，都激发了作者物是人非的悲凉心境与悲悯情怀。在时代进程的步伐中，也许我们拥有了此时的繁华，却错失了彼时的风景，文中隐含的现实问题，引人忧思，呈现出失落的乡愁意味。

张建安的《九洲塘》讲述了故乡九洲塘赧水河的历史变迁，以及故乡随着改革开放的步伐人事风物的巨变。所谓春风化雨，润物无声，人们的日子红火了，更重要的是知识分子多了，精神也富足起来，作者诉情笔端，呈现一派欣欣向荣的新农村气象。

孟大鸣的《飞奔》讲述了去边城茶峒追寻沈从文足迹的心灵演绎。作者从图书市场到读者角度的立场对沈从文小说进行了归纳和梳理，在王德威教授的引导下，才知道沈从文的散文也是中国现代文学不可忽略的存在。作者“飞奔”着买了一本沈从文的《一个传奇的本事》，品味着沈从文自然如水、沉静如斯的深邃气质，懂得了那个年代的精神与文化氛围。

袁道一的《逆光中的小镇》回忆了在最初的工作起点期间的喜怒哀乐、沧桑风雨。年轻人在人生十字路口的迷惘、青涩而懵懂的恋情、逆境中的艰难，都在作者的笔下还原和重现。文笔从容，叙事紧凑晓畅，情感真挚，尤其是尾声的留影和离去的片刻，情景交融，触动人心，给人留下深刻印象。

张晓根的《对一座塔的沉思默想》叙述了瞭家山的地理风貌与时代变迁。以水塘、道路、湿地公园、石拱桥等为标识，穿插瞭家山在时代进程中的变化与思考，而这些体现乡情的纽带经作者巧妙地与一座塔的存在输入千丝万缕的在场反思，呈现时代之变，之真，之思，可谓妙哉。

甘建华的《边城的黑夜和白天》叙述了在边城茶峒观景游览的心路历程。从流经茶峒的清水江开始，感受边城的白天和黑夜。而翠翠岛对“翠翠”失真的塑像，以及变相地炒作和铜臭，让人痛心疾首。边城的“翠翠”应该是沈从文笔下的那个纯真朴实、沾风带露的“翠翠”。边城的文化应该是“这个人也许永远不回来了，也许明天回来!”

谢德才的《留在韩家坪的社教岁月》讲述了韩家坪的旧颜新貌以及杜中华其人其事。杜中华在社教岁月中深入农村基层，在韩家坪传授种植稻谷“双两大”的经验，试验田的成功，改变了韩家坪的面貌。时代的变迁是历史的镜子，总会让人们记住些什么。

张强勇的《资江写意》从资江溯流而上，穿越时空，找寻历史淘洗的时代印记。从风雨桥到茶亭到柳溪河边，那些闲淡的往事和歌谣，在人们日复一日的生活和袅袅茶香中发酵沉淀；资江中游的宝庆府，资水岸上的文庙等等人事风物，在资水河畔衍生岁月，成长为一条历史人文之河，养育着人们的精神家园。

（三）人间草木，自然有灵

在中国大地上，乡土和乡愁历来是人们追寻的永恒话题。乡土文化一度被称颂为“乡村诗学”“乡土中国”等宏大的跨越和叙事。而我们今天的抒写“需要在世界范围重新定位乡村，也需要从乡村出发去理解中国和世界，重塑乡村的诗学”①。作家们在这种叙事领域进行着在场的体验和生命观照，收获了个性和自由状态下的精神盛宴。诚然，乡土叙事离不开环境和人、动物和植物、山川河流这些浩瀚宇宙中的生灵。罗长江的散文集《大地五部曲》气势恢宏，由五部长篇叙事抒情体集成一曲大地之歌，分为《大地苍黄》《大地气象》《大地涅槃》《大地芬芳》《大地梦想》五部。这五部大地交响曲立足湘西，融合鲜明的中国元素，放眼历史和未来，以抒情诗意的笔触进行了一次跨时空、跨文体的崭新尝试。《大地五部曲》的构建具有深沉宏阔、博大美妙的思想韵律，以杂糅的意象、如歌的行板，进行长篇叙事和抒情，融入诗性跳跃和想象，以大地为载体续写乡愁文化，升华“乡村诗学”，完成了一部结构缜密、情感复杂的大地乐章。在叙事上，它是散文的长歌，亦是诗意的散文。作者的超越和创新，从某种意义上来说，是一次更新传统的文明叙事，亦是新时代下历史语境的超越和远行。由此，《大地五部曲》在散文个性和自由的发挥上表现着承继和更替，这种不受束缚的思想观念也体现了“对自由精神的依赖超过所有文体”②。

谢宗玉的《父母的鄱阳湖》以诗意的笔墨叙述了父母亲在鄱阳湖水域的生活。一条河流有一条河流的故事和历史，水边的人、动物、和鸟，

① 李音：《从“实证性”到“文学性”：呼唤一种新的乡村诗学》，《文艺报》2020年7月31。

② 林贤治：《五十年：散文与自由的一种观察》，《书屋》2000年第3期。

在阳光下漫步，在风雨中疾步，在湖畔沉思；他们撒豆种草，开船捕鱼，把日子闲散在大地上，就是一串生活的珍珠。作者的语言充盈着浓郁的诗性张力，叙事婉约，文辞清丽，笔力隽永，给人生活之痛，亦有无尽的想象和未来。

万宁的《在楼顶虚度时光》叙述了种植南瓜和花草的乐趣。只要心中有爱，生活中任何微不足道的小事都会变得无比愉悦和享受。人有情，花有语，任何生命都值得尊重。有时候，我们并不会注重会收获什么结果，而是喜欢和在意劳作中的过程。看到日日陪伴的花草，蓦然在晨光中给你惊喜，就是一种无法言喻的享受和满足。其实，看云、读诗、种草、赏花，又何尝不是一种闲适的生活态度？

周伟的《乡村春色深》写的是在乡村振兴的路上感受到的春天、春意和春色。在扶贫路上，有低于尘埃的生命，有生活的苦涩艰难，但更有党的春风和扶贫人的坚实脚印。作者是提炼生活的高手，以人物为中心，展开时代变迁的脉络，善于窥探人物的内心世界，以真实的故事重塑乡村精神。语言精湛，朴实接地，春泥生暖，予人思考。

王继怀的《听雨》以轻快安然的笔触描摹雨中即景，注重个人心境的抒发，启动心灵情感，捕捉生活细节，感悟生发真实自然，于小处见风华，有声有色，有情有趣，富含哲思。作者文风清新，感情细腻，诗意盎然，于淡然自在中弥漫出雨水般清澈的乡愁。

彭晓玲的《上东谣》讲述了大围山的物事变迁与历史烟云。而大围山的脱贫致富，离不开能人巧匠的智慧与勤劳。大山资源丰富，客家人就地取材，带来造纸术，繁荣了一方山水。作者沉稳内敛的笔触，呈现出浏阳之上东的一曲山歌传唱，悠远，淳朴，绵长。

纯粹与美好，是那无邪柔美的红水河，更是无私大美的人间情。谈雅丽的《红水河之声》用质朴有力的笔触，书写真诚的善意。扶贫路上有太多感人的故事，关注弱小，寻找生活的光亮，体恤卑微的生命，是红水河的主旋律。作者满怀悲悯的笔下流淌着清澈的真情和暖色，生命中那些不求回报与结果的付出，生活中那些做一个更纯粹美好的人的愿望，正与这些温暖的文字一道，感动着你我，又激励着彼此。

凌鹰的《鸟窝》让我们想起顽皮的童年、恣意的少年。在这个小小的家里，作者好像顶替了女主人的身份，家务琐事，让生活如此现实。人有家，鸟有窝，其实我们和鸟儿一样，一茬茬，一代代，就像鸟儿一样飞走，但总有些我们带不走的东西。在这里，作者内敛的笔触道出了人生与命运的使然。

申瑞瑾的《逃离或回望》追忆了故乡溆浦的世事风情与时代变迁。作者以饱含深情的笔触叙人记事，在时光之水中亲近故土，抚摸故乡的容颜，然当年已然不见，故乡正以新的姿态哺育这条河流的人们。随着时代的进步，交通与网络的发达，乡愁也以新的形式体现，也许古人吟唱的乡愁在今人的眼里就是与家人一碗汤的距离，又或许，乡愁作为一种文化的传承，正慢慢以匍匐的姿态蛰伏在大地的语言中。

邓跃东的《葬礼上的歌声》写了六姑在大伯的葬礼上放松惬意的放声高歌的场景。作者善于观察，从微小生活中感知人生的过程莫不是一场远行。而六姑以她淳朴的农人生活体验阐释了人生深度的奥义，用该哭就哭、该唱就唱的生活态度妥帖地诠释了人生之内涵，所谓大道至简，莫过如此吧。

毛云尔的《吃草》以纤毫毕现的笔触叙述了牛和羊吃草的习性。同时将艾蒿、马背筋草、冬茅草等草类的习性和功用与牛羊的生活喜好融合一体，呈现出人与自然、动物与自然的和谐相生。作者以悲天悯人的笔触道出了牛对人类的情感，对草木之神的眷念和感恩。动物尚且如此，在这个食物链的大自然，人类需要思考和懂得大自然的馈赠。

熊幽的《向往的村庄》讲述了乡村振兴路上苗家的感人故事。这里的村路通了，路灯亮了，泉水也引上山了，村里的茶叶产业更是如火如荼，一派欣欣向荣。乡村之变感应着时代的巨变，作者笔下的村庄是人们的梦想和向往之地，是春抚大地的生暖。

龙章辉的《投靠一棵草》讲述了作者因身体原因与各种草药药方熟识到依赖的艰难历程。即便是一株毫不起眼的草木，也有挽救一条生命的力量。作者以蕴含丰富的文字，积蓄的笔端之力，阐释人生，感悟生命，低首草木，学习它们的坚韧、顽强、不屈的自然精神。

赵宇的《谷雨往事》抒写乡村谷雨时节的农事风物和故乡亲人。乡村风景依然，祖父却因病在谷雨之后消逝、在雨中还未萌芽就消失不再的青涩初恋，以及生活的劳作，都让人难忘当年。作者文字干净，叙事晓畅，如谷雨春风纷纷洒落在故乡的田间地头。

葛取兵的《扛板归：猫耳朵刺》以扛板归的柔弱外貌形态展现它柔中带刚、坚韧不拔的品性。它长得如猫耳朵薄弱与有趣，很神奇。不但能开花，还能结果，是大自然的神奇馈赠。作者从它的外貌形态到药用效果，叙述细致，收发自如，文笔精炼，体现出人间草木的情感与灵性。

徐敏的《九连屋》讲述故乡亲情，通过家乡的老屋描摹世间悲喜，以及亲人的悲欢离合，表现出人们追寻的最后归属地总是魂牵梦萦的故乡。可见老屋是我们的出发之地，也是我们安放灵魂的栖息之地。

石绍河的《野地怪味菜》通过描写芫荽、香椿、鱼腥草的各种食用药用的功能，触摸人间烟火，呈现风土人情。草木有灵，万物相生，与我们的日常生活息息相关的有柴米油盐，亦有野地生长的植物菜肴。它们卑微而平凡，却拥有自己独特的风格与味道，更蕴藏着生命之中生生不息的顽强和美好。

由此可见，乡村诗学在散文的抒写中有着广阔的前景，生态环境、人与自然、城乡二元对立到融合到当下的新农村建设等时代元素，都在新时代的浪潮下呈现出波澜壮阔的乡村精神版图。从散文的立意角度和精神内涵上看，我们的乡土文化参与了诸多的小微场景，或一花一叶一草一木的组合，却有着见微知著的效果。文学湘军在大自然的循环中，观照生命，敬畏大地，以生暖的文字、独特的生命体验挖掘乡土，发现与探索一条精神多元的自由之路。

综上，湖南散文作者不仅在创新挖掘上有了一定的经验成果，在年龄层次结构上也形成了一支具有代表性的中坚力量。在老一辈的文学湘军带领下，一批新生力量在文坛活跃或崭露头角，像李颖、秦羽墨、王爱、王芳、王亚等，90 后的沈学、冯祉艾、杨邹雨薇、蒋雨岑等，正以他们的方式形成自我的独特风格，令人期待。当然，文无定法，遗珠之憾在所难免，余不一一。

二、湘籍作家：更新传统的文明叙事

湘籍作家的坚守和行走，给湖湘文化增添了瑰丽的风景。他们的散文叙事不回避传统，擅于从古典美的传统文化中撷取精华，叙事、写人、咏物、抒怀，或思想睿智，或从容冲淡，或接地而行，或恣意洒脱，表情丰富，姿态各异，各有千秋。同时，他们又在更新传统的道路上不懈探索，给后来者提供了宝贵的文学经验。

黄永玉的《只此一家王世襄》讲述了作者年轻时在北京与张光宇先生的交往，偶识故宫工作者王世襄的趣事。文中选用几个小片段描述了与王世襄的其人其事，文风活泼，节奏明快，语言简约有力，娓娓道来。作者善于抓住人物活动中的细节，以日常生活的微小着墨，将王世襄爽快的性情、好玩的个性、严谨的行事作风、收藏的博学等刻画得惟妙惟肖，栩栩如生，给人留下过目不忘的深刻印象。文章结尾在追忆的思念中，睹物思人，感喟人生，又让人唏嘘不已。散文的真诚、真气、真情在这里自然而然地动人心扉，绕梁不去。

熊育群的长篇历史散文《治水的人或神》，写的是人人熟知的大禹治水，它是一个远古的神话还是历史，已无从考据，但作者偏偏一头扎入浩如烟海的历史之中，从实地和大量史料中寻找大禹这个真实性都受到质疑的人。通过这一神话探寻中华文明的源头，寻找远古时期的自然生态、洪水的形成。作者立意巧妙，从神话世界的自相矛盾和史实的对照，还原一个人或是一段历史，分析思考大禹治水在历代的遭际，写出大禹对中华民族心理、文化和精神塑造的历程。作品立足现实，带入现代人的生活，打通了四千多年的时空，是一次古今对话，是对大禹治水的一次系统性梳理，更是一次从文本反思民族历史的极其艰难的写作。

清风的《我的农民父亲》叙人叙事平和冲淡，质朴醇厚。作者对父亲勤劳朴素、善良厚道、爱惜名节、乐于助人的农人本色熟稔于心，以在场的角度从生活的日常提炼父爱如山、德高望重的品格和形象，情感真挚，生发自如，自然抵达。散文的远意、高古、冲淡、缱绻，在这里荡气回肠，经久不息。

陈启文的《永远的袁隆平》写于袁隆平先生逝世之后。作者以难以名状的悲痛心情追溯与袁隆平先生忘年之交的情景。以朴实接地的笔调讲述了袁隆平先生在工作中一次次攻破难关、无畏向前的感人故事，他恪尽职守、无私奉献、勇攀高峰的奋斗精神，他在田间地头日晒雨淋的神农形象，他苦中作乐、心系人民温饱的大爱情怀。他重病住院的最后的日子里，还在关心着室外的温度，担心着第三季杂交稻的成熟是否会受影响。这些点滴日常无不让人痛心落泪，撞击灵魂。作者用泥土生暖的文字缅怀这位伟大的“杂交水稻之父”，把袁隆平先生追求科学、崇尚真理的塑像定格在人们永远的记忆中，把袁隆平这粒人类的好种子植入辽阔的大地，生生不息，千古常青。

彭学明的《天下淮安》纵观今古，洒脱惬意，逶迤而来。从淮安的地理优势到帝王将相的千古风流，到《西游记》的作者吴承恩，再到敬爱的周恩来总理的生养之地与出发之地，“淮安”这个天下粮仓，以及纵横天下的淮安、胸怀天下的淮安，在作者一气呵成的泼墨生发中定格，在人们的心里打上了永久的烙印。

回望 2021 年，湖南散文创作在赓续优良、创新发展上积累了一定的文学经验。文学湘军集中在纵情山水、人间草木、人物写真上挖掘传统文化，在抒写乡土、品味人生、更新文明叙事，以及在挑战难度写作上升华境界，开拓视野，创新湖湘文化，并取得较为丰硕的成果。文本思想深邃，笔力遒劲，探索未来，以理性的思考和文化自觉向文学高峰迈进。而一批新锐之思的脱颖而出，给文学湘军灌输了新鲜的血液，他们在散文的创新与接力中有自己独立的风格特征，不容小觑，更添了蓬勃的朝气和力量。

（袁姣素）

2021 年度湖南报告文学创作综述

2021 年，中国共产党迎来百年华诞。一个世纪的岁月峥嵘，党走过从建立到壮大，从带领中国人民浴血奋战到民族独立，国家自强的伟大征程，凝聚起伟大建党精神，积聚起无数智慧和经验。这不仅是中华民族，也是人类社会最可宝贵的财富，是值得后人永远书写的中国道路与中国经验。站在“两个一百年”交替的历史时刻，我们在科技、军事、脱贫攻坚、乡村振兴、抗击疫情、生态建设、社会民生等诸多重要领域取得了举世瞩目的重要成就。历史和当下在这里紧紧握手，未来在今天发出新的召唤。报告文学作家在波澜壮阔的历史现场奋笔疾书，写下行进中精彩的中国故事，颂赞走向复兴的时代征程。

一、百年初心：伟大建党精神的生动诠释

自梁启超的《戊戌政变记》开启近代报告文学先声以来，在重要历史进程、关键历史事件和节点的书写上，报告文学一直在场。2021 年是中国共产党建党一百周年。从嘉兴南湖的星星之火，到中华民族伟大复兴的壮阔征程，中国共产党领导中国人民走过了百年峥嵘。党的百年奋斗史，就是中华民族的百年命运史。这其中锤炼聚积的伟大智慧与经验将是书写者取之不尽用之不竭的精神资源和历史宝库。在党的百年华诞之际，一系列以建党历史、革命历史、革命英雄为题材的报告文学党史书写形成写作热点。而这段历史与湖南近现代人物和地域紧密相关，自

然成为湖南报告文学创作最重要的领域之一。

彭东明的《一生的长征》讲述了原商业部副部长喻杰回到家乡平江山区扶贫济困、造福于民的感人故事，还原了一位永葆初心、永怀操守的共产党员信念忠诚的一生。主人公 1970 年回家乡，带领家乡群众改善生存环境，建电站，修公路，植树造林，做脱贫致富的领路人。他走过红军两万五千里长征，也走过以国家和人民为己任的一生的长征。作者在崇敬的笔端写下了一位大写的、纯粹的共产党员形象，感人至深。

张雄文的《潮卷南海——深圳风雨一百年》以改革开放重镇深圳为视点，以“萌芽”“探索”“奋进”三个篇章为时间顺序，书写深圳从无到有、从弱到强的建党史，从南海渔村到中国特色社会主义先行示范区的城市建设史，以及深圳人民从独立到自强到富裕的生活史，刻画出深圳百年历史变迁。将一个地域、一座城市的历史身影置于党的百年历史洪流中进行考察，以此建立起具体可感的历史现象和宏阔伟大的党的历史之间的深刻关联。作者在百年书写中，寻找并致敬那些可敬可爱的深圳人，他们是“在宝安建立第一个党支部的黄学增；创建东江纵队，与日寇厮杀，誓死保卫家园的曾生；重建敌后武装，最终迎来南下解放大军的蓝造；具有改革意识的方苞；炸响荒岭第一炮，创建蛇口工业区的袁庚；为深圳经济特区建设宵衣旰食的梁湘、李灏；像花匠一样打理华侨城的马志民、任克雷；为“中国硅谷”崛起而竭尽心智的爱国企业家任正非……还有那些援藏援疆、对口扶贫、支援抗疫的基层党员。他们是爱国爱家的深圳人，是奉献智慧和生命的中国人，是中华民族生生不息的力量之源。张雄文以写红色历史题材尤其是写开国大将粟裕闻名，对党的历史有深入了解且饱含真情。本书中，丰富的历史史料增加了文本的真实度和可信度，同时为现实部分的书写延伸了历史视野。

袁杰伟的《蜕变》记述的是中国共产党第一个工人党员李中在陈独秀的引领下由资产阶级知识分子“蜕变”为产业工人的故事。身份的“蜕变”，重在思想和精神立场的“蜕变”。作者详述李中与陈独秀、李大钊、毛泽东等人一起参加革命工作，传播马克思主义思想的过程，以此写出李中成长为坚定的马克思主义者的过程。李中在《一个工人的声明》中旗帜鲜明地喊道："将来的社会，要使他变个工人的社会，将来的中国，要使他变个工人的中国，将来的世界，要使它变个工人的世界。"这篇由产业工人发出的宣言一直被史学界作为工人阶级觉醒的先声而广为引用。李中的觉醒和新生，是现代中国无数青年在现实压迫下的反抗与觉醒，是马克思主义在中国大地上传播的真实写照。

覃盟的《红烛》真实而多面地反映了山区中小学大力推行教育教学改革、全力落实普及中小学义务教育的史实，是我省乃至全国教育教学改革和九年义务教育工作的缩影。主人公覃东荣十五岁时在共产党的关怀下发蒙读书识字，他对共产党有着特殊的感情，成为老师后，他忠诚于党和人民的教育事业，一生默默兑现当初"要让所有穷人子弟都能上学读书"的初心誓言直至去世。覃东荣从旧社会吃不饱饭上不起学的苦孩子到新社会读书识字直至成为校长教书育人的一生，是受党的恩泽、教诲、培养的一生，他也把毕生心血回馈给了培养了他的党和人民。正是千千万万个默默奉献的覃东荣，成为我党生生不息的源泉和不断前进的动力。

以上写作从建党历史、党与人民的血肉联系、党引领时代发展等多个方面书写党的初心和使命，是对"坚持真理、坚守理想，践行初心、担当使命，不怕牺牲、英勇斗争，对党忠诚、不负人民"伟大建党精神交出的一份湖南报告文学答卷。

二、英雄的人与城：北斗导航与抗疫斗争中民族精神的颂歌

部队作家龚盛辉是军事科技报告文学代表作家之一，强烈的爱国主义情感和深沉厚重的家国情怀是他的人生本色，也是他的创作底色。《铸剑》《中国超算》《战火催征》《决战崛起》《大国重器》等多部书写新时期中国军事科技发展的长篇报告文学无不打上这一鲜明烙印。今年出版的长篇《中国北斗》是这个领域创作的又一重要收获。

军事科技题材一直是报告文学创作的重要题材之一，也是书写新时代中华民族伟大复兴的中国梦和"中国故事"的重要内容之一。这个题

材的创作难度在于，军事科技涉及的内容科学化、专业化，枯燥难懂，很容易写成科普类说明文，题材本身故事性、趣味性的缺乏，给创作带来很多局限。在《中国北斗》中，龚盛辉较好地处理了科技题材文学化书写的问题。文本写出了北斗人深挚的爱国主义情感、智慧和担当；写出了中国北斗事业震撼世人的艰难与伟大。

首先，作者选取能激发读者爱国情感的典型场景重点书写，确立文本情感基调，同时在冲突中加强文本故事性。比如，在伊斯坦布尔召开的“2000 年世界无线电通信大会”的决议对中国北斗是否能获得可用频率至关重要，作品对这次大会各方博弈的状况写得真实传神。作者对参会各国代表的发言做了详尽记述，以此烘托出以谭述森、赵晓东为代表的中国科学家维护祖国利益的决心与胆识。他们害怕决议不能通过而内心焦灼，为了争取他国支持而拼尽全力，并同时保持不卑不亢的态度维护祖国尊严。振奋而深沉的爱国主义激情涌动在心底。这样的书写让人联想到梁启超先生在《欧洲心影录》中对巴黎和会现场各方关于中国山东问题的激烈辩论。百年烟云，中华民族从独立到自强，维护民族尊严的责任感与使命感从未改变。

其次，塑造爱国、忠诚、正直、奉献的北斗人群像，以高尚的人物精神和境界带动北斗故事的讲述。首席科学家孙家栋老先生被大家亲切地称为北斗研发的“总总师”，他八十多岁高龄仍坚持亲临发射现场，着装整洁，神情郑重，与大家共同解决问题，分享喜悦。合影中总是“喜悦里不失淡定、淡定中饱含欣慰”的微笑。老先生与老伴儿携手一生，互敬互爱。在聚少离多的岁月中，他们的爱情不但没有褪色，反而在与家国大业的紧紧相连中升华为生命大爱。北斗要在短期内解决抗强电磁干扰的问题，“二愣子”欧钢接下这个烫手山芋，全体团队成员甚至在除夕和年初一都自觉加班，直至问题解决，被孙家栋先生称为“李云龙式的团队”。成功镇住“伪距波动”问题的数学家朱炬波，载荷团队带头人刘波，气象专家郭学文，还有车著明、陈华明、李明伟等众多科学家形象都令人印象深刻。中国北斗的成功，离不开科学家们的智慧和奉献，也离不开无数在普通岗位上默默坚守的工作人员。在汶川地震中妻儿永失的西昌卫星发射中心巡线员郑邦国，科学家们背后默默支持的家人们，是北斗成功背后最温暖厚实的支柱。

此外，作者以文学的感性语言体察科学的理性世界，让普通人体会到科学的诗意。在写数学家朱炬波面对难题时的心理时，有这样的描述“海量数据，在朱炬波心目中，是一片森林，再茫茫无际、纷繁错乱，他也能找到蜿蜒其间的通幽曲径；是一片沃土，通过耕耘，能收获春天的花朵、秋天的果实；是一片蓝天，清晨有朝霞，傍晚有晚霞，白天有阳光、云朵，夜间有月亮、星星，时刻都有观赏不尽的景致；是一片大海，有浪花，有海市蜃楼，有远方的帆影……”一时间，科学就是自然与人生至真至美的感受和境界。

人类发展史，也是一部瘟疫相生相随的历史。瘟疫带来的痛苦、死亡、毁灭，人类无法回避，惟直面、承担、战胜、反思是我们面对瘟疫和灾难应具有的勇气与智慧，是人类命运生生不息的真相。瘟疫和灾难书写则深刻记录着人类文明进程中那些真实苦难的肉身，显影着幽暗复杂的人性，刻画了那些闪耀着悲壮与崇高的精神面影。

新冠肺炎疫情至今已有两年多，全球数百万人在疫情中丧生。人类行动静止，交流停顿，经济衰退，生活困顿；同时，荒诞与虚无的存在主义精神困境向人类袭来。一场人类瘟疫正在并已经改变了世界和人类社会发展格局。我们试图对当下问题做出应对和回答的渴望，促使我们不断回望两年前的疫情现场，因而那些置身现场的真实记录就显示出格外的价值。报告文学作家逆行疫区，为我们留下了十分珍贵的文献和情感记录。一方面，他们在报刊上发表短篇，对疫情做及时记录报道；一方面，在现场做深度采访，深度观察，在痛定思痛之后，写下故事后的故事，结合宝贵的一线经验，给出独立之思。

纪红建是深入疫情中心最早的作家之一。在武汉长达40多天的现场采访中，他迅速创作了《生命之舱》《春天的声音》《武汉“转运兵”》《一个武汉民警的春天》《湖南援鄂第一人》等短篇报告文学，第一时间向读者传达了武汉抗疫的状况。但他同时意识到，对灾难的书写是对人类痛苦和生命的深入体察，在场与及时的背后，还应有走向时代和民族的整体与深度观照。一年多后，全面讲述武汉抗疫的长篇《大战“疫”》出版。40 多万字的采访手记是报告文学的真实之魂，作品以一个个独特人物为主体，集合成一个作者视角下的武汉抗疫场面。纪红建说：“这部作品将通过事物的发展逻辑和情感的逻辑来写，首先这是一座英雄的城市，不光是历史也是现实的，不光是武汉本地人的，还有外来人员，所有的情感，整个国家与民族的情感都凝聚在了武汉。”作品通过全景式地反映武汉战“疫”的壮烈场景，着重书写了医护人员，尤其是武汉本地的医护人员的奉献与牺牲，共产党员的担当与信仰。我们在他们身上看到了灾难中的悲伤，悲伤中的英勇，英勇中的牺牲，牺牲中的人间大爱，以及中华民族团结抗疫，不可战胜的民族精神。丁晓原评价道：“作品深入而真实地发掘疫情一线的人性之真、人性之善、人性之美、人性之勇、人性之爱，同时自然流露出对伟大祖国的热爱，对中国共产党领导力的赞美，是一部充满情感深度、思想厚度和道义力度的书。”灾难总是比任何事物都更能逼视出人性的两端。有些作家并未抵达疫情现场，以失真甚至是虚假的信息博得关注，此时这些站在受难者和逆行者身边的报告文学作家则让读者看到了一个英雄的武汉和英雄的人民。中华民族的凝聚力，举国体制的重大作用，人民同舟共济的家国情怀，以最沉默也最浩荡的方式保卫了我们的家园。从《乡村国是》到《大战“疫”》，纪红建在一步步成熟的创作中，显示出驾驭重大社会题材的能力。青年作家曾散与纪红建同行武汉，创作了长篇报告文学《青春逆行者》，作品主人公是 90 后“青春”抗疫志愿者群体。孩子们投身抗疫，冲锋在前、勇于担当，曾经稚气的脸庞在这个冬春的考验中迅速成长，灿烂的青春在奋斗与奉献中熠熠生辉。

武汉中心之外的地方抗疫书写是展现全面抗疫斗争的重要组成部分，韩生学记录湖南怀化抗疫的《生命大决战》，正是这样一部这样的侧面抗疫书记录。因卫健委工作的特殊性和自身思考力，在写作主题选择上，有自己的独特性和参与度。从关注失独家庭、二孩政策、剩男剩女现象等人口问题，到参与新冠疫情救治和写作，他总是擅于从基层工作视角介入主题书写。怀化并非疫情中心，但人类的痛苦和人性的光辉是一样的。韩生学亲历怀化疫情的管理工作，以战火、集结、出征、阻击、决战、凯旋这一战斗序列组织文本，自觉将抗疫当成一场责无旁贷的任务去完成，颇有寓意。既显示了抗疫斗争的艰难和最终胜利；也将人类苦难和战胜苦难的意志彰显在写作之中。作品每一章前面都引用了《抗击新冠肺炎疫情的中国行动》白皮书的节选，作者说："我的文字就是白皮书的最基层抗疫的注脚。"作者有清醒的自觉意识，在中心之外找寻精神和人性的共同价值，以怀化抗疫的真实记录，形成了与武汉抗疫中心书写的互补，共同呈现出中国抗疫的真貌，以此向世人展示中国人民抗疫的信仰、胆识、智慧和成就。

三、战争与和平：谱写不同时代的英雄赞歌

英雄是民族最闪亮的坐标，是民族和国家的精神高地，英雄对一个民族、一个时代具有强大的精神引领作用。英雄人物是报告文学人物塑造中十分重要的一类。英雄人物看似好写，似乎只要记录下他们超越常人的英勇举动和感人事迹，人物塑造就得以完成，但恰恰因为这样，英雄人物就容易变成抽象化的精神符号，缺少作为文学人物的立体感和丰富性，从而陷入简单、片面、模式化的脸谱化书写。比起小说可以采用杂取种种合成一个的虚构手法，报告文学的英雄人物塑造只能针对具体的写作对象来完成，这就既有英雄书写的普遍难度，还面临文体自身的真实性写作制约。

段华的《另一种飞翔》完成了一次优秀的报告文学英雄人物书写。中国海军要走向深蓝，就要有一群不畏暴风雨的海空雄鹰。舰载机之路，是通往正义与和平的胜利之路，是强军之路，强国之路，但同时也是一条铺满钢铁碎渣和热血忠骨的艰险之路。舰载机飞行员张超，雄姿英发，所向披靡，一次次驾驭着钢铁雄鹰，翱翔于祖国的深海远空；最终以 29 岁的青春生命定格为一个壮烈崇高的身影。段华以无限深情书写了这位岳阳小老乡的英雄事迹。文学以情动人。报告文学作者的真情和才情往往在文本中直接呈现，饱满激越的情感是报告文学作家赋予作品文学魅

力的重要所在。段华以理想主义的人格走进这位理想主义的英雄，从父母和家庭教育中探寻他伟岸精神的人生来处；从湖湘地域中鉴别他吃苦、霸蛮、坚韧、不服输的本性；从家庭生活中感知他侠骨柔情的忠贞与深挚。作者把赞美、感动、激越、追思之情深深凝聚为全部情感的力量，托举出英雄高贵的人性光芒。作者有深厚的文学叙事功力。在写张超最后一次飞行时，以“最后一分钟营救”的交叉蒙太奇方式，把妻子坐火车去看他的时的心理活动穿插进来，摆脱现实时间的束缚，创造符合叙事需要的心理时空。读者在全知视角下，悲痛于英雄的壮烈，痛苦于妻子即将破碎的最后的幸福。英雄的人格在正义深情的文学书写中永生。

刘子华的《逐梦海天》是以张超的英雄事迹为书写对象的同题创作。作者进行了几十次采访，人数近百人，以对英雄和事实负责的严谨态度进行写作，前后三年成书。作品以“情”为中心，塑造了一位有爱国情、父母情、师生情、战友情、爱情、乡情的可敬可爱、侠骨柔情的英雄形象。张超对祖国的忠诚大爱，对舰载机事业的执着热爱，是我们时代和民族最宝贵的精神力量，是值得我们饱蘸笔墨真诚歌颂的时代英雄。

方欣来的《湘路》是以路和筑路人为题材的报告文学。作者以写人来写事，以公路人来写公路建设，用情用力讲好湖南公路人的故事，向世人展现可信、可爱、可敬的公路人形象。把家从县城搬到雪峰山上的王名流，守护着危险处的平安；把当临时工的弟弟赶出工地、把老婆赶下公车，还让她交 10 元邮费的县公路部门当家人；年仅 47 岁就因劳累而牺牲在岗位上的李益仲……他们是“最无情的人”“最孤独的人”，又是最深情、最富有的人。作者还有意识把公路人的精神境界放在时代发展进程中来书写，努力写出公路、公路人与时代三者之间的关系，使文本跳出宣传稿的写作模式，获得在新时代语境下的文学和文化内涵。比如，苗寨十八湾的路在党的脱贫政策下正式修通，寨子里的村民们唱到“十八湾，高过天，公路高挂悬崖边，搭帮党的好领导，苗寨日月换新天。”还有，公路管理人员高金平在工作之余创办民间图书馆，收藏各地公路志 1000 余册，藏书达 50 余万册，为公路人开辟一个精神滋养的文化空间，与时代文化发展同进步。作者塑造时代人物，并写出人和时代的关系，把脱贫攻坚这一时代主题和英雄书写融合成新时代的民生书写。此外，作者尝试对所到之处的地域文化和历史进行一番考察，以此丰富文本内涵，打破单线叙事节奏。在雪峰山会战的故地，遥望历史烟云，作者感慨道，“70多年的时光随着山脚的溪流远去，战争的烟云只留下依稀的痕迹，见到的是艳阳抚过山腰，一派秋色澄明。但那一茬茬为了抗击侵略者而献出宝贵生命的壮士，苍山会记住，大地会记住，一个民族会永远记住。”脚下的道路从历史的深处蜿蜒而来，向美好的明天绵延而去。筑路的故事也因此有了历史文化的意蕴。

1936年，抗战背景下，邹韬奋、茅盾决定以“中国的一日”为主题，组织一次全国范围内的同题写作，通过不同身份、不同职业、不同年龄、不同地域的作者写出某一天自己的或看到的生活故事，以此“能够表现全中国的一个横断面”，呈现给读者一个抗战中的中国现实。2021年，在新时代条件下，中国作协再次组织“中国的一日”征文活动，以此写出新时代民族复兴中的中国故事。张雄文的《火红的音符》以株洲中车集团赵卫、张利好、曾艳梅三位女工在岗位上出色工作的一天，把科技创新的中国故事呈现出来。

张雪云的《江皋月华 云眇苍苍》以浪漫的笔触书写“最美画家”，救落水儿童的“时代楷模”段江华的人生故事。作品通篇以诗词为境，写出人物艺术造诣和人格修养背后的原因。从父辈的言传身教，诗意童年生活，到求学阶段做人作画的熏陶，到立德树人从教的经历，作者以艺术之笔体悟艺术之人，在人物纪实上增添了文学诗性。

在广阔的城市乡村之间，有一群被称为义工的至真至善之人，他们以“老吾老以及人之老，幼吾幼以及人之幼”的仁爱之心，默默关爱着身边的弱势群体。他们不求闻达，不追名利，全凭一颗赤子心把大爱洒满人间。胡小平的《李桃辉和她的无疆大爱》就写了这样一位“向上向善湖南好青年”李桃辉的义工故事。李桃辉古道热肠，多年来资助、照顾孤寡老人，资助贫困大学生，还不断创新开展公益的形式，如利用网络平台帮助贫困户销售农产品、走进社区乡村普及垃圾分类和处理、开展资江和洞庭湖环境保护等。同时她的人格还感召着更多人走进义工行列，回报社会。作品以朴素的文字记录了一位朴素的奉献者，她的大爱在质朴中闪耀着热情真挚的光芒。

贺为民、李支国的《生命谱就脱贫歌》追记“全国脱贫攻坚模范”、时代楷模黄诗燕同志的事迹。他是扎根在贫困一线的基层干部，在炎陵期间，他设法为村民们通电建房，种植黄桃开辟致富路，直接帮扶最贫困的家庭，他说“你对群众有多好，群众对你就有多亲!”作品以朴实的文字记录了一位以生命践行共产主义信仰的党的好干部形象，也传递了众多基层扶贫干部的一个缩影。

公安作家李万军的《“天网”守望者》将全国公安百佳刑警匡政文的侦探故事放到了读者眼前。写自己的公安同行，李万军怀着兄弟般的感情，有着对身份的深切认知。作者详述了主人公由影像师到画像师，到视频侦查分析师身份转变的过程，写出了他在恪尽职守中不断追求进步的人生道路。他的另一篇《湘女澎湃天安门》讲述了全国三八红旗手、优秀共产党员江代春的民兵故事。这位女中豪杰不输男儿，在民兵比武中是“神枪手”，在农业运动中是排头兵，在家庭生活中是贤妻良母。作者塑造了一位勤劳勇敢、爱国爱家，兼具英武与温柔的优秀女性形象。

徐达顺的《油菜花的呼唤》是关于沈克泉、沈昌健父子长大 40 余年坚持研究超级杂交油菜的故事。做科研难，农民做科研那是难上加难。他们凭着一股子湖南人的蛮劲，凭着有志者事竟成的意志，自筹经费做科研，用肉眼观察种子变化。父子两代人接力梦想，克服常人难以理解的困难，最终获得成功。作者把两位普通人追梦的过程呈现在作品中，振奋人心。

冷燕虎的《湘女下山》以全国优秀教师、全国劳动模范黄厚瑜老人为对象，讲述八千湘女上天山的一段传奇往事。在新中国边疆建设中，湘女们怀着纯洁、朴素的革命愿望和满腔报国热情，响应号召报名进疆。她们离别父母，从湘水到天山，在化剑为犁的荒漠之中，成为第一代戈壁母亲。老人以此为豪，是“部队给了我崭新的人生，党给了我一生的荣耀。”《四十二本日记中的惊魂时刻》以对越自卫反击战老兵唐志成的故事写出国家和民族维护主权和领土完整的决心与能力；《民间河长》

《幸福社区的幸福》则分别记录了那些平凡岗位上的平凡人生，他们以党员身份严于律己，甘于奉献，是和平时期最可爱的人。

丁纯蓝、唐常春的《晚霞耀山村》记录了金融扶贫干部蒋晓明的扶贫故事。他与村民交朋友，换真心，建设油茶基地走致富之路，但他说："我认为扶贫工作所取得的成绩，不是哪一个人干出来的，是大家的功劳。你们坚持要写的话，请把和我一起搞扶贫的人的名字和他们所做的好事都写出来。"在三湘四水间，有太多这样无言奉献的扶贫干部，造福一方。

残疾人面对的人生困境比普通人更大，要实现人生价值需要付出超出常人数倍的努力，并具有战胜困难的坚强意志。陈建明的《梦想像花儿一样》讲述了那些不但实现自我，还通过创业造福社会的残疾人故事。他们以信念和纯粹活成了生活的强者，正如泰戈尔诗句所言，"信念是鸟，它在黎明仍然黑暗之际，感受到了光明，唱出了歌。"

今天的和平来之不易，那些在保家卫国战争中奉献出热血和生命的英雄是我们永远不能忘记，永远需要歌唱的英雄赞歌。杜华的《他从战场来》为我们讲述了一位抗美援朝志愿军、特级教师伍平林的故事。作者为我们塑造了一位热情、乐观、对党和祖国忠诚，对爱情和家庭忠贞，对学生们付出全部心血的有血有肉的英雄形象。在短篇报告文学中，作者能有效建立起故事全部线索，颇有用心。徐文伟写《英雄不死》致敬抗美援朝英雄罗亮泗。短短的篇幅中，作者为我们塑造了一位在战争中第一个炸毁美军重型坦克而立下赫赫战功的英雄。他获得"威震敌胆，名传华夏"的称誉，《罗亮泗单兵携爆破筒炸坦克法》作为教材范例全军推广。但就是这样一位风云人物，退伍回乡对子女只字未提战功，对外人也从不居功自傲，深藏"功与名"。在生产生活中，他默默奉献，直至去世。短篇似乎未能展开人物的所有传奇，但有文献记录的史笔意义。

四、从脱贫攻坚到乡村振兴：新时代美丽乡村建设的现场记录

中华民族复兴的脚步从脱贫攻坚走到了乡村振兴，这是世代中国人

为之奋斗和梦想的一天，是中国共产党践行对人民庄严承诺的真实写照。报告文学作家们跋涉在山水之间的步伐比之前任何时候都要沉稳，又更加轻快，他们看到了新时代中国的山乡巨变，摸到了基层中国越来越沉着有力的脉搏，感慨着这个国家和人民生活的沧海桑田。

在山乡巨变、乡村振兴的当代文学书写中，有这么一个特别的村庄——湖南益阳清溪村。这里是文学巨匠周立波先生的故乡，也是他的小说巨著《山乡巨变》中人物和故事的所在地。作品生动描绘了新中国如火如荼的农村合作化运动景象，刻画了健康积极的农村新人形象，作品从政治、经济角度介入农村发展现实，提供了一个不同于乡土小说中以文化审视为中心的写作方向，确立了新的农村题材小说写作模式。六十多年过去，从新中国农村建设到新时代乡村振兴，中国人民从独立走向富强、从摆脱贫困到走向共同富裕的道路越走越宽，而周立波先生笔下的山乡也在新时代有了属于这个时代的新“山乡巨变”。余艳的《新山乡巨变》正是以再写清溪村的方式对这一时代主题和写作模式的回应与实践。

《新山乡巨变》重点体现在“新”字。首先，立意和构思新。作者有意识在历史发展线索中写当下，写出中国农村从传统农业到现代农业转型的历程，也为新时代农民奋斗精神建立起一个新中国成立以来的独立自主、自信自强的精神谱系。由此，作品以“新清溪”“新农村”“新农业”“新农民”为建构全书的四个维度，在历史和当下的时空对话中，建立起周立波先生笔下山乡巨变和新时代乡村振兴之间的精神联系，并重点展示从传统农作方式到现代农业的转变，智能智慧与生产、生活、生态、文化深度融合的新面貌，以及继承着“立波精神”不断在奋斗中改变命运的新时代农民形象。第二，以旧题写新意。有《山乡巨变》这一经典之作为标杆，再次以“山乡巨变”为题写清溪村，是不容易的。作者明确以“互联网 +”这个现代信息技术之飞跃来写乡村振兴，抓住了现代信息科技在乡村建设中的关键性作用，以此写出时代变化之“新”，既与原著做了区分，又写出了新中国乡村建设事业的进步历程。此外，写法新。作者运用互文形式将《山乡巨变》中的人物和故事置于行文之中，“余艳在自己真实观察记述清溪今天真实生活人物表现的报告文学中，巧妙地把小说《山乡巨变》的内容作为一种历史背景参照，不断在历史的回望中发现今天的改变和发展进步，如同在一个今昔时间孔洞中的穿行，明暗清晰。作品因而 被评价为“散发着一股‘新时代文学’的鲜活气息”。同时，为了写好作品，作者深扎清溪村八个月，遍访益阳七个县市区，采访200余人，这种立足现场，在大地上生活和书写的态度，也正是对周立波先生在《谈谈报告文学》中所说的“报告文学者的写字间在整个的社会”这句话的有力实践。

徐亚平的长篇报告文学《所有花儿为你开》以45万字的篇幅讲述了一个党报记者跟踪20年的脱贫故事，财政部、省财政厅、岳阳市对平江革命老区近20年的接力扶贫故事在开阔宏大的章节叙事中展开。作品塑造了一批有担当、有能力、有风格的扶贫人物群像。在一个个故事和细节的叙事中，人物各有声色，个性鲜明。同时，作者改变单线叙事模式，在多线索、多层面的结构中穿插进历史会议场面、各个重要事件的还原等等，极大地丰富了作品层次，充实了作品内涵。作者有意识地融入古诗元素，把枯燥的纪实故事写得灵动飞扬，在众多同类创作中有较高辨识度。

王杏芬在《回乡的路通往春天》中把长沙茶亭镇村组修路和青年返乡的故事以短篇报告文学的方式呈现出来。作者借助姚栋和姚鹏飞两个返乡青年建设美丽乡村的典型故事，存照了乡村振兴在湖南的一个小小侧影。作品乡土气味浓郁，贴近生活，笔调轻快，叙事紧凑。

红色故都，共和国摇篮——瑞金，这里的土地何其庄严，开启了一个红色政权的新生；这里的青山何其有幸，埋葬了多少为共和国献出宝贵生命的忠魂。尹红芳在这里一个叫华屋的客家村落驻足，寻访“十七颗松”的故事，写成记录革命历史和守望家园振兴的短篇报告文学《十七棵松的守望》。习近平总书记对赣南苏区的发展亲自做出批示，英雄们矗立在山水之间，守望着家园和百姓的幸福安康。

苗族作家龙宁英将目光投向苗民致富之路，在《绿色生命的香醇》中以记录花垣县黄金茶基地创业致富的经历。将苗民实现传统农耕文明向现代高效、绿色农业转型，由打工被动型向自主创业型转型的经历传达出来，是乡村振兴书写中的一曲少数民族之歌。

王丽君近年创作势头强劲，从精准扶贫、地域故事，到英雄人物书写、乡村振兴，涉猎多种题材，创作兴趣广泛。她在《炊烟暖》中聚焦革命老区乡村建设，在走访中获取一手数据，书写桐子坳乡村旅游开发的故事。农家的生活如同村头金黄的银杏一眼，丰收灿烂。

宋清平的《“怀青·七善轩”：再远的远方，也要从心出发》把溆浦农村一位幼儿园园长舒丽春为留守儿童做国学教育的事迹传播开来。在农村摆脱物质贫困之外，主人公敏锐看到了留守孩子还存在的教育缺失。在给予他们爱与陪伴的同时，还应给予传统文化的教养，培养孩子们成为人格健全的人。作者从孩童教育出发触及教育养成的问题，值得关注。鄢德全的《金凤朝阳绘蓝图》讲述了村支书、企业家刘国安带领村民建设家园，致富生活的美好故事。

五、绿水青山终如是：描绘生态复归的新湖湘

“绿水青山就是金山银山”，习近平总书记这句有关生态文明建设的理念已深入人心。生态题材也是近年报告文学写作的重要题材之一。余艳的《春天的芭蕾》中以“春天的芭蕾”比喻美丽而有灵性的白鹤，曾经的猎人“老枪杆”在狩猎中被一只鹤求救的眼神所打动，救下它并为它疗伤，白鹤知恩图报，“老枪杆”则“用一辈子护鸟，偿还自己曾欠下的血债”。作品着眼于微观，通过老猎人与白鹤的故事写出人们生态意识的觉醒，在流淌着淡淡忧伤、动人唯美的散文氛围中触动了一个有关生态保护的话题。

袁杰伟的《世界锑都——锡矿山传》是一个扎实的矿山小传。作者深入了解锡矿山的历史由来，从古代地理、命名，到近代锑矿的发现发掘，至现代革命时期锡矿山工人运动发展，无产阶级革命运动发展，至新中国锑矿开采，及至近几十年破坏性开采形成的生态危机，到如今治理后锡矿山复绿，这一漫长历史过程在作者笔下流畅自然地铺而来，读

罢对这里的自然、历史、革命、政治、人文，就有一个全面了解。作者有清晰的写作立场，对时代变革中出现的问题不回避，“锡矿山复绿要把它放在百年开采的大历史中去写，就是为了呈现真实的锡矿山生态从被破坏到复绿的历史。”

张雄文的《渌水曲》以李白同名诗作命名，从“渌水明秋月，南湖采白蘋”的古意中开始探幽这条湖湘醴陵境内的著名河流。这里有陶渊明、白居易的千古吟诵，也有自隋朝至清末科举中产生40余进士的才气，更有近代名臣曾国藩任渌江书院的历史、李立三、左权、耿飚、程潜……等两党风云人物十数人，以及朱毛红军在此留下的革命踪迹。然而，这条富于历史和人文底蕴的河流却在当代工业无序扩张中面临着严重的生态危机。作者在走访中写出这里污染的状况以及醴陵市下大力气治理污染的决心和成效。在双线叙事下，写出渌江的历史和社会变迁过程。袁杰伟的《七里江复流记》也是写江河生态治理这一主题。

六、非虚构个人叙事：自然、历史与人文的个人体悟

在报告文学站在时代和公共性立场上对大时代进行恢宏书写的同时，一些个性化的非虚构叙事总是填补着那些洪流中的缝隙，与报告文学共同构成更为丰富和整体的纪实叙事。

袁杰伟的《毛泽东的老师陈润霖的教育人生》《毛泽东在1917》详细记录了毛泽东与老师陈润霖的交往历程，对陈润霖的教育理念和毛泽东精神的成长做了细致分析，是一篇有关毛泽东青年时期成长过程颇有价值的记录和补遗。他的《忠善的密码》则记录了全国文明家庭黄琼一家三代忠善家风相传的故事，忠孝善良之风令人敬佩。刘本楚的《丹心向阳》有意将怀化文联主席杨少波追梦“通道转兵”的艰辛历程记述下来，凸显出一个共产党人对毛主席伟大人格的向往，对红军精神的崇敬，对艺术的执着。他将红军长征永不言弃的精神内化为自身人格和对红色历史故事书写的真情，以《通道转兵》的书籍和电影完成自身革命精神的实践。

多年的西部生活是甘建华创作的不竭源泉。西部荒凉阔达的地理不仅是他多年创作的中心，也赋予了作者飘逸浪漫的情怀，连同那些发生在这无边旷野之中石油人的故事，也总是在艰难困苦之中饱含着大漠的豪情与生命的旷达。今年的《湖浪摇荡的大荒》仍是这一系列创作的组成部分。美丽的尕斯库勒湖承载了木买努斯·伊沙·阿吉，地质学家孙建初、“中国石油地质学泰斗”阎敦实、摄影记者赵淮青等石油汉子们的青春与热血。“青海油田四十年，吃尽天下苦千般。石油儿女经百战，辽阔盆地换新颜。艰苦奋斗坎坷路，造就英雄数万千。二次创业展宏图，风流人物看今天。”这可歌可泣的“柴达木石油精神”与这美丽的湖泊和荒野同在。“与他们漫步在踏踏实实的大荒上，微咸的湖浪气息顺风吹送过来，他们的头发仿佛一面面旗帜，飘扬在天空之下大地之上，形成了一种纯属西部的辉煌人生意境：存在即是奉献！”诗人昌耀写到，“我们在这里/我们/是这块土地的家族/被自己的土地所造化。”是啊，这荒野激发了人的英雄主义，在融入自然、改造自然之中，人类才真正实现了物质和精神上的自我。作者在纪实写作中散文意境的表达增强了文本的可读性和文学生命力。此外，甘建华的《狮 20 井：世界海拔最高的油井》《湖湘名人蔡伦始》《夏明翰的家庭、婚姻和爱情》《十八洞村的幸福笑脸》也是同年发表的人物纪实。

佘利娥的《铜陶丰收箩》讲述了铜官窑“国宝级非遗”工美艺术大师胡武强老人的陶瓷故事。作者在老人与袁隆平的交往故事中写出两位有家国大爱人物之间的惺惺相惜；写陶瓷彩釉“女儿红”的传说，写出人们对美好爱情的向往，为陶瓷故事增添了人生浪漫的感叹。一位有传奇色彩，又平凡自然的老人就在文字里生动起来。戴志刚的《丁玲故里秋正好》近似一篇游记散文。初秋时节，寻访丁玲故里，记叙人物生平事迹，同时观照当下乡村图景。范诚的《李自健：归来依旧是少年》以一贯的散文笔调记述画家李自健回乡办美术馆的故事。杨华方的《伯乐与马力》回顾了自己第一部长篇作品《毛泽东在 1925》刊发的过程，可看成是作品与编辑间的一段往事。王良庆的《鱼味无穷锅巴饭》书写了“锅巴鱼饭”烹制技艺传承人陈培先的现代传奇。汤江峰的《那年月，在郴州观摩中国女排集训》回顾了早年看中国女排集训激动人心的经历。

七、报告文学理论的新收获

随着近年湖南报告文学创作的强劲势头和取得的优异成绩，湖南报告文学理论和评论发展也有蓬勃之势。章罗生、龚旭东、晏杰雄、王涘海、刘长华、贺秋菊、黄菲菂等一批学者长期关注本省作家创作情况，写跟踪书评，为湖南作家推介起到了理论助推作用。

今年，黄菲菂的《报告文学史论》出版，是中国报告文学理论建构的一个不小收获。《报告文学史论》与《报告文学文体论》《报告文学创作论》《报告文学作家论》共同构成“报告文学理论建构丛书”的第一辑。《报告文学史论》承担了报告文学历史梳理和论述的任务，它不仅是一般性维护报告文学的历史合法性，而且带有现实的针对性，需要直面现实的精神和挑战难度的思想与勇气。评论家张陵先生认为本论著有以下几个突出特点：一、坚持唯物主义的大历史观，在被诗歌、小说光芒遮蔽的地方梳理出中国报告文学的前行之路，在“人性”“启蒙”话语之外，从革命历史和国家建设的现实中肯定报告文学的公共性和社会性。二、夯实中国文学的基本关系，强调报告文学的“人民”立场。三、在扎实梳理中国报告文学历史的基础上，认真思考了中国报告文学的发展方向，提出了中国报告文学不断深化“民生”的观点，值得重视。四、努力探索报告文学艺术规律，强调其不同于虚构文学的自身审美特性。最终从报告文学理论发展的艰难处境中发出了自己的声音。

综观2021年湖南报告文学创作，主要集中在对建党百年、抗击疫情、军事科技、时代楷模、脱贫与乡村振兴、生态保护等主题和题材的书写上。整体延续了湖南报告文学在红色历史和新时代中国故事领域的创作优势和风格。一些成熟的报告文学作家仍然是各题材写作的中坚力量，而一些新的名字则可喜地出现在创作队伍当中；环保题材连续两年有新作产生，值得更多期待。同时，我们也必须看到，诸如在时代楷模的单个人物和扶贫故事的叙写上，有严重的同类题材重复写作的问题。

作品的题材、对象、叙事结构和手法近乎模式化，在单薄的事件铺叙中，难有人物形象的确立，也难有真正好文本的产生。在报告文学理论上，《报告文学史论》的出版是今年很重要的理论收获，论著不但在一个世纪的时代语境中考察了百余年来中国报告文学发展，更对当下的报告文学创作给予了现实观照，形成新的问题意识，对报告文学创作有理论提示和启发价值。回望百年历史，展望下一个百年征程，报告文学在路上。

（黄菲蓓）

2021 年度湖南儿童文学创作综述

2021 年度湖南儿童文学可从主题创作、生态响应、童年叙事、童话显影几个方面进行观照。儿童文学与生态书写天然友好，最突出的原因就在于儿童天性与自然生机的高度契合，而以自然依托的生态圈是儿童成长的最佳“钙质”来源。作为对国家生态发展观的呼应，今年的湖南儿童文学作品中有相当一部分生态力作。童年叙事中既有回忆重现，也有现实关照，但视角趋向多元，叙事方式也有新变，如其中城乡流动的方向及其意义转变，乡土更多地成为流动的目的地，并从某一侧面为社会文明发展提供了新动能。童话创作长盛不衰，在承袭传统同时，亦显出现代反思、题材拓展、哲学的生活化阐释等新质。相较而言，今年的湖南儿童文学中，直书国事大计的主题作品较为稀缺。在具体创作上，许多的红色历史、时代先锋、家国大计都伏隐文后，成为背景，却因日常切入亲切可感。

一、主题创作的日常切口

主题创作往往通过记录历史事件、展现重大题材、书写时代先锋，来彰显坚定不移的理想信念、奋斗精神和创造力量，从而激励人们接续奋斗、昂扬向上的意志。因此，宏大叙事、高昂格调、史诗追求等成了许多主题创作的符号化特征。但值得深思的是，作为文学一种，主题文学也要以其文学性、艺术性才可安身立命。作者只有注重提升自身思想水平，对历史与现实有更为深刻的理解把握，同时尊重艺术规律，找到合适的切题入口与表达半径，才能更好地处理作品，成就主题创作凝心聚力的初心使命。今年湖南儿童文学的主题创作从数量上看不容乐观，在艺术上也存在更进一步的空间，但创作者们都根据儿童读者的特征进行了创作调整，不慕高大，不空谈义理，而是以儿童的认知程度作为创作标尺，以贴近生活、贴近人心的方式去引领儿童的情感体验和精神共鸣。

汤素兰近来的创作重心在主题文学创作上。近年来，她参与了中华先锋故事汇、红色精神故事汇，“数风流人物中国英雄主题绘本故事”等主题出版物的写作，完成了中华先锋人物《常香玉》《张海迪》的传记。2021 年底，她又创作完成了共和国勋章获得者袁隆平，七一勋章获得者蓝天野、艾爱国，国家荣誉称号获得者吴文俊的绘本故事。通过创作，那些令人肃然起敬的科学家、艺术家、劳动模范、大国工匠等时代楷模在儿童文学上凝铸成了一座座丰碑，以榜样的力量为儿童率先垂范，教会他们家国情怀与民族大义，教会他们捍卫与拯救，坚守与传承、胸襟与志向。

宋庆莲的《红土地上的星星》经由林伯渠故土之上女孩星星的病愈与成长牵连起乡土传奇、儿童成长、红色革命家事迹与精神、红色教育基地、乡村振兴、生态保护等一系列经典话题，以小见大，视野恢弘。小说讲述了林伯渠故乡一位体弱多病的女孩，受到伟人精神的影响，在救助一只小鸟的过程中，逐渐改变自己，努力锻炼身体，最终恢复健康、回归校园的故事。小说始终秉持着传播正念的思想，因此，在书中设置了许多具有高度象征意义的意象。如小说以圣甲虫“自然清道夫”的称号象征爷爷在环卫工作岗位上的吃苦耐劳、甘于奉献，以斑鸠的起死回生象征关怀之下复归健康的儿童身心，以星星象征守护的信念与燎原的理想。小说为读者提供了丰富的乡村生活经验，十分接地气。在摘茶泡、翻螃蟹、巡视山林等一系列乡村生活图景之上再现了家庭、益友、大自然、红色革命精神对儿童成长的春风化雨。同时，作者又以女孩父母乡村网络培训、经营土特产网店、快递网点建设等故事牵连乡村振兴，以女孩的邻里海鑫和爷爷巡山护林、救济动物等故事反映乡村生态文明。小说叙事语言质朴醇厚，底色明快，旷达温暖。然而，也正因为文本想要牵涉的主题过于纷繁，作品在素材的选用与打磨上略显粗糙，造成了阅读体验的颗粒感。

余旦钦的《跟着爷爷去山村》是城乡儿童之间别样的“扶贫”书写。小说以精准扶贫为背景，讲述了作为蹲点扶贫干部的爷爷在暑假里将孙子肖圣带去了自己工作的扶贫村柏树村，寄住在因病致贫建档立卡贫困户张木林家。张木林的儿子张二狗与肖圣同年，同样才刚刚小学毕业。与肖圣优越的城中生长环境及其第一次到乡村的种种不适形成鲜明对照，张二狗的生存环境处处被贫困所迫，但他不仅知足常乐、品学兼优，还能以一己之力承担起照顾残疾父亲，自谋学费与零花钱，改善家庭生活条件等责任。作者将张二狗为自住的扶贫安置房独立建造猪舍作为展示其品质的书写重点，并以此作为撬动“四体不勤、五谷不分”的城中小孩肖圣精神转向的支点。由此，代表扶贫力量一方的肖圣在这里却成了被帮扶的对象，获得了精神意义上的“精准扶贫”。在这样的解读基础上，我们在回首小说的开篇，那车行山路如胶囊进肠道的比喻本身便是对治疗的隐喻，便可知作者期待以文疗愈和矫正当下儿童精神世界的初衷。作者深知，对于儿童的成长，精神上的扶贫远比经济上的扶贫更为重要，只有经历了生活的风雨，才能百炼成钢。正如作者旁白形式的寄语：“青少年应该多到艰苦的环境中去感受和体验生活，这是他们成长中进行心灵升华和自我突破的一条重要途径。”小说构思精巧，内容充盈，描写细致，语言洗练，充分体现了作者深厚的生活积累与深邃的思想容量。

郑正辉的《爸爸的四季》系“梦圆 2020 主题文学征文活动”获奖作品。小说以一位少年的视角，讲述了农民致富后返贫再自行脱贫的故事，歌颂了基层党员扶贫帮困的义举，展现了当代农村的生活画卷。小说充盈着人物对多舛命运的抗争，对美好生活的向往，对生命的感悟与尊重。格调高雅，语言庄重而谐趣，人物鲜活，故事感人，刻画细腻，整部作品洋溢着淳朴的美感、悲悯的情怀和催人奋进的力量。

二、动物小说与儿童小说的跨界融合

牧铃、毛云尔、谢长华、陶永灿等作家一直是湖南儿童文学中动物小说创作的主力，他们的动物小说在儿童文学领域已经造成了相当影响。但荣誉加身的他们并未因此停下突破自我、不断创新的脚步。正是在这样的创作观驱动下，他们今年创作的动物小说较之前呈现出了更多异质。他们的动物小说创作不再是对动物主角的纯粹呈现，而是将动物主角与儿童主角并置，在双向影响中呈现双重成长。李彩红、董妙林等新生力量的创作也呈现出这一特征。

牧铃的《孤狼·战舰》尤为典型。小说标题便可初见端倪。孤狼，乃自然的化身，动物的代表，战舰，则是人类文明的缩影，或是人性中颇具动能的某一侧面，于是，人与自然并置，组成了这部小说的书写内容。小说文本时间起于抗日战争时期，以一个怀揣英雄梦的小男子汉与一只野性未驯的野狼为主角，讲述了小男孩带着野狼操作运灰船试图在湍急凶险的云溪河中勇开新水路的故事。小说以作者母亲任教班级中的一名学生为原型，将相关的地方历史，前辈、乡亲的述说，以及自身的儿时成长经历融会贯通，最终形成生动流畅、跌宕起伏，又催人奋进的人与动物的传奇。小说一条线讲述了小狼被日本人掏出狼窝、训练杀人、沉船逃生、流落荒野、进入人类新家、消磨野性、被训练为救生犬等一系列成长经历，另一条线讲述了杏子和松子姐弟俩的家庭遭遇与艰难成长。小说既有对动物天性、自然法则的描摹，又有对视死如归的英雄本色、穷且益坚的人生追求等人性的凸显；既有人生的惊涛骇浪、脉脉温情，也有自然的冷漠严酷、秀美如画……小说的样貌由此显得富于变化，但万变不离的是对坚韧勇毅的呼吁。也因此，小说采用了开放式的结局，一狼一人，是否能从自然中开掘出石灰航运的安全新路线已不重要，正如《老人与海》，拼搏的勇气与干劲已是伟大。

牧铃的另一部动物小说《绿色的守望》也具备这一特质。小说将叙事主要场景放在了白石山区，讲述了在村民因环境威胁搬离山村后整片山林的变迁。为了彰显其中人与自然的关系，小说顺势营建了两条明暗交织的线索。在自然环境一线，小说从少年梁多多以微电影记录山乡的动物开始写起，作为被观察拍摄的主角，野性未驯的花猫斑虎、留守家犬哈宝、被人遗弃的宠物犬坦克、野生云豹等动物依次出镜。在人文环境一线，小说又对梁多多个人成长、山村的搬迁、治理废弃矿山、还原绿水青山等事件进行了全景式描写。

从这两条线索出发，小说的叙述视角顺理成章地设定为动物主角与城乡少年梁多多。小说叙述视角在梁多多和动物主角们之间频繁切换，甚至对同一场景以复调方式推出，营造出层叠、绵密而又延展的效果。这种叙述方式的安排意在不同生态主体之间架设起了一种平等的对话关系，从而张扬这样一种生态意识——不论伤害还是保护，误读或是理解，都是双向的交流，是达成生态平衡、自然和谐的必备路径。梁多多则成了人与自然之间的枢纽。人与自然以互为因果、彼此交融的联系性彰显了小说对于生命共同体理念这一精神核心的观照。

顺着这两条叙事线索，小说采取了多种叙事维度，打开了较一般儿童生态文学更为广阔的叙事空间。最为显在的叙事维度是小说尊重生命，追求人与自然共同进化的生命伦理叙事。小说将少年梁多多的个体成长与山乡的自然复苏形成联动——梁多多微电影拍摄主题的演进与其个人思想价值观发展及山乡环境的变化彼此呼应。从拍摄自家野性未驯的花猫斑虎，到拍摄村庄搬迁后留守旧地、为主人忠心守护羊羔的哈宝，到被遗弃荒村、艰难求生的宠物犬坦克，梁多多都为了提振自己"丛林侦探"的声望。后来，频频现身的野外生灵让他悟到了对自然的尊重即是毋扰，只远距离拍摄，生态意识已油然而生。透彻的领悟是其父在突发地质灾害中为救桂老爹牺牲后，当他从父亲日记中看到父亲治理废弃矿山、还原绿水青山的强烈意愿时，他从此接过衣钵，使命般地以拍摄方式推动整片山林的治理与保护。从关注动物到关注整片森林，梁多多将目光不断从小我推向世界、从局部投向整体、从眼前投向远方的过程，实际也是他生态思想渐次复苏的过程。

牧铃的《上学路上的惊险》与《绿色的守望》同样都是将儿童成长

与人和自然关系进行并置，二者的区别却在于《绿色的守望》聚焦乡村内部变化，《上学路上的惊险》则借助城乡流动的叙事背景。在过去一段相当长的时间里，随着城市化进程的加快，我国的人员流动呈现出从乡村涌向城市的典型迁移特征。城市文明也因为被公共认知定义为更加高级的文明形式，从而对乡村文明显示出某种俯就与启蒙的姿态。随着生态文明意识的复苏，传统乡村文明在某些程度上重新被认识、被推崇。这种观念上的变化表现在文学上，就是城乡叙事的方向性改变。过去的城乡叙事更多地表现在进城以及与此相应的乡村的凋敝，当下的城乡叙事越来越倾向于返乡，并以乡村的振兴及某些坚韧的乡村精神为现代人进行精神补钙与持守。《上学路上的惊险》即是如此。小说讲述了表哥从城市转学回乡村小学。为了减肥。放弃乘校车。重新开启以前的行路模式。一路上，奇遇山野动物的幻想与邂逅山野动物的实际相交织。上学路上的“惊险”，可以从两个角度解读，一是基于“我”和表哥这样的人类视角，精神世界里的自强观念、环保理念的复苏，同时展现了山乡魅力；另一方面是基于隐含的动物视角，在曾经被人类驱逐猎杀的历史背景下，偶遇人类，对动物而言，亦是惊险一种。这似乎在给我们提供一种告诫，动物种类与比例的衰减虽有缓解，失落作为主流仍是不可抹杀的事实，人类与动物关系的改善长路漫漫，共荣与守护呼唤恒心。

毛云尔的《紫芒》亦是人类少年黑仔与牧户山中自然生灵共同的成长见证。在提及的几部动物小说中，《紫芒》的动物书写是最为彻底的。它将人类对自然的干预最小化，为动物生存的演绎腾出了相对完整的自然空间。在大自然弱肉强食、优胜劣汰的生存法则指引下，作者对取名玉米、紫芒、豆豆、小甜瓜的四只云豹在远离人类的山林中的生存进行了散点透视，又经由它们之间或竞争、血亲、结姻的情感关系进行场景切换，真实展现了云豹们骨肉分离的成人礼、独自觅食的艰辛、严酷凛冬的奄奄一息、遭遇天敌豺狗时的穷途末路与绝处逢生等惊心动魄的场景。小说不避死亡，将瘸腿的豆豆、怀孕的小甜瓜推至豺狗暴戾的犬牙下，更是彰显了丛林法则的不可违抗与普遍适用。另一方面，人类少年黑仔在父亲老罗和宋叔叔等老猎人的言传身教及进山打猎的实操中切实领悟到了敬畏自然、不为已甚的猎人守则，并在牧户山实行禁猎后，以打工人的身份永久取代了猎人身份。小说展现了作者讲述故事的强大控场能力，往往在某一关键的情节节点收束一章，并在此设问，或是辗转至另一角色视角，以悬念吸引读者追踪的目光。小说开头以猎人老罗为黑仔等小孩讲故事的方式道出小道士与云豹的传说，并在后文中以黑仔的联想不时浮现，在为小说涂上神秘色彩的同时，更赋予了这个故事警世箴言的意义：利与欲是人与自然共处的魔障。

陶永灿的《营救白公主》通过一场猎杀与营救，将儿童成长与动物命运联结了起来。小说讲述了“我”和堂弟明果在爷爷赶场未归的夜晚独自上山搜索、营救走失的待产母牛白公主，不料白公主却被山中的豺狗夫妻驱赶围猎至无路可退的蝙蝠洞，而这对豺狗夫妻的三只幼豺正嗷嗷待哺，一场僵持的战争就此拉开序幕。“我”和堂弟采取常见的驱赶方式如吹口哨、敲树干、扔石头等方式皆不奏效，随身携带的火枪也早已不填装硝药和码子。借着枪和火对豺狗震慑的余威，“我”急中生智，走出一步险棋。借父母爱子的天性，发起了一场“围魏救赵”、“调虎离山。这个办法将本就年幼的两个儿童分别拆开，独自面临山中叵测，不及十岁的堂弟明果要经受孤立无援的坚守，“我”则要承担只身前往的惊险。“我”几经曲折，找到了小豺的藏身之所，在决心摔死它们的瞬间，被它们的活泼可爱及类似“我”与明果之间的手足亲情所打动，转身离开。“我”重回蝙蝠洞与明果汇合，豺狗夫妻果然因担心子女安危而撤离。白公主分娩在即，“我”与明果赶着它往牛场走去，路上，豺狗的叫声和眼睛在暗中为“我们”送行。通过惊心动魄的场景描写和细腻的情感表达，小说不仅刻画了两个山中男孩的机智勇毅、通情达理，也从白公主、豺狗的求生、护子表现了动物的舐犊情深。而这场营救，不仅是对具体动物生命的营救，从“我”和明果为代表的人类对野生动物的抓与放的角度，更是在营救人类自己。不以亲疏、利害干预自然生命，心存敬畏地与自然和谐共处，才是未来的希望所在。

谢长华的《我与蜜蜂的故事》则以纪实的方式，从作者养蜂的亲身经历入手，讲述了作者与蜜蜂之间的亲密关系。文章依时间发展顺序先后呈现了作者自身的养蜂缘起、收集野蜂群、养蜂日常、蜜蜂重归自然等故事片段，从中流露出对中华土蜜蜂的喜爱。微小如蜜蜂，却有着自己的生存智慧。与作者处处留心地戒备、忐忑不安地尝试、谨小慎微地接近，形成鲜明对比的是蜜蜂从一开始便展现出来的与人为善的一面，只要不受伤害，它们不会贸然与人为敌，甚至在作者帮它们反攻进犯者之后，展现出了知恩图报的一面。最后因为作者打理农场主营项目，精力有限，对蜜蜂疏于照顾，蜜蜂自行归去，这无疑为人类带来深刻启迪。自然生灵并不依赖人类而存在，相反，正是人类对自然万物的索求，才一再改变了它们的生活方式。虽是散文，作者在题材裁剪、行文安排上却显出审慎姿态，营造出一波三折的小说之效，兴味盎然。

宋庆莲的《银鱼来》以银鱼的捕捞反映山乡生态变迁的书写令人倍感亲和晓畅。《银鱼来》以宝丫母女抓银鱼为三嘎公治眼疾的生活之线绾结扯布寨小溪中银鱼经历的滥杀滥捕与禁渔休养，以边地生活之流融汇时代社会的变迁，典型的以小见大的手法。小说以前工业时代边地传统生态思想与工业时代的工具理性形成鲜明对照：在扯布寨，流传的鱼王嫁女的传说及由此生出的当地人捉一条放三条的捕鱼传统皆是古老的朴素传统生态观对环境保护的呼应，而受工业时代工具理性影响的外地人，则带着标识着工业文明成果的炸药、打渔机、农药等工具蛮荒入侵这片澄澈水域，急功近利地将小溪中的鱼一网打尽。而新时期休渔禁渔，推行河长制等一系列环境友好型国家政策的雷厉贯彻，让小溪鱼群骤减的态势得到了遏制，生命的繁衍生息与裨益环境的文化传统重新得以接续。

李彩红的《会抓鸟的石头》是真纯童心与自然生命的呼应。小说以禁猎后的乡村旅游开发为背景，讲述了山里男孩石头在进山旅游的城里女孩的爱心感化下，从抓鸟到主动放鸟归林的转变。与许多作品基于金钱的利益关系滥杀滥捕动物的人物设置不同，《会抓鸟的石头》中的小男孩抓鸟是出于对鸟的喜欢，也出于对那些来自家民宿住得最久、自己最喜欢最尊敬的客人的馈赠。而家中新来的一名女孩屡次将他赠予的鸟直接放飞，甚至甘愿用自己的导航仪交换他抓鸟的套索，并坚决拒绝石头教授抓鸟技巧的提议。面对女孩对大自然及其中生灵的真心热爱，对生命自由的尊重，石头也重新审视自己抓鸟的正当性和自己爱鸟的方式。

董妙林的《贵客来了》讲述了春天燕子归南、垒土于户的引发的儿童故事。小说以儿童“我”展开第一人称叙事，先以春日父亲出户观察后得出的“贵客将至”巧妙设悬，激发儿童探求答案的好奇，此后以等待探索无果后谜底揭晓的方式点明“贵客”即燕子。十分贴合儿童的阅读心理。小说并未在此收束，因为“贵客”目前只是成人的认知，并未内化为以“我”为代表的儿童的切身感悟。因此，小说接下来安排“我”与燕子正面接触。“我”在露天写家庭作业，飞身来去的燕子将粪便先后拉到了“我”的作业本和弟弟的头顶上，“我”和弟弟举起工具扑打燕子，却不小心将父亲极为珍视的水烟枪打坏了。兄弟二人本做好接受父亲的雷霆震怒，不料父亲却因沉浸在燕来之喜中对兄弟二人作了难得的饶恕。如此行文安排，一来表现了乡村以燕子为贵客的传统，二来自然地将这种喜爱燕子的情感内化成了儿童的心理认知，毕竟，正是贵客盈门的喜悦才让兄弟俩化险为夷。燕子盈室由此铸成了小说两次情节的转折，颇有“山重水复疑无路，柳暗花明又一村”之感。

三、童年的过去与当下

湖南儿童文学中的成长小说一直都有着两个明显的时间指向，过去式与当下式。以前，因着农业传统的悠久、大部分作家成长的乡村环境等原因，乡土小说一度是其中的主流。近年来，随着信息时代的到来、城市化水平的提升、新乡村建设的深入，以及作家们城乡生活体验的双重提升，反映当下城市儿童生活的成长小说逐渐增多，反映当下乡村儿童生活的成长小说亦有了新的变化。

邓湘子的《爱的笔记》是对20世纪八、九十年代童年叙事的补充。在这本札记中，作者褪去了作为儿童文学作家、著名编辑等一系列社会身份标的，仅仅以父亲这样的天然性、唯一性身份，真挚而虔诚地记录女儿从出生到学前的成长光阴。俗话说，人间烟火气，最抚凡人心。这本书展现的内容，从女儿懵里懵懂的一岁，到牙牙学语的两岁，到蹦蹦跳跳的三岁，到自由自在的四岁，终至向往上学的五岁，皆是女儿成长中的平凡之事与常人之情，却无不显现着动人心弦的情感渗透力。这本书的面世缘起，或者说初衷，并不在于广告寰宇、引人瞩目，正如作者在自序中所言，“《爱的笔记》是私人化的文字记录，并不是为了公开出版而写作的”。它的出版源自于作者与编辑乃至世人对于那段最初的金色童年发自内心的珍视。对作者而言，它是自己走上儿童文学创作的源头，是亲子之间的美好见证。正因为如此，这本书格外适合亲子阅读。对于成年人而言，0 ~ 5 岁那段朝气熠熠的童年往往沉睡或遗忘，借着本书的成长细节，亦可对自己的童年凝睇颙望。对于为人父母者，这本书在某些方面也为其提供了范本：爱子育人，或是，于永流不居的成长光阴中稍稍抓住零星美好记忆。对于儿童而言，与文中小主人公成长生活的探看往往提供了心有灵犀的联通，亦能于作者与女儿的亲子关系中收获爱的福流。读罢本书，不论是稚子学语的妙语偶得，小儿以我观物的灵性思维，亲子相处的聚合悲欢，皆令人会心，一如在童心的引领下误入一片纯净未开的桃源，个中风景，熟悉中有新意，鲜少中又见寻常，令人拍手称奇。而行文中不时闪现的珠玉之辞，如鱼跃碧水，为札记平添了隽永与温情。

谢淼焱回湘，是带着自己的风格回来的。经过这么些年在儿童文学领域上的耕耘，谢淼焱已经形成了自己鲜明的风格。谢淼焱的儿童文学创作主要集中在小说和散文上，尤以小说为其创作代表。他的小说以月塘等潇湘村落为常写之地，以外在古怪、内在纯良，且往往与乡村显得格格不入之人为描画对象，以欲扬先抑为常见手法，表达了积极向上的情感风貌。《坝子村口的“女巫”》亦是如此。小说为一位乡村赤脚女中医立传，讴歌了她的高洁品行、深厚涵养。故事立意虽不奇绝，但是作者谋篇布局上的匠心却让故事呈现出曲折离奇的效果。依旧是欲扬先抑的手法，作者先安排本村人表哥与“我”这一外来者进行接洽，在未见喻医生之前先行张扬喻医生非医而巫的特征，形成喻医生乃江湖骗子的刻板印象。及至外公请喻医生帮忙祛除家中毒蜈蚣，“我”与喻医生初次见面，初步见识了喻医生不可捉摸的中医祛虫术，也亲见了喻医生坦然接受外婆酬劳——两个装满点心的包封，几乎快要坐实了表哥道听途说的村中关于她是女巫的妄议。就在这时，喻医生出门遇见“我”，一番打量之后，居然与“我”就学习攀谈起来，并认定“我”有文曲星的潜质，待确认“我”有向学之心后，甚至从自己包里掏出比外婆的两个包封加起来还要金贵的，装满桂圆的包封塞给“我”。至此，喻医生似巫非巫，其形象显得越发扑朔迷离。“我”通过第二天亲见她的祛虫成功的结果，与外公交谈等办法，试图一步步揭秘真实的喻医生形象，拼凑出喻医生上海人、中医大学学生、知青插队本村、因不舍而选择留下而非回城的重要线索。但这些信息无非也都是口耳之传，不足为凭。百闻不如一见，“我”决定去找喻医生，得出自己的判断。无巧不成书，正好一位男性邀请喻医生去治被毒蛇咬伤者。喻医生雷厉前往。验明伤情，喻医生要求家属即刻准备“最烈的酒，苞谷烧”。家属却因着坊间传闻的干扰，顺着思维惯性，将她的意思错会为先奉酒做报酬之后再治病救人。衔冤负屈的喻医生并没为自己辩白，而是重申治疗所需物品，冒着生命危险，将毒液从病人伤腿中吮出，而后，不计报酬，翩然离去。所谓谣言止于智者，至此，喻医生以自己的身体力行让谣言不攻自破。可以说，小说前半部分的侧面描写与最后的正面表现形成了互补与呼应，情感流贯得酣畅淋漓。

此外，童年的回望式作品多集中在一些短篇散文上。黄亦鸣的《五谷杂粮》讲述了一系列与粗粮相关的童年生活片段，与外婆一道粮店购粮，邻里间丰富多彩的粗粮做法，为了换红薯在粮店外整夜蹲守，字里行间洋溢着对美好童年与对邻里乡情的怀念。毛云尔的《殊途》以等待画师父亲冬夜晚归时烤红薯的往事牵引出作者对红薯这一朴实生命的礼赞，作者将浓烈的主观情感投射于红薯的种种生命走向上，寒冬中挂在房梁下的红薯为抵御寒冷、储存生命能量而将身体中的淀粉转化成糖，土里埋得最深的少数红薯才有幸踏上生生不息的幸运之途，在种种拟人与共情背后，深藏着作者对世间生命的爱与悲悯。他的另一篇散文《蜻蜓》也延续着唯美的行文风格，讲述了蓝衣男孩欲捕心中最美的蜻蜓赠予自己最爱的老师，纯真的儿童心事跃然纸上。葛取兵的《扛板归与猫耳朵刺》通过细腻传神之笔为童年常见的乡间草木贯叶蓼画像，文章紧紧围绕着贯叶蓼“扛板归”“猫耳朵刺”的两种乡里俗称展开，彰显了野草的纤弱与顽强、平凡而伟大、寻常而高贵，饱含对自然的感念与挚爱。阮梅的《奶奶的魔法大衣柜》追忆儿时与奶奶的大衣柜有关的种种回忆，描画了奶奶在留守儿童身上倾注的拳拳情意。谢淼焱的《家书抵万金》通过回忆父子之间的书信往来传递父爱无言，情真意切，感人至深。袁道一的《父亲的橘园》通过回忆儿时父亲艰难支撑橘园的经历，刻画了任劳任怨、坚韧隐忍的父亲形象。

叶梦在继《逆风飞翔》之后，又推出了讲述当下儿童成长故事的儿文新作“男孩阿墨系列”。“男孩阿墨系列”包括《鹅城小画童》《画妖怪的老师》《骑云而来的鹰》3 册，描绘男孩阿墨 3—9 岁的成长长卷。小说由一篇篇情节单纯、词句简洁的成长故事连缀而成，将男孩阿墨从出生、学语、识字、学画，逐渐认知世界的成长细部娓娓道来，男孩阿墨的善良纯真、天真童趣，亲子间的磕碰与温馨，时代世相的纷繁变化皆由此跃然纸上。

《河水拐弯》则是邓湘子为当下少年的成长立传。故事讲述了在巫湄镇镇中学上初二的民栋与上初三的玉山周末在校外的遭遇。故事前半部分节奏舒缓散漫，以移步换景的方式将两人出校园散步时的所见所闻娓娓道来，重点描画了二人在巫水河中木排上晒太阳和游泳的情景。转折发生在二人分开之后，民栋去往书店等待玉山从表姐家出来的时候。民栋拿起的一本杂志恰好封底被撕掉了，店员小姐姐正好发现，一口咬定是民栋干的。民栋委屈又无力地辩白，玉山恰巧出现，让民栋买下这本书息事宁人。民栋愈发憋屈，玉山耐心劝导，民栋渐渐释然。少年真正意义上的成长往往发生在舒适圈之外，发生在与意外的猝然遭遇之中。如何在被质疑与误解等非正常状态下调节自我心理，以合适的办法解决问题，往往是成长的关键。这些时刻发生得突然、隐秘，但又自然，一如河水拐弯。就像作者在文中所说“有的时候，事情不太顺利并不是坏事”，“河水看起来安静，其实在悄悄流动，永不停歇”。小说耐人寻味，在笔触不涉的留白之处，往往蕴含着鼓舞人心的力量。就像玉山转学城市的搁浅与玉山的积极面貌的对比，令人收获自立自强的坚韧。

周静的《遥远的花溪村》讲述了师范毕业的女教师阿金被动分配到了最遥远的山村花溪村执教的故事。在这里，她以一己之力承担起了整个学校的运转，但这里活泼可爱的孩子、淳朴善良的山民、古朴浑厚的民风民俗、悠远灿烂的民族历史等种种美好帮助她驱赶了一个人生活的孤寂与恐惧，对未来的迷茫，更渐渐点燃了她对这片土地的热爱。由此，女教师阿金在为孩子们的成长带来另一片天地的同时，她自己也被这个地方感化，收获了自身的心灵成长。遥远之意耐人寻味，既是地理意义上的偏远，也是文化意义上花溪村当地民族的历史悠久与源远流长，更是指哲学意义上如乌托邦一般存在着的，花溪村如桃花源般的自然人文盛景，在现实中仿若不存在，但却在作者的追求中存在，寄托着作者对山村教师的怀念与感恩之情，隽永之感。小说并没有传统小说中常见的冲突与矛盾，只有一些山中生活与学习日常，串珠成玉般连缀成文，有着“明月松间照，清泉石上流”般的安宁和谐。小说讲述教育重要性的方式可谓巧妙，一方面，从日常生活中山民及孩子们对教师的尊重与敬仰突出他们对于教育的重视，另一方面，则从花溪村民族传承的角度加以展现，以花溪村民族悠久的历史、灿烂的文化为根，以当下的花溪村孩子们为枝叶，从民族薪火相传与生生不息的角度阐述了教育之于这座山村的重要性。在可读性的大大加强之上，后者更是为整部小说增添了历史的厚重感，一如阿金首次假期结束、踏着星光如约而返时村民高擎火把的夹道相迎，一如踏月节上鉴往知来的山歌、整齐有序的舞步与绣画着民族史诗的盛装。正如书的封底所揭示的，“一份坚守，一份执着，点亮山村孩子的梦想，燃起小小村庄的希望”。小说融人情美、自然美于一体，为读者呈现了一个晶莹纯粹的琉璃世界。

杨巧的《树下的小巴沙》讲述了儿童之间的纯真友情。故事发生在进城务工人员子女频繁随迁的当下：阿耶和巴沙是最好的朋友，但是阿耶要去城里读书了，依依不舍的告别仪式上，阿耶将自己最为珍视的《大英百科漫画》赠送给了巴沙，并且委托巴沙帮忙照看自己家的沙梨树。巴沙为了践诺守约，尽心尽力，每每有空就守护在旁，给沙梨树挂上牌子，甚至与偷抢沙梨的阿绥等人勇敢对峙……结局的安排是小说的点睛之笔，直至沙梨熟透脱落，阿耶归期却仍未知，而巴沙的守望一如既往。这种悬而未决的状态是一种卒章显志——对诺言的信守与对友情的珍重是不计结果与酬劳的，这个守望的过程成就了意义本身，哪怕就像一直没等到阿耶回来一样难以预估结局。小说为这个纯美的故事设置了一个野性生机与纯朴民风共存的苗寨环境，颇具别样人文风情。

陶永灿的《山里的野菊花》刻画的主人公形象在教育普及的当下显得寥若晨星。野菊花是一个山乡女孩的名字，她是爷爷捡回家的弃婴，从来没有进过学堂，目不识丁。但这些显然不是作者想要表现的重点，作者在文中通过“我”的第一叙述视角，讲述了她对于挖药材等当地常见农事的擅长，她交代自己没有接受过教育的坦然及被差不多同龄的“我”启蒙的欣然与向往，表现了她的善良纯朴、聪明伶俐，及与简陋的成长环境反差巨大的乐观活泼。她的名字由此与山乡常见的野菊花形成精神上的照应，象征着一种自在自为、无忧无虑的生命存在。

李彩红的《狼行天下》讲述了以互联网为标志的信息时代儿童的成长故事。小说的主人公宁宇皓是一名学生，他的家庭生活日常便是冲浪，网络游戏或是观看直播，与此同时，他的父母则因为忙于经营洗车店维持一家生计，疏忽了对他的管教。他对于枪战网游以至沉迷：“一天不当回冠军他绝不收手”，连败后会气急败坏寻找取胜攻略，平板电脑没电才想起下楼吃饭，模糊了网游与现实生活的边界，将洗车的高压水枪当作游戏中的冲锋枪扫射来人。对于自己喜欢的络腮胡主播“狼行天下”，不仅以沉浸式的观看与互动，更以打赏的方式收获“头狼称号”。与之形成鲜明对比的是，他在现实生活中的养尊处优、好逸恶劳：对父母教导充耳不闻甚或使性掼气，打扫卫生的结果不尽人意便破罐破摔再不尝试，郊外旅行的准备工作全交由母亲操持，纸上谈兵得来的“探险家”称号被地穴中腾空而起的蝙蝠吓得一笔勾销。而随着对主人公上述网络与现实生活的双重铺叙，小说渐渐走向高潮。宇皓擅自挪用家里准备交房租的三万块钱所引发的家庭矛盾成为故事的峰顶与转折。宇皓从父母无声的冷漠和疏远中悟出了悔恨与反省。他开始学会以踏实、进取的态度对待生活日常，以帮家里洗车这样力所能及的劳动去实现对家人的关心和对责任的践行。对比手法的全文贯穿是这篇小说的张力来源。主人公宁宇皓转变之前一虚一实的生活击中了当下少年儿童成长中的常见痛点——思想上的巨人，行动上的矮子。在当今信息触手可及，以碎片化、爆炸式存在的世界，他们接触到的知识与信息比以前的儿童更为深广，形成了他们视野开阔、脑筋灵活的优势，但同时让他们的生活更为闭塞，更为浅尝辄止，流于形式。而宁宇皓与父母生活现实的对比，则为我们现行的家庭教育敲响了警钟，因奔忙生计而放任子女的教育，不啻因小失大。宁宇皓转变前后的对比及其对贴着“狼行天下”的白色越野车的情感转变，又为我们点亮了成长在望的曙色。“狼行天下”，不在于气势的张扬，而在于坚实的积累，作者寄托于此。

四、童话中的哲思、幽默与东方古韵

今年的湖南儿童文学的童话创作呈现出反思现代文明、以日常寻哲思、幽默与东方色彩等多种面貌。以清浅的童话艺术集中展现现代文明中一些习焉不察的积习是一大突破，如汤素兰的《森林茶馆》在成长美与善、梦想与坚持等常见童话主题之外也探讨了现代教育与儿童天性、幸福感与财富等一系列现代人的焦灼。从日常生活生发哲学思考是常见风景，如周静的《三宝的天空》从自然与生活的角度对“美是无用之用”的思辨，龙向梅的《为你长一棵樱桃树》对生命存在方式的探讨。而东方古韵则体现在牧铃科幻作品《阿基米德的城堡》对于东方艺术思维的青睐，方先义的《龙隐书院5》对于充满湖湘特色的岳州书院及周边相关地方神祇、传说的古雅述说。对张天翼等前辈儿童文学作家开创的幽默传统，老作家皮朝晖的面包狼系列，龙向梅的了不起的酷奇系列及《借你一个狐狸胆》《一只想叫蒲公英的老鼠》，诺亚的《地球奶糖》《长在纸上的叽叽喳喳》等童话都在续写传承，意在于简明的情节设置、清浅的语言表达及天马行空的想象中传递幽默温馨。

汤素兰的《森林茶馆》是一本将迥然质地并置一处的童话故事集。

一方面，集子中不乏延续汤素兰创作中常见的正向探讨儿童成长、底色明亮、节奏明快的童话故事，如《爬上山顶去》以小长颈鹿不断排除种种否定声音，坚定登山目标，不断尝试，最终登顶的故事，《河马大泥的朋友》讲述的河马大泥与老鼠小泥网友奔现后打破常规的友情，《蚌孩子》以坚韧和梦想抵抗成长疼痛的旅行风景，《森林茶馆》狐狸姐姐在助人初心下不断采纳獾的意见步步完善森林茶馆建设……而另一方面，集子中更引人注目的是那些以荒诞和变形打破思维惯性，洞开现代人（尤其成年人）的生活中积重难返的灰色地带的篇章。如《乌汉国的故事》以一个声控娃娃牵扯出乌汉国大小官员的系列笑话，令人啼笑皆非。乌汉国女王膝下无子，渴望生养，W 国国王为其送来一个会说话的女婴。女婴反复的语句“大大的、大大的钻石啊”使得寻找钻石成了宫廷上下的行动宗旨。寻觅未果，女王盛怒大喝的“笨蛋”为女婴输入了新的词句，于是“大大的、大大的笨蛋啊”又成了宫廷上下新一轮的行动指南——找出笨蛋。鸡飞狗跳之时，W 国国王来电成了解除危机的关键，紧张的消弭之后，荒诞与讽喻排闼而来。此外，《翅膀突然消失》以寓意深远的“折翅”现象揭示了现代教育与儿童天性的对立，《神奇的太空饮料》以隐伏人物角色之后的太空饮料作为牵引，对成人教育思路与儿童个人感受的错位、欲望与个人认知的失衡等议题都进行了透彻的扫描，《开心猫》以一只诞生于童话作家画作中的开心猫的游历串联起幸福与财富、教育、死亡、孤独等诸多现代生活常见议题的思辨，令人印象深刻。

周静的《三宝的天空》是一个富有东方式奇幻色彩的民间童话故事，是对“美是无用之用”的童话诠释。故事的场景设定在一个偏远的部落，在这里，每个人各司其职、兢兢业业，但又一板一眼、墨守成规。而“我”的母亲，是部落中唯一的女巫，用第三只眼睛和罗盘为众人答疑解惑。“我”的出生，打破了这种秩序感，因为“我”只有一双眼睛，不像其他女巫一样拥有三只眼睛。为了保护我免遭其他人的频繁欺侮，妈妈甚至放弃了用第三只眼睛和罗盘为大家解答疑惑。最终妈妈和“我”被迫赶出了部落，在野外相依为命。可正是这种相依为命的生活，让我们共同领略到了与泥故居方的部落截然不同的精彩与美好。在故事的结尾，“我”和妈妈在新生活中的创造与收获反过来成为了部落焕新与传承的动力。

妈妈和部落的分歧说到底是无用之用的美与实用主义的分歧。作者显然是推崇美的，她首先肯定了美在审美中的重要作用，从母女二人在自然与日常中的对美的所见所感，如从植物的组合中烹制美味、在大雪中嬉戏、对小村庄的桃花林与糍粑的眷恋，都是沉浸于美的享受的本身，超越了功利意义上的自由的精神状态。令人在忙碌、困顿而机械的生活中体验到治愈。相反，对于实用主义的单一推行，反而画地为牢，将自己囿于一隅，自然也就迷失了方向。部落的存亡危机正是源于此。我们可以从部落首领因为部落危机前来向我们寻求帮助时的一个表现得出结论。对于他从没有喝过的花瓣茶，他同意它是好喝的，是美味的，但他眉头短暂舒展过后重新折皱，他将这碗茶视为“诱惑的味道”，“它会让人去追寻不切实际的东西，会让人变得不切实际”。美的创造力是作者的另一重深意——正因为“我”和母亲对美的发现与追求，我们才能创造出美食、美丽的衣裳、床品、装饰品等物件。灵巧而寓意深远的构思是童话的亮点，作者通过罗盘的指向性和“我”身上蕴含的人类发展的可能搭建起罗盘和“我”的互为指涉。罗盘便是方向，而罗盘的银指针，放在“我”的口袋。“我”这个部落的异类，却成为坚定妈妈寻找另一种生活的人，也成了部落革除陈规陋习的破冰者。部落对“我”的接纳与否，便意味着部落对于新异的生活方式的接受与遗弃。

“有没有一种旅行可以穿越时间和空间，抵达一场艺术和自然的盛宴，让你对深奥的、抽象的美获得真实而灵动的印象？”这是龙向梅读《小莲游莫奈花园》后写下的评语。然而，这句话，用来形容龙向梅自己的童话创作亦再合适不过。在那一场场有的放矢或漫无目的的找寻之旅中，她为主人公设置了一个又一个借以辗转的人生站台，这些站台有的设置在与我们时空平行的异世界，有的设在与我们同在却又异类的他世界。以不同的方式，温柔如春风化雨的浸润，骤然如醍醐灌顶的惊醒，最终，抵达对深奥的、抽象的人生与美的领悟。

我们可以将龙向梅的童话写作分为两个向度，一是节奏较为舒缓安静，情感表达较为内隐深沉的，另一种是节奏轻快，基调明朗，语言清浅的，尽显幽默达观气质的。

《为你长一棵樱桃树》以唯美的方式讲述了生命的奇迹。一棵亘古不变的石头，因为一个小女孩拥抱的温暖，因为她重复在耳的一句“明天来看你哟”的惦念，石头紧锁的心扉慢慢舒展，最后接受了一个樱桃树的安家落户。周围的石头也是如此，于是，参差乱石化为尘土，孕出郁郁桃林。故事的情节颇为考究，作者在安排人世的照临之前，对石头的来源作了交代，并将笔墨重点放在了铺叙石头的历久不变之上，突出了石头冥顽坚守的不变的信仰。之后才安排了代表人世气息的小女孩与石头的颇为短暂的遇见。然而，就是这种短暂的遇见，对石头而言，如惊鸿一瞥，以不易察觉却又颠覆的方式深深改变了石头的内心。故事以自然的奇迹比拟心灵的奇迹。所有紧闭的心扉都有一把锁可以开启，所有的冷硬都有一种力量可以融化，这便是爱的魔法。它向我们开释了生命的价值——如磐石般的长度，远不及如花林般丰盈的厚度；生机不在长久的孤寂，而在当下的热烈。石已化生，于是，“漫山遍野的樱桃啊。很多年后，人们会这样说。”简单的结尾，已抵千言。

《有风吹过》亦是一场生命的奇旅，故事将两个平行的世界经由爱与责任改道、接轨，颇具哲理意味。故事讲述了小女孩“我”因为与父母的一场激烈争吵，摔门而出，离家出走。汹涌的负面情绪一如猛兽，将她驱赶至与现实平行的另一个时空。待情绪渐渐冷静，“我”后悔了，但却找不到回家之路。惊慌之下，“我”遇到了一个同样被带离现实世界，总是表现出满脸不在乎的火车司机，他为我指引了回家之路，并愿意牺牲自我，像西西弗斯一样，永不停歇地转动磨盘，以求与现实交叉的时间出现，助我回归现实。这场爱的奉献引发了异世界的狂风大作、撼天动地，于是，他们都回到了现实。而后，“我”才知道，这个外表冷漠、内心火热的火车司机，是年轻时代的父亲，那场狂风，是母亲发自内心的呼唤。这篇童话为我们提供了解读的多种向度，它或是揭示了家庭的矛盾与冲突给儿童及其他家庭成员带来的心理阴影；或是揭示了工业时代对人性的挤压，造成了人的物化与人际关系的高度紧张；或是以背离的容易、冲动的代价、归途的艰难警醒着旁观的读者何为覆水难收、破镜难圆；或是以佛家的因果轮回，召唤爱与责任的归途与终点……《有风吹过》在童话中略显沉重，但却道出人生种种，让读者的心灵也如有风吹过，思绪翻飞，久久不能止息。

除了上述略显深沉的篇章，龙向梅的童话还有别样的风貌，即浅语艺术中显现的幽默质地。这在《借你一个狐狸胆》《一只想叫蒲公英的老鼠》中得到了重启。主人公阿漏的伟大梦想是当一个抢劫糖果屋的强盗。缺乏勇气的他两度去勇气铺购买勇气。但无论是老鼠胆还是豹子胆，任何外在的勇气加持都未能让他如愿地窃得糖果屋。最后他遇到了狐狸爸爸。狐狸爸爸将自己作为父亲的胆量借给他，阿漏终于抢劫了糖果屋。可糖果屋的老板派老爷在此过程中却心甘情愿将糖果屋送给阿漏，并且将制糖的方法也一一交给了他。这样，不用抢劫，糖果屋也成了阿漏所有，阿漏还答应派老板的条件。人物形象鲜明，阿漏的善良与痴愚的可爱，狐狸身为父亲的责任与担当，派老爷的机智与通透。故事借派老爷之口，用极为简明之语道出了深刻的道理，“一个人惦记久了就总会打坏主意”。

《一只想叫蒲公英的老鼠》讲述了一个写诗的老鼠想改名，于是它先后去找了蒲公英、玉米、山羊、太阳、月亮、鱼、大雁等自然之物换名字，可是这些换回的名字一旦放在自己的诗里都改变了诗想表达的意味。于是，老鼠最后说“老鼠永远都叫老鼠，老鼠只做它自己！”这则童话紧贴着儿童的成长心理去写，在不断的尝试中找到最适合自己的那条路。

“了不起的酷奇”系列是一部成长主题的童话故事书，通过主人公小鸡酷奇和他的朋友们在生活中遇到的趣事和烦恼，给孩子们传递理解、勇气、关爱、善良以及乐观积极的生活态度。作为短篇合集，该系列每本收录12—13个故事。故事温暖有趣，叙述亲切自然，是一部让身心愉悦又发人深省的作品。

皮朝晖“面包狼的故事”是对湖南儿童文学幽默传统的延续。今年新出的系列故事包括《面包狼的大肚子》《语文故事会》《面包手机》《堆雪狼》等4册。作为湖南儿童文学老品牌面包狼的缔造者，皮朝晖一直践行着贴合儿童心理与童话特征的创作理念，通过大胆想象与夸张变形，编织出一连串引人入胜的故事情节和面包狼、糊涂先生、贪心富婆、性急先生、认真太太等生动诙谐的人物形象，营造出轻松幽默、趣味盎然的欢乐氛围。而童话中对雾霾、竞选等事件的书写，也体现了作者以童话关注时代生活的美好愿景。浅语艺术与游戏精神的巧妙结合切中了寓教于乐、启发成长的实际教育意义。

诺亚的儿童文学创作往往多变，题材多样，风格各异。今年发表的两篇童话《地球奶糖》《长在纸上的叽叽喳喳》难得地呈现出某种类似，它们都是为宠物立传的作品。《地球奶糖》的主角是一只自称可以通过自主决定舔不舔地球这颗奶糖来控制地球存亡的猫，“我”因此给它取名“奶糖”。《长在纸上的叽叽喳喳》的主角则是一只能在平面中存在的麻雀，因为叫声喧嚣吵嚷，“我”给它取名“叽叽喳喳”。两篇童话都采取了第一人称叙事视角，带领读者深入沉浸主人与宠物的悲欢离合。同时，故事采用了传统的叙事方式，与宠物偶然相遇的缘起，在日常磨合中与日俱增的情感积淀，一场偶发性的变化引发的离开与失去，寻找与阔别重逢。即便书写方式常见，但并不影响诺亚童话的表现力。两篇童话亮点突出，作者对于对象的想象，既贴着动物的天性，给人以真实感，又展现出天马行空、引人入胜的质地。如以舔奶糖控制地球的猫源自猫的倨傲与任性，麻雀的调皮捣蛋源自麻雀的活泼喧嚷。人物对话的幽默与温馨为童话营造了明亮的质地。

传统的科幻作品，或者说成人科幻作品，对儿童来说太过“硬核”，内容艰深，信息量庞杂，往往令儿童望而生畏。为了让科幻的面貌在儿童眼里变得柔和可亲，老作家牧铃一直做着一件时髦的事，就是以自己类似童话的少儿科幻作品为儿童搭建科学启蒙的阶梯。从这点来说，牧铃一直是湖南儿童文学的艺苑奇葩。今年，牧铃又携科幻新作《阿基米德的城堡》与儿童见面，这篇科幻小说集核能科学、生物变异、数学运算、多维空间、折纸艺术等元素于一体，力图为儿童带来科学与艺术的双重熏陶。小说塑造了两位凸显着中西方性格差异的儿童形象，充满好奇心、求知欲、敢想敢干、自我意识张扬的西方少年雅各布，艺术直觉强大、踏实稳健、虚心谨慎的东方折纸天才刘泉。作者有意安排这两位性格中西分野的少年在小说中合作完成对阿基米德设计图的勘探，将艺术与科学、想象与实践有机融合。刘泉通过自己东方式的艺术思维破解图纸的设计模型，雅各布则将破解后的设计实物化，合作的结果便是模型与实体的“联动”，同步的空间扩容，同步的形态变化，同步的状态显示及多维空间。根据模型与实体的这一依存关系，两位少年营救了被变异巨鼠追赶的游学团学生。而送餐奶奶出于情绪化将模型扫落在地，装满巨鼠的实物城堡也被重新定格成了二维碎片，阴差阳错之间完成了拯救，故事却悬而未决，令人回味。

总体来看，2021 年仍旧是湖南儿童文学的一个丰收年，虽有遗憾，但瑕不掩瑜。作家们，尤其是动物小说的创作者们，敢于在自有风格形成影响之后主动“破壁”，并向着更贴近当下儿童成长体验的角度进行新的实验与尝试。同时，一些原本属于科学、哲学等较为艰深领域的知识在儿童文学文本中化作体验式的、认知式的故事得以深入浅出，亦是功成。奖项可视为侧面的索引。在老中青三代儿童文学作家的携手努力与同台竞技下，汤素兰、诺亚、龙向梅、林萧等作家喜获第十一届全国优秀儿童文学奖（童话类）、第七届“大白鲸”原创幻想儿童文学奖金鲸奖、第三届曹文轩儿童文学奖之作家创作·中篇奖、2020 年冰心儿童文学奖新作奖（小说类佳作奖）等宝贵奖项。尤其是全国儿童文学奖，从第七届全国儿童文学奖斩获佳绩开始，湖南儿童文学形成了积极活泼、力争上游的蓬勃局面，连续五届，至今仍未缺席过这项国家级的奖项及背后所承载的认可。而行远自迩，还需与时偕行，希望广大儿童文学作家的创作愈添时代品格与历史琼音。

（罗小培）

2021 年度湖南网络文学创作综述

自全球第一家中文电子刊物《华夏文摘》创刊以来，中国网络文学已走过 30 年风雨征程。据统计，当前网络文学作品总量超 2905. 9 万部，作者规模 2130 万人，用户规模超 4. 6 亿，日均活跃用户约 757. 75 万人。[①] 网络文学以“野蛮生长”的姿态缔造了互联网时代的“数字神话”，它们究竟能在文学的历史长河中岿然屹立还是折戟沉沙，关键在于是否有经得起时间冲刷淘洗的文学精品。湖南是网络文学的创作大省，网络作家以伟大建党精神与人民性书写为网络文学塑魂立心，通过“大女主”与“多宝文”创作彰显女性独立精神，用反套路与类型创新写作开启奇异幻想世界，以成熟的组织管理体系与丰富多彩的行业活动促进网文业态繁荣，打造了湖南网络文学高质量发展的新格局。

一、以伟大建党精神与人民性书写为网络文学塑魂立心

网络文学的高质量发展，离不开中国百年来发展的精神光源指引。中国共产党在波澜壮阔的百年征程中带领全国各族人民艰苦奋斗，取得了举世瞩目的成绩。网络文学如何从中国共产党的历史经验与精神源泉汲取养料，是每一位网络文学创作者需要思考的方向。

---

① 张畅：《去年全国网络文学市场规模近 250 亿元 网文作者超 2130 万人》，《新京报》2021 年 10 月 9 日。

在庆祝中国共产党成立100周年的时间节点上，湖南网络作家们献礼建党百年，书写党和国家在各个历史时期中所经历的重大事件与发展成就，讴歌人民、礼赞英雄，成为中国特色社会主义文学与新时代文艺建设的鲜活力量。流浪的军刀的《打行八将》描绘了抗战时期袁勇等底层百姓被日寇逼得走投无路从而投入抗日洪流中的热血故事。该作品具有鲜明的民族特色，糅合了传统文化，采用大量市井语言，描写生动，构思精巧，充满爱国情怀，一推出就获得同行及读者好评，获得第二届爱奇艺文学奖第二赛季一等奖。应景小蝶的《风骨·国宝诡云》通过民国时期鉴宝行的故事诠释了老百姓与中国共产党一起抵御日本侵略、守护国宝的爱国精神。民国时期，天津卫鉴宝行希夷阁的少东家徐希见识到了日本人的残酷与当局政府的无能，与中国共产党一起合作抗日。他加入中国共产党，最后与女主角纪敏一同保护了国宝。小说以文化传承的视角出发，将鉴宝、护宝与爱国主义相连，描写了中国共产党在抗战时期团结各阶层人士积极抗战的故事，读来感人至深，入选中国作协“2021年网络文学重点扶持作品”。唱歌的鼠的《天狗》讲述了抗日战争时期一对中国共产党伉俪潜伏在上海76号魔窟完成情报任务、摧毁敌人阴谋的谍战故事。小说男主角戚一飞的公开身份是特工总部第三行动组组长，但实际身份为代号“天狗”的共产党员，同时还是令日本军方闻风丧胆的杀手“影子”。戚一飞的妻子沐秀美的社会身份是宪兵队驻特工总部分队队长坂本清太的干外甥女，实则她是代号为“食日”的共产党员。二人凭借特殊的身份与过人的智慧游走于日本人和汪伪政府中，在上海建立交通站，保护中央文件库，以传统技艺苏绣进行情报传递，一次次完成了许多机密任务。为了摧毁敌人的五号计划阴谋，戚一飞更是不顾生命，毅然决然地和一群不同身份爱国人士设下圈套，最终成功送出五号计划。小说通过谍报行动展现了没有硝烟的战争中的爱国者群像，歌颂了中国共产党人坚定的信念与不畏牺牲的精神。这些作品高扬了中国共产党的伟大建党精神，以动人的故事情节与爱国主义群像绘就了中国共产党的理想追求与历史画卷。

湖南网络作家深入生活、扎根人民，在基层现实题材、新兴行业与职场题材中书写新时代人民的奋斗经历。其中，一些作品以保护人民生命安全的基层治安题材为亮点，获得了大量网民读者的好评。不信天上掉馅饼的《刑警使命》讲述了基层刑警与犯罪分子斗智斗勇的热血故事。小说主角叶九曾是武警静江省总队特战大队的格斗教练，退役后回到家乡担任刑警。他工作认真负责，身手超群，面对各类犯罪分子和黑恶势力屡出奇招，破获许多大案要案。作者在环环相扣的剧情中添加了异能元素，使得整部小说更具爽感。这部小说是作者继《刑警荣耀》后的又一力作，在掌阅小说网获同类型小说订阅量第一，3392 万人气指数，读者好评度高，掌阅评论达 8 万余条。文傲的《尸体会说话》书写了犯罪侧写师、法医以及刑侦部门工作人员揭开一桩桩罪案之谜的经历。龙城市荒郊的废弃别墅后发生碎尸案，陆鸣作为市公安局的犯罪侧写师与刑侦队一起深入探案，随之又卷入多起命案中，最终牵出一个横跨南海、花城和龙城的器官买卖大型犯罪集团。小说构思缜密，悬念迭出。目前国内以犯罪侧写师为主角的悬疑探案小说较少，作者以主人公的“梦境”来还原犯罪现场的写作手法颇具新意。一些作品聚焦当下亲子教育问题，以充满烟火气的生动案例揭示了家庭与学校对于青少年成长的重要作用。安如好的《机智的陪读爸爸们》通过不同家庭的父亲陪读生活揭示了子女教育的现状。四个高三的同学，四个性格与职业迥异的陪读爸爸，住进了学校附近一房难求的“状元楼”。面对孩子的叛逆、早恋以及那些看起来“不合时宜”的兴趣爱好，父亲们头疼不已，每一天都会有啼笑皆非的花式碰撞。小说涉及新高考、双减政策等教育热点，通过亲子生活的典型事件反映了家长与后辈教育观念的矛盾，也描述了双方在蜕变中的成长，传递了亲情的温暖，富有教育启示意义。在创业题材中，网络作家聚焦人工智能等新兴行业，展现了时代新人的奋斗精神。花浅夏的《送你一个小暖娃》以 AI 智能设备“雪娃”为情感联结点，描绘了程序研发员与电竞赛手的职场日常与情感碰撞。故事的男主角沈睿诚获得了 M 游戏公司送给他的赛季冠军奖励——一个与游戏同款的电子智能宠物“雪娃”。本以为这只是一个普通的智能设备，没想里面竟藏了一位专研 AI 拟人类系统的女程序员鹿萌萌的大脑数据，至此开展了人与智能设备的另类日常。小说以时下流行的人工智能科技为热点，职场与言情线路双线并进，而且创造性地添加了异能元素，故事设定新颖，情感真切。为国家立心、为民族立魂是网络作家群体的创作目标。从这些作品可以看到，湖南网络作家的创作思想已经实现“要我写”到“我要写”转变，在文学创作中增强了社会主义核心价值观的功能导向，其主流化、精品化风貌日益凸显。

二、“大女主”与“多宝文”创作彰显女性独立精神

近年来，“大女主”小说与“多宝文”颇为流行。湖南女频网文中涌现出了一批成绩亮眼之作，多维度展现了女性的独立精神与坚韧不拔意志。空留的《幺女长乐》讲述了自幼在江湖中长大的千金小姐与其爱人一起守护家园、保卫祖国疆土的故事。御史大夫的幺女祝长乐自小习武，她平生最大的志向就是打赢师父，让师父听她的话。不料师父的身体早已是强弩之末，她在师父弥留之际与好友秋离拜堂成亲，以了师父的心愿。长乐的丧师之痛还未淡去，她家中又陡生变故，父亲被贬官，大哥在政敌的设计下命悬一线。为了保护家人，长乐决定踏入朝堂。恰逢此时，边防突起战火接连失城，长乐领征西大将军印带兵上战场。在众人相助下，她连败敌军夺回失去的城池，并且查清了此事背后有朝中之人通敌卖国。她和秋离携手先除外患再平内忧，以不败之师保江山安稳护皇室正统，最后功成身退。与沉溺于家宅争斗和儿女情长的女频小说截然不同，《幺女长乐》以江湖纷争为开端，沿“家—国—天下”的格局发展，男女主人公为天下老百姓安稳生活的愿望而奋战。小说女主角的崛起之路摆脱了复仇文的套路，格调明丽，具有正能量与感染力，获浙江省树人出版奖，影视版权已出售。不朽的你的《欲洗禅衣未有尘》描绘了一个女孩穿越到古代后从家宅到庙堂的打拼之路与情感纠葛历程。小说的女主角言禅衣是一家门户网站的总编，她在病危之时凭借一缕魂魄曾三次穿越到大周镇国大将军府，从释安大师处得知自己的下一世是大将军家的嫡女。小说的男主角未有尘是释安大师的徒弟，也是魏国太

子。他因为天生有一只紫色异瞳，被预言命中注定成魔，唯一能救他的人是穿越而来的言禅衣，因此释安大师一直带他在大周等待言禅衣降生。但由于言禅衣在现代社会的缘分未了，她出生后有一缕魂魄未归，一直痴傻了十三年。等言禅衣魂归觉醒后，她利用现代知识在诗才、经商、军务等方面崭露头角，同时也陷入未有尘与苏若水的感情追求之中。她与未有尘一路上相互扶持齐头并进，最终开辟了天下一统局面，两人的爱情也修成正果。小说是一部典型的古言穿越小说，作者以三生三世的叙事结构贯穿于故事脉络之中，大女主的人设塑造得颇具魅力，小说读来爽虐兼备，富有张力。

一些作品通过女性对事业的打拼经历与现代知识技能来彰显独立精神。青铜穗的《花月颂》描述了现代女孩穿越到古代言情小说番外篇里的奇妙之旅。职场社畜谭小臻意外穿越到被自己吐槽过的古言小说番外情节中，成为庆云侯不学无术的女儿赵素。原小说的女主人公陆凌也是一位穿越者，她此时已是大梁国陆太后。二人相互知晓身份秘密后齐心协力为改善古代妇女地位而推行花月颂计划。最终赵素也与皇帝相恋，收获了美满的爱情。小说打破了以往穿书文的设定模式，番外设定让剧情发展有了更多可能性。作者让女主角的现代知识技能发挥得淋漓尽致，将古代言情文与美食流、日常流小说融合，文风轻快，对于亲情、爱情的描摹细致动人。心恋一生的《穿成病娇反派的小娇妻》讲述了现代服装设计师穿越到古代皇商家族，帮助父亲洗清冤屈并利用自身专业重新振兴家族产业的经历。故事的女主角苒雪在相亲路上意外穿越到古代云家 16 岁的肥女身上，并遇上了重生归来的男主角凌展辰，两人都莫名卷入了一场厮杀。云苒雪脱险回府后遭堂妹与二婶等人一路设计陷害。与此同时，她的父亲云秉柽锒铛入狱，这一事件使得云家失去皇商的资格，生意一落千丈。为了早日救出父亲，云苒雪成立锦绣缘，投身家族事业。她以巧妙的设计创意、现代缝制技术以及品牌概念打造了多种服装爆款。在云苒雪救父之路和事业经营的背后涉及朝中官员的利益与阴谋，凌展辰多次施以援手。为扳倒幕后罪魁祸首，云苒雪与凌展辰联合对敌，最终云父沉冤得雪。而云苒雪的事业不仅蒸蒸日上，而且还收获了凌展辰的甜蜜追求，两人最终有情人终成眷属。小说的人物设置别出心裁，男主角是世人眼中臭名昭著、杀人不眨眼的笑面阎罗，女主角性格豁达开朗、聪颖机智、幽默风趣，穿越事业型女主与重生复仇型男主的故事路线设定、性格反差设置碰撞出许多精彩火花，情节跌宕起伏，读者好评不断。

“多宝文”在近年来颇为火热，这类小说主要通过描绘儿童的聪明可爱来凸显亲子生活的甜蜜与温情，因小说女主角通常诞下两个以上宝宝的设定，故取名为“多宝文”。狂奔七七的《傅爷的小祖宗凶凶哒》记述了一个女孩的爱情重生经历与事业崛起之路。小说的女主人公简云希遭男友劈腿和家族算计之后，遇到了富家公子傅禹风。她在经营自己的事业同时，傅禹风也对她展开了追求。小说在“多宝文”、甜宠文风格的基础上加入了“马甲文”的类型设置，叙事节奏明快，一路虐渣打脸，契合时下市场热点，荣获七猫年度畅销书，有声读物已改编。万金金的《萌宝1V1：总裁爹地套路深》是一部以女性的自立自强精神为闪光点的“多宝文”。小说的女主人公陆辛夷是护肤品研发人才，是霸道总裁战厉骁的项目合作方。而战厉骁则是她两个萌宝的生父。男女主角的爱情来自萌宝的助攻，甚至萌宝成为教会霸总如何护妻之人。云锦书的《一胎二宝：京太掉马99天》讲述了一个出身平凡的女孩拥有多重马甲并收获爱情的经历。女主角黎米在村子里做扶贫工作，意外与京氏集团总裁京廷重逢。七年前，她在海外诞下了一对龙凤胎。京廷发现自己是这对龙凤胎的生父后立马与黎米结婚，两人成为契约夫妻。在婚姻生活中，黎米与京廷逐渐被对方吸引，但黎米的出身却遭到婆婆的刁难和阻挠。为了不让京廷在亲情上为难，黎米被迫远走纽约，京廷在寻找过程中发生车祸而失忆。在此期间，京廷的青梅竹马、京氏副总裁玉梦溪从中作梗，企图趁京廷失忆时嫁给他。在孩子的帮助下，京廷恢复了记忆，与黎米再次明确了心意，最终两人突破万难走到了一起。小说将“多宝文”与“马甲文”相结合，增加了故事的层次感与爽感。

“多宝文”迎合了女性读者市场对宝宝的喜爱心理和时下倡导的生育政策，但又与亲子题材的传统文学作品截然不同。“多宝文”并不强调父母如何教育小孩的过程，而是以小孩超于同龄人的智慧、技能、卖萌操作来呵护和关爱母亲。“天才萌宝”是“多宝文”的惯用人设，一方面，萌宝扮演着父母爱情的神助攻角色，不仅能让他们的情感升温，而且还能手撕“白莲花”、“绿茶婊”和“恶毒女配”；另一方面，萌宝通常有隐藏技能和天赋，能够帮助父母在事业和人身安全遭遇危机时脱困。因而，“天才萌宝”已成为“多宝文”中的爽点和金手指。“多宝文”的剧情与现实生活中的育儿经历差距较大，为何会受到女性读者的追捧？这些女性读者具体又是哪类群体呢？据番茄小说调研数据显示，有 91.13% 的女性是多宝文的读者，其中已婚女性读者达 62.89% 。从学历背景来看，71.5% 的读者学历在专科或本科以下。65.42% 的女性读者月收入在 3000 元以下。[①] 由此可见，“多宝文”的主要读者为已婚、低收入和低学历群体的女性读者，有许多是家庭主妇身份。“多宝文”符合已婚女性所期盼的亲子生活愿景，她们对全能型宝宝的幻想恰恰昭示了自身在现实育儿生活中力不从心与困窘无奈的境况。“多宝文”看似另辟爽点和创作设定，实际上是总裁文的变体，主要原因有三：一是“多宝文”的主角依旧延续了总裁文男女主角的设定模式。二是宝宝的角色功能主要是为了男女主角的爱情而助攻。三是“多宝文”的开局一般是女主角独自养育几个宝宝，而结局是女主角与总裁男主角有情人终成眷属，一家人幸福地生活在一起。尽管“多宝文”比总裁文、甜宠文更为强调女主角在事业上的独立精神，但这种独立仍建立在吸引总裁男主角的目光、为男女主角的爱情作铺垫的基础上，总裁男主角是“多宝文”中女主角命运的最终归宿。当读者对霸总追爱套路开始变得麻木疲软之时，“多宝文”的出现无疑带给了她们新鲜感，而且也更契合已婚女性的心态。“多宝文”的火热加速了总裁文的类型演替，依靠萌宝助攻实现了小说的爽感加码。不过，也有一些作者单纯以增加母亲诞下萌宝的数量作为爽感的加码器，导致“一胎五宝”、“一胎六宝”等噱头式的标题在文学网站上

① 许婷、肖映萱：《由“一夫”至“多宝”：数字人文视角下女频小说的情感位移》，《文艺理论与批评》，2021 年第 4 期。

泛滥成灾，这种无脑式的创作取巧折损了文学的艺术性。

三、反套路与类型创新写作开启奇异幻想世界

在湖南网络文学的类型分蘖中，幻想类小说一直以来保持着强劲的创作势头。仙侠、武侠创作中涌现出了不少佳作，极品妖孽的《一仙独尊》在庞大瑰丽的修真世界中呈现了周家少年一路逆袭的传奇经历。小说的主角周凡在觉醒灵根的前日遭到了挚友暗算，导致身中剧毒、经脉寸断。在绝望之际，周凡觉醒出了欺天神宗的圣女和无字天碑。他欺骗万古仙树取得了法级上品灵根，成为鹤州顶级的修炼天才。玄霄宗的凌玉昭闻讯前来，将他收为唯一弟子。然而，周凡欺骗一事终被万古仙树发觉，降下了责罚，收回了灵根，导致周凡再次沦为废人，也致使凌玉昭受到牵连。为了逆天改命，周凡先是成为寻灵师，得到天剑宗的最高传承，重回天才之位，后又经历了人劫和灭宗之战。周凡将这些危难一一化解，在追求人道极境之上谱写了修炼的传奇。小说刻画了一个有情有义的修真世界，体系架构庞大，气势恢宏，主角面对困难时坚韧不拔的意志读来极具感染力。小说的作者极品妖孽是国内知名的 90 后网络作家，入选橙瓜网第二届、第三届全国百强大神。他的上部作品《绝世战魂》人气火爆，全渠道总销量破三千万。《一仙独尊》沿承了他一贯以来的英雄情结与热血风格，传递了为梦想不断拼搏、永不言弃的精神。王佐的《黎明前的黑暗》讲述了四位结义兄弟在江湖的闯荡经历与纷争。小说的主人公叶无伤和三个结拜兄弟在山中跟随谷中天老人学习武艺，艺成之后纷纷下山。四个人各有志向，老大叶无伤加入无影门，二弟云崇投入血龙堂，三弟时笑无门无派，在江湖自由行走，四弟何夕效命于四方剑派。此时天下武林大乱，南北武林对峙多年，四兄弟身处不同阵营，他们为了各自的利益和完成天下武林大一统的宏愿，间展开了一场你争我夺的生死大战。小说秉承传统武侠写作风格，人物塑造个性鲜明，故事情节高潮迭起。

许多作品以反套路和类型融合方式给幻想类小说带来了鲜活的生命

力。一梦黄粱的《西游之西天送葬团》讲述了混世魔王唐三葬穿越到西游世界，与孙悟空、猪八戒、沙僧去往西天取经的爆笑之旅。在孙悟空压在五指山下的第 499 年，生于神魔世界的唐三葬意外穿越而来，开局便一拳打死了大罗金仙。因为他的名字和唐三藏谐音，又是以光头形象登场，被众人误认为是唐僧，于是带领着徒弟走出了一条轻松、搞笑、热血的西天取经之路。小说将传统的唐僧形象解构，塑造了一个爽快利落、幽默腹黑的唐僧形象，并添加上古神话和无敌文元素，以反套路的创作给小说营造了新鲜感。一夕成道的《全球神祇时代》描述了一个高中生穿越到全民成神的超奇幻时代的经历。东宁城第五中学的学员林萧进入亚空间神域的封神游戏中，凭借穿越自带的金手指开辟神域、收服信徒、点燃神火、凝聚神格，一路征服无数位面与晶壁系，最终成就无上伟力。作者将科幻游戏、赛博修真与卡牌系统等多种类型文融合，以神性生物晋升体系开创神祇流写作范式，小说设定新颖而独特。轻舟泛湖的《三国：开局激活无双系统》是以“三国”历史资料、演义故事、衍生游戏为蓝本，以《真三国无双》系列游戏角色为主角模板撰写的游戏小说。小说主角陆宇在玩游戏的时候，意外穿越回到三国时代，成为一名手下有十名士兵的什长。他带领的小队被敌军埋伏，就在危急关头体内的三国无双系统觉醒，他获得了游戏角色的技能和装备，带领着军队突出重围。在突围之后，融合了小兵记忆的陆宇，得知原主是因为意外知晓上司私通乌桓军队从而被设局坑杀。陆宇当机立断，直接用计斩杀上司及其通敌附庸，夺取军权，力求自保。夺权成功之后，陆宇整顿军队，利用自己的游戏模板和历史认知将前来进犯的乌桓军队赶出了边境。随后，他借用现代科技研制武器、改进机械，鼓励发展经济和科技，逐渐拥有了一部分自己的地盘。陆宇的成绩被上级注意和赏识，在明白了事情缘由之后，并没有治他的夺权之罪，反而大加赞赏，加官晋爵。随着官位一步步升迁，陆宇内除奸臣、外击异族，注重民生、发展生产，保护国家江山稳固。小说将游戏文与系统文结合，辅之以穿越设定和历史元素，故事结构清晰，剧情引人入胜。暴富的宠儿的《废材嫡女：全能大佬燃炸天》讲述了丞相府嫡女受人陷害后离开家族自谋生路，由废材逆袭成全能大佬的故事。小说的主人公苏玥本是天命选定的圣女，却不小心流落下界，成了人人口中的废材丑女。21世纪的苏玥穿越而来，不仅将原主从被庶母陷害遭族人浸猪笼的危险关头救出，而且她意外获得空间至宝，从修炼废材变成五系天才。在她重回上界时，她以一己之力挽救天下苍生，并且收获了属于自己的爱情。小说在女频修仙小说中添加了灵宠与空间设置，融合了废柴流、打脸文和甜宠文风格，以类型融合设定吸引了众多读者。

除了玄幻、仙侠、武侠、游戏小说之外，悬疑异能小说也逐渐崭露头角，其体系创设与异世界书写在幻想类题材中独树一帜。洛小阳的《阴阳诡匠》围绕陈家村、谢家村出现的离奇事件揭开了匠人家族的六十年前的一段秘闻。作者沿袭传统志怪笔法，将重庆张家扎匠、四川凌家花匠、湖北谢家髡匠、河南王家木匠、湖南吴家画匠等匠术家族系统勾勒，通过“百里尸碑”、“请仙登位”、“请运劫脉”等奇门匠术丰富了匠术体系，富有地域民俗文化魅力。洛小阳是匠门体系流的开创者，他的《阴阳诡匠》是继《三尸语》之后又一力作，位列七猫中文网新书榜前十、悬疑大热榜前十、好评榜前十。曾紫若《双魂语》以一对网文写作夫妇所遭遇的灵异事件打开了匠门传人的神秘世界。小说的女主角黎言在生完孩子之后发现了她的丈夫半夜微信计步数增加的秘密。她怀疑是丈夫“出轨”私会小三，在展开调查中却意外经历电梯遇险、被人当鬼等离奇事件，掉入了一个女人精心布置的陷阱中。在疑窦丛生的悬案中，黎言通过匠门传人的独有技能抽丝剥茧，同时也揭开了丈夫和自己背后的身世之谜。小说善于设置悬念，剧情环环相扣、跌宕起伏，更为难得的是开创了与《三尸语》系列小说的联动效应，既富有异世界的想象力，又饱含生活的脉脉温情。有熊氏的《京都诡怪秘谭》以“迪化流”方式讲述京都诡秘事件。阴阳师、结界师、炼金术士暗中将瀛洲四岛被封印的八百万鬼神释放出来，掀起了一场惊世骇俗的诡局序幕。鬼神怨气冲着京都御所下的龙脉而去。龙脉之上的钩玄馆能够镇压龙脉、鬼神、气运，但钩玄馆主唐泽谦却是一个“平平无奇”的普通人。作者在惊险刺激的剧情增添了幽默搞笑元素，于平行时空中展现光怪陆离的世界，富有故事想象力，人物形象塑造具有反差张力。

四、组织管理与行业活动促进网文业态繁荣

2021 年，湖南省网络作家协会在作家管理平台建构、作家成长培育、行业活动交流等方面取得了突破性进展，为湖南省“三高四新”战略的实施和奋力建设现代化新湖南贡献了有生力量。

在作家管理平台建构方面，湖南建成了全国最大的网络作协会员组织平台。湖南省网络作家协会高度重视发展网文新生力量，加大培训交流力度，实现了作协会员文学素养和创作能力的提升。2021 年 3 月，湖南省网络作协发布 2021 年发展会员申请公告，截止到 10 月，省网络作家协会拥有在册会员 1892 人，是目前全国会员人数最多也是唯一会员人数破千人的省级网络作家协会。9 月，宁乡网络作家协会成立，这是全省第一家真正由网络作家主导建成的县级市网络作家协会。从省级组织平台的扩充到县级市平台的成立，湖南网络作家群体的组织架构呈现出精细化的发展方向，这不仅昭示湖南网络文学的有生力量在不断壮大，而且也说明湖南网络作家管理体系的建构日趋成熟。

在作家成长培育方面，湖南网络作家开启了国内网络文学创作职称专场评审的先河。2021 年 9 月 15 日，湖南省网络作协启动《网络文学专业职称专场评审》活动。该活动工作从 2020 年开始筹备，经过多方协商、沟通，最终在省人社厅、省作协、马栏山视频文创园的指导与支持下顺利举行。在此之前，全国没有任何一个省、市进行过网络文学创作职称专场评审，湖南此举说明政府有关部门与官方组织机构对于湖南网络文学的发展给予了高度关注与期待。这不仅给湖南网络文学、网络作家的发展灌注了政策驱力，镀亮了“网络文学湘军”的金字招牌，而且也将吸引更多的网络文学人才落户湖南。此外，湖南网络作家注重思想素质与创作水平的提升，积极参与了各项培训活动。2021 年 5 月，湖南省网络作协组织 120 人参与了由中国作家协会举办的“首期全国网络作家党史教育在线培训班”，所有学员均顺利结业，并有多名学员拿到“优

秀学员”证书。7 月，湖南省网络作协组织会员在中国网络文学小镇集体收看建党百年庆典和总书记的“七一”讲话，作家们从“讲话”中汲取精华指引创作，在百年建党的历史足迹中提取力量。9 月，湖南省网络作协推荐多名会员前往井冈山，参加由中央网信办、团中央、中国作协共同举办的“全国青年网络作家培训班”。这一系列活动能够不仅促进了湖南网络作家的成长，而且能够对行业产生的反哺效果，有助于提高湖南网络文学的行业竞争力。

在行业交流与转化方面，湖南省网络作协、中国网络文学小镇积极同省内各级各部门密切合作，与业界内网络作家深入讨论，努力探索未来发展的新方向，主办和动员作家积极参与了数十场座谈会、交流会。2021 年 1 月，湖南知名网络作家参加了由省委网信办组办的“全省网络名人联谊座谈会年”。3 月，湖南省网络作协、中国网络文学小镇与长沙市委宣传部共同主办了“万里长沙，网文湖畔——我在小镇等你”交流会。4 月，湖南省网络作协组织精品作家参与《2021 年马栏山版权保护与创新论坛》。这些活动为提升网络文学作家的创作水平、创作质量和创作保障建言献策，产生了良好的社会效益与经济效益转化作用。

回顾湖南网络文学的发展历程，不论是网络文学的创作水平与作家影响力，还是网络平台管理建设以及网络文学研究方面，都居全国前列。但如果从整个网络文学发展的靶向目标来看，湖南网络文学在实现转型升级和高质量发展上仍然有许多有待提升的地方。网络文学的高质量发展，既是国家文化发展战略中的重要布局环节，也是网络文学实现自我超越的内在需要，还是网文业界提高网络文学行业影响力与竞争力的核心诉求，需要从政策层、内容层、业态层发力。从政策层来看，政府管理部门应以文娱治理为重要抓手，引导、监管与处罚“三剑”齐发，打造健康的网络文学生态。从内容层来看，网络文学的高质量发展与网络文学的创作指向、题材结构、创作主力关涉紧密。要鼓励网络作家立德塑艺，进一步优化网络文学题材品类结构。对于网络作家群体中的中腰部作家以及 90 后、95 后新生代作家需加大关注力度，促进网络作家的升级迭代，增强网络文学的创造活力。从业态层来看，需在提升湖南网络文学内在竞争力的同时加快其出圈频率，为湖南网络文学赢得更广泛的社会影响力。从目前的业态来看，湖南网络文学还缺乏有全国影响力的网络文学品牌活动、网络文学网站和网络文学创作基地。虽然湖南已顺利建成“中国网络文学小镇”，但是对网络作家的作品扶持、IP扶持等方面的相关激励战略依旧无法落实。如何建立一个“政府—平台—个人”联动的网络文学多元治理格局？如何引导湖南网络文学与时代“同频共振”？如何使湖南网络文学屹立于全球文化浪潮涛头，以特有的地域魅力发挥产业竞争力与文化软实力？这些都有待网络作家、行业管理者、经营者与研究专家凝心聚力，在网络文学领域中汇通科艺、去芜取精、自我反刍，助力网络文学创作从“高原”迈向“高峰”。

（贺予飞）

2021 年度湖南电影文学创作综述

一、概况

在 2021 年全国首映的电影中，由湖南影视公司出品和湘籍导演、编剧创作的电影主要有 10 部。它们构成了 2021 年度湖南电影文学所关涉电影的主体。其基本信息见下表。

序号	片名	类型	导演	编剧	主演	出品单位	许可证编号	全国首映时间	原著丨网播平台丨湖南关联
	《卸甲归来》	动作、犯罪	杜修斌	刘婉婷、单坤、王斌、杜修斌	吕良伟、徐冬冬、柏华力、莫高彼彻、褚旭、张永华等	出品：云南华影世纪影视传媒有限公司、安徽三棵梧桐影业有限公司、长河映画（北京）影视文化传媒有限公司；联合出品：北京容达影视文化传媒有限公司、湖南北纬二十八影视传媒有限公司等	电审故字［2020］第 213 号	2021 年 1 月 30 日	爱奇艺；湖南公司联合出品

续表

序号	片名	类型	导演	编剧	主演	出品单位	许可证编号	全国首映时间	原著|网播平台|湖南关联
	《唐人街探案3》	喜剧、悬疑	陈思诚	陈思诚、张淳、刘吾驷、莲舟、严以宁	王宝强、刘昊然、妻夫木聪（日本）、托尼贾（泰国）、三浦友和（日本）等	出品：万达影视传媒有限公司、北京壹同传奇影视文化有限公司、中国电影股份有限公司；联合出品：上海淘票票影视文化有限公司、天津猫眼微影文化传媒有限公司等	电审故字［2019］第850号	2021年2月12日	优酷、爱奇艺、腾讯视频、芒果TV、咪咕视频等；联合编剧刘吾驷为湖南长沙人
	《寻汉计》	喜剧、剧情	唐大年	赵赵	任素汐、李保田、王子川、张本煜、李勤勤等	北京欢喜首映文化有限公司、欢喜传媒集团有限公司、上海欢十喜文化有限公司、天津猫眼微影文化传媒有限公司、欢欢喜喜（天津）文化投资有限公司等	电审故字［2020］第002号	2021年5月1日	欢喜首映、哔哩哔哩、芒果TV；导演唐大年祖籍湖南长沙
	《瑞喜爱小白》	剧情	李科	疏疏（胡永红）	程愫、白好霏、朱景芳、赵与之、涂秋平等	佛山华览影视文化发展有限公司、广西华弘文化传媒有限公司、深圳市华览云图科技有限公司、广州华览文化传播有限公司、甘肃龙门影业有限公司	电审故字［2019］第720号	2021年5月9日	优酷、咪咕视频、1905电影网、PP视频、乐视；编剧疏疏为湖南株洲人

续表

序号	片名	类型	导演	编剧	主演	出品单位	许可证编号	全国首映时间	原著|网播平台|湖南关联
	《远方的风》	家庭、剧情	胡艺川	谢宜、胡艺川	陈天星、王天宇、肖龙、刘凯、Amélie Prudent(法国)	重庆白马影业有限公司、佛山市唐朝盛世文化发展有限公司、艺川文化(北京)有限公司、北京天星兄弟影视文化有限公司、东扩文化传媒(北京)有限公司等	电审故字[2019]第252号	2021年6月11日	优酷、咪咕视频、PP视频、乐视;编剧谢宜为湖南邵东人
	《俑之城》	动画	林永长	崔铁志、徐芸	谭笑、周子瑜、刘沛	华强方特(深圳)动漫有限公司、天津猫眼微影文化传播有限公司、浙江横店影业有限公司、北京金逸嘉逸电影发行有限公司、湖南快乐阳光互动娱乐传媒有限公司等	电审动字[2019]第33号	2021年7月9日	爱奇艺、乐视、优酷;湖南公司出品
	《再见,少年》	青春	殷若昕	殷若昕	张子枫、张宥浩、徐帆、焦刚	大地时代文化传播(北京)有限公司、北京大隐光时文化传媒有限公司、英皇(北京)影视文化传媒有限公司、上海禧优文化传媒有限公司、湖南芒果视界传播有限公司等	电审故字[2020]第055号	2021年8月27日	芒果TV、爱奇艺、乐视、优酷;湖南公司出品

续表

序号	片名	类型	导演	编剧	主演	出品单位	许可证编号	全国首映时间	原著丨网播平台丨湖南关联
	《长津湖》	历史、文化	陈凯歌、徐克、林超贤	兰晓龙、黄欣	吴京、易烊千玺、段奕宏、朱亚文	北京博纳影业集团有限公司、中国人民解放军八一电影制片厂、华夏电影发行有限责任公司、中国电影股份有限公司、上海电影(集团)有限公司、阿里巴巴影业(北京)有限公司等	电审故字［2021］第368号	2021年9月30日	爱奇艺、乐视、优酷；编剧兰晓龙为湖南人
	《演员》	纪录	潘奕霖	潘奕霖	于蓝、秦怡、田华、于洋	电影频道节目中心、华诚电影电视数字节目有限公司、杭州一九零五文化传媒有限公司、北京晶森文化传播有限公司、中央党校大有影视中心有限公司、潇湘电影集团有限公司等	电审纪字［2021］第12号	2021年10月30日	湖南公司出品
	《误杀Ⅱ》	犯罪	戴墨	李鹏、刘吾驷、杨梅媛	肖央、任达华、文咏珊、陈雨锶	万达影视传媒有限公司、厦门恒业影业有限公司、中国电影股份有限公司、北京光线影业有限公司、上海淘票票影视文化有限公司等	电审故字［2021］第399号	2021年12月17日	爱奇艺、乐视、优酷；编剧刘吾驷为湖南人

如上表所示，2021 年首映的湖南电影题材多样，类型各异。根据其主要特点，大致可以归类为喜剧片、犯罪片、亲情片、青春片、动画片、历史片与纪录片。其中，喜剧、犯罪、亲情电影各有 2 部，青春、动画、历史及纪录电影皆仅 1 部。因为目前相关电影的文学剧本大都未出版或未正式发表，故本文将主要依据上述电影的视频、海报、新闻报道等材料来展开研究并分类进行评述。

二、分类述评

（一）喜剧片：以地域文化构建喜剧空间

本年度两部湖南喜剧电影《寻汉计》（导演唐大年祖籍湖南长沙）和《唐人街探案3》（联合编剧刘吾驷为湖南长沙人。）构建了各自的地域文化空间：前者扎根于北京普通家庭的故事，颇有京味，而后者则在悬疑主线中穿插了日本的风俗特色。

关注非婚生子女合法性问题的喜剧《寻汉计》由湖南导演唐大年执导，赵赵编剧，任素汐、李保田、王子川主演，北京欢喜首映文化有限公司、欢喜传媒集团有限公司、上海欢十喜文化有限公司等单位出品。主角王招老是中大奖，在年会抽奖时，王招获得豪华跑车一年使用权，但听说经常中奖会在其他事情上倒霉，她就不巧地怀了孕。王招跟前夫英杰说有了他的孩子，但英杰不愿意承担抚养责任，也不愿意因为孩子和她复婚，孩子上户口因此成了问题。姥爷摔倒，她去医院探望时发现游戏网友杜微就是姥爷口中念叨的朋友。姥爷发现招君有孩子的事实，便让她给孩子找后爹。他们决定灌醉杜微再把孩子赖给他，但王招还是良心发现，把实情告诉了杜微。杜微怒而离开，最后王招找杜微道歉，杜微也原谅了她，并同意做孩子的爹。影片以日常化的方式表现社会问题，且发生地点在北京，因此有许多还原北京市井味的设计。场景上，王招和姥爷共住的小房子、相亲公园、农家乐都是典型的北京景观；人物上，男主角杜微的角色就像那些游手好闲的北京年轻人，他有时和老人在公园瞎晃悠，有时打打游戏，却又用蔑视一切的态度掩盖自卑；对白上，流畅的台词和恰到好处的北京话让地域感油然而生。商务大楼、便利店、公交车等现代城市景观又与生活气息浓厚的日常空间对立，丰富了北京的地域形象，也承托着角色在不同场景中的迥异情绪。

而放眼国际的喜剧悬疑片《唐人街探案3》将故事舞台由前作的纽约迁至日本。电影由陈思诚导演，陈思诚、张淳、长沙人刘吾驷等人编剧，万达影视传媒有限公司、北京壹同传奇影视文化有限公司、中国电影股份有限公司等单位出品。秦风受托洗清日本帮会头领渡边胜的杀人嫌疑。听了渡边胜自述案发当天的经历后，秦风、唐仁和野田昊去病院验尸，发现疑点在苏察维的秘书小林身上，但小林却被杀人犯村田昭绑架。秦风完成了村田设置的三个关卡，村田坠下高壁而死，秦风也因杀死村田的嫌疑入狱。秦风在狱中发现警长田中的真实身份是村田昭临死前说的 Q，此前的关卡都是 Q 布的局。警长希望他加入 Q 这个组织，然而被秦风拒绝。唐仁找来了帮手证明秦风是被诬陷的。在法庭上，法官宣判渡边胜死刑，秦风及时赶到，说明一切都是苏察维蓄谋已久的嫁祸，他真正遇刺的地方在第二现场，凶手是秘书小林。和前作一样，影片在展现悬疑主线的同时不忘描摹拍摄地的风土人情，因此，日式澡堂、cosplay 聚会、相扑、剑道、盂兰盆节等日本文化元素被自然地融进了影片的各个环节，丰盈了故事的肌理和观众的视觉体验。

这两部喜剧片面向不同的地域文化，一者展现北京的烟火气息，而另一者展现出日本都市中传统与现代兼存的面貌。电影是无国界的艺术，两部影片对国内外不同地域文化的影像表达，凸显出电影这一艺术载体的独特价值。

（二）犯罪片：在传承中转型，推崇视听美学与时代议题

犯罪片一直是观众较为喜爱、市场较为关注的电影类型。本年度上映的两部湖南犯罪电影，一部是湖南公司出品，一部由湖南人编剧。两部影片都以犯罪为叙事动力，在多类型元素的融合中，革新娱乐性的观影体验，深入现代性的议题思考。

由杜修斌执导、湖南北纬二十八影视传媒有限公司联合出品的《卸甲归来》于 1 月 30 日在院线公映。《卸甲归来》是一部现代题材的犯罪电影。退役军人吴巍为保护妻子许之岚，跟随她和刘骁、赵医生一同前往孤岛，寻找 PE 集团的公子哥凯文。进入孤岛后，几人发现，事情远没有那么简单。原来安格拉岛是一个暴徒聚集地，吴巍的老对手毒蝎与许之岚的同事左曼青将此作为据点，进行违背人类伦理的 R 血凝素人体试

验。为解救人质，吴巍等人联合警察卧底高天明和岛上原住民，组建临时行动小组，利用专业的知识技能潜入敌营内部，与犯罪分子展开激烈搏斗。最终，吴巍等人以牺牲自我为代价，成功捣毁犯罪窝点，终结R血凝素实验。

《卸甲归来》的亮点在于动作大戏的设计与善恶表达的内核。因是涉及缉匪的犯罪影片，《卸甲归来》必然会出现打斗、枪战、爆破等视听元素。影片伊始就呈现了大型的军事战争场面。在吴巍的梦境里，他和战友在枪林弹雨中并肩作战，与歹徒拼死斗争。随后还有汽车爆破、枪战射击、武打搏斗等众多惊险环节，为观众送上了一场刺激的感官盛宴。但影片在予以观众极致快感的同时，也没有忘记叙述犯罪故事的立意，即探讨人性的善与恶，宣扬和平及正义。左曼青本是PE集团的得力干将，但后来背叛集团，成为害人无数的犯罪者。她的犯罪有其原因。忠心服务集团的她落下病根，裴总知道R血凝素能救她，却停止了实验。感到被抛弃的左曼青一怒之下，决定与匪徒合作继续人体试验，抢夺PE集团。左曼青的犯罪出于报复、出于自私、出于贪婪，出于人性的劣根。而与左曼青对立的吴巍与高天明，他们明知罪恶势力有多么残暴、多么恐怖，甚至会伤害他们的家人，却仍然选择冲锋陷阵，牺牲自我。他们的高尚行举，是英雄人物的人性表现，是捍卫正义的意识导向，值得被称颂，更值得引起反思。总体来说，《卸甲归来》在形式与内容的建构上都付出了努力，不仅能让观众体验肾上腺素飙升的感觉，也能诉诸犯罪题材作品的特殊价值意义。

此外，香港影星的加盟也为影片增加了看点。虽是内地出品的电影，但《卸甲归来》聚集了众多老牌港星。以“灭绝师太”周海媚出演、监制，“上海滩”大哥吕良伟主挑大梁，以及武打巨星元彪时隔二十年复出为卖点，影片在港式回忆的氛围营造中，提升了大众的观影期待值。

如果说《卸甲归来》是侧重视听体验的犯罪电影，那么《误杀2》则更关注犯罪故事本身。12月17日，由陈思诚监制，戴墨执导，肖央、任达华、文咏珊等人主演的《误杀2》正式上映。“长沙伢子”刘吾驷是《误杀2》的编剧之一，也是本年度另一部陈思诚导、编电影《唐人街探案 3》的联合编剧。影片在《误杀》的成功下应运而生，是“误杀”系列电影的第二部。

《误杀 2》的犯罪故事并非原创，而改编自 2002 年尼克·卡萨维茨导演的电影《迫在眉梢》（外文名 John Q）。比对两部影片，叙事主线大致相同，都是讲述一位父亲为救治突发心脏病的儿子，穷途末路之下选择犯罪一搏，进而牵涉出多方面问题的社会伦理故事。但仔细想来，《误杀 2》除延续亲情命题与部分情节外，还是大刀阔斧地对原作进行了异域改编。本已从高利贷处凑够资金的林日朗被告知有人挟持了与儿子匹配的心脏，走投无路决定劫持医院。为确保能拯救儿子，以编剧为业的林日朗设计了 AB 两个计划，开始了他的挟持行动。他主动编造“官逼民反”的故事，从而赢取大众的同情与共情，最终更是误打误撞揭露了儿子心脏被劫的真相：虽不是卫生局局长受贿，但却是更高权力拥有者市长和他的秘书所为。然而，此时另一个父爱故事显露，原来市长想要心脏，不是为了利益，而是为了拯救自己车祸的儿子。影片的最后，林日朗启动了他的“Plan B”，让市长和他合演一出戏，诱骗市长秘书枪杀了他。他的心脏被移植到了儿子身上，市长秘书和市长也被民愤推上法庭，受到制裁。可以说，与 2002 年的美国电影《迫在眉梢》相比，《误杀 2》对犯罪故事的设计更为成熟，叙事议题也更适宜本土。影片在故事的推进中逐层揭示犯罪者的动机、行为与心理，展现阶层矛盾、贫富差距、人性异化等当下的中国社会问题，不仅满足了观众对犯罪者的好奇心理，也促进了观众镜像认同的情感体验。故事的几度反转更是将“本来属于犯罪的博弈”，“询唤成一场事关道德问题的猫鼠游戏”[①]。林日朗劫持医院是犯罪，市长劫持心脏也是犯罪，但不这么做，他们的孩子就会失去生命。两位父亲都是因孩子成为犯罪者，孰是对，孰又是错？或许根本无对无错，法律的条规无法定义情理的是非。影片将犯罪外壳裹挟的道德悖论呈现于银幕之上，为观众提供了自我审视与哲理思考的机会。

---

① 杨会军. 中国电影本体的再演进——分析 2020 疫情档初期《误杀》破圈的原因［J］. 电影文学，2021（01）：74－79.

除了独具巧心的情节安排，《误杀 2》的游戏性元素也值得探究。犯罪片之所以深受观众青睐，其一原因便是其特殊的禁忌感。《误杀 2》延续了《误杀》地理空间位移的叙事手法，将故事发生地设置在架空的东南亚国家。地理位置的虚构一定程度上为犯罪故事的叙述留出空间，不但能将现实议题引入讨论，亦能够应答观众对于电影游戏性的诉求，释放观众被束缚的快感。① 此外，影片也将反转的叙事技巧运用得淋漓尽致。不但在故事内部埋线反转，更在影片最后设计了双结局彩蛋。即电影正式结局为林日朗将自己的心脏换给儿子，市长和市长秘书得到了相应的惩罚，而彩蛋结局为林日朗没有死，这一切都只是在演戏。双重结局的出现，既保证了犯罪叙事的整体统一与意识形态，又留出了情感发泄的缝隙，让感同情理困境的观众在叹惋之余收获惊喜，得到观影的现实认识与情感满足。

在商业浪潮汹涌的影视市场，犯罪电影具有先天的娱乐优势。但随着观众艺术品位与精神需求的提升，过去的“爆米花”型影片已不再“吃香”。本年度的两部湖南犯罪电影显然意识到了受众喜好的变化，愈发重视影片的艺术性与文化性。《卸甲归来》相对传统，延续了早期犯罪影片的感官刺激，但致力于呈现更精致的暴力美学，赋予观众更极致的视听享受。同时也不忘打磨故事，向观众传递着守护人性、捍卫正义的叙事立意。《误杀 2》则沿袭了国产犯罪片的转型之路，将目光锁定犯罪者，以呈现犯罪人物心理、动机与行为的方式②，搭构游戏框架，生发镜像议题，让观众在虚构与真实的双重认知中获得娱乐的快感与对社会的理性思考。两部影片品质优良，各有风格，迎合了当下犯罪电影的市场需求，也并不让人感到审美疲劳。

---

① 杨会军．中国电影本体的再演进——分析 2020 疫情档初期《误杀》破圈的原因［J］．电影文学，2021（01）：74－79.

② 王凯正、刘永宁．新世纪以来国产犯罪题材电影的创作走势与发展策略［J］．吉林艺术学院学报，2021（05）：43－50.

（三）亲情片：聚焦家庭关系，寻觅亲情真义

亲情是文学艺术永恒的主题。纵观 2021 年上映的国产电影，亲情题材成为各大影剧的热门选择。以跨年首映的《送你一朵小红花》为序，《你好，李焕英》《我的姐姐》《了不起的老爸》等亲情影片接连上映，在引发票房、话题双热潮的同时，“直接带动和形成了当前国产电影的一种亲情化现象”①。《瑞喜爱小白》与《远方的风》是本年度湖南人编剧并参与制作的小成本亲情电影。两部影片虽不及《你好，李焕英》等成绩斐然，但其剖视家庭关系、沉思亲情异变的叙事深意，足以触动观众心灵，启迪观众思考。

母亲节（5 月 9 日）首映的《瑞喜爱小白》是一部以母女情深为主线的亲情电影。电影的编剧疏疏（本名胡永红）是湖南株洲人。20 世纪 80 年代末，疏疏离开株洲，前往广东发展。为企业审剧的工作让她萌生了当编剧的念头，并在此后创作出了多部受到官方好评的影视著作。电影《瑞喜爱小白》改编自疏疏的同名小说，影视剧本曾获“夏衍杯”创意电影剧本奖、中国儿童少年电影学会优秀剧本二等奖。

从剧情上来说，《瑞喜爱小白》的故事并不复杂。何瑞喜怀孕时，她的丈夫秦刚以身殉职。为留下他们爱情的结晶，瑞喜冒着生命危险生下女儿小白，并在此后用一种近乎疯狂的方式抚育女儿成长。随着小白青春期的到来，她开始反感母亲的过度保护，与瑞喜在网聊、恋爱、中考等事上产生分歧、闹出矛盾。小白期望有一天能够远走高飞，脱离瑞喜的管束，直到她得知了瑞喜生育的经历：因生产时脑部缺氧，瑞喜落下了偏执的后遗症。小白最终理解了瑞喜，瑞喜也为小白做出了让步，母女二人达成了和解，重新找回了亲情。

影片聚焦女儿何小白的孩童视角，以小白的青春叛逆推动剧情的发展，完成了一次亲子关系的寻觅，讲述了一个关于母爱的故事。电影的情节简单，但有强烈的情感冲击力。从开始时小白的自白“没有谁有完

---

① 帅泽兵．当前国产电影亲情化的表征、动因和思索［J］．电影文学，2021（24）：85－88.

整的出生权，我妈生我时，也没有问过我同意不同意”①，到结尾时的字幕“感谢把我们带到这世界上的最亲爱的妈妈”②，电影试图在以一个特殊家庭的亲情体验，共鸣千万家庭的亲情问询。影片“确实是一个有人物原型的故事，这个原型就是我、你、他、她，我们每个人”③。小白与瑞喜误解而和解的故事可以勾起许多观众的亲情回忆，而她们相互的关心与陪伴也能让观众感触亲情的价值与意义。在故事剧情之外，《瑞喜爱小白》还进行了传统与现代融合的视听艺术探索。影片突破了以往人物心理的呈现窠臼，在戏曲与歌舞的表演中倒影小白的精神世界，是一次颇具新意的大胆尝试。

临近父亲节上映的《远方的风》（6 月 11 日）聚焦了一位父亲的家庭矛盾。该电影的导演胡艺川和编剧谢宜是一对夫妻。谢宜来自湖南邵东，胡艺川生于山城重庆。此次摄制《远方的风》，他们夫妇俩将目光投向了家乡，关注起山城土地上的人文与景俗。

若说《瑞喜爱小白》旨在理解亲情，那《远方的风》则重于救赎亲情。晚年亲情淡漠的柳德胜，独自居住在高级疗养院中。某日，一通来自拉萨的电话给他带来了失踪多年小儿子的消息。他当即召回事业有成但鲜少来往的三个儿女，带着孙女叮叮，一同踏上了前往拉萨的路。在行旅的过程中，一家四口各怀心事。随着他们各自辛酸故事的显露，存蓄已久的家庭矛盾终于爆发，并最终无法调和，致使分道扬镳。柳德胜的车祸再次将他们聚齐，也让儿女三人得知了父亲胃癌超晚期的信息。此后，一家人决定继续完成旅程。途中遭遇了大哥追债者的讨伐与叮叮书包的丢失，但他们不再冷眼旁观，而是齐心协力共度了难关。一家人最后重归于好，父亲柳德胜也将当年家庭破裂的真相缓缓道来：他并没有背叛妻子，出轨是一场误会，而因此造成的小儿子失踪成了他终生的悔恨。与家人冰释前嫌后，柳德胜安然离去，兄妹三人的关系开始变得紧密。成为孤儿的他们，再也不会冷语冰人，再也不会贸然分离。

---

① 参见电影《瑞喜爱小白》，00：02：40－00：02：53.

② 参见电影《瑞喜爱小白》，01：31：41－01：31：51.

③ 参见电影《瑞喜爱小白》，01：32：00－01：34：37.

电影有两条人物关系主线，一条探索父亲与子女的代际关系，另一条深思兄妹三人间的同辈关系。可以说，柳德胜的家庭之所以破裂，一方面是出于现实原因，另一方面则要追溯到他的沉默不言。在影片中，柳德胜给孙女叮叮看他珍藏的家庭相册，向她夸耀儿女们的优秀。叮叮问他："那你爱他们，为什么不说出来？"柳德胜回答："每个做父母的，都爱自己的孩子，只是有的时候他们不说出来。"① 柳德胜与儿女的代际障碍源自中国家庭的传统关系模式。父辈不愿言说，将爱藏匿，子女若无法体察，两代人就将因缺乏交流，形成情感冷淡的家庭死结。兄妹间的同辈矛盾，虽承接自父辈的误会，但终归反映的是复杂人性导向的情感变异，窥探的是自私、无情、贪婪、悔恨等一系列个体在物欲社会中的心理状态。胡艺川和谢宜将两种人物关系容纳于一场家庭纠葛，不但揭示了家是港湾的亲情真谛，亦由此救赎人性的晦暗，观测时代的变幻，创作出了一部饱含社会意义的现实主义力作。

当然，《远方的风》的亮点不只在寓意深远的剧情，还在于公路电影的形式。影片选择让人物以机车骑行的方式，从重庆出发，沿着神圣的"318 川藏线"，前往洗涤灵魂的拉萨。在天路骑行的影像呈现中，电影展现了西南地域独特的景观风俗，给观众带来了身临其境的艺术享受，同时也将其与剧情结合，抚慰了剧中与剧外的人。柳德胜去世后，兄妹三人遇到了沿途朝拜的信徒。朝拜是一种在藏传佛教盛行地区流行的拜佛仪式。彩霞加入了朝拜的队伍，在虔诚的行礼中，忏悔着对父亲的亏欠。她的举动不但净化了自己的罪过，也能引发剧外观众的亲情反思。

《瑞喜爱小白》与《远方的风》是本年度湖南电影中的两张亲情牌，一部关注母女矛盾，呈现青春期撞上更年期的亲情误解，另一部聚焦家庭冲突，透视传统伦理与人性变迁引发的亲情淡漠。两部影片视角不同，诉求不同，但都关注代际隔膜、亲情异化等时代焦点问题，传递爱与陪伴的温暖亲情真义。将其呈现于银幕，《瑞喜爱小白》与《远方的风》完成了亲情题材电影的治愈功效，同时也以元素叠合的方式，创新亲情

① 参见电影《远方的风》，00：35：50－00：36：07.

电影的艺术样式，赋予观众更丰富的观影体验。

（四）青春片：复苏青春记忆，关怀成长创痛

在中国电影市场，青春片是经久不息且愈发受捧的类型影片。事关青春的影像将能带领观众再历芳华，重燃年少的热情与激情。暑期上映的《再见，少年》（8月27日）是一部有着青春肌理的湖南电影。借由年少岁月的浮光掠影，《再见，少年》实现了青春影片固有的怀旧价值与情感共鸣，同时也实践着国产青春电影的新型叙事路线。①

由殷若昕执导、编剧，张子枫、张宥浩等领衔主演，湖南芒果视界传播有限公司联合出品的《再见，少年》，记叙了一段发生在千禧年前后的少年友情。影片作为导演殷若昕的电影处女作，紧密关切着她的生命体验。她不断在采访中强调，电影故事的建构参考了她的年少经历，而摄制的决定源自她对青春过往的怀念。② 也是由此，以镜头回望殷若昕的青春，是《再见，少年》创作的核心诉求。影片的叙事时间跨越十余年，但主叙的是2000年前后的故事。电影有意设计了颇具年代感的记忆标识。不论是将下岗下海潮、非典暴发、高考改革等时代事件融入角色的生命际遇，还是设置霓虹灯闪烁的小发廊、绿皮小火车及纵横交错的铁路轨道、申奥成功的激情广播等等，在种种时代细节的真诚把握下，电影完成了怀旧机制的建构，激发了集体性记忆的回归。

同是青春题材电影，《再见，少年》与“致青春”系列大为不同。以“致青春”为代表的青春片，关注个体的私人化体验，讲述与身体相关的少年痛爱。此类影片一度风靡市场，但逐渐因叙事模式僵化、情感内核肤浅而被观众淘汰。③《再见，少年》虽与“致青春”有相同的怀旧动因及私人表达，但共鸣更为普遍、内涵更加深刻。《再见，少年》的叙

---

① 梁君健、尹鸿．怀旧的青春：中国特色青春片类型分析［J］．电影艺术，2017（03）：61－67.

② 曾洁、袁一鑫．殷若昕：张子枫诠释得很真［N］．华西都市报，2021－9－18.

③ 孙力珍．论近年来中国青春片的情动机制与文化意涵［J］．当代电影，2022（02）：131－133.

事动线是黎菲与张辰浩真挚而遗憾的友谊。两人来自不同阶层，中产家庭的黎菲只需要考虑学业与未来，但底层家庭的张辰浩根本看不见未来，甚至是老师口中黎菲未来的绊脚石。他们出生的差异注定了走散的结局。因而，哪怕二人曾无限靠近，在现实的洪流面前，终归要走上不同的道路。这是命运的安排，更是成长的无奈。但黎菲与张辰浩愿为彼此付诸孤勇，愿在黑暗相互扶持的情谊，也将消弭别离的忧愁，唤醒观众热血鲜活的少年情感。时光易逝，物是人非，只有青春的记忆还残有余温。将更具感召力的友情作为情感共鸣的基点，《再见，少年》演绎了青春的残酷与美好，带领着观众忧而不伤地穿越时空。

《再见，少年》对青春的言说远不止于此。在涉及黎菲与张辰浩的友谊时，电影加入了青少年犯罪的元素，深度窥探了个体成长的心灵创痛。曾是街头混混的张辰浩，在母亲遭遇车祸后渴望改变自己。但现实无情，张辰浩有心向善，生活的泥沼却拉着他越陷越深。他无力挣脱暴力的束缚，最终从受害者被迫成为犯罪者，彻底堕入了黑暗的深渊。影片关注并揭露了底层青年浑浊黯然的生存状态，警醒、批判了社会罪恶对青少年心理的戕害，但也怀揣一颗恻隐的心，以少年友情想象了拯救羔羊的可能。被黑暗围困的张辰浩，只有黎菲是他救赎的光。从小受到保护的黎菲，面对可怖的暴力，没有害怕，没有逃离，反而不断地将张辰浩拉回正途。影片的最后，黎菲目睹了张辰浩的误杀，不仅没有告发他，还成了他的“共谋”。因为她想：“他就只有我一个朋友啊”，“无论如何我都要帮他”。张辰浩自首后也没有牵连黎菲，而是用自己的方式保护着救赎他的女孩。可以说，影片将青少年犯罪纳入青春主题的表达，不但加深了两位少年的真情羁绊，也以锐利的目光审视了社会痛点问题：青少年为何犯罪？能否救赎？借由少年故事的爱与痛，《再见，少年》将问题抛给观众，在与观众的共情交流中，实现着现实反思与人性关怀的深度文化意义。

论及青春片，戴锦华认为：“所谓‘青春片’的基本特征，在于表达了青春的痛苦和其中诸多的尴尬和匮乏、挫败和伤痛。”①《再见，少年》以岁月怀旧为底色，在成长创痛的书写中建构了青春电影的基本叙事逻辑。与早前红极一时的青春爱情电影相较，《再见，少年》具备更真挚的细节、更广泛的共情基础与更现实的伤痛关怀，不但打破了青春爱情片虚假流光、脱离实际的高傲姿态，亦重整了疲软的青春电影市场，昭示着青春片作为一种电影类型想象空间的拓展与发展模式的成熟。

（五）动画片：重构经典文艺形象，彰显现代心理

传播媒介由电视转变为电影，是国产动画影视产业一个较为显著的现象，其中票房和口碑双丰收的《哪吒之魔童降世》使得“国漫崛起”的口号出现有力的依托。《哪吒之魔童降世》在电影中表现出对传统形象进行再创造，借此显示“我命由我不由天”的现代文化心理的倾向。2021年暑期上映的《俑之城》同样具有这种特点。

动画电影《俑之城》由林永长导演，崔铁志、徐芸编剧，华强方特（深圳）动漫有限公司、天津猫眼微影文化传播有限公司、湖南快乐阳光互动娱乐传媒有限公司等单位出品。在电影中，可以看见动画团队对传统文化进行的诸多大胆而有趣的再创造。首先，秦兵马俑作为传统文化的重要因素，是这部电影架构新的世界观的核心。俑之城内的百姓的身体是陶土，因此他们不会因病痛而死亡。他们“受伤”时，也不需要打针吃药，只需要使用修补工具将缺损的部分恢复，电影中男主角受伤时，史玉就是用修复文物的特殊工具为他治疗的。另外，在历史上记载的神兽犼被创造性地设定为反派“地犼”。犼是一种长相类似狗的北方野兽，最初见于《尔雅》，而后它的形象经历漫长的演变，在明清神话传说中才真正成型。作为神话形象，犼在自古以来的文化典籍中其实并不少见，《西游记》中掌控火焰和烟土的妖怪“赛太岁”就是观音菩萨胯下的坐骑金毛犼变成的。而动画将地犼发狂的姿态制作得栩栩如生，并将“昆仑”这一犼中异类的形象塑造得灵动可爱，令观影者对这一上古神兽产

① 戴锦华．电影批评［M］．北京：北京大学出版社，2004：163.

生深刻的印象。不似“孙悟空”“哪吒”等被竞相使用的经典形象，《俑之城》发掘了“秦兵马俑”。兵马俑是客观物体，并无神话人物配套的形象和故事，这对动画团队而言既是难度较高的挑战，也是创新点所在。可以说，他们实际上不是在“解构”传统形象，而是在为传统形象赋予新的意义。电影以“地下世界”承托兵马俑形象，并用跌宕起伏的奇幻历险故事丰富了它的内涵，为发展兵马俑这一新的传统文化 IP 作出了有效尝试。

于“俑”之外壳中，电影注入了具有现代性的心理和文化理念。片中蒙远想成为锐士的理由本是向往大将军。他希望和大将军一样改变低贱的身份，统领众将士赢得荣耀，不再因自己杂役的身份被看不起。然而，在发现了将军的丑恶行径后，他回想起史玉的话，才悟到如果一味追求名利会陷入欲念的疯狂。成为最好的自己，守护所爱之人并过好自己的生活，这才是人生的意义。蒙远不因底层地位而消沉，而是勇于争取的个体奋斗精神是启蒙时代以后才逐渐形成的现代意识。在秦朝，平民不可能产生如此反叛性的自我意识，他们往往在森严制度压迫下度过一生。另一方面，史玉对蒙远的劝诫以及蒙远对自我价值的认同，同样是体现现代人观念的情节设计。发现和肯定“人”，认识到人本身的主体性和价值，是新时代的共识《俑之城》对蒙远这个“小人物”成长为英雄，并逐步确定自我价值的过程进行生动刻画，契合了宣扬现代意识的时代心理，展现出了浓厚的现代意蕴。

某种意义上，《俑之城》继承了《哪吒之魔童降世》对传统形象与现代心理的结合。这种表达模式既能体现中国传统文化巨大的张力与丰富的创新资源，又能反映出国漫的时代价值。它令国漫不仅在国内崛起，也与国际对话，有机会在国际动漫市场上凸显更大的影响力。

（六）历史片：发掘藏于炮火轰鸣中的和平之声

以朝鲜战争中一次重要战役为题的《长津湖》超越《战狼 2》夺下

中国电影市场票房冠军,[①] 显示出观众对于优秀主旋律电影的喜爱。作为主旋律电影,《长津湖》不仅达到了宣扬家国情怀、唤醒中华儿女爱国热情的效果，还以别具一格的人物、情节排布拓展了主旋律电影的叙事空间。

电影《长津湖》改编自湖南作家兰晓龙的小说《冬与狮》。电影由陈凯歌、徐克、林超贤联合导演，兰晓龙、黄欣编剧，北京博纳影业集团有限公司、中国人民解放军八一电影制片厂、阿里巴巴影业（北京）有限公司等单位出品。电影的开头，解放军第九兵团七连连长伍千里带大哥的骨灰还乡。他本以为不用再打仗，却还是因为紧急情况回到队伍中。面对美军的威胁，中央决定分东西线作战，东线长津湖的任务由宋时轮带领第九兵团完成。弟弟伍万里不听从哥哥的劝诫，还是参军了。千里把他安排在炮排，叮嘱炮排的雷睢生照顾弟弟。伍万里在火车上完成了入队仪式，开始认识到当兵不是儿戏。他们坐火车到达战地，但美军突然将物资火车炸毁，他们只好紧急撤离。路上，士兵们偶遇美军战斗机，可惜当时所处平地，无从掩护，只好伏地极力掩护自己。战斗机玩弄般地炸死了一些兵，其中就包括一路上关心万里的张小山。七连第一次与美军交锋时，先来的战友已经在与美军战斗。任务是炸掉美军通信塔，切断美军前线与长津湖指挥部的连线。他们兵分两路，千里带领士兵经历了艰苦的战斗，最终完成了任务。另一路，雷公遇见美军的增援，也带领队伍及时阻碍了他们。美军的敌机炸毁在大榆洞的电台，毛岸英不幸被炸死。在极度寒冷的天气中，第九兵团向美军发起总攻。雷公在这次惨烈的战斗中牺牲，然而第九兵团还是成功地并将美军从鸭绿江附近逼退到三八线，打破了麦克阿瑟“圣诞节前结束战争”的计划。

虽是英雄群像片，但电影主要从个体视角展开叙事，因为个人化的叙述视角更真实可感，能实现角色与观众的情感连接。譬如，影片对战士死亡的刻画真实细致。千里向万里描述大哥惨死的模样，渲染出悲情的氛围。而影片中重要角色雷爹的死则血淋淋地呈现于观众面前，他在

① 刘汉文：2021 年中国电影产业发展分析报告［J］. 当代电影，2022（2）：22.

临死之际还叫着疼，让大家别把他一个人留在战场，此时他不仅是光荣的士兵，更是一个活生生的、会怕疼怕孤独的个体。在战争中，士兵需要个体放下自我意识服从于集体，然而人非草木，总有无法抑制自我之时。雷公只有在临走前才终于展现出凡人而非英雄脆弱的一面，战争的残酷性亦尽数体现于此。影片还借宋时轮之口，将那些“被忽视的战士”置于荧幕前。在以往的战争片中，往往凸显的是杀敌无数的英雄人物，而那些并未杀敌甚至不慎死于自身武器的人却被影视话语默默除去了名字。《长津湖》传递的理念则是将每一个有勇气参与战争的士兵都视作战士，因此，影片以震撼的镜头拍摄冻毙于雪场里的志愿军，他们或许并未杀敌，但已经以顽强的意志力折服了敌人。电影渲染战争的残酷性，不仅是为了讴歌志愿军的无畏，更是为了让观影的人们体会到当下和平的来之不易。电影中的角色固然英勇善战，却不是假模假式的样板戏英雄，而怀着各自的期盼。当女儿的照片在战火中被破坏时，七连指导员梅生陷入深深的愧疚，女儿就是他作战的动力。朝鲜战争中许多浴血奋战的士兵并非为了成就功名，只是为了用战斗换一个安定的国家，为了下一代能够过上和平的生活。正如剧中的一句台词所言：“这场仗如果不打，就是我们的下一代要打”。

观众在看《长津湖》时，会因出色的战斗场景渲染而热血沸腾，然而，真实可感的伤亡却又使观众冷静下来，思索这场战争的意义。真实的战役比电影中更为惨烈，而和平是无数志愿军用生命的代价换来的，值得所有身处其中的人们珍惜。历史片《长津湖》正是以独特的个人视角，同时呈现了战争的光辉与惨痛，表现呼唤和平的内在主旨。

（七）纪录片：展现老戏骨的演艺人生与精神风貌

在电影《一秒钟》里，张艺谋导演将放映《英雄儿女》作为了电影的故事背景。虽然故事本身着眼于大时代下个体的境遇，但导演通过描摹运送胶卷、放映电影的种种细节，展现当时电影在普罗大众心中的神圣地位，提供了言说中国电影史的新维度。同样地，纪录片《演员》站在老演员的角度，记录了他们当下的生活状况以及对演艺历程的回顾，深化了人们对中国电影发展历程的认知。

1961 年，周恩来总理在国家陆续推出《早春三月》《小兵张嘎》等优秀电影的背景下，倡议推选我们国家自己的电影明星。根据周总理的指示，当时的文化部选出了新中国二十二大电影明星，① 这些演员正是《演员》纪录片名所指的对象。《演员》由中央电视台电影频道《流金岁月》栏目主持人潘奕霖导演，电影频道节目中心、华诚电影电视数字节目有限公司、中央党校大有影视中心有限公司、潇湘电影集团有限公司等单位出品。纪录片将镜头对准现已步入暮年，曾在六七十年代活跃于电影荧幕的老演员，拍摄他们的精神面貌与戏路自述，并穿插他们曾出演过的电影片段，形成了过去与现在两个时空的对话。

导演在谈拍摄这部片的意义时，回忆了采访于蓝的经历。当于蓝被问及现在的愿望，她说，她在静静地等待死神的到来。他于是明白了，这部影片能让观影者从优雅老去的演员们了解到他们身上珍贵的故事，也许他们能从这些故事中寻找过去、当下和未来的自己。被访演员容光焕发的精神面貌和背后赤诚的心，也会令观众产生心灵共振，吸收老一辈演员的精神力量，从容面对浮躁的时代之声。在这一层面上，访谈人频繁出现于镜头中的安排，确实削减了电影语言的情感厚度。

在谈及拍摄初衷时，导演潘奕霖自言是因对电影行业中存在的不良现象有所体会。一些演员由于名气大便总是迟到，缺乏基本的职业道德，和老一辈的演员相比，他们甚至无法称之为“演员”。因此，他借这部影片展现老演员对演戏的感悟，特别是展现他们对演戏这件事的敬畏，也希望新一代演员能树立起老一辈的风骨。② 电影从多个角度呈现那个年代演员对演戏的热忱。譬如，当时的演员需要上的第一课就是演员的道德，强调“学艺先学德”。又比如，拍摄电影期间，演员们往往需要进行实地考察、体验生活。于洋拍《桥》时，换上铁路工人的制服，和他们一起劳动；田华演白毛女时，不仅要了解当地的风俗，还亲身学习割谷子、

---

① 解治秀．新中国的“22 大电影明星”［J］．北京观察，2012（09）：70－71.

② 张钢．《演员》聚焦“新中国二十二大电影明星”［N］．天津日报，2021－10－15.

打场等农活。在刻苦地挖掘角色后，演员们也提升了自我。比如于洋说，影视作品里，战斗的士兵往往全身脏兮兮的，然而当时的士兵会留一件干净的衣服到战场换上，避免受伤后伤口被细菌感染，降低抢救的效率。他对战争的细节如此熟稔，也是源于拍戏时下的苦功夫。面对当下影视行业中演员道德失范的乱象，这部影片的意义就在于重塑演员的敬业品格，让被资本市场推上舞台的“明星”了解到演员的本质不是流量，在于演好一场戏，从而在演员这一环改善影视行业的生态环境。

电影《演员》不仅有珍贵的史料价值，更是展现了老一辈电影艺术家的情与思。能否将他们对影视事业的执着与坚守传承下去，关乎着中国电影事业的未来。

三、思考与展望

总体上，2021 年的湖南电影文学成果颇丰。数量与类型方面，影片虽少，却仍和往年一样兼顾喜剧、家庭、犯罪等类型，各类型下对内容的展现复杂多元；质量与影响力方面，本年度电影在票房和口碑上的表现也可圈可点，拿下中国影史最高票房的历史电影《长津湖》，更显示出了湖南电影文学的分量。

本年度的湖南电影文学有许多值得称道之处。其一是湖南籍导演、编剧的队伍不断扩充，并逐渐年轻化。年轻编剧相较老一辈编剧，在选题视野上更加开阔，对影视艺术的认知也更丰富。反映在影片上，可以看出年轻导演或编剧的作品元素复杂、内核深刻，同时颇具形式创新性，口碑与票房的回报也较高。其二是在题材和类型方面的开拓与深化。公路片是将故事设定于公路上的电影，影片角色往往会因某个动机开启旅程，并在旅程中不断丰富电影的叙事。《远方的风》将“家庭矛盾”这一元素作为公路片的动机，体现出与以往国产公路片不同的巧思。而作为重庆本土的公路片，影片着意描绘的是从重庆到拉萨的“川藏线”的西南风光，这在以往为数不多的国产公路电影中亦是别样的风景。《演员》作为“中国首部探讨演员德艺的电影”，首次将我国“十七年”时期活跃于黑白荧幕的电影艺术家作为纪录题材，这部电影使得曾经家喻户晓，如今却被大众遗忘的老演员又出现于公众视野。这些演员因本片得以再度登上荧幕，讲述自己的故事，丰盈了国产片对国家演艺史的书写。其三是坚持国产电影现实主义导向，关注社会问题和现代心理。《寻汉计》的主要矛盾体现于真实存在的社会问题：2016 年以前非婚子女无法上户口。《瑞喜爱小白》《远方的风》等片延续了国产片关注家庭情感纠葛的传统。《俑之城》则重在展现角色如何探寻个体价值和存在意义，反映出现代人的共同心理。

此外，湖南电影文学仍有许多待解决的问题。其一，本年度改编文学作品的电影较少。优秀的文学作品能为影视提供优质的文本资源，进而规避剧本欠佳、情节简单的问题，另外，许多热门文学作品自带受众，能给电影增加卖点与流量。因此，电影改编一直是国产电影的一个重要话题。然而本年度只有《瑞喜爱小白》与《长津湖》改编自湖南作家的小说原著，总体成果欠缺。若能有更多湖南文学改编的影视作品，湖南文艺就能够更好地提升影响力，得到更好的发展。其二，几乎没有展现湖南本土人情的电影作品。且适逢建党 100 周年的重要时刻与全面建成小康社会的重要阶段，许多省份出品有相应的主旋律电影。湖南革命历史悠久，在脱贫攻坚战中也收效颇佳，应该积极挖掘地方故事，传播专属于湖南的红色精神与扶贫成果。

（陈伟华　刘　琰　陈华彬）

2021 年度湖南电视文学创作综述

一、概况

2021 年，湖南电视剧紧承 2020 年的发展态势，持续发力，为观众奉献了更多、更优质的电视剧作品。在 2021 年上星首播的国产电视剧中，由湖南人执导、湖南人编剧或由湖南相关单位或企业出品、参与出品的电视剧主要有 23 部。这一数量较早些年份有了较大的提升，较上一年也有些许进步。依其表现出来的主要特征，且不重复归类，本年度的湖南电视剧的主要类别及数量分别为：历史、革命及献礼剧 6 部；当代言情、家庭与都市职场剧 10 部；古代古装类型剧 2 部；冷门涉案类型剧 3 部；军旅题材剧 2 部。各电视剧的基本情况见下表：

序号	剧名	集数	类型	导演	编剧	主演	出品单位	发行或备案许可证编号	开播时间	首播平台	原著丨网播平台丨湖南关联
	《江山如此多娇》	33	脱贫、攻坚	安建	王成刚	罗晋、袁姗姗、沈梦辰、张子健等	中共湖南省委宣传部、湖南省广播电视局、湖南广播影视集团、湖南卫视、芒果超媒股份有限公司等	（湘）剧审字（2020）第 003 号	2021 年 1 月 10 日	湖南卫视	芒果 TV 丨湖南单位出品

续表

序号	剧名	集数	类型	导演	编剧	主演	出品单位	发行或备案许可证编号	开播时间	首播平台	原著丨网播平台丨湖南关联
	《当天真遇见爱情》	40	都市、情感	綦晓卉	王梦琪、闫浩伦	魏千翔、吴施乐、种丹妮、朱嘉琦、李金阳等	出品：湖南芒果娱乐有限公司；荣誉出品：湖南广播电视台卫视频道、芒果超媒股份有限公司	（湘）剧审字（2020）第005号	2021年1月18日	湖南卫视	《你的天真》丨芒果TV丨湖南单位出品
	《风起霓裳》	45（湖南卫视版）；40（DVD版）	古装、爱情、励志	陈家霖（总导演）、何振华、王烛明	梅英菊（总编剧）、王瑛、蓝云舒	古力娜扎、许魏洲、施诗、赵顺然、李芯逸等	优酷信息技术（北京）有限公司、陕西文投（影视）艺达文化传媒有限公司、霍尔果斯国文华创影业有限公司	（陕）剧审字（2021）第001号	2021年1月27日	湖南卫视	《大唐明月》丨优酷视频丨编剧蓝云舒为湖南人
	《暴风眼》	40	当代、国安、都市、反谍	于波	梁振华（总编剧）、姜大乔、隋铮、胡雅婷、秦文等	杨幂、张彬彬、刘芮麟、代斯、王东等	嘉行星光（重庆）影视传媒有限公司、北京青春你好文化传媒有限公司、北京完美影视传媒有限责任公司、浙江广播电视集团、上海东方娱乐传媒集团有限公司等	（京）剧审字（2019）第063号	2021年2月23日	浙江卫视、东方卫视	爱奇艺、腾讯视频丨编剧梁振华为湖南人

续表

序号	剧名	集数	类型	导演	编剧	主演	出品单位	发行或备案许可证编号	开播时间	首播平台	原著丨网播平台丨湖南关联
	《别想打扰我学习》	24（番外2集）	当代、青少	陈飞宏	王佩、何方舟、武斌、詹晨、李萌等	赖冠霖、李兰迪、王润泽、陈姝君、赵珞然等	出品：湖南快乐阳光互动娱乐传媒有限公司；荣誉出品：芒果超媒股份有限公司	（湘）剧审字（2020）第006号	2021年3月10日	湖南卫视	《别想打扰我学习》丨芒果TV丨湖南公司出品
	《陪你一起长大》	44（湖南卫视版）40（DVD版）	都市、家庭、教育	陈昆晖	刘觅滢、吴际、蔡挥	刘涛、李光洁、李颖儿、李宗翰、胡可等	湖南快乐阳光互动娱乐传媒有限公司、上海青新文化传播有限公司、霍尔果斯新视野影视传媒有限公司	（沪）剧审字（2020）第024号	2021年3月28日	湖南卫视	芒果TV、咪咕视频丨湖南公司出品
	《理智派生活》	35	剧情、爱情	徐辅军	龙小山、陈琛、陈彤等	秦岚、王鹤棣、李宗翰、包文婧、陈鹏万里等	湖南快乐阳光互动娱乐传媒有限公司	（湘）剧审字（2021）第002号	2021年3月31日	湖南卫视	芒果TV、咪咕视频丨湖南出品

续表

序号	剧名	集数	类型	导演	编剧	主演	出品单位	发行或备案许可证编号	开播时间	首播平台	原著丨网播平台丨湖南关联
	《长歌行》	49	古装、传奇、青春、热血	朱锐斌（总导演）、澄丰、古志威	裴雨飞（总编剧）；潘南、王雨婷、纪桑柔、袁帅	迪丽热巴、吴磊、赵露思、刘宇宁、方逸伦	浙江华策影视股份有限公司、上海玙玉影视文化传媒有限公司、上海琰然影视文化传媒有限公司	（浙）剧审字（2020）第011号	2021年3月31日	山东卫视	《长歌行》丨腾讯视频丨原著作者夏达为湖南人
	《号手就位》	49	火箭军	李路（总导演）、张寒冰	应良鹏、丰杰、祖若蒙、薛天智	李易峰、陈星旭、张馨予、肖央、段博文等	中国人民解放军火箭军政治工作部宣传局、西安曲江影视投资（集团）有限公司、白墨影业（北京）有限公司、华瑞影业（天津）有限公司、万达影视传媒有限公司等	（陕）剧审字（2020）第009号	2021年4月13日	浙江卫视、江苏卫视	《斑斓：毕业了，当兵去》丨优酷视频丨原著小说作者及电视剧编剧丰杰为湖南人
	《八零九零》	43	都市、家庭、养老	徐纪周（总导演）、易军	龙振宇、朱俊懿、邬雩儿	白敬亭、吴倩、倪大红、李建义、杨新鸣等	出品：华策集团、响想时代娱乐文化传媒（北京）有限公司；联合出品：北京华录百纳影视股份有限公司、海宁月亮开花影视文化有限公司、北京乐本影视文化传媒有限公司	（京）剧审字（2020）第036号	2021年4月21日	湖南卫视	芒果TV丨导演易军为湖南人

续表

序号	剧名	集数	类型	导演	编剧	主演	出品单位	发行或备案许可证编号	开播时间	首播平台	原著丨网播平台丨湖南关联
	《理想照耀中国》	49	年代	傅东育（总导演）	梁振华（总编剧）	王凯、王劲松、靳东、刘奕君、赵丽颖等	湖南广播电视台、潇湘电影集团、芒果超媒股份有限公司、湖南芒果娱乐有限公司、芒果影视文化有限公司	（湘）剧审字（2021）第004号	2021年5月4日	湖南卫视	芒果TV、优酷、爱奇艺、腾讯视频丨总编剧梁振华为湖南人、湖南出品
	《猎狼者》	8	当代、涉案	曹盾、高翔	顾浩然、高鹏	秦昊、尹昉、黄子星、沈佳妮等	出品：湖南快乐阳光互动娱乐传媒有限公司、湖南广播电视台卫视频道、芒果超媒股份有限公司；荣誉出品：中共新疆维吾尔自治区委员会宣传部	（广剧）剧审字（2021）第004号	2021年5月24日	湖南卫视	芒果TV丨湖南公司出品
	《大浪淘沙》	40	近代、革命	嘉娜·沙哈提（总导演）；吴樵、林小鑫	刘星	保剑锋、成泰燊、海清、王文娜、孙立石等	中共嘉兴市委员会、嘉兴市人民政府、中共杭州市委宣传部、浙江省文化产业投资集团有限公司、湖南和光传媒有限公司等	（广剧）剧审字（2021）第005号	2021年5月11日	浙江卫视、江苏卫视	芒果TV、爱奇艺、优酷视频、腾讯视频等丨湖南公司出品

续表

序号	剧名	集数	类型	导演	编剧	主演	出品单位	发行或备案许可证编号	开播时间	首播平台	原著丨网播平台丨湖南关联
	《向警予》	36	剧情、传记、历史	刘毅然	舒新宇、刘毅然	胡静、隋咏良、侯京健、肖婷佳、吴冕等	中央电视台、华瑞影业（天津）有限公司、北京泓格依晨文化艺术中心、北京新陆地文化艺术中心	（广剧）剧审字（2019）第002号	2021年5月25日	央视八套	《向警予》丨爱奇艺、优酷视频、央视网、西瓜视频等丨编剧舒新宇为湖南人
	《百炼成钢》	45	近代、革命、历史	毛卫宁（导演）；张彤、王逸伟（联合导演）	王成刚、郝岩、李修文、胡坚	王雷、赵樱子、刘威、夏德俊、朱刚日尧等	总出品：中共湖南省委宣传部、湖南广播影视集团；荣誉出品：湖南广播电视台卫视频道、湖南快乐阳光互动娱乐传媒有限公司、芒果超媒股份有限公司等	（广剧）剧审字（2021）第011号	2021年6月13日	湖南卫视	芒果TV、腾讯视频、爱奇艺丨湖南出品

续表

序号	剧名	集数	类型	导演	编剧	主演	出品单位	发行或备案许可证编号	开播时间	首播平台	原著∣网播平台∣湖南关联
	《谎言真探》	16	刑侦	张思庆	牛欣炜、罗四维（总编剧）；朱迪、辛菲、王博等	余男、邢佳栋、王薇、袁福福、高玉玺等	湖南快乐阳光互动娱乐传媒有限公司、湖南广播电视台卫视频道、芒果超媒股份有限公司、宁波霄然影业有限公司、公安部金盾影视文化中心等	（广剧）剧审字（2020）第028号	2021年6月21日	湖南卫视	芒果TV∣湖南公司出品
	《我在他乡挺好的》	12	都市、励志、爱情	李漠	虢爽、孙麒珺	周雨彤、任素汐、孙千、白宇帆、马思超等	湖南快乐阳光互动娱乐传媒有限公司、湖南广播电视卫视频道、芒果超媒股份有限公司、北京麦特文化发展有限公司	（湘）剧审字（2021）第007号	2021年7月19日	湖南卫视	芒果TV∣湖南公司出品
	《婆婆的镯子》	14	都市、家庭、话题	李昂	许璐艳、储敏（编剧）；刘芹志、王晓丹（联合编剧）	蓝盈莹、牛骏峰、邬君梅、王鹤润、陈米麒	出品：湖南快乐阳光互动娱乐传媒有限公司、湖南广播电视台卫视频道、芒果超媒股份有限公司；联合出品：霍尔果斯万年影业有限公司	（湘）剧审字（2021）第009号	2021年8月30日	湖南卫视	《婆婆的镯子很值钱》∣芒果TV∣湖南公司出品

续表

序号	剧名	集数	类型	导演	编剧	主演	出品单位	发行或备案许可证编号	开播时间	首播平台	原著丨网播平台丨湖南关联
	《星辰大海》	40	都市、情感、创业	余丁	苏晓苑	刘涛、林峰、芦芳生、柴碧云、张晨光等	出品：芒果影视文化有限公司、北京时代光影文化传媒股份有限公司；荣誉出品：湖南快乐阳光互动传媒有限公司、芒果超媒股份有限公司；：联合出品：黑龙江广播电视台	（京）剧审字（2021）第018号	2021年10月30日	南卫视	优酷视频丨湖南公司出品
	《香山叶正红》	34	历史、革命	巴特尔（总导演）；王状	盛和煜（总编剧）；柳桦、董炜、陈轶超	唐国强、许文广、王伍福、郭连文、何林翰等	出品：中央电视台、北京北广传媒影视股份有限公司、北京广播电视台等；联合出品：腾讯影业文化传播有限公司、北京歌华传媒集团有限责任公司等	（广剧）剧审字（2021）第018号	2021年11月22日	中央电视台综合频道	爱奇艺、腾讯视频丨编剧盛和煜为湖南人

续表

序号	剧名	集数	类型	导演	编剧	主演	出品单位	发行或备案许可证编号	开播时间	首播平台	原著丨网播平台丨湖南关联
	《半暖时光》	42	都市、情感	金晔(导演)、潘淑娟(B组导演)	谢彭、许如在	杨旭文、许龄月、丁冠森、常仕欣、付辛博等	出品:优酷信息技术(北京)有限公司、阿里巴巴影业有限公司、北京新力量影视文化有限公司;联合出品:霍尔果斯新力量影视文化有限公司等	(京)剧审字(2020)第025号	2021年11月24日	江苏卫视	《半暖时光》丨优酷视频丨编剧谢彭为湖南人
	《沉睡花园》	16	浪漫、爱情、悬疑	臧溪川	蓝白色(总编剧);胡一然、刘美丽、童靓妮、赵卓琳	龚俊、乔欣、经超、孙铱、张铎	出品:湖南快乐阳光互动娱乐传媒有限公司、湖南广播电视台卫视频道、芒果超媒股份有限公司、华策(厦门)影视有限公司;联合出品:北京老有影视文化有限公司	(闽)剧审字(2021)第009号	2021年12月13日	湖南卫视	芒果TV丨湖南公司出品

续表

序号	剧名	集数	类型	导演	编剧	主演	出品单位	发行或备案许可证编号	开播时间	首播平台	原著|网播平台|湖南关联
	《王牌部队》	40	当代、军旅	刘岩（总导演）；天毅	周志方、刘岩、胡坚	黄景瑜、肖战、钟楚曦、李幼斌、毛林林	荣誉出品：东部战区陆军政治工作部；联合出品：捷成世纪文化产业集团有限公司、捷成星纪元影视文化传媒有限公司、无锡星时代影视文化传媒有限公司等；出品：北京爱奇艺科技有限公司	（苏）剧审字（2021）第007号	2021年12月26日	江苏卫视	爱奇艺|编剧周志方为湖南人

本文所指的“湖南电视文学”主要指出品单位中包含有湖南的企事业单位、或者导演和编剧团队中有湖南籍人员的电视剧作品。笔者意在对2021年度的湖南电视文学进行回顾、梳理与总结、展望，并以此探索在本年度的电视文学中所受地方文化影响。因各电视剧的电视文学剧本通常并未出版或发表，故各电视剧视频、海报、新闻报道等原始资料成为主要研究依据。以下分类对各电视剧作品进行评述。

二、主旋律剧：再现革命历史风云，湖南元素明显

“主旋律剧”是当代中国影视剧中一种特殊类型，它经过多年的发展，已经初步形成了一系列审美标准和规范。主旋律题材影视剧以反映党和国家在历史发展过程中取得的成就或艰苦卓绝的奋斗为主要表现内容，以弘扬社会主义正能量，凝聚社会共识为主要目的，其艺术表现形式也往往为大众所喜爱。

在早些年，湖南电视文学中的主旋律剧往往都是以抗战剧的形式表

现出来。相比之下，2021 年显得十分特别，它不仅仅是中国共产党成立 100 周年，也是中国全面建成小康社会后的第一年，同时，还有全民抗疫的大背景。故此，中国的主旋律电视剧也呈现出了更多不同的面貌。

2021 年的湖南“主旋律电视剧”包含历史、革命及献礼等题材，主要有 6 部。它们分别是：《江山如此多娇》《理想照耀中国》《大浪淘沙》《向警予》《百炼成钢》《香山叶正红》。

《江山如此多娇》于 1 月 10 日在湖南卫视开播。该剧由安建导演，王成刚编剧，中共湖南省委宣传部、湖南省广播电视局、湖南广播影视集团、湖南卫视、芒果超媒股份有限公司、湖南快乐阳光互动娱乐传媒有限公司、湖南天娱影视制作有限公司共同出品。该剧可见浓厚的湖南色彩。作为一部反映中国脱贫攻坚过程与成果的电视剧，本剧具有强烈的主旋律特点，讲述了碗米溪村村支书濮泉生与省电视台记者沙鸥在澧水市庸城县碗米溪村执行脱贫攻坚的工作。《江山如此多娇》将国家脱贫攻坚过程中存在的难题具象化为碗米溪村的贫困问题，随着这些问题的一一解决，观众看到了国家精准扶贫的政策和脱贫攻坚的决心。①《江山如此多娇》的地理背景是虚拟的澧水市庸城县碗米溪村，其蓝本是湖南省湘西北的地区。具有很强的现实意味。剧集讲述了真实、真诚、富有现实感与艺术性的系列故事，且在情节设置方面试图跳出感情线俗套，使男女主角专注于扶贫工作。这种设定不仅符合现实扶贫工作人员的真实现状，也避免了观众对不适宜的感情戏的反感。除此之外，主创者们在创作过程中也尽可能地考虑到了年轻观众的观影期待。全剧线索清晰、充满笑点与爆梗。新兴行业，例如自媒体、电商、网红等行业在脱贫攻坚战役中发挥的作用也有体现，较好地打破传统任务剧与年轻观众之间的隔膜。每一集的片尾都附有一份创作札记，以展现原型人物以及扶贫成果的真实故事。这使得现实生活与剧情本身呈现出沉浸式的融合。②

《江山如此多娇》使观众们看到了湖南地方对“脱贫攻坚”的深刻

① 王筱卉，郭芳婷．用艺术手法谱写时代赞歌——评《江山如此多娇》［J］．当代电视，2021，(06)：35.

② 湖南日报评论员．以传世之作 颂“首倡之为”［N］．湖南日报，2021－1－15（001）．

理解，也彰显了湖南地方对于“任务剧”的深入挖掘与全新的艺术阐发。作为“命题剧”的《江山如此多娇》一炮打响，《理想照耀中国》紧承其后。该剧为献礼中国共产党成立100周年而推出。《理想照耀中国》并不算是严格意义上的电视剧，它其实是“系列短剧”。但湖南卫视和各视频平台都是将其视作电视剧，所以本文仍然将此剧视作一般电视剧。该剧由傅东育担纲总导演，湖南人梁振华任总编剧，湖南广播电视台、潇湘电影集团、芒果超媒股份有限公司、湖南芒果娱乐有限公司、芒果影视文化有限公司出品，于5月4日在湖南卫视首播。《理想照耀中国》共40集，通过不同时期40组特定的人物和闪光故事，为广大观众以点带面地描绘出中国共产党百年以来团结带领中国人民，谋求民族独自、人民解放、国家富强，为实现中华民族伟大复兴不懈奋斗的辉煌历程。① 剧集将中国共产党的发展历程分为革命时期、建设时期、改革时期、复兴时期四个阶段，主要借助讲述光辉人物以及光荣故事来完成对中国共产党100年光辉历程的回顾。《理想照耀中国》立足于具体的事件，但整部剧作表现的重心都是放置于“人”之上，无论是本身就是在历史长河中闪闪发光、熠熠生辉的重要人物，还是在影响中国共产党发展的重要历史事件中，“人”都是剧集所表现的重点。湖南在新中国历史上有着非常特殊的地位，湖南人在该剧中有较多出现，湖南人在中国共产党发展史上所做出的贡献也在剧集中有突出表现。

由嘉娜·沙哈提、林小鑫执导，刘星编剧，湖南和光传媒有限公司参与出品的《大浪淘沙》于5月11日在浙江卫视、江苏卫视播出，继续向受众展示着湖南主旋律剧的辉煌。《大浪淘沙》严格遵照政论体和历史编年体，② 旗帜鲜明地提出以“二十一世纪审美的方式来回望历史”，在现代方式与历史叙事中找到了一个较为合理的平衡点。剧集的开头部分是马克思主义学院研究生陈起航希望通过拍摄vlog与粉丝互动讲解党史。

① 赵红勋，王鑫．命题突破 审美旨趣 共情表达——电视剧《理想照耀中国》的创作理路评［J］．中国电视，2021，(09)：37.

② 万钰莹．浅析革命历史题材剧《大浪淘沙》的创作理念［J］．当代电视，2021，（11）：35.

其核心内容是1919年“五四运动”到1945年“中共七大”这二十多年党史上的重要事件。剧集通过现代视角讲述了当时正年轻的共产党人，诸如毛泽东、陈独秀、李大钊等人的建党和革命故事。这种叙事方式跨越了时空的阻隔，更加有利于今天的年轻人体悟中国共产党的初心与使命，诠释共产党人不忘初心、牢记使命、坚守信念、接续奋斗的情怀。① 虽然剧作中塑造的人物并不是十分丰富立体，甚至还存在片面的局限，但是编剧与导演也尽力在增强人物除开红色、正面活动的活动之外的家庭生活与个人经历。《大浪淘沙》形式新颖，立足当下，回望历史，重新讲述了让无数共产党人、无数中国人动容的故事。其剧情有利于中国当代的青年深刻体会历史，理解历史，明白百年前共产党人的心思，进而为今天共产主义事业注入不断奋斗。可以说，《大浪淘沙》作为献礼剧，实现了跨越百年的对话，具有非常深刻的现实意义。

以湖南杰出女政治家向警予为传主的《向警予》（共36集）于5月25日在央视八套开播。该剧由刘毅然执导，对向警予进行了全面、真实而深刻的刻画。湖南溆浦人舒新宇是小说原著《向警予》的作者，同时也是本剧的编剧之一。《向警予》对向警予创立女校、领导组织五卅运动这些荡气回肠的历史事件都做了详尽的描写。剧集不仅对向警予这一人物的外在形象进行了还原，更对向警予的精神和气质进行了深刻的提炼。该剧尽可能地还原了小说原著小说中的叙事，它与小说一道对向警予的生活细节进行了补充，对她的生平空白之处也进行了合理的想象。主旋律电视剧的特质——对“重要人物的生平进行描绘”在其中得到了充分展现。总体来说，该剧是一部还原历史型的人物传记剧，是一部具有范式意义的主旋律剧作。

半个月之后，《百炼成钢》（6月13日）在湖南卫视开播，将2021年的湖南主旋律电视剧推向了新的高潮。《百炼成钢》由毛卫宁执导，王成刚、郝岩、李修文、胡坚等人编剧，中共湖南省委宣传部、湖南广播影视集团作为总出品单位。该剧也在内容和形式上大举创新，呈现出来

① 陆健．浙江：“红船”题材文艺创作精品迭出［N］．光明日报，2021－8－20（009）．

了不同于其他主旋律电视剧的特色。剧集通过八首经典的歌曲串联起电视剧的八个不同板块，讲述了中国共产党建党百年之中八个重要的历史时期中国共产党人的奋斗历程。该剧将主要的抒情功能与情感升华寄托在音乐之上，借助音乐传承和弘扬了中国共产党百年的奋斗精神。除了对音乐的独到理解，剧集还对许多名人志士的细微感情进行了描绘，更塑造了无数历史中的小人物来表现中国共产党的“民心所向”与“集体主义精神”。这样“以小见大”的处理方式，对于八个跨越百年的中国共产党奋斗百年的时间的描绘是聪明的，可取的，值得借鉴的。音乐、事件、人物交融一体，多声部奏响百年党史这一恢宏交响曲。① 在《百炼成钢》的播出过程中，观众与研究者们看到了崭新的叙述形式与叙事方式的可贵，这对已有模式化倾向的主旋律献礼剧而言是一个巨大突破。

11 月 22 日，巴特尔、王状执导，湖南人盛和煜参与编剧的《香山叶正红》在中央电视台综合频道开播。《香山叶正红》以香山为切口，讲述了 1949 年北平和平解放前后 181 天里，毛泽东主席带领中共中央从西柏坡入驻香山“进京赶考”，解放全中国、筹建新中国的故事。香山作为中共中央进京的第一站，见证了中国革命走向伟大胜利的重要历史节点。② 导演巴特尔与编剧盛和煜都非常擅长创作主旋律电视剧，他们将《香山叶正红》同样打造成了艺术精品。优秀的群像塑造是该剧成功的主要原因之一。该剧对领袖人物与小人物都进行了全面而深刻的塑造，能够让观众们既感受到如毛泽东之类领导人的领袖风范，又能够为柳二勇与姜莱阳这样小人物的奋斗感动，在“开天辟地”中不失“烟火气息”。③ 对历史的正确把握，对人物的正面塑造以及对情感的正向宣泄赞扬，这些因素使得《香山叶正红》成为历史正剧的典型之作和主旋律电视剧佳作。

在 2021 年这样一个特殊的年份里，湖南电视文学从脱贫攻坚、献礼

---

① 蒋祖烜．主题创作何以百炼成钢——评电视剧《百炼成钢》［J］．中国广播影视，2021，(22)：65.

② 李博．电视剧《香山叶正红》：中共中央“进京赶考”，开启中国革命伟大转折［N］．中国艺术报，2021－11－29（004）．

③ 杨雯．《香山叶正红》：以“正在进行时”回望新中国诞生路［N］．中国新闻出版广电报，2021－12－01（006）．

建党百年、纪念革命志士与描绘特殊历史时期等不同内容，完成了对历史、革命以及献礼三方面内容的电视剧表达。相对于主旋律剧在创作内容上、形式上的创新，其切入视角的创新、表达方式的创新更是其赢得口碑，尤其是年轻人口碑的重要方式。① 本年度，在主旋律电视剧的创作过程中，湖南电视剧行业的从业者锐意创新，积极进取。在传播方式上，主旋律剧的“多屏共振”，也打破了过去电视剧与网剧形成的物理隔绝，将观众群的范围拓展到了年轻的受众，并得到年轻群体的认可。② 电视剧在现阶段作为弘扬正能量，奏响主旋律的重要艺术手段，对年轻群体的成长，对社会发展的具有深远的影响。湖南电视文学在主旋律电视剧方面的创作经验和教训值得电视剧创作者们参考借鉴。

三、当代题材剧：视域广阔，女性形象丰富多彩

当代题材一直是湖南电视文学所擅长的题材类型。湖南电视文学对女性受众群体兴趣的把握以及对女性题材的发掘在中国电视文学界独树一帜。在女性题材的大背景下，湖南电视文学在具体内容的选取方面则呈现出了广阔的视域，关涉了家庭、职场等多类场域。相关的电视剧主要有14部，它们分别是：《当天真遇见爱情》《暴风眼》《别想打扰我学习》《陪你一起长大》《理智派生活》《暴风眼》《八零九零》《猎狼者》《谎言真探》《我在他乡挺好的》《婆婆的镯子》《星辰大海》《半暖时光》《沉睡花园》。因《暴风眼》《猎狼者》《谎言真探》三部剧为涉及案件的冷门题材剧，本文将另设类进行评述。

《当天真遇见爱情》由綦晓卉执导，王梦琪、闫浩伦编剧，湖南芒果娱乐有限公司、湖南广播电视台卫视频道、芒果超媒股份有限公司出品，于1月18日在湖南卫视开播。该剧聚焦建筑行业，讲述了怀揣建筑师梦想的职场新人李天真与建筑行业的天才设计师孟严二人之间发生的关于

① 李丹琳．开启主旋律剧集创作新高潮［N］．金融时报，2021-12-17（009）．

② 李夏至．蓄力齐发量质齐升 主旋律剧成新主流［N］．北京日报，2021-12-22（010）．

职场、爱情和梦想的故事。剧集采用了双线模式展开叙事，一边讲述李天真与孟严的事业故事，一边同时讲述他们的情感故事。该剧立足于建筑设计行业，让观众欣赏到“崭新职场故事”的同时，也满足了观众对于言情的需求。《当天真遇见爱情》通过行业新手的美好理想与艰难现实的碰撞，向观众表现了不同职业的人对于职业初心的坚持以及对梦想的追求。感情戏的注入增加了剧作对年轻观众的吸引力。

“校园+爱情”剧接续上述“职场+爱情”剧播出。《别想打扰我学习》于3月10日在湖南卫视青春进行时开播。该剧改编自月流光所著的同名小说，由陈飞宏执导，王佩、陈德宇编剧，湖南快乐阳光互动娱乐传媒有限公司、芒果超媒股份有限公司联合出品。《别想打扰我学习》也可视为穿越剧。剧集讲述了患有学历歧视症的南向晚在利用高科技进行心理治疗时，穿越到十年前，重新经历一次高三生活的故事。该剧的立意极高，它立足于校园生活，在讲好青春故事的同时，也向观众传递每个人都有闪光点，这个世界上有远超分数、更有意义的事情的道理。剧作主要通过对年代感的加强，穿越时空前后人物认识的对比来强化剧作的青春性。

除了“职场+爱情”与“校园+爱情”两类剧作，本年度的湖南电视文学还出现了探讨家庭与教育问题的剧作《陪你一起长大》。该剧由陈昆晖执导，刘觅滢、吴际、蔡挥共同编剧，湖南快乐阳光互动娱乐传媒有限公司参与出品，于3月28日在湖南卫视开播。《陪你一起长大》在关注四组家庭的教育问题同时，也对夫妻之间的关系问题以及家庭分工进行了重点的讨论。该剧深化了现实主义的表现力度。它并没有过分强调需要完整地讲述某一个特定的、富有变化的故事，而是立足于当下的生活，从一地鸡毛的碎片开始讲起，更加切近生活，也更具有现实意义。剧集在关注教育问题的同时还关注女性的生存现状，塑造了不同工作、不同背景、不同阶级的典型家庭女性形象，重新思考了女性在家庭、职场以及社会中的定位。特别值得指出的是，剧集中矛盾冲突的设置符合各个人物的个性，也契合剧作想要表达的思想内容。剧集对矛盾冲突的处理显得极为精妙。对现实的深度刻画、所涉话题的热度、制作的精良等因素使得该剧值得在家庭与教育题材的电视剧中拥有一席之地。

在最为常见的爱情剧方面，2021 年度的湖南电视文学进行了大胆创新，它们突破了“俊男靓女”模式与“哥哥力”的男性角色标准，将情感的类型创造性地转移到了“姐弟恋”。《理智派生活》的剧情在“姐弟恋”的框架中展开，由徐辅军执导，龙小山、陈琛、陈彤编剧，湖南快乐阳光互动娱乐传媒有限公司出品，3 月 31 日在湖南卫视开播。该剧讲述了沈若歆与其助理祁晓在职场之上相互扶持，最后有情人终成眷属的故事。剧集对独立女性的事业、生活进行了浓墨重彩的呈现，塑造了理想化的独立女性形象。“姐弟恋”的情感线设定抓人眼球，满足了广大女性观众对爱情一种纬度的理解。剧作的叙事节奏比较缓慢，剧集在慢节奏中逐渐凸显生活的本质，这种叙事方式为剧作更深层次主题的表现腾挪出了更多的空间。可以说，《理智派生活》从一个侧面展现了湖南电视剧在女性题材、偶像剧制作方面的深厚功力。

过多的女性题材剧极可能会使观众产生审美疲劳，此时，题材出新显得尤为重要。《八零九零》作为一部非女性题材适时出现，令人耳目一新。它一改当代电视剧倾向描绘年轻群体的习惯，反其道而行之，对养老话题进行了探讨。该剧由徐纪周担任总导演、湖南人易军担任导演，龙振宇、朱俊懿、邬雯儿等人编剧，于 4 月 21 日在湖南卫视开播。“90 后”女孩叶小妹继承了奶奶创办养老院，在这里，她与过三爽一起照顾养老院里的老人。《八零九零》并没有选取当下社会最热的话题作为表现的重点，但是在人口老龄化问题越来越突出的今天，养老问题以及今天的年轻人所面临的养老压力都使得该剧具有深度的现实意义。表现老年人的情感无法如刻画年轻人的情感那样使用快节奏。老年人的情感平静而柔和，需要进行足够的铺垫。本剧的叙事风格是“于笑声中见温情”。这使得观众能够在轻松的氛围中观剧，同时还有较为充裕的时间理解剧作的情感表达。

在短视频盛行的当下，本年度的湖南电视文学也尝试性运用了“短小精悍”的创作思路。《我在他乡挺好的》与《婆婆的镯子》两部电视剧便是两例。《我在他乡挺好的》由李漠执导，虢爽、孙麒珺编剧，湖南快乐阳光互动娱乐传媒有限公司、湖南广播电视卫视频道、芒果超媒股份有限公司等单位共同出品，7 月 19 日起在湖南卫视首播。该剧主要讲述了小镇青年乔夕辰与好友许言、胡晶晶的表姐纪南嘉的成长故事。《我在他乡挺好的》是一部典型的女性群像戏，它主要通过对几位不同的女性角色在大城市中的奋斗经历来对社会进行以小见大、以点带面的描绘。通过剧名便可以得知，《我在他乡挺好的》将女性角色都设置为了文学中常见的“异乡人”角色。剧集将人物塑造为集奋斗、迷茫以及失落于一体的形象，自我与异乡的矛盾，都被该剧运用极富生活气息的故事情节以及人物的遭遇故事化了。《我在他乡挺好的》将重点集中于现实的拼搏与精神的历练，利用中国幅员辽阔，他乡一族众多的真实状况吸引受众、激发共鸣。①《我在他乡挺好的》叫好又叫座，是湖南电视文学在 2021 年交出的一份亮眼的成绩单。而《婆婆的镯子》虽然也立足女性，但却是别出心裁地借助家庭的方式表现出来。该剧根据陈果的小说《婆婆的镯子很值钱》改编，由李昂执导，许璐艳、储敏、朱紫薇三人编剧，湖南快乐阳光互动娱乐传媒有限公司、湖南广播电视台卫视频道、芒果超媒股份有限公司参与出品，8 月 30 日在湖南卫视播出。该剧讲述了上海本地人石磊与外地老婆刘茵与婆婆李霜清三人组成的这个新家庭围绕着“镯子”发生的一系列故事，对颇具现实意义的婆媳矛盾、婚恋问题、上海当地人的家庭观念等问题进行了讨论。“轻喜剧 + 微悬疑”的全新叙事模式的选用也尽可能多地调动了观众的感官，吸引观众进行沉浸式观剧。该剧中除了对女性角色的成功塑造，对男性角色石磊的塑造也颇具意义，他不再是单纯的“工具人”，而是能够真正承担起在女性剧集中表现男性意识的重要角色。

10 月 30 日，《星辰大海》在湖南卫视播出。这是一部继续“爱情 + 职场”的当代都市剧创作。该剧由余丁执导，苏晓苑编剧，芒果影视文化有限公司、湖南快乐阳光互动传媒有限公司、芒果超媒股份有限公司

---

① 王侠，马铮铮．地域文化视角下《我在他乡挺好的》女性形象的重构［J］．当代电视，2022，（02）：38.

参与出品，讲述了一个名叫简爱的孤女发家的经过。该剧剧情有点落入俗套，但仍然具有独特的审美价值。一方面，剧作着力点在于小人物个人的奋斗经过，充满对时代的微小描绘；另一方面，该剧也在保证剧作“爽”感与剧情流畅之外，尽可能合理化故事的发展，使得剧情不生硬，让观众即使在复杂的感情线中仍然能够厘清人物之间的关系。

在 2021 年底开播的湖南当代题材剧为言情剧《半暖时光》与《沉睡花园》，它们都是极为标准的偶像剧。《半暖时光》于 11 月 24 日在江苏卫视开播，由金晔执导，湖南人谢彭参与编剧。剧集讲述了被高考舞弊案联系起来的沈侯、颜晓晨、程致远等人的故事。剧情整体而言偏向传统言情。其中有三角恋的设定、有家境差距引发的矛盾以及一些传统的人物角色。其特别之处为在感情上深化了对于青年男女爱情的理解并将其提升到“互相救赎”的高度。《沉睡花园》于 12 月 13 日起在湖南卫视开播，由臧溪川执导，蓝白色编剧，湖南快乐阳光互动娱乐传媒有限公司、湖南广播电视台卫视频道、芒果超媒股份有限公司参与出品。该剧讲述了情感公众号博主肖潇与专业心理咨询师林深二人“冤家变恋人”的故事，其剧情设定十分时尚，人物设定也相当新颖。剧集在言情之外，还富有悬疑色彩。《沉睡花园》采用了“单元剧”的叙事模式，其中不乏对当下社会不良现象的批评。虽然悬疑因素为该剧的现实关怀性增分不少，但它本质上还是以“言情”为主导的剧作。在一个又一个单元案件的解决过程之中，肖潇与林深二人的感情也不断得以累积。在讲好一个又一个故事之余，该剧还对感情线进行了完整地描绘。多种迹象表明，主创者们在保证剧作质量的同时对观众的喜好有深刻的把握。

当代题材电视剧湖南电视文学的优势品种。可以说，保量又保质的当代背景电视剧是湖南电视文学在全国电视文学界立足的根基，而对女性题材的深刻理解与把握则是其制胜的主要原因。这些当代题材湖南电视文学作品，反映了广阔的现实社会，包含着多元的审美观念，促使人们对社会与人性进行深刻的审视与思考。

四、古装剧：改编 IP，魅力初现

2021 年，湖南古装剧主要有《风起霓裳》与《长歌行》。率先与观众见面的是《风起霓裳》。该剧 1 月 27 日在湖南卫视开播，改编自湖南人蓝云舒的小说《大唐明月》，陈家霖任总导演，蓝云舒为编剧之一。《风起霓裳》将朝代背景设置在大唐贞观年间，讲述了琉璃与裴行俭的故事。小说《大唐明月》是一个大 IP，因为涉及穿越，在改编成为电视剧时必须进行相应调整。电视剧对小说原著进行了大刀阔斧的改编，呈现出了与小说原著截然不同的风貌。相较于小说原著，电视剧《风起霓裳》的内容更加丰富而驳杂，其中不仅有盛唐之象和男女主角的情情爱爱，还有对宫斗、战事、制衣术等多方面事物的多角度展示。但这也在无形之中增加了叙事的难度。主创者们用简化的多线叙事方式化繁为简，使得各个故事清晰而明了。

与《风起霓裳》类似的是，《长歌行》也改编自大热 IP——湖南怀化人夏达的作品《长歌行》。不同的是，夏达的《长歌行》并非网络小说而是漫画。《长歌行》由朱锐斌导演，裴雨飞、常江担任总编剧，于 3 月 31 日在山东卫视开播。该剧也将朝代背景放置在了唐朝，讲述了原太子之女李长歌与草原部落特勤阿诗勒隼的故事。《长歌行》综合了宫廷权谋、大女主复仇、儿女情长和家国情怀等多种错综复杂的故事，对宫斗、战争、爱情等都有精彩描绘。有论者认为，《长歌行》编创者所确立的“少年为国之成长”主题下的“以爱为导航的破圈成长之道”值得点赞。[①] 需要指出的是，该剧在制作中采用了较为新颖的处理方式，即在一些需要战争场景的镜头中插入了原著漫画。这种形式一方面体现了改编剧作对于原著漫画的尊重，也是一种具有突破意义的创新尝试。

《风起霓裳》与《长歌行》播出之后反响良好。这两部作品有力地展现了湖南电视文学的创作者在古装剧内容和形式上的探索。他们的努

① 张文娟.《长歌行》：少年为国之成长［J］. 中国广播影视，2021，（10）：74.

力为湖南电视文学的发展增添了动力。

五、涉案悬疑剧：借冷门题材尝试变体创作

湖南电视文学在2021年最为特殊的尝试是对传统电视剧类型之一的“公安剧”进行了变体式的创作。《暴风眼》《猎狼者》与《谎言真探》都涉及公安案件，且都选择了冷门题材作为创作的突破口。它们也属于当代剧类别。从这三部作品来看，湖南电视文学在2021年进行了大跨步的探索，对冷门内容的掌握以及对悬疑题材的着力，都呈现出来了不同于往年的新风貌。

《暴风眼》早在2010年就已开始策划，其创作历经十余年。该剧由于波执导，湖南人梁振华编剧，于2月23日在东方卫视、浙江卫视上星播出。剧集讲述了国安侦查员安静与马尚共同打击间谍组织，维护国家安全的故事。其叙事节奏快速而紧张。恰到好处的悬念设置为该剧增添了浓郁的悬疑感。观众也由此得以沉浸在剧情当中，享受到深度的观剧体验。剧集在叙事上采用了双线叙事模式，其中塑造的人物兼具国安人员的特殊性和凡人的烟火气。《暴风眼》立足真实，较为完美地叙述了一系列关乎国家安全的故事。剧集巧妙结合了现代元素与反谍剧的语境，以家国情怀为感情线索，以正剧主题为基础，打破了谍战剧与青春剧之间的界限。《暴风眼》作为一部特殊的都市行业剧，是一部优秀的当代谍战剧。该剧致敬了无数为国家安全奋斗的人员，让观众随着剧情一同烧脑探索剧集背后的真相之时，真正能够体会到了宏大的“家国”概念。《暴风眼》立足时代，致敬了默默无闻的英雄。它通过讲好一个故事的策略来使得观众沉醉在剧集之中。《暴风眼》也再一次验证了梁振华精湛的编剧技巧。

以《暴风眼》为先声，湖南电视文学在冷门题材领域拉开了“芒果季风剧场”的帷幕。《猎狼者》聚焦森林公安人员，于5月24日在湖南卫视开播。该剧由曹盾、高翔执导，顾浩然、高鹏编剧，湖南快乐阳光互动娱乐传媒有限公司、湖南广播电视台卫视频道、芒果超媒股份有限

公司参与出品。《猎狼者》设计了两代之间精神的继承，行动的延续，大大增加了剧集的时间厚重感。小人物承担的历史与社会责任使命也使得该剧更具有积极的现实意义。而不同于一般悬疑剧或罪案剧需要依靠观众去推测谁是凶手，《猎狼者》采用了较为简单的正反两派人物的设立。剧集主要通过保护森林的护林员一队与偷猎者的对立来设置剧中的戏剧冲突。这种传统的正邪对立模式符合观众的一般审美经验，使得观众极易入戏。该剧剧情的节奏也十分紧凑，整体的紧张刺激的氛围同样设计得十分严密。真实恢弘的场景、演员极富表现力的表现、丰富的社会正向能量都在导演颇具质感的镜头之下向观众传递。紧承其后的是《谎言真探》。该剧别出心裁地将镜头聚焦在了测谎师这一在中国悬疑剧和罪案剧中极少出现的人物。《谎言真探》由张思庆执导，秦海燕等人编剧，湖南快乐阳光互动娱乐传媒有限公司、湖南广播电视台卫视频道、芒果超媒股份有限公司等单位共同出品，于6月21日在湖南卫视开播。剧中，滨城市刑侦支队的刑警利用刑侦测谎技术调查破获了一系列刑事案件。在剧作前段的“单元剧”叙事中，《谎言真探》对家庭暴力、未成年人保护、女性犯罪、底层人民生活压力等焦点话题都有关注，展现了强有力的现实关怀。优秀的电视剧往往来源于现实生活，同时又能够反向推动现实生活。该剧在增进观众对社会现实以及人性的理解时，也告诉了观众真正的正义是什么，应该如何去实现。《谎言真探》在叙事进程中为观众预留了较多思考空间，使观众能够和剧中的角色一道，通过已有线索对凶手进行推理。此举一方面有效地调节了剧集的叙事节奏，同时也很好地调动观众追剧的积极性。

上述三部电视剧作品作在冷门涉案题材领域作出了可贵的探索，为湖南甚至中国电视剧的创作和发展提供了借鉴的思路。

六、军旅剧：在日常叙事中凸显军人气质

2021年度的湖南电视文学没有涉及正面战争的作品。《号手就位》与《王牌部队》这两部军旅剧一反常态，将探寻的目光往内延伸，重点

描绘了军营内部，并着重刻画了军人个体的典型形象。这类的电视剧本质上也属于主旋律剧，但因为题材、故事背景和人物关涉军旅，因此划归为军旅剧更为合适。整体而言，《号手就位》与《王牌部队》都没有过多展示大开大合的故事情节，而是采用了碎片化的叙事方式，注重在日常生活、训练中表现中国当代军人的气质与魅力。

《号手就位》改编自湖南岳阳人丰杰的《斑斓：毕业了，当兵去》，作者本人也参与了电视剧的编剧工作。该剧由李路、张寒冰担任导演，于4月13日在浙江卫视、江苏卫视开播。《号手就位》主要讲述了火箭军王牌部队新兵的成长故事。这部电视剧在改编过程中最大限度地压缩了原著的上半部分，而将笔墨着力于这几个年轻人在军营中的成长。① 该剧破天荒地对一系列“大国重器”进行了重点展示，“打怪升级”式的新兵成长与亦庄亦谐的对白设计，使该剧表现出不同寻常的军旅剧魅力。该剧“大男主剧”的设定合乎“个人英雄主义”的理念，剧集全方位地呈现了军营新兵养成为栋梁之材的详细过程，凸显了军人的个性魅力。

另一部军旅剧《王牌部队》一直到年末才开播。该剧也是2021年湖南电视文学的收官之作。它在一定程度上为本年度的湖南电视文学画上了一个圆满的句号。《王牌部队》由刘岩、天毅导演，湖南人周志方参与编剧，于12月26日在江苏卫视播出。该剧主要讲述了高梁与顾一野两名新兵在军营中的成长故事与感情故事，采用了双线并行的叙事方式。“军旅+恋爱”内容的结合，使得该剧突破了军营严肃文学的叙事边界，洋溢着青春文学的气息。《王牌部队》的演员阵容也值得一提，为了与故事情节相匹配，它特采用了“老戏骨+青年实力演员”的配置。在电视剧《亮剑》中有着出色表现的著名演员李幼斌、何政军时隔15年再续“战友情”。这一巧妙设定也体现了部队优良传统的薪火相传。②

军旅题材电视文学的受众一向并不广泛，《号手就位》与《王牌部

① 陶冶，黄雨桐．浅谈电视剧《号手就位》的答辩式叙事［J］．中国电视，2021，（10）：27.

② 李博．电视剧《王牌部队》：以热血谱写军营中的“青春之歌”［N］．中国艺术报，2022－01－07（004）．

队》启用当下具有较高人气的青年演员担纲主演在一定程度上扩大了剧作的影响力。军旅题材电视剧跟其他各类电视剧一样，都一直在寻找合适当前时代需要的表现方式。《号手就位》与《王牌部队》将叙事的重心从正面战场转向军营内部，不仅仅符合时代氛围，也更有利于让人们更加深入地理解中国军人的精神。放弃正面战场轰轰烈烈的叙事而转向更加注重生活细节与平淡安静的部队生活叙事；选择温情叙事而非战争叙事来讲述军旅故事是湖南电视剧在2021年作出的新尝试，也可能是未来一定时期内中国军旅剧的创作热点。

七、总结与展望

2021年是湖南电视文学收获成功、取得突破、大胆尝试的一年。总观本年度的湖南电视文学，可见几个明显的特点。第一，能够准确把握时代精神，再现党和人民的光荣革命历史与丰功伟绩。在2021年这样一个特殊的年份里，湖南电视文学通过多种方式献礼了中国共产党建党一百周年。它对中国共产党发展百年以来的核心精神进行了提炼、丰富与发展，并对其历史佳绩进行了“重现式”的讲述。湖南是中国近代史上著名革命之地，湖南电视文学的主创者们具有较为敏锐的政治嗅觉，电视湘军长期以来积累了丰富的创作经验。这一系列优势条件使得湖南电视文学在高难度的历史、革命及献礼剧领域都取得了出色的成就。第二，注重持续、创新性地开掘女性题材电视文学的价值。2021年，湖南电视文学继续依靠女性要素来展现其影响力。它通过在职场、家庭、言情、古装多个领域发力进一步拓展了视域，借助悬疑等要素的引入增加了艺术魅力。社会现实话题的深化以及女性主角的采用，都使得“女性”成为2021年湖南电视文学的显眼标签。实际上，从中国整体社会来看，女性仍然处于相对劣势的位置。对女性题材的关注，对女性受众的重视，一方面有利于湖南电视文学的发展，另一方面，也彰显着湖南电视文学的社会责任与担当。第三，重视“电视剧群”建设。湖南卫视依靠芒果TV的网络平台，推出了“芒果季风剧场”。台网联合，对促成剧集创作形成集群效应极为有利。2021 年的湖南电视文学并没有对任何之前已经播出的剧集进行续集创作，而是通过“芒果季风剧场”的整体效应来帮助短剧集进行风格的统一与完善。“芒果季风剧场”在最开始便主打悬疑、罪案题材，而后在此基础上不断进行了扩展。与此同时，“芒果季风剧场”也并没有放弃对广阔的现实社会的描绘和关怀，它注重挖掘剧集中那些带给观众新鲜感的东西，十分强调对剧作进行精耕细作。《猎狼者》《谎言真探》《我在他乡挺好的》《婆婆的镯子》《沉睡花园》等剧都属“芒果季风剧场”生产的优秀之作。“芒果季风剧场”可以说是湖南电视文学界在 2021 年应对互联网平台对传统电视媒体冲击的自救式尝试，它取得了令人瞩目的成绩，无疑是一次成功的探索。第四，湖南电视文学不仅仅只在市场和收视当中收获了成功，也获得较多有分量的主流奖项。《江山如此多娇》《理想照耀中国》《百炼成钢》《大浪淘沙》《我在他乡挺好的》五部电视剧均入选国家广播电视总局公布了“2021 中国电视剧选集”；①《百炼成钢》获国家广电总局《中国广播影视》杂志社主办的“TV 地标（2021）”中国电视和网络视听综合实力大型调研榜单“年度优秀电视剧”；②《我在他乡挺好的》获国家广播电视总局“2021 年度优秀海外传播作品”。③

应该承认，即便湖南电视文学在 2021 年取得了非常漂亮的成绩，它也还存在着需要改进的地方。第一，有待进一步摆正“流量”和“质量”的天平。2021 年湖南电视文学作品中不同程度地出现了流量明星扛大旗的现象，这种情况甚至在一定程度上波及严肃题材电视剧。个别成本巨大的电视剧也因为流量明星演技上的不足而引发了负面评价，令人遗憾。第二，2021 年的湖南电视文学还仍然存在与现实关联不紧、剧情发展生硬、人物塑造单薄等多种问题。众所周知，轻视受众智力，降低

① 王彦．获评官方认证好剧《江山如此多娇》入选 2021 年中国电视剧选集［N］．张家界日报，2022 - 01 - 23（04）．

② 张洁．《百炼成钢》获评年度优秀电视剧［N］．山西晚报，2022 - 01 - 05（12）．

③ 钟玲．电视剧《我在他乡挺好的》获评“2021 年度优秀海外传播作品”［N］．中国妇女报，2022 - 01 - 06（5）．

审美标准的创作理念已经不能够满足当下受众对电视文学的需求了。

2021 年湖南电视文学向全国观众交出了一份令人比较满意的答卷。其中即使存在些许不足，也瑕不掩瑜。未来湖南电视文学的创作可以继续在主旋律剧、都市女性剧等领域方面持续发力；也可在悬疑间谍剧等领域进行更深入的探索；古装、军旅等题材领域也还有很多挖潜的空间。湖南电视文学界的从业人员，若能在时代的号召之下，更深刻把握社会，更好地理解受众的需求，不断探索、锐意创新，定会创作出更多、更优秀的电视文学作品。

（陈伟华　屈子正）

2021 年度湖南文学评论创作综述

文学活动是包括文学创作、文学批评和文学理论与文学史研究的一个相辅相成的系统。文学批评主要是针对作家作品和各种文学现象的研究。2021 年湖南文学批评聚焦时代主题、关注文艺发展的新变化，在批评理论、马克思主义文艺理论、经典作家研究、湖南本土文学批评、影视艺术和新媒体研究等方面都取得了好的成绩，与文艺创作形成了良好的互动，与时代脉搏形成了共振。

一、与时俱进的理论探索

（一）建党百年背景下的理论中国化和红色文化思想研究

2021 年是中国共产党建党百年的重要年份，对马克思主义文艺理论，尤其百年来它在中国的发展历程和中国化的实践，是学界关注的一大热点。季水河发表了《论马克思主义文学批评中国形态的成熟》《马克思主义以前的西方文艺理想论》《论新世纪 20 年代中国马克思主义文艺理论研究的转向》《论中国马克思主义文学批评的自觉》等论文。其中《论马克思主义文学批评中国形态的成熟》（《社会科学辑刊》，2021 年第 4 期）认为，马克思主义文学批评的中国形态在 20 世纪 40 年代走向了成熟，以蔡仪的《新艺术论》、毛泽东的《在延安文艺座谈会上的讲话》、周扬的《马克思主义与文艺》为标志，显示出中国化批评范畴的形成、批评标准的确立、批评理论建构基本完成。沈丽琴《百年文学理论话语建构与思想传播》（《中国出版》，2021 年第 11 期）分析了季水河等著的《马克思主义文学理论与 20 世纪中国文学理论的变迁》（2020 年）在研究马克思主义对中国社会变革、思想演进的影响和百年文学理论话语建构等方面所具有的思想价值与史料价值。赵炎秋在研究现实主义、艺术视野下图文关系等问题的同时，论述了中国特色文学理论的建构问题。他的《中国特色文学理论建构中的“两结合”问题》（《湖南工业大学学报（社科版）》，2021 年第 3 期）认为，中国马克思主义文艺思想和中国本土文学理论是中国特色文学理论的两大组成部分，要发展中国特色文学理论，必须实现两个“两结合”——将马克思主义文艺思想与中国文学的具体实践结合起来，把中国马克思主义文艺思想与中国本土文学理论结合起来。杨经建主要关注中国现当代文学的话语建构和现代性问题，他的《“工农兵话语”对中国现代文学的“革命性”重构》（《厦门大学学报》（哲社版），2021 年第 1 期）认为，“工农兵话语”是在延安文学对文学语言的颠覆性实验中确立的，它既是现代文学话语的转换，也是文学现代性重构中的话语转向；它在语言表达和呈现方式上表现在语言的革命进化观、经验实证观和实用目的观，在当时具有某种先锋实验性；这是顺应时势的“革命”选择，有其合理性，但在一定程度上漠视了文学现代性重构的艺术涵容度和多种可能性。

站在建党百年的时间节点上，红色经典的理论阐发和红色基因传承问题，是学界必须面对处理的内容。肖百容、张宁《抗日根据地旧体诗词创作与中国形象塑造》（《中国社会科学》，2021 年第 6 期）发现旧体诗词在抗日根据地大量存在，认为它对中国形象的塑造情理交融、简约明快，呈现出积极进取、健康向上、自由雄健的价值观和审美风尚，诠释了国家民族的希冀与梦想。它有助于对党和人民良好精神风貌的艺术表达和新型军民鱼水关系、延安政治形象的形塑。这种国家形象展现了乐观奋进的精神气象，足以凝聚民心、鼓舞士气，打破了“五四”以来人们对旧体诗词的偏见，对廓清文学史、文学类别的认知具有启发意义。伍丹、杨经建《“红色经典”与中国式现代性建构》（《社会科学》，2021

年第 5 期）将红色经典置于“现代性”语境中进行重审，发现红色经典是一种具有明确理性主义的现代叙事，它的言说方式、表述结构与民族国家的现代性叙事具有同源性，实现了革命人道主义的建构。彭正德、江桑榆《论红色基因及其在新时代的传承》（《湖南社会科学》，2021 年第 1 期）认为红色基因是指中国共产党在革命过程中形成的决定其政治本质和基本政治特性的因子，主要包括理想信念、爱国担当、为民情怀、勇毅品质等方面，在新时代仍是要遵循的根本价值，具有强大的精神动力。

（二）经典批评理论的新思考

学界在现实主义、女性主义等重要“旧”问题上有新思考。赵炎秋《经典现实主义及其反思》（《学术研究》，2021 年第 6 期）论述了经典现实主义的真实表现、现实生活的本来面貌、正确处理主客关系、塑造典型环境中的典型人物等基本原则，并认为这些原则并没有过时，当下仍有其现实意义。文浩、赵炎秋《现实主义文学中的作者意识与人物塑造问题新论》（《文艺争鸣》，2021 年第 7 期）认为现实主义文学创作要处理好作者意识与人物塑造的关系，要尊重人物的独立性和有机性，作者意识应隐含在人物形象之中自然地流露出来，人物可以违反作者意愿自主发展。汤林峄、刘松娜《新世纪中国女性主义文学批评的问题与展望》（《湘潭大学学报》（哲社版），2021 年第 5 期）在简述中国当代女性主义文学批评的历史概况的基础上，总结了它在 21 世纪中国的发展趋向，即从舶来品到本土化、意识形态批评的复位、双性视域交融发展三个方面，此种发展趋向有助于它的中国化。任东华《批评的在场主义》（人民日报出版社，2021 年）对习以为常的“文学批评”提出了新见解和要求，那就是“在场主义”，希望当下的文学批评能直面文本，坚守初心和原则，适时调整、包容开放，还批评本来面目和释批评潜在功能。

阐释学是文学研究常见的工具方法、批评理论和艺术哲学。卓今对此发表了《阐释学与批评的实践问题》《文学阐释学发凡》《文学经典的内部构成：原创性和可阐释性》等论文。她的《阐释学与批评的实践问题》（《文艺争鸣》，2021 年第 1 期）讨论了阐释与批评的关系，认为阐释学要获得现实性与精神性内在特质必须通过批评才能把握，批评作为阐释学的实践样本反映了阐释学的某些本质，批评自身反思必然提升到阐释学层面，通过公共理性进行干预。廖述务《文学客观阐释论的路径及限度》（《文艺争鸣》，2021 年第 12 期）着重论述了西方阐释学理论中的语义自主论、意图主义两条客观化阐释路径。易娟、李作霖的《从“规则”探讨贝蒂方法论阐释学》（《集宁师范学院学报》，2021 年第 3 期）从阐释对象的自主性、意义融贯性、理解的现实性、阐释意义之符合等方面，论述了贝蒂方法论阐释学的基本思想、方法与立场。

古今论文的创造性转化、中西文论的比较分析和文学翻译，也是常论常新的问题。毛宣国《意象美学的现代价值》（《社会科学战线》，2021 年第 12 期）认为从 20 世纪初意象美学就以现代视角来阐释美学问题，这对中国美学的发展有三个方面的重要启示：一是立足本土，寻求中西对话融合，为中国当代美学发展提供了路径；二是它连接传统与现代，有阐释当代文本、引领创造的能力；三是它重视美的精神价值，有助于提升当代人的境界和审美层次。易彬、林恪《中西文学的差异主要还是文学传统的不同——荷兰汉学家林恪先生访谈》（《中国当代文学研究》，2021 年第 3 期）介绍了中国文学在荷兰的翻译、传播情况，林恪认为文学性超越了社会历史记录，喜欢文学性、艺术性强的小说；中西历史境遇、文化传统的不同，影响了西方读者对中国文学的理解和译介。岳凯华在《南方文学评论》第 2 辑组织专栏发表 3 篇论文，论述了以《飞鸟集》《柬埔寨民间故事》《白轮船》为代表的“一带一路”沿线各国文学经典的汉译、传播和影响。

（三）少数民族文学的理论思考

湖南是一个有 50 多个少数民族的省份，许多少数民族都有自己的文学经典，有正活跃在文坛的一批作家。少数民族文学有何特性和如何推动其繁荣发展，学界有深入的理论思考。

罗宗宇、王彦杰《当代少数民族作家培养政策及思考》（《民族文学研究》，2021 年第 3 期）认为文艺政策是“国家和政党管理意志在文艺工作中的反映，是政策主体调节文艺事业发展的基本杠杆和现代治理能力的体现。”当代少数民族文艺政策经历了新中国成立初“十七年”建构期、20 世纪后 20 年拓展期、21 世纪初 20 年深化期三个发展阶段，具有丰富多样、突出重点和主线、国家地方联动中有分工等主要特点。从这种历史梳理中可见，党和国家的民族政策与文艺政策始终是制定实施少数民族作家培养政策的基础；少数民族作家培养政策需要与时俱进，不断创新；当前少数民族作家培养政策要进一步聚焦全面提高作家水平和质量。罗宗宇、刘瀚洲《建构中国当代少数民族文学的地方知识——评〈湖南当代少数民族作家小传〉》（《南方文学评论》第 2 辑）认为赵树勤、夏义生编著 2019 年出版的《湖南当代少数民族作家小传》“比较完整地绘制了中国少数民族文学的湖南地图，建构了湖南当代少数民族文学的知识谱系”。吴正锋《论湘西少数民族文学与湘楚文化的关系》（《中国文学研究》，2021 年第 2 期）认为湘西少数民族文学与湘楚文化关系紧密。湘西少数民族文学根植于深厚的湘楚文化传统中，湘西少数民族文学具有浓郁的湘楚文化特色，这主要表现在它蕴含有湘西神秘魔幻的巫傩文化、浪漫传奇精神、楚人的悲剧意识、炽热的爱国爱民情怀、坚守独立人格的精神、湘西的民俗风情和歌谣等方面的特征和元素。湘西少数民族文学对中国文学的多样性和文学生态的健康发展具有重要作用。

二、聚焦经典、关怀本土的作家作品研究

作家作品和文学现象是文学批评的主要研究对象。文学批评既要有历史的厚度，也要有现实的关怀，文学批评者内心应有这样的无形坐标。对中国现当代文学史上的经典作品、代表作家的研究是一个文学批评家必备的素养，有此才有实力，才能知道当下的文学创作是沉渣泛起，还是开拓创新。直面现实社会及当下的文学创作，面向未来，文学批评才有温度和力度。2021 年湖南学界既有对鲁迅、沈从文、茅盾、余华等在

文学史中具有重要地位的作家作品的研究，也有对正在成长中的湖南本土作家作品的批评。这些研究多以知识性、史实性解读为主，少有思想性、精神性的批判。

（一）鲁迅研究中的“革命”、图像和身体解读

鲁迅及其创作虽然研究难度大，但因其思想的深刻、艺术的高超和内容的丰富，又是许多研究者喜欢“挑战”的经典。由此可见，对中国现当代文学的学者而言，鲁迅是一个无法回避的存在。周仁政《〈药〉与革命——〈呐喊〉重读之三》（《鲁迅研究月刊》，2021 年第 6 期）认为辛亥革命并未向太平天国运动一样使人恐惧，这让人怀疑其革命的成效；没有危机感的社会不可以进行革命，“药”暗示为无用的“牺牲”；革命后政治中的“顺”“逆”与道德中的善恶维系着人们的生死观，但是革命者虽然牺牲了但其精神仍活着；从现代政治观念看，传统政治是社会恐惧的根源，现代政治具有使人“免于恐惧的自由”，但改变极其艰难。龙永干发表了两篇鲁迅研究的论文，《鲁迅的“五四”观和“五四”叙事》（《湘潭大学学报（哲社版）》，2021 年第 3 期）认为在鲁迅的认识中，“五四”是一个宽泛的范畴，有时指五四运动，但更多是指“新文化运动”。鲁迅对五四运动的评价先抑后扬，对“新文化运动”则肯定中有反思。他的“五四”叙事是以“新文化运动”为中心，整体性视角下的“反思”式书写。他的《现代伪士的示众与主体间离的怆然——也论〈起死〉》（《鲁迅研究月刊》，2021 年第 7 期）认为《起死》的创作缘于鲁迅为强化对道家的批判，庄子形象的塑造主要是讽刺现代伪士，戏剧体的表现方式增强了人们的生存体验和作品的批判效果，具有一种自我间离之痛和生命的怆然感。

在读图时代，一些研究者从图像的角度展开了研究。张乃午《鲁迅影像及其视觉表征》（《文艺理论研究》，2021 年第 6 期）认为鲁迅影像是鲁迅形象的影像建构，它在场直观的方式建构不同的鲁迅形象；鲁迅形象反映了各种眼光对鲁迅的想象性建构，鲁迅形象有自塑与他塑两种，鲁迅影像的建构在鲁迅形象的“模仿”与“还原”中确立。“静穆”与

“奇观”是鲁迅影像造型的两副雅努斯面孔，动因交织，衍生出对当代鲁迅生命意义的追问。刘惪晟《鲁迅〈故乡〉插图中的三个少年闰土形象》（《绍兴文理学院学报》（社科版），2021 年第 2 期）分析了鲁迅小说《故乡》所配插图展现的思想图景、意蕴阐释旨趣及其时代特性。受样板戏的影响，韩和平将少年闰土刻画为革命小英雄，是“我”仰视的对象；受“五四”儿童本位思想影响，丰子恺的闰土像天真烂漫，与“我”平视、平等；受封建主奴观念影响，范曾将之视为“我”的仆人。陈伟华《文本再造、主题偏移与价值增生——论 20 世纪〈阿 Q 正传〉的跨媒介改编》（《鲁迅研究月刊》，2021 年第 8 期）梳理了 20 世纪《阿 Q 正传》的戏剧改编和电影改编情况，从跨媒介角度对其进行整体审视，发现改编过程中出现了文本再造、主题偏移和意义增生等现象。

此外，秦世琼、胡志明《凝视与想象——鲁迅小说身体诗学论》（《广西科技师范学院学报》，2021 年第 5 期）从身体诗学的角度研究了鲁迅小说，认为鲁迅小说身体诗学是感时忧国的拟实呈现，以想象中国的方式让身体承载改造民族国家的欲念。鲁迅小说中的自然身体、权力身体、开放身体的叙事，展演成了民族国家的建构，体现了他对国民性的思考、文化省察和灵魂剖析。彭林祥、李检《李长之〈鲁迅批判〉的版本问题》（《鲁迅研究月刊》，2021 年第 4 期）梳理分析了《鲁迅批判》的 11 个版本后，认为 1943 年 7 月东方书社出版的“东方本”是李长之最满意和质量最好的版本。刘业超《鲁迅与〈文心雕龙〉研究》（《东方论坛》，2021 年第 5 期）认为鲁迅对《文心雕龙》的研究具有开拓、奠基之功，他对《文心雕龙》的“心力”说、社会批判思想进行了继承和深化，在此研究中开创性地运用了东西方比较的方法。

（二）沈从文精神资源其作品的空间叙事与图文转化

沈从文作为一个从湖南走出去的现代著名作家，是 2021 年度湖南学界除鲁迅之外研究得最多的作家。在他的小说作品研究方面，有《城里人下乡：叙事空间的打开与控制——沈从文小说〈三三〉解读》《乡土湘西的“常”与“变”——读沈从文的〈湘行散记〉〈湘西〉》《生命的反抗与超越——论沈从文小说的苦难书写》《论〈黔小景〉中生命的悲剧与价值》《论沈从文与佛教文化——以〈月下小景〉为例》《论沈从文〈湘西〉的空间书写》《从〈龙朱〉中论沈文的爱的哲学——孤独的狮子臣服在初生牛犊的眼睛里》等。其中，罗宗宇用现代叙事空间理论研究了沈从文。他的《城里人下乡：叙事空间的打开与控制——沈从文小说〈三三〉解读》（《首都师范大学学报》（社科版），2021 年第 6 期）分析了小说中的叙事空间及其打开和控制方式，认为其中的城乡空间具有隐喻性，是从乡下人的视角来审视城镇和城里人，揭示城里的文明病和显示了对乡土文明的自信，这种叙事意识形态在当代作家的“城里人下乡”叙事中得到了回响。

沈从文小说的图像转化和连环画改编研究，是近年沈从文研究的一个新领域。赵树勤、路诗滢《图文互释与空间转换——论李晨对沈从文小说的连环画改编》（《民族文学研究》，2021 年第 1 期）认为李晨版连环画对沈从文小说实现了成功改编，他用以图补文、以文解图和图文互释的互文式方法塑造了多情的湖湘女子的形象；发挥绘画表现空间的优势，灵活利用图像空间转换，凸显小说中的精彩瞬间，展现了连环画连续流动的视觉化叙事特点，对新时代文学经典的图像改编有启示意义。而石沙西、龙永干《认同资源、重造依托与创作审美张力的生成——沈从文与“五四”》（《南京师范大学文学院学报》，2021 年第 1 期）论述了“五四”对沈从文的“再造”性影响。“五四”引导他进行新的人生抉择，为他提供了自我认同的精神资源，让他完成现代知识分子的自我塑造。“五四”精神成了他的精神依托，并与他的“乡下人”意识交互影响，这让他沉湎于爱、美、生命的同时，又不致陷于虚空和呓语。

（三）零散的其他现当代经典作家研究

除鲁迅、沈从文之外，2021 年湖南学界对中国现当代经典作家作品的研究批评，面虽广但数量少且不集中。茅盾方面有其文论和小说改编的研究，文浩《茅盾的“文艺民族形式论”管窥》（《中国文化研究》，2021 年第 4 期）论述了茅盾“文艺民族形式论”的三大创新及其开放包容的文化思维；赵树勤、李梦琦《论“丰收成灾”题材小说的连环画改编——以〈老通宝〉〈丰收〉〈多收了三五斗〉为例》（《黑河学院学报》，2021 年第 7 期）分析了茅盾、叶紫、叶圣陶三人反映“丰收成灾”的小说的连环画改编特性，这些改编作品的氛围沉重又温馨，显示了丰收意象背后的焦虑苦难，叙事结构变得完整清晰。

对老舍主要是“京味”、家族叙事的研究，有《勒·克莱齐奥对老舍家族叙事的接受》《“京味”文学的电影味——论老舍作品与电影的“联姻”》《“娜拉出走”的困境——反讽视阈下老舍〈月牙儿〉与〈阳光〉》。其中尹鹏凯、梁海军《勒·克莱齐奥对老舍家族叙事的接受》（《法国研究》，2021 年第 1 期）论述了老舍家族叙事对勒·克莱齐奥创作的影响，二人的创作都以家族叙事构架表现时代变革与人物迷惶，充分利用回忆展现生活图景，用文学的方式记录了时代和文明。

对林语堂主要是其叙事与翻译的研究，李珂、肖百容《论林语堂小说的感觉叙事》（《湖南大学学报》（社会科学版），2021 年第4 期）认为在林语堂的小说叙事中，感觉成了事件的缘起、转折和终点，是事件过程的决定者和事件意义的赋予者；在生死、丧失事件中，人的感觉被发现、释放出来和实现了生命的升华；这种感觉叙事是人物复杂个性的展示，诠释了新文学的个性解放主题，并传承创新了叙事传统。李玮《重新发现林语堂——评肖百容〈林语堂小说研究〉》（《中国文学研究》，2021 年第 2 期）认为肖百容 2019 年出版的《林语堂小说研究》“对建构一个完整而真实的林语堂具有重要意义”。宋丹《林语堂〈红楼梦〉英译原稿诗词韵文翻译策略研究》（《中国文化研究》，2021 年第 1 期）分析了林语堂对《红楼梦》诗词的态度，总结出他择优而译、兼顾文体均衡、配合情节发展需要等六个韵文选译原则，并分析了他在翻译实践中的练词、用韵、体裁、意境等方面的做法。林语堂的相关研究还有《论林语堂的认同危机与角色转换》《林语堂的中国叙事策略探究》《性灵的回望：林语堂气美翻译标准之考辨》等。

对朱自清主要是翻译和史料的研究，彭圆、屠国元《朱自清散文意象翻译的认知诗学探究》（《外语研究》，2021 年第 2 期）认为朱自清散文具有意象美，通过对20世纪50年代以来国内对朱自清散文的英译作品的分析，讨论了识象、构象和换象三个散文意象翻译过程，揭示了译者从解释到发现、再到赋予散文新生的再创作的心理规律，为中国散文的外译和传播提供了借鉴。汤志辉《关于〈荷塘月色〉中“月夜蝉声”的论争——兼及朱自清的两封佚信》（《社会科学论坛》，2021年第4期）回顾了由朱自清《荷塘月色》中“月夜蝉声”引发的夜里到底能不能听到蝉声的论争及朱自清相关的两封书信，可见朱自清的严谨和谦逊。

对郭沫若的研究有张驰《浪漫的间歇——抗战初期郭沫若的寓湘之旅》（《中国文学研究》，2021年第3期）探究了1938年在湘期间思想情感的变化。他的心情变得沉郁，疏离宏大主题，关注世俗生活的雅趣，如实书写流亡经验和灾难记忆，反映了他的思想张力和多种书写可能。

随着七月派诗人彭燕郊（1920－2008）诞辰百年的到来，2021年《中国现代文学研究丛刊》《新文学史料》《诗学》等杂志推出了研究专栏，湖南学界给予了重点关注。易彬主持、集合长沙理工大学文学与新闻传播学院中文系的研究团队在《诗学》以专栏的形式发表了《风前大树彭燕郊》（易彬）、《告别浪漫主义的先声——从〈卖灯芯草的人〉谈起》（刘恒）、《论彭燕郊诗歌的“重”与“轻”》（潘潘）、《历史的无奈，亦或个人的悲哀？——对彭燕郊诗歌〈无题〉的汇校研究》四篇文章，论述了彭燕郊诗歌创作的特性和艺术成就。易彬、张凡《彭燕郊研究：回顾与前瞻——纪念彭燕郊诞辰一百周年》（《中国现代文学研究丛刊》，2021年第2期）认为对彭燕郊这样跨越现当代文学阶段的人物宜进行全景式的整体把握，将他的人生历程和写作生涯分三个“三十年”进行研究，能较全面展现其形象内涵。相关文献的整理出版，有助于拓展其研究空间和提升其评价高度。

此外，《“生命、迷茫与重估”——尼采现代性批判视野中曾树生形象的三重意蕴》（刘家玉）、《张爱玲《传奇》的空间叙事》（胡用琼、李优雅）、《萧伯纳的影响之源与张爱玲的“幼稚”之论》（潘紫霓）、《一种反殖民的成都镜像——从空间视域看初版《大波》的辛亥革命叙事》（丰杰）、《“观心看静”：废名小说生命哲学思想探微》（秦红玉）、《感悟诗学：梁宗岱象征主义诗论的东方神韵》（李韦佳）、《论凌叔华小说的儒家底色》（杨文慧）、《从重庆到延安：艾青作为党的文艺工作者的生成》（马正锋）、《文图互动与叙述缝隙——论丁玲〈太阳照在桑干河上〉的连环画改编》（宋敏、赵树勤）、《周立波散文的红色文化精神》（罗孝廉）、《始终遵从心的方向——水运宪小说创作综论》（聂茂、付慧青）、《别样的汪曾祺创作自述》（黄莹）、《向死而生——史铁生的死亡哲学》（宁微雅）、《〈活着〉异质文化在英译本中的"深度"还原》（李志坚、王文涛）、《从宏大叙事到日常生活——王安忆长篇小说〈69 届初中生〉评析》（赵洪涛）等文，分别对巴金、张爱玲、李劼人、废名、梁宗岱、凌叔华、艾青、丁玲、周立波、水运宪、汪曾祺、史铁生、余华、王安忆等作家的创作进行了分析研究。

（四）以赞颂为主的当下湖南作家研究

当下湖南的文学创作活跃，作家与批评家时有互动，二者的良性互动对各自的发展都是有助益的。学界对王跃文、韩少功、阎真等作家的创作都进行了研究。本土学者对本土作家进行研究，具有资源、信息优势，但是双方的"亲近感"和局中"迷雾"，也会在一定程度上遮蔽一些问题，对客观审视评价造成障碍。因而如何处理好双方的"距离"是要面对的一个难题。

对王跃文主要研究了其乡土小说和官场小说。马新亚《"新乡土小说"的文化之思与存在之思——以王跃文〈漫水〉为例的考察》（《南方文学评论》第 2 辑）认为王跃文的《漫水》承接了中国现代乡土抒情小说的传统，在高度美化和提纯的乡土世界中，寄寓中国传统人文理想，漫水村人信奉人性基础上的常情、常理，其文化思维具有整体性、连续性和包容性。但是随着社会变化，它有溃散的隐忧，叙事有了挽歌情调。它以文学的方式思考人的生存困境，有现代本质和民族风格的现代乡土小说书写，也是人诗意存在的探索。杨宁的硕士论文《王跃文乡土小说人性异化书写研究》（湖南师范大学，2021 年）则分析了其乡土小说中人性异化的原因、维度和对人性异化的抵抗。李慧娟、彭在钦《大清相国清几许——论〈大清相国〉的叙事策略及现实意义》（《佳木斯大学社会科学学报》，2021 年第 4 期）论述了王跃文的历史题材官场小说，分析了小说塑造的陈廷敬为代表的清朝大臣群像。认为这部小说采用全知视角，叙事的戏剧化明显、故事性强，在陈廷敬这个“完人”形象的身上，寄托了作者济世救民的理想主义情怀。

对韩少功的研究大都注意到了他的实验性、反思性。文姣《从〈第四十三页〉见韩少功“新时代”观照》（《湖北文理学院学报》，2021 年第 4 期）认识到了小说叙事的“实验性”，从主人公在新旧时代的魔幻穿越及其与小说叙事者的对话，分析了它的创造性文学表述和对时代进程、中国主体性的创造性想象，从中认识到了作者对新时代的复杂感情与反思。唐语韩《浅谈韩少功作品中的乡土世界——以〈马桥词典〉和〈山南水北〉为例》、齐晓倩《〈山南水北〉：“非虚构”姿态下的散文写作》（《南方文学评论》第 2 辑）都分析了韩少功“记录”、营构的乡土世界；其中，后者分析了其非虚构写作特性，韩少功以返乡的姿态，以自己的行走、体察来收集写作资源，整体“非虚构”现自然、人性之美，局部“虚构”中渗入哲思，他面向大地，为人生、思想的落实探索新路径。

马笑泉《放养年代》的童年叙事是评论家们喜欢讨论的一个话题。马新亚《童年叙事、人性理想与总体性写作的可能——以马笑泉〈放养年代〉为中心的讨论》（《中国当代文学研究》，2021 年第 4 期）认为马笑泉的《放养年代》是他“邵阳系列”创作的一个重大收获，小说用现实主义手法有自传色彩，书写了 70—80 年代之交出生那代人的童年记忆与感怀，充满童真的奇思妙想，批判了教育体制与人性中的“平庸之恶”对人的生命力的扼杀。在整体性陷落、价值多元化的语境下他对重构叙事的整体性作出了有效的尝试。曾娟、封景《论马笑泉〈放养年代〉的童年叙事》（《城市学刊》，2021 年第 2 期）认为作者用儿童和成人的双重视角审视放养年代里大人和小孩的生活面貌，作品有悬念、陌生化、留白的艺术效果，深切反思了儿童的教育问题。其“反童话”的童年叙事，具有某种开拓性和现实意义。

此外，黄菲莳《蔡测海的精神乡土或文化乡愁》（《民族文学》，

2021 年第 12 期）认为一个叫三川半的地方是蔡测海的精神乡土，蕴含着其文化乡愁，从中可见“融合了孔孟庄严、楚骚浪漫、巫傩神秘的文化人格”和文化隐喻。戴海光《中西悲剧比较视野下阎真小说的悲剧美学特征新论》（《中国当代文学研究》2021 年第 4 期）分析了阎真小说中知识分子的悲剧命运及其悲剧美学特征。他关注凡夫俗子的人生悲剧，以独语、对话的叙述方式展示知识分子蜕变时灵魂挣扎、内心冲突和悲剧人物在这种冲突中“死而复生”的结局。熊队宁《何顿〈幸福街〉中的爱情叙事探究》（《名作欣赏》，2021 年第 8 期）分析了《幸福街》中两辈人的爱情故事与人们的本真生活状态，它由底层人物塑造显人的本性，用“一女三男”的故事模式、独特的叙事意象、狂欢化的叙事、长沙的方言俚语，探究了其中的伦理关系、市民文化和社会矛盾。贺秋菊《沉默中的乡村生长与叙事开掘——谈沈念的小说集〈灯火夜驰〉》（《长江文艺评论》，2021 年第 2 期）解读了沈念在湘南偏远瑶乡扶贫期间完成的系列小说集《灯火夜驰》，注意到作者是从乡村人、乡村故事的角度审视当下乡村社会的发展状况，在“沉默”中感受乡村转型中人们的惆怅、挣扎、期盼和人情伦常，并分析了其客观严肃的观察和包含理解、尊重的叙事策略和审美境界。邓谦林《镜像中的生命反思——论组诗〈世界在镜中转身〉的思想艺术特色》（《湖南文情报告（2021）》）以印象感悟和文本细读的方式解析了陈新文的组诗《世界在镜中转身》，认为其用象征主义的“应和”之法，将自然季节和人生阶段对照融汇起来抒写，在融汇的镜像中回顾生命历程、反思生命意义，理想主义精神中渗透了沧桑感和危机感。晏杰雄、孙艺珑《政治文化视阈下的力与美表达——评纪红建〈乡村国是〉》（《长沙文艺评论》，2021 年第 4 期）评析了近年扶贫书写中涌现的优秀报告文学《乡村国是》，认为这是一部由“小村落”窥“大国是”、带有鲜明政治文化气质的纪实作品，承接“文以载道”的现实主义传统真实记录了中国伟大壮丽的扶贫景观，用内在精神逻辑选择、组织、贯穿实地采访到的材料，格局高远具有壮阔雄伟明亮之美，选取贫困乡村中各色人物的“声音”，建立典型人物群像，完成“复调”式公共写作。

（五）儿童文学研究有待拓展深入

儿童文学的研究成果相对较少，主要集中在儿童文学的特性、形象、翻译、绘本和作家作品分析等方面。朱一凡《论儿童文学的儿童性》（《大众文艺》，2021 年第 13 期）认为区别于其他文学种类的儿童文学的儿童性，是从儿童的角度去看待问题。聂亭潇《中国童话的现实主义流变》（《绵阳师范学院学报》，2021 年第 6 期）认为我国现代童话更重现实主义创作方法，从 20 世纪初至今经过了三个发展阶段，现实主义童话要继承叶圣陶开创的“稻草人主义”，要将幻想的轻盈与现实的厚重结合起来，重视儿童想象力、创造力的培养。邓礼红《杨红樱儿童文学作品的对外译介、传播及启示》（《作家天地》，2021 年第 5 期）发现杨红樱的作品在国内热销，但翻译到国外后接受效果不理想。这需要我们提升作品质量，选择适合当地的译介模式，采用多元的传播渠道，来改进推动。腾旋《女巫形象在儿童文学中的嬗变》（《昆明学院学报》，2021 年第 5 期）论述了儿童文学中的女巫形象，经历了从“从黑暗森林的邪恶女巫，到穿梭都市的人性化女巫，再到观照内心成长的小女巫”的嬗变，具有不同的时代内涵，反映了个性独立解放的发展趋向。

儿童文学作家研究重个性分析。傅娆《论艾特玛托夫对曹文轩小说创作的影响》（《昆明学院学报》，2021 年第 5 期）认为曹文轩的儿童文学创作深受艾特玛托夫的影响，主要表现在“成人—儿童”视角下的回忆叙事，温情模式中含苦难主题，象征、幻想手法的借鉴。他结合自我的个性，融汇创新，形成了自己的忧郁风格。邓雨青《另类的民族书写——意西泽仁文学版图中的儿童文学创作》（《名作欣赏》，2021 年 15 期）解析了藏族作家意西泽仁的儿童小说的特性，它是根植于甘孜藏族文化中的儿童小说，展现了藏族儿童的生活日常，对当地民族文化进行了童真关照，进行与时代同步的民族书写，对当下儿童文学创作有启发意义。

三、重外轻内的网络文学研究

网络文学经过 30 多年的发展，随着网络技术、新媒体的发展、人们文化观念阅读习惯的变化，在资本和影视剧改编的助力下，近些年网络文学虽然品质良莠不齐，但总的来说是量质齐升，读者越来越多，在当代文坛的影响也越来越大，越来越多的学者放下成见，以开放性、建设性的思维对其审视，在评价体系、规范管理、特性解读、域外传播等方面展开了研究。以欧阳友权为代表的中南大学学者群是网络文学研究的重镇。总体而言，研究的成绩集中在网络文学的外部，对具体网络文学现象、作品的批评阐释较少，这可能与网络文学作品篇幅太长、经典化尚需时日和筛选有关。受众趣味和资本、市场主导其发展，研究批评对网络文学而言“理论的空转”更严重。

对网络文学发展历程的回顾总结是研究的基础。2021 年 9 月“中国网络文学 30 年”国际高峰论坛在长沙举行，张浩翔《中国网络文学 30 年的几个焦点问题》（《百家评论》，2021 年第 6 期）对会议进行了总结：网络文学必须建立规范科学的评价体系，评价应实事求是具体问题具体分析，快感机制评价与人文审美的选择性评价相结合；网络文学传播途径模式有多样性，重视版权改编对网络文艺“出海”和传播中国文化有巨大作用。欧阳婷《北美华文网络文学的历史脉络及其特点和局限》（《南方文坛》，2021 年第 2 期）认为北美华文网络文学从 1991 年至今经历了起步期、快速发展期、平稳发展延伸期三个阶段；反映华人在中西文化差异中寻平衡是其多元主题中较为突出的一种；它规模小、商业运营效益欠佳、以业余作家为主。

研究者最热衷最关心的是建构契合网络文学特性的评价体系。欧阳友权《网络文学评价体系的“树状”结构》（《当代文坛》，2021 年第 6 期）认为网络文学具有文学与网络的双重属性，“可基于网络语境的思想性、不脱离爽感的艺术性、源于技术传媒的网生性、依托市场绩效的产业性和聚焦传播效果的影响力”五个维度设计其评价体系的基本指标。

五个评价指标可分为三个层次，评价树根基部的核心层由思想性、艺术性构成，评价树中段的中间层是网生性、产业性，评价树末端的外围层是网络文学影响力评价。“适应对象的有限性、要素倚重的选择性和系数赋权的针对性”，规制了它在实际应用上的适恰性本色。欧阳婷《弥补网络文学批评的理论“短板”》（《中国图书评论》，2021 年第3 期）认为欧阳友权的《走进网络文学批评》切入网络文学现场，解读网络文学批评的理论逻辑和实践应用，有着弥补" 短板"、开启学术新声的意义。晏杰雄、刘敏《“史”“论”结合：近距离“新”文学批评史范式的建构——欧阳友权〈当代中国网络文学批评史〉》（《中国现代文学研究丛刊》，2021 年第6 期）认为欧阳友权《当代中国网络文学批评史》突破近距离、“新”文学的网络文学批评述史瓶颈，坚持史实本体依据，引进历史价值论，确认了网络文学批评作为文学史书写对象的合法性，且给出了具实操性的写作策略，建构了新型述史范式。禹建湘《建构中国网络文学多维评价体系》（《中国社会科学评价》，2021 年第4 期）认为“网络文学评价的维度设定应是虚拟真实与现实审美的统一、爽文制造与人文关怀的统一、文化传承与艺术创新的统一。建立网络文学多维评价体系的关键在于理解网络文学的价值功能，推进网络文学经典化，创新网络文学评价体系”。他的《构建网络文学网站社会效益评价体系——基于25 家网站数据分析》（《中国文学批评》，2021 年第3 期）在对网络文学网站数据调研基础上，建构了含7 个准则36 个指标的社会效益评价指标体系，希望文学网站统筹好社会效益和经济效益，实现全面发展。

网络文学研究者希望完善加强对网络文学的创作、传播、阅读的规范和引导。禹建湘、蒲钰希《失范与规制——IP 时代网络文学版权问题》（《长沙大学学报》，2021 年第6 期）认为因专有性弱、地域性模糊、现象复杂、保护期不明等原因，网络文学的侵权盗版现象严重。网络文学行业应增强侵权打击力度，提高侵权赔偿成本，培养网络版权专业人才，建立统一的网络文学版权数据库，强化网络文学网站的原创性管理。秦淑敏《网络文学版权协议中续写权的性质与法制保障》（《广西质量监督导报》，2021 第4 期）分析了网络文学中的续写作品与原作品的版权关系，认为法律需明确续写权的性质，让著作权保护有法可依。关洁《网络文艺价值引导问题及对策探析》（《大学》，2021 年第41 期）认为目前的网络文艺存在量大质低、重利轻义、价值失衡等方面的困境，因而需加强价值引导监管，优化网络文艺生态。

网络文学未来如何发展、如何创作传世经典是更切实的问题。欧阳友权《我国网络文学热的“冷”思考》（《华夏文化论坛》，2021 年第 2 期）认为在技术优势、市场催生、娱乐品格三重推力作用下，中国已成为网络文学强国；但也存在量大质不优、模式套路化、出新难易审美疲劳等问题；所以将来网络文学的发展要慢下来、沉下来、静下来，才可能健康发展。他的《网络创作能否打造文学经典》（《上海文化》，2021 年第 8 期）认为打造网络文学经典需要倡导工匠精神，在评价推优改编等方面多措推进，要规避媒介歧视、过度商业化和跟风等问题，并在优化创作环境、解决版权保护、健全评价体系、培育行业生态等方面同时努力。任美衡、陈娟《网络文学的经典化及其路径探讨》（《传播与版权》，2021 年第5 期）认为推动网络文学的经典化，网络文学作者要有人文知识分子的责任感和自觉的经典意识，不断提升作品的艺术价值；要调整和完善文学评价体系，加强对读者的引导改进其阅读期待，规范网络空间管理。聂茂、付慧青《王船山诗学思想与网络文艺的文艺性再造》（《中南大学学报（社会科学版）》，2021 年第6 期）从优秀传统文化现代转化的角度对推动网络文学发展进行了探讨，认为王船山诗学对“实现网络文艺的文艺性再造具有重要的针砭作用与启示意义”，网络文艺要追求人的生命意义有人文底色，科技要与传统美学融合，要以传统文化精神为价值本位，要起到精神产品应有的培根铸魂作用。

在全球化、中外文化交流日益密切的背景下，研究对中国网络文学的翻译和域外传播进行思考。米微微、胡东平《解构主义视角下中国网络文学在越南的传播》（《今古文创》，2021 年第 4 期）注意到中国网络文学走红越南，主要是因为中国的强文化吸引力、中越文化的接近性和中国网络文学产业的繁荣，希望国家支持改良专用翻译软件、培养专业翻译人才以促进网络文学传播和塑造良好的中国形象。

四、紧跟时代的影视戏剧和新媒体研究

图像正在改变人们的生存方式和思维方式。随着科技的发展、网络的提速、网络终端产品的升级，影视戏剧观看变得更便捷、途径更多样，新媒体也改变了文艺产品的生产、传播和阅读的方式。近年相关的文化产业获得了飞速发展，相关的学术研究机构和研究队伍扩大增多。去年学界对近年票房高的电影、收视率高的电视剧电视节目、新媒体短视频和重要的戏剧作品都分析论述，批评文本的选择多样、观点多元，对受众关注的热点及时做出了回应，推动了内容的生产者、传播者和受众的互动交流。但是印象、情绪的表达多，深层的学理探究稍显不足。

（一）聚焦类型的影视批评

类型影视在此是指在主题、情节、人物设置、影像设计等方面模式化的作品，与类型电影概念相似，但范围更宽泛。学界聚焦类型，研究成果多，或解析类型作品，或进行理论阐述，是因这样的作品多，社会反响大。这是影视市场在学术上的反映，因为影视艺术是一种根植于市场的文化工业，受众的期待、趣味直接影响着影视产品在市场上的成败和进行再生产的可能。但是，作为研究者既要关注潮流，更要独立思考，要从建立良好影视生态、促进高质长远发展、促进具有创新性优秀作品产生的角度来发言。

围绕扶贫这个重大时代主题出现了一大批影视作品，相关的影视批评有《一条大路宽又阔：浅析精准扶贫题材纪录片的叙事范式》（岳璐、方世荣）、《〈江山如此多娇〉：脱贫攻坚人物群像的时代书写》（江静雪、蔡颂）、《唯有真实最动人——小议扶贫剧〈江山如此多娇〉的艺术成功》（唐莉敏、符云柯）、《论〈山海情〉的美学探索：扶贫史诗、抒情乐章与铸魂影像》（王作剩）、《电视剧《山海情》的戏剧冲突浅析》（吴桐茵）、《“高口碑”主旋律电视剧的探索与启示——以〈山海情〉为例》（刘馨怡、周正华）、《新时代扶贫剧的现实主义影像表达与叙事建构——

以〈山海情〉为例》（胡彦岚）。其中，《一条大路宽又阔：浅析精准扶贫题材纪录片的叙事范式》（《中国电视》，2021 年第 1 期）认为精准扶贫题材纪录片以成就叙事、情感叙事和乡俗叙事，用新鲜生动的案例，展现了生动的脱贫攻坚画卷和中国的精准脱贫模式，表现了人们的获得感和幸福感，向世界展示了中国取得的伟大脱贫成就，为我们留下了感召力强的扶贫集体记忆，反映了新时代乡土中国的生机活力。

文化类纪录片对树立文化自信、“刷新”中国形象具有重要意义。相关的研究有《非物质文化遗产类纪录片的传播特征分析》（娄铭洋）、《诗词文化综艺节目的创新传播策略》（宋湘绮、江思颖）、《〈文学的故乡〉艺术特征与传播价值》（王作剩、何春耕）、《〈文学的故乡〉：制播语境、审美特征与文化价值及其反思》（王作剩、何春耕）、《纪录片〈中国〉的叙事策略及主流意识形态表达》（燕道成、刘翔）、《纪录片〈中国〉的叙事策略和问题审视》（许乐清）、《论历史文化纪录片〈大明宫〉的文化记忆构建》（何春耕、常珂欣）、《东方美学视域下中医药文化的影像建构——以中医药文化纪录片为例》（袁会）、《解析自然纪录片的人文转向》（蔡骐、唐玉莲）。其中，《〈文学的故乡〉艺术特征与传播价值》（《电视研究》，2021 年第 5 期）认为《文学的故乡》对文学与故乡之间的关系进行了理性和富有情感的影像阐释，表达了作家故乡情，艺术特征和谐完整。对作家群像的塑造、对作家群的肯定和对故乡的凝视，可有效实现对受众的询唤和激发其对中国优秀作家的认同，这对传播作家精神、增强文化自信、留住乡愁和振兴乡村文明等方面都有帮助。

对当下热门或常见的影视作品的研究是一种常态。主旋律影视、抗日剧是最常见数量最多的，相关的研究如《新主旋律电影的类型化艺术特征》（蒋文妮）、《主旋律电影“热”的“冷”思考》（李佳林）、《从主旋律到新主流：中国叙事的变与不变》（张春、刘美淇），《抗战剧中的湖湘精神呈现——以〈战长沙〉为例》（沈懿哲、单琳芮）、《论抗战题材电视剧的人物塑造——以新老〈亮剑〉为例》（沈懿哲、蒋欣）。其中，《从主旋律到新主流：中国叙事的变与不变》（《电影文学》，2021 年第 16 期）认为主旋律电影正逐步向新主流电影过渡，弘扬主流价值观是二者共同的叙事母题，变化之处主要在于题材选择更多元、叙事方式更多样，镜像表达和图谱生成折射新认同。这反映了国产主流电影的自我革新和新拓展。

当下的热门影视当然是票房、收视率高、口碑好的，其中许多也是类型产品。如《〈金刚川〉的“桥”：被符码化的历史寓言》（谢文军、蔡颂）、《从《夺冠》看女排精神对当下时代的意义》（李静惠）、《角色·情节·主题：动画电影〈哪吒之魔童降世〉叙事美学分析》（刘也铃）、《〈姜子牙〉：中国传统神话角色的重构》（唐乐辰）、《〈哪吒之魔童降世〉人物形塑新解》（江静雪）、《〈红海行动〉：暴力美学的“应用”》（王玉琼）、《英雄群像塑造与诗化情感表达——浅谈〈八佰〉的叙事策略》（谢羽翎）、《青春、暴力与伤痕的电影表达：基于〈芳华〉和〈少年的你〉的分析》（郭威、吴雁蕾）、《〈少年派的奇幻漂流〉成长叙事解读》（何玮）。夏甘雨《〈唐人街探案〉系列影片的叙事研究》（《西部广播电视》，2021 第 10 期）认为《唐人街探案》系列以独特的“喜剧+探案”模式，开创了中国悬疑推理类电影。将悬疑线性推理与案中案套层叙事相结合，戏剧冲突强，时空叙事自由巧妙，深入思考人性的善恶，人物表现幽默有趣。李琦、闫志成《叙事·记忆·认同——重大革命历史题材电视剧〈觉醒年代〉的主题呈现》（《传媒观察》，2021 年第 7 期）认为《觉醒年代》很好地处理了史诗叙事与个体书写的关系，为观众刻画了从新文化运动到中国共产党创立这个历史时期的领袖群像，直面政治意识，在巧妙的意识形态言说中树立信仰认同，具有人性的温度和信仰的高度，因而大获成功。

（二）新媒体研究中寻大思考

新媒体包括手机、数字电视、互联网等，适时性、交互性强。适应手机阅读观看方式的短视频是其中的重要代表。目前学界主要是从科技、传播、文化产业等角度进行研究。它数量多、更新快，但多庸俗质劣，研究者需要沙里淘金，找出其中的上品予以评价和引导，这样的研究还比较少。

许静、雷跃捷《〈闪耀的平凡〉：外国人视角的中国故事》（《中国广播电视学刊》，2021 年第 3 期）认为在新的传播生态下《闪耀的平凡》开拓了为内外观众都喜闻乐见的外宣片述事新方式。它以“讲故事”的方式进行国家叙事，易引起观众的情感共鸣，个人故事中隐含宏大叙事，用个人情感激发民族情感、国家认同，传递了中国新形象，为外国了解中国打开了一个新窗口。

胡潇雨、向志强《“土味”短视频身体叙事与身份生产的思考》（《长沙大学学报》，2021 年第 1 期）注意到一场“土味革命”正从农村包围城市，“土味”网红以各自的方式打造喜剧，在生活、表演交织的“半真实”状态下做着“角色扮演”。它的流行，甚至“野蛮生长”，是因为它满足了人们参与和表达自我的双重诉求，大量的“孵化”公司、资源平台培育了大量草根创作者。在此话语权貌似从精英转到了平凡普通人，但是“土味”视频多娱乐性强、剧情雷同、表演浮夸。土味网红沉浸于以身体为符号的“角色扮演”中，在虚拟空间中用身体表演社交、叙事，让他们成了消费社会的俘虏。所以它需要提升审美品位，要在其中加入优秀的传统文化，让兴趣变得更理性，让身体回归人的本真。

黄傲彤《期待与召唤：李子柒短视频跨文化传播策略探究》（《视听》，2021 年第 12 期）探讨了网络美食视频博主李子柒在海外走红的现象。她的视频是以自己为中心，建构起平等、非功利的个人文化符号；尽可能用图像叙事，突破认知障碍，凸显中国乡村景观给人的新奇感，让人产生回归田园生活的情感期待，“古风”中交融现代性让人耳目一新；用低语境叙事手段，召唤观众的人文情怀，打破了外国人对中国的刻板印象。

五、深染湖湘特色的戏剧研究

戏剧研究主要是对当下重要剧目的回应，湖南地方戏的发掘和传统经典剧目论述，前二者的研究对象都是地方性的，研究者注意到并分析了其中的湖湘特色。如王旭《“湖湘文化”的歌剧化表达——原创民族歌剧〈爱莲说〉的艺术价值》（《艺术大观》，2021 年第 21 期）认为民族歌剧《爱莲说》（2017 年）是湖湘文化的艺术呈现，它饱含浓郁的湖湘文化气息，艺术价值高。

近年湖南戏剧工作者创作了《大地颂歌》《高山之巅》等扶贫题材戏剧。歌舞剧《大地颂歌》的热度仍未退却，相关的研究有《融媒体背景下主旋律歌舞剧与电视节目的融合研究——以湖南卫视〈大地颂歌〉为例》（黄禹超）、《赞扶贫心路，感艺术力量——观大型史诗歌舞剧〈大地颂歌〉》（黄葶、刘海栋）、《〈大地颂歌〉：时代镜像中脱贫攻坚史诗性记录》（伍益中）等。李俚《〈大地颂歌〉：舞台艺术的创新研究》（《戏剧之家》、2021 年第 25 期）认为该剧的成功缘于它真实地反映了十八洞村脱贫攻坚的现实，运用了歌舞结合、虚实结合表现方式，兼顾纪实性与艺术性进行集成创新，故事内容表现了湖湘人文意蕴。

湖南各地有种戏曲在民间演出流传，戏曲文化丰富。杨莉《新媒体时代湖南地方戏曲的传播困境与发展策略》（《大众文艺》，2021 年第 10 期）认为随着社会的发展和文艺种类增多，地方戏曲自身吸引力不够，传播手段不更新进步，会导致戏曲文化发展走向衰落，所以主张湖南地方戏与新媒体进行有效结合以实现更好发展。薛静《新媒体时代戏曲类非遗文化的民间传播途径探索——以长沙民间昆曲社为例》（《传媒论坛》，2021 年第 3 期）认为新媒体时代民间戏曲有了更多的传播途径。昆曲在长沙的传播表现出传播者与受众双向传播、线上线下多渠道传播、多样的活动坚持以昆曲为内容。为了促进昆曲的保护发展要重构昆曲文化场域，发掘更多昆曲爱好者，加强民间曲社的联合，重视民间力量的同时寻求政府的支持。

对传统的经典剧目，多是将其当作“书斋剧”来进行文本细读和研究。学界对曹禺、老舍、契诃夫、易卜生等人的剧作都有研究。如《曹禺剧作人物关系探析——以周冲、方达生、焦大星和曾文清为例》（郭威）、《论曹禺〈北京人〉的女性价值取向——以曾思懿和愫方形象为例》（戴静如）、《透过后现代主义的窗观“茶馆”——评孟京辉版《茶馆》对原版的继承与再创造》（林露莹）、《花园中流淌的河——评〈樱桃园〉中时间与人物命运的关联》（李沁如、张振）、《〈玩偶之家〉之“玩偶”解读》（程明璐）。其中，《〈玩偶之家〉之“玩偶”解读》（《戏剧之家》，2021 年第 12 期）解读了剧四个主人公的“玩偶”本质。认为娜拉是家庭玩偶，经历了从沉睡到觉醒到追求独立的性格发展过程；海尔茂是被男权话语操纵的玩偶；林丹太太是爱情的玩偶；柯洛克斯泰是资本的玩偶。他们都是生活中被困的人，由此反映了人的生存困境和引发了人格独立的思考。

（邓谦林）

2021年度期刊观察

期刊观察之《湖南文学》杂志

培养文学新锐，升华文学价值

纵观2021年度的《湖南文学》杂志，中篇小说是重要看点。十二期刊物陆续推出了实力小说家王秀梅、章缘、鬼金、何顿、盛可以等的中篇力作，特别是章缘的《陌生地》和盛可以的《推空婴儿车的男人》，厚重精彩的故事，介入潮流而不随波逐流，立足本土，又不落窠臼，以现实主义的手法，揭示了人们的心灵世界在时代生活沿革中的流变与升华。

相比中篇小说，短篇小说更加注重艺术的抽象和形式的美感。在2021年，《湖南文学》发表了近九十部短篇小说，从著名作家陈世旭、残雪、杨少衡、聂鑫森、蔡测海，到青年作家冉正万、王大进、再到新锐作家阿微木依萝、祁媛等等，都有上乘表现。特别是杨少衡的《裹脚布》，蔡测海的《西南某处，我们的经纬度》，冉正万的《烧舍利》，皆精炼、含蓄，深邃，被多家选刊转载，堪为短篇小说的精品力作。

好文章的第一标准，是给人以美的享受。在《文章台》的专栏中发表了著名作家钟叔河、李敬泽，叶兆言、蒋蓝、王祥夫等的文章，有的风趣老到，有的清闲飘逸，至情至性的文字，值得一再品尝，回味。

开年以来，本刊为庆祝中国共产党成立100周年，积极向广大作家约稿，得到了省内外著名诗人和小说家以及基层作者和广大文学爱好者的大力支持，收到了一大批鼓舞士气、弘扬正气的作品，在第七期“庆祝中国共产党成立100周年专辑”上，刊发了二十五位诗人和十六位小说、散文家的优秀作品，迅即在社会和文学界引成了较大反响。

为了响应习近平总书记“绿水青山就是金山银山”理念，刊物在2021年新增设“碧水青山新湖南”专栏，刊发了多篇省内外作家的优秀生态作品，并在年末编辑了《碧水青山新湖南》增刊，刊发了大量省内优秀的报告文学和散文作品。

刊物有意识地加强对本省文学新人、新锐的发现与培养，从编辑到主编，积极参与各市县发起的文学讲座、交流活动与改稿会，对有希望的作者不厌其烦地予以沟通、指导和鼓励，在质量上达到发表水平的作品，责编优先送审，主编优先录用。譬如，在2021年第8期发表了衡阳徐源徽的小说《夜色温柔》，第9期发表了岳阳贺潇雨的随笔《质疑者科塔萨尔》，第10期发表了衡阳朱弦的散文《小城大象》等，特别是湖南师大的大学生易娟和陈研分别在第5期和6期发表短篇小说处女作《张望》与《梨白》，还有宁乡市作者肖辉跃的散文处女作《等鸟来》在第12期发表后，被《散文选刊》转载，其亲历自然的写作方式，引起广泛关注。无疑，这些年轻、陌生的面孔，给湖南文坛注入了一股新鲜的血液。

在诗歌栏目上推出了省内诗人起伦、李春龙、郭辉、胡平、刘羊、王馨梓等老中青诗人的作品，给人满目新鲜之感。

在国际文坛栏目，精心组织翻译了十二篇世界优秀作家、特别是青年作家的短篇小说，这些作品大多在结构、技巧和语言上有所探索，为扩大本省基层作家的文学视野和品味，具有积极意义。

在重点打造的栏目《湖南青年》中，推出了湖南崭露头角的青年作家诗人玉珍、彭湖、青蓖、李砚青、康雪等的作品小辑，除了推出他们重要的作品，还约请了资深评论家对他们的作品一一进行点评、指导，其中玉珍的短篇小说《爸爸喝酒的日子》被《小说月报》转载，彭湖的短篇小说《一无所有的春天》入选人民文学出版社《2021青春文学年选》，康雪的组诗《向内的闪耀》被《诗选刊》转载。他们的登场，为湖南青年作家和诗人们竖立了向上的标杆。

在 2021 年，刊物一如既往地加大了对本省作者的关注力度。经统计，今年十二期刊物，共发表了省内和湘籍两百多位作者的作品，占全年份额的 68%。其中不乏工人和农民的作品。

由于多方面的努力，刊物的影响力日益增大，引起了全国各类选刊的热烈关注。2021 年，刊物所发表的作品被《小说选刊》《小说月报》《中篇小说选刊》《长江文艺·好小说》《北京文学·中篇小说月报》《散文选刊》《散文选刊·海外版》《诗选刊》《台港文学选刊》《青年文摘》《特别关注》《小小说选刊》等转载达 36 篇次。

2021 年的《湖南文学》微信公众号，比去年又上了一个台阶，主要表现在所投送的文章更加灵活，丰富，加上编辑和读者的互动，粉丝数量明显上升，阅读量稳步增长。公众号在开通微信支付功能后，对杂志的发行和推广给予了有效的支持。

在文学的公益和服务事业上，我刊陆续为湘西泸溪县三十所小学赠送各期刊物达一千册，并在沅陵县协办文学阅览室陆续赠送本刊以及各类文学刊物六百册，为文学下乡做了一些力所能及的事情。

期刊观察之《芙蓉》杂志

延伸出版阵地，启动各类文学奖

一、打造核心期刊，聚拢作者阵容，提升美誉度

《芙蓉》杂志按照中南出版传媒集团“以《芙蓉》杂志为基础平台，搭建中南传媒原创文学出版融媒体服务矩阵，构建杂志纸刊、线上平台、原创文学图书、线下活动等不同的服务体系”的战略规划，2021 年圆满完成六期杂志出版，整体质量、作家阵营、品相品位等全面提升，有效聚拢作家资源，入选了全国中文核心期刊，持续扩大了影响。

为更好推动《芙蓉》改革，形成发展合力，芙蓉杂志社成立高规格编辑委员会，聘请龚曙光为《芙蓉》杂志编委会主任，唐浩明、王跃文、夏义生、欧阳友权、龚旭东、杨壮、舒斌、刘清华、佘璐、陈新文、崔灿、吴新宇等集团领导和省内专家为编委，指导《芙蓉》工作。2021 年，杂志召开两次编委会，扎扎实实地讨论《芙蓉》发展战略、工作规划，把关《芙蓉》作品内容，对重大作品进行指导审核，确保上级文件精神及主体责任落实到位。

2021 年 3 月，《中文核心期刊要目总览》2020 年版（第 9 版）发布，《芙蓉》杂志成功入选文学类核心期刊。该核心期刊是目前最权威的期刊评价体系。文学类核心期刊只有 15 家，《芙蓉》在大型文学双月刊中排

名前四，整体排名第 9，入选核心期刊是杂志进入一流品牌期刊、得到广大作家和读者高度认可的标志，进一步提升了杂志的美誉度和影响力。2021 年，杂志以核心期刊为契机，进一步发力，亮点较多。杂志入选第三届湖南省出版政府奖优秀设计提名奖，“特辑”栏目获第八届湖南省优秀期刊栏目，“庆祝中国共产党成立 100 周年特辑”获“第四届湖南期刊主题宣传好文章”。首发纪实文学《扶贫志》获“第三届湖南期刊主题宣传好文章”，小说《月球隐士》《伯爵猫》等入选多个年度小说排行榜，品牌影响进一步提升。

《芙蓉》严格落实省委宣传部和出版集团的战略部署和既定目标，牢牢把握导向，强化意识形态工作，加强主题出版的选题策划和组稿，坚持把社会效益放在首位。围绕建党百年、乡村振兴、红色文化、科技强国、文学湘军，2021 年杂志策划了“庆祝中国共产党成立 100 周年特辑”“乡村题材小说特辑”“科幻小说小辑”“湖南作家小辑”等主旋律题材作品，推出了《致未来的美好生活》《像青草一样呼吸》等一批合时代、接地气、正能量的佳作；讲好了中国故事，唱出了时代新声。《扶贫志》荣获第三届湖南期刊主题宣传好文章。《伯爵猫》《瓦卡火塘边的传说》被《新华文摘》全文选载。

2021 年，《芙蓉》封面插画请知名画家手绘，厚重大气，视觉冲击力强。封面大板块印银设计，古朴清雅，又颇具现代感。整体版式设计注重细节，简练又丰满，清爽又有质感，内文篇名请知名书法家题签、封二封三及内文首尾页彩印相连，有格调与节奏之美。杂志整体塑封而立，印制精美，荣获“BIBF 2021 中国精品期刊展”、首届“方正电子”杯中国期刊优秀版式设计奖、首届“方正电子”杯中国期刊优秀版式设计奖等荣誉。2021 年，《芙蓉》被《新华文摘》《小说选刊》《小说月报》《散文选刊》《散文海外版》等权威选刊选载 40 多篇次，转载率位居全国前列。优秀的选载率和优质的作品内容，进一步提升了刊物的品牌影响，全年刊发有韩少功、叶兆言、范小青、张执浩、于坚、鲍尔吉·原野、李浩、石舒清等 18 名鲁迅文学奖得主新作，团结了南翔、周瑄璞、胡性能等实力作家，推出了李宏伟、常小琥、钱佳楠等 10 多名 80 后新星；特别策划“青年作家小说特辑”，推出9名90后作家，2名00后作家，3名新人处女作。杂志老中青结合，名家新锐兼顾，聚拢了大量优质作家资源。

二、首推湖南作家，延伸出版阵地，启动各类文学奖

作为湖南本土刊物，《芙蓉》杂志也特别关注湖南作家新作，在作品质量同等的情况下，优先推出湖南作家，拿出近15%的版面刊发韩少功、残雪、邓宏顺、少鸿、刘羊等本土实力作家新作，2021年第6期特别策划了湖南作家小辑，一次性推出湖南作家11篇作品。杂志扶持了王爱、刘娜、王琛、桂爱广等文学新人，重磅推出李思雨、唐培源两名00后小说处女作，50后至90后各个年龄层次兼顾，较好展现了当下湖南作家面貌，有力促进了湖南文学事业发展。

因同作家联系紧密，湖南出版的很多原创文学图书就直接由刊物作者生成，如近年获得鲁迅文学奖的李修文散文集《山河袈裟》、鲍尔吉·原野散文集《流水似的走马》，获得中国传记文学奖的陈启文报告文学《袁隆平的世界》，入围中国好书的陶纯长篇小说《浪漫沧桑》，获得湖南省五个一工程奖的陶少鸿长篇小说《百年不孤》，有良好的社会反响的朱秀海长篇《兵临碛口》、蔡测海《地方》等，都是《芙蓉》的作者。2021年出版的韩少功《人生忽然》、王跃文《喊山应》、胡竹峰《惜字亭下》、傅菲《元灯长歌》等，也直接由《芙蓉》作者催生，《芙蓉》已成积累作家资源的重要阵地，是催生湖南原创文学、打造中国原创文学高地的重要桥梁。杂志社还专门成立活动执行部，定期指导和策划“芙蓉品牌活动”。韩少功《人生忽然》新书分享会，直播收视率破700万。

杂志后续还将重点启动“芙蓉文学奖”，力争将“芙蓉文学奖”打造成湖南标志性文学奖。同时将在清溪村等地挂牌“芙蓉创作基地”，举办“芙蓉文学高峰论坛”，广泛运用各种资源，全方位宣传《芙蓉》、推介《芙蓉》，进一步擦亮这张湖南文化名片。

期刊观察之《湘江文艺》杂志

以鲜活的姿态占领精神高地

一、基本情况

《湘江文艺》系湖南省文联主管，湖南省文联文艺创作与研究中心主办，湖南省唯一公开发行的文学与艺术并重的大型文艺原创双月刊。自1972 年创办以来，一直到 2018 年《湘江文艺》重新复刊，几十年兜兜转转，不变的是《湘江文艺》一直在为湖南文艺的繁荣发展默默耕耘着，为湖南文艺人才的培养默默耕耘着，为湖南文艺走出去大声呼喊着。新的《湘江文艺》国内外公开发行，双月刊，160P，以文学原创为主，适当兼顾艺术。2018 年复刊以来，《湘江文艺》积极发扬老《湘江文艺》优良的办刊传统，坚持正确的政治导向，以“鲜活的文艺现场、超拔的精神高地”为办刊宗旨，立足湖南，面向全国，与时俱进，关注当下，在全国文艺界产生了良好的反响，刊物影响日益扩大，赢得了广大读者、作者的喜爱，在全国文艺界产生了良好的反响，为我省文艺事业的繁荣发展，为文艺湘军的振兴起到了积极的推动作用。

二、办刊特色

《湘江文艺》始终坚持特色办刊、质量立刊、服务至上的办刊理念，努力成为培养作家、吸引读者、提升阅读品味、播散文艺种子的鲜活阵地，真正成为当下浮躁世情世态下的一块精神高地。2021 年，我们深刻总结以往的办刊经验，在编辑部同仁的共同努力下，取得了突出成绩，办出了风格，办出了活力，更办出了希望和未来。

第一，狠抓编辑队伍建设。《湘江文艺》的办刊人员基本上是原《创作与评论》的办刊人员，我们沿用《创作与评论》的先进管理经验，重视编辑队伍建设，努力打造学习型编辑部。如，督促编辑人员加强政治学习，提高政治敏锐度；积极参加各种业务培训和文学交流活动，不断提高业务能力；鼓励编辑人员写作，增强作品价值的判断能力等。除了平时的业务学习和日常工作外，我们的编辑团队在小说、诗歌、散文、评论的写作与发表上取得了骄人的成绩，赢得了广大文朋师友们的尊重与肯定，这实属难得。

第二，狠抓栏目建设。《湘江文艺》注重策划，推出了“现场”“发现”“新锐”等品牌栏目。这几个栏目各有侧重，“现场”关注实力作家，“发现”力推 90 后新人，“新锐”关注当前活跃的有锐气的作家，以 70 后、80 后为主，这三个栏目都以“作品 + 评论”的专题形式各自集中推介一个作家，产生了集束手榴弹的效应，在文艺界产生了良好的效应。2021 年，“现场”推出了石钟山、杨映川、陶纯等人的新作；“新锐”推出了叶迟、默音、郑然等实力作家的作品；“发现”推出了王陌书、孟祥鹏等新人新作；“小说”栏目还重磅推出了裘山山、胡性能、宁肯、姜贻斌、吴昕孺、苏兰朵等名家名作；“散文”栏目则有省内大咖鄢福初、谭谈、蔡测海、水运宪等人的佳作；“诗歌”特别推出了郑小琼组诗，以及系列选粹。除此之外，刊物还结合重大时间节点和当下文学现状不定期推出临时专题，如“庆祝建党 100 周年”“文艺战‘疫’”“扶贫文学小辑”“浏阳河西岸诗群”“新乡土三人行”“汨罗江六蛟龙”等，新鲜有趣，好评如潮。

第三，狠抓精品力作。刊物好不好，影响大不大，最终靠作品说话。《湘江文艺》积极关注名家，力推新人，建立了信赖自己的优秀的作者队伍，推出了大量的名篇佳作。2021 年，《湘江文艺》刊发的文学作品被

《新华文摘》《小说选刊》《小说月报》《北京文学·中篇小说月报》《长江文艺·好小说》《中篇小说选刊》《中华文学选刊》《思南文学月刊》等权威选刊公开选载、摘编近 50 篇次，超过了国内大部分同类刊物，这是极为难得的，特别是对于一个复刊仅三年的省级文学期刊来说，更加难得。因《湘江文艺》的高转载率和较大的影响，名家纷纷寄语。著名作家、茅盾文学奖获得者、全国人大常委会委员、民盟中央副主席、中国文联副主席张平评价《湘江文艺》：海纳百川是你的气度，风光霁月是你的风骨，花团锦簇是你的征程，硕果累累是你的归宿！一个鹰视虎步的编辑团队，一个龙飞凤舞的文学重镇！著名作家、鲁迅文学奖获得者蒋韵说：《湘江文艺》是一个让人信赖、信任和生机勃勃的刊物，它有一种扑面而来的葱茏气息，如同春天的湘水，蕴含着无限生机。著名作家、鲁迅文学奖获得者、全国政协委员、中国作家协会全委会委员、江苏省作家协会主席范小青称赞《湘江文艺》：不东张西望，不拖泥带水，潜心打造有品质的文学阵地。刊物栏目简介大气，刊物内涵饱满丰润。

三、未来打算

下一步《湘江文艺》将继续坚持以习近平新时代中国特色社会主义思想为指导，深入学习贯彻习近平总书记关于文艺工作的重要论述，坚持内容为王，质量为本，凸显湖湘特色，积极介入当下，努力推介名家，发掘扶持新人，不断推出更多有思想、有温度、有品质，讴歌党、讴歌祖国、讴歌人民、讴歌英雄的精品力作，为文艺湘军的振兴，为湖南文艺事业的发展作出更大贡献。

期刊观察之《花火》杂志

聚力乡村振兴，开展主题阅读

一、严把质量关

2021 年，《花火》严格贯彻落实党的理论和路线方针政策，始终坚持正确的政治方向、出版导向、价值取向，坚持为读者提供优秀的精神文化产品。2021 年，《花火》围绕建党百年这一主题，在 7 月推出“建党百年”主题专刊；在全年策划相关栏目，结合自身文学期刊的优势，不间断推出了一系列有质量、有分量、有价值的主题宣传好文章；精心组织了“童心向党——庆祝建党 100 周年”青少年创意书画文大赛，并举行了颁奖典礼及为期一周的获奖作品展。

《花火》坚守校园文学阵地，刊发了一系列适合青少年阅读的中短篇作品。《花火》A、B 版与时俱进，用文学反映时代，推出一系列深受青少年喜爱的校园文学作品；C、D 版品牌栏目“春暖花开”以全国优秀儿童文学奖获奖作家的原创新作为刊载内容，坚持每期推出一名知名作家的新作，用纯净的文字构筑真善美的世界，滋养少年儿童，被湖南日报和湖南卫视、新湖南、学习强国平台、红网、长沙晚报等重要媒体宣传报道。

《花火》编辑走进长沙市图书馆，开展“写作冬令营”公益讲座；

推出公益奖学金活动，资助高考贫困学子完成学业。在刊发公益广告方面，《花火》全年在封底刊登一系列宣传建党百年、传承红色血脉、践行社会主义核心价值观等主题宣传公益广告。

2021 年，《花火》刊登内容多次被《读者》《青年文摘》及各种年选选本转载；积极应对传播环境变化，与博看网、中国知网、龙源网等网站进行版权合作，并利用微信公众号、抖音号等传播方式来推广重点文章、活动，实现二次传播，加强与读者的互动。积极主动向世界讲述中国故事、传播中国声音，主编吴双英与来自韩国、日本、中国大陆及台湾地区的数百名代表，参加第十五届亚洲儿童文学大会，并在会上发表论文演讲。

2021 年，《花火》入选“BIBF 2021 中国精品期刊展”，所策划“童心向党——庆祝建党 100 周年”青少年创意书画文大赛项目入围“桂冠童书”创新项目。

二、展望未来，聚力乡村振兴，开展主题阅读

2022 年，《花火》将以杂志为阵地，以微信公众号为媒介，推出一系列党史主题宣传栏目，在少年儿童心中厚植爱党、爱国、爱社会主义情怀，引导少年儿童“学先锋，做先锋”，增强少年儿童坚定不移跟党走、牢记使命绘宏图的信心和决心，主要安排如下：

《花火》C 版推出“音乐里的党史课”和“游戏里的党史课”系列策划，前者计划用 6 期版面，来推介一系列反映时代特色、广受人民欢迎、传唱度和影响力都极高的红色音乐作品；后者计划用 6 期版面，结合红色元素，开发系列带有主题宣传特色的纸上闯关游戏，以少年儿童喜闻乐见的方式做好主题宣传工作。D 版特辟专栏，聚焦百年党史里为党奋斗、为人民奉献的科学家群体，挖掘科学家的生平故事和奋斗历程，弘扬科学家精神。专栏由封二“猜猜 Ta 是谁”和内页“读科学家故事，悟科学家精神”两部分组成，前者用简单的话语勾勒科学家的一生，但不点出其名字，让小读者开动脑筋去猜，后者详细讲述科学家的人生故

事，两部分前后呼应，寓教于乐。此外，“音乐里的党史课”“游戏里的党史课”“读科学家故事，悟科学家精神”系列文章将在“花火童年”官方微信公众号上展示，向全国读者推广；开展编读互动活动，深入学校班级，与小读者交流，同步在公众号上展示，实现线上线下联动。

2022年，《花火》杂志将积极开展“报刊暖童心，阅读伴成长”助力乡村振兴少儿报刊捐赠活动，旨在改善城乡儿童教育资源，助力乡村振兴。这些捐赠活动一方面为欠发达地区乡村学校募集童书，创造良好阅读环境，提升乡村少年儿童阅读品质；另一方面依托《花火》杂志的作家资源，不定期开展公益阅读服务活动，帮助乡村少年儿童培养阅读兴趣、养成阅读习惯、收获阅读快乐。此外，《花火》杂志还将启动“花火助学金计划”，资助学习成绩优异的贫困学生完成学业。

在“4·23”世界读书日、“5·15”国际家庭日、“六一”儿童节、暑期、“九九重阳节”等时间节点，《花火》杂志将精心策划一系列阅读推广活动，除了杂志主编、编辑，还将邀请全国知名儿童文学作家如汤素兰、邓湘子等参与，活动形式新颖多样，为促进全民阅读活动蓬勃开展贡献力量，用优秀的精神食粮滋养少年儿童的精神，培育担当民族复兴大任的时代新人。杂志将与快乐老人报进行联动，共同开展“喜迎二十大、永远跟党走、奋进新征程——祖孙共读，互学共进”主题阅读活动。

活动以习近平新时代中国特色社会主义思想为指导，贯彻落实习近平关于“大力弘扬孝亲敬老传统美德，落实好老年优待政策，维护好老年人合法权益，发挥好老年人积极作用，让老年人共享改革发展成果、安享幸福晚年”的重要指示，积极发挥老年人的余热，让老年人老有所养，老有所乐，同时，也让青少年学会关心、关爱老年人。

期刊观察之《小溪流》杂志

宣扬美学，积极公益

一、打造精品期刊

2021 年，《小溪流》严格落实意识形态责任制，主动加强阵地建设和管理，敢抓敢管，守土尽责，牢牢把握办刊的政治方向，做到了政治上“零差错”。2021 年，《小溪流》围绕建党百年这一主题，策划了相关栏目，编发了一系列有质量、有分量、有价值的宣传文章，组织了“童心向党——庆祝建党 100 周年”青少年创意书画文大赛，并将大赛获奖作品以《小溪流》增刊形式结集出版。刊物坚守儿童文学阵地，刊发了一系列适合少年儿童阅读的中短篇作品，其中包括不少获得全国优秀儿童文学奖作家的原创精品力作，用纯净的文字构筑真善美的世界，滋养少年儿童。先后被央广网、红网、新湖南、《湖南日报》和湖南卫视等重要中央和地方媒体宣传报道。

《小溪流》还积极参与社会公益活动。2021 年，主编吴双英受邀参加第四届亲子阅读产业峰会长沙站公益讲座；《小溪流》执行主编邓湘子走进株洲市、益阳市、衡阳市等地多所小学，开展“阅读伴我成长”公益活动。在刊发公益广告方面，《小溪流》在封底刊登建党百年等主题宣传公益广告，还与长沙市雨花区城管局合作刊发了宣传垃圾分类处理的公益广告。

出版管理方面，《小溪流》力求做到形质兼美。在内容上，策划了新栏目，向名家约稿的同时着力挖掘新人作者，打造湖南乃至全国儿童文学高地；在形式上，封面和内页插图均由插画师手绘，根据不同年龄的审美特点采用不同绘画风格，还邀请书法家摘抄精彩语段，丰富文学之美。刊物严格执行“三审三校”流程，除社内编辑外，特邀社外编校专家参与校对，实现编校差错率低于万分之二，并不断向零差错目标迈进，印刷质量也达到有关法规和标准规定的合格要求，成品精美。

2021 年，《小溪流》刊登内容关注度高、转载量大；积极应对传播环境变化，与龙源期刊网、中国知网等网站进行版权合作，并利用微信公众号、新浪微博、H5 页面等时下热门传播方式来推广重点文章、重点活动，实现二次传播，加强与读者的互动；积极主动向世界讲述中国故事、传播中国声音，主编吴双英与来自韩国、日本、中国大陆及台湾地区的数百名代表，参加第十五届亚洲儿童文学大会，并在会上发表论文演讲。2021 年，小溪流荣获“湖南十大名刊大刊”称号，入选“湖南省品牌社科期刊资助项目”，还获得第三届湖南出版政府奖提名奖，入选“BIBF 2021 年中国精品期刊展”，获评首届“方正电子”杯中国期刊设计艺术周“优秀封面”和“优秀版式”。

二、展望未来，宣扬美学，积极公益

2022 年，党的二十大召开之际，《小溪流》继续贯彻落实习近平新时代中国特色社会主义思想，把社会效益放在首位，为湖南期刊高质量发展贡献力量，为中国儿童文学事业添砖加瓦。2022 年是中国人民解放军建军 95 周年。从 2022 年 7—8 期开始，《小溪流》（儿童号）开辟“童心向未来”专栏，分 6 期进行专题科普，以“青少年学军史”为主题，陆续介绍军队和国防建设理论、军事历史、军事技术等相关知识，希望能增强青少年的国防意识，让青少年在了解党史、军史的基础上，为建设强大的国防贡献力量。

从 2022 年 9 期开始，《小溪流》（启蒙号）开辟“童心向祖国”专栏，以“中国梦，讲给儿童听”为主题，邀请著名儿童文学作家赵郁秀老师，用讲故事这种喜闻乐见的形式，用生动活泼的语言，讲述一个又一个“中国梦”的故事，让儿童从人物故事中学习党史，汲取力量，早日树立理想，做一个小小追梦人，为“中国梦”的实现贡献自己的力量！《小溪流》（少年号）2022 年开辟“溪月 · 文苑”专栏，刊发“红色文学作品重读”系列文章，挖掘红色经典的历史意义、美学价值和精神力量，从而在少年儿童心中厚植爱党爱国爱社会主义情怀，增强少年儿童坚定不移跟党走、牢记使命绘宏图的信心和决心。

《小溪流》还将出版增刊 1 期，收录湖南省第十三届少儿书信绘画大赛特等奖文章 13 篇、一等奖文章 16 篇，以及书画作品 5 幅。此次书信绘画大赛以“传承红色基因——闪光的字迹”为主题，青少年通过党史学习教育，深入了解党的故事、革命的故事、英雄的故事，以书信、绘画的形式，表达爱党爱国爱社会主义情感，激励广大青少年为实现“中国梦”、建设现代化新湖南而努力奋斗。

在“4 · 23”世界读书日、“5 · 15”国际家庭日、“六一”儿童节、暑期等时间节点，《小溪流》杂志将精心策划一系列阅读推广活动，除了杂志主编、编辑，还邀请全国知名儿童文学作家如汤素兰等参与，活动形式新颖多样。

为进一步落实党的十九大关于实施乡村振兴战略的重大决策部署，大力推动乡村振兴文化建设，《小溪流》杂志将开展“报刊暖童心，阅读伴成长”助力乡村振兴少儿报刊捐赠活动，旨在改善城乡儿童教育资源，助力乡村振兴。

未来，《小溪流》杂志将继续积极组织公益讲座、阅读推广、杂志捐赠等公益活动，切实担负起媒体的社会责任，继续切实抓好“少儿阅读报刊季”各项工作，用优秀的精神食粮浸润少年儿童的心灵，使他们逐渐成长为有底蕴、有灵魂、有理想的国家栋梁。

期刊观察之《文艺风》杂志

展现时尚潮流，宣扬文学正能量

《文艺风》是由中南出版传媒集团主管，湖南文艺出版社主办，长沙天使文化股份有限公司参与日常运营的青春文艺类期刊，前身为创立于2007年的知名青春期刊《爱格》。《文艺风》的特色和办刊宗旨可总结为：展现时尚潮流，宣扬文学正能量。

《文艺风》是以贴合读者感兴趣的主题为立足点，以高标准的阅读品位为追求，致力于打造多元化的文艺流行读本，持续提供优质的原创文学作品、丰富的文学资讯、生动的文艺访谈，兼具文化性、知识性、可读性，为读者创造心灵与视觉上的双重高品质的美学体验，从而传达一种既契合时尚潮流又充满正能量的生活态度为办刊宗旨的青春文艺读物。

《文艺风》作为一个始终保持年轻化的文化品牌，在内容的选择上，一直秉持着传递有感染力，能够温润心灵、启迪心智，传得开、留得下，为人民群众所喜爱的优秀作品的原则，坚持将最新鲜、营养的文化血液输送给广大读者。同时，也十分注重传递对青少年有价值的、有教育意义的内容，为读者树立正确的人生观。

《文艺风》分为上下半月刊。上半月刊为青春版，主要以短篇小说、长篇小说连载为主，对读者来说，是一个青春文学故事集，也是一个梦想制造机，青春版的理念是“致力于以美来酬谢美，以文艺来理解文艺，以生活来解读生活”，同时也是一个强有力的作家孵化平台，先后打造出了一系列备受追捧的超人气作家；下半月刊为博闻版，取自博闻强识，以青少年写作加油站、课外知识补充汇聚地为定位，集合“特辑”“面孔”“独家专访”“名家”“文摘”“写作课”等十六档栏目和短篇小说，打造多元化、有深度的年轻人成长读本。

《文艺风》高度重视弘扬社会主义核心价值观，比如 2021 年 7 月的“国潮，汹涌而来”、2 月的“青年理想之路”、1 月的“现在就是最好的时代”等特辑栏目，宣传中国传统文化与国粹，彰显文化自信。同时，我刊也关注社会热点，主动及时报道、深度有效引导，如 2021 年 7 月的“今日关键词”栏目推出觉醒年代专题，详解鼓舞青少年的高燃好句；“拜拜坏情绪”栏目聚焦心理健康，鼓励读者发挥自己情绪的正面，传递正向的力量。

作为一个优秀的文化产品，《文艺风》坚守文艺的审美理想，努力打造高质量、高水平的文化产品，在期刊上推出了如“隐秘而伟大”、“致敬大国脊梁”等有思想、有温度的栏目，歌颂老一辈科学家和时代楷模，引导年轻读者向上，十分值得细读和深思。

2021 年，《文艺风》曾受邀参与市区文旅推荐会，是市重点推荐品牌，并在 2021 年曾获微博阅读机构影响力榜单第 5 名。期刊在读者间传播广，口碑好，社会美誉度高。

在公益事业方面，《文艺风》一直以来保持着高度的关注，深刻地认识到作为文化传播媒介的社会责任，故一直不间断地参与公益事业，在期刊上刊登公益广告，策划如庆祝建党百年、呼吁民众关注环境保护、对校园暴力说不的栏目等公益行为来履行自己的社会责任。

作为一个优秀的文学培养平台，《文艺风》培养了一批有影响力的青春作家，拥有一支高水准的作家队伍，比如凭借作品《我不喜欢这世界，我只喜欢你》一书被广大读者熟知的乔一；比如有着超高销量和网络点击率，拥有大批粉丝和广泛读者群的签约作家白槿湖；比如写作了销量达一百多万册的系列书的畅销作家、曾任《文艺风》期刊的副主编七微，后发展为知名编剧，编剧代表作品《你只喜欢我》《南风知我意》《丹尼海格》等；比如泉州青年作家协会副主席吕亦涵，创作《阮陈恩静》《阮陈恩静2·黎恩》《江海不渡》等超级畅销书；比如东京大学博士，写作了《王子病》《公主病》等作品的朱熙等等，在国际上与日韩、越南等国家的出版平台，在地区上与港台等地的出版平台均有合作。

《文艺风》在青春读物领域内具有较高的专业影响力和行业美誉度，据调查显示，《文艺风》每本杂志每月传阅量平均为5—10人，保守估计当月影响人群为80万人，被年轻读者称为“必不可少的陪伴者”，是业内的“青春影像第一刊”，长年被《青年文摘》《读者》等文摘类杂志转载。

在未来的日子里，《文艺风》将致力于深耕青春文学市场，坚持做读者喜闻乐见、有态度、有品质的文学期刊。

期刊观察之《爱你》杂志

重内容，设新奖，强活动，做项目

《爱你》是中国第一本教师原创文学期刊，一创刊就在全国教育界和文学界掀起了波澜。目前月发行量近 2 万份，是湖南发行量最大的综合性文学期刊之一；微信公众号“教师文学月刊”，目前粉丝数 93000 余人。多次被评为中国最美期刊、湖南省双十佳期刊、湖湘优秀出版物，是中国邮政发行百种畅销报刊、中国邮政校园收订书报刊重点品种。多篇作品被学习强国平台转载。导读活动被搜狐网、红网、湖南教育新闻网等媒体报道。

一、重内容，推出了一系列有思想、有温度、有品质的精品力作。

2021 年，《爱你》以刊物为资源聚合平台，吸引更多国际国内知名作家、骨干作者加盟，继续培育并打造一批影响力与美誉度俱佳的品牌栏目。推出了鲁迅文学奖得主阎连科、魏微，人民文学奖得主帕蒂古丽、罗伟章，浙江省作协副主席、小说月报百花奖得主钟求是，华语文学传媒大奖得主阿乙，西湖・中国新锐小说奖得主孔亚雷等人的作品。

同时，刊物非常重视国内新锐作家的创作经验，以激励教师作家们写出更加多元化、年轻化、与当下共呼吸的文学作品。有“为小人物立传”、作品广受好评的魏思孝，有挑战传统叙事、被喻为“写作领域的发明家”的孙智正，有两度斩获国际电影节奖项、关注留守儿童的独立女导演黄骥等。

刊物还积极拓展国际影响力，刊发了美国弗吉尼亚理工大学宗教与文化系副教授倪湛舸的短篇小说。

刊物原创首发作品《九连屋》被《散文·海外版》转载，《七爷》被《微型小说选刊》转载，《近处马安定》被《小小说选刊》转载。

二、设新奖，设立教师文学奖，鼓励一线教师原创文学创作。

2021 年，《爱你》推出一线教师作品 240 余篇。为鼓励教师文学创作，倡导以人民为中心的创作导向，推出体现民族精神和时代精神的优秀教师文学作品，我们在此基础上设立教师文学奖，候选作品为上一年度在《爱你》上发表的原创教师文学作品，2021 年为首届。经过编辑初选、网络投票、评委终选三个步骤，分小说、散文、诗歌三组分别得出前三名，第一名荣获“教师文学奖”，奖金一万元，另两名获得“教师文学奖提名奖”，奖金各一千元。

首届评比，由教师作家分会汤素兰主席担任评委会主任，兼小说组组长，湖南省作家协会副主席沈念担任散文组组长，中国作家协会《诗刊》杂志社主编李少君担任诗歌组组长。聘请知名作家、诗人、评论家、编辑组成各奖项评委库。湖南第一师范学院张战老师获首届教师文学奖诗歌奖，湖南新邵县教育局钟卫军老师（笔名四毛）获首届教师文学奖小说奖，长沙市怡雅中学卢望军老师获首届教师文学奖散文奖。

三、强活动，举办两场征文大赛，一场写作训练营，加大文学普及力度。

（一）举办“献礼建党100周年”教师文学征文大赛，以专辑形式推出。

在经历了波澜壮阔的一百年之后，中国共产党迎来百岁生日。2021年3月，微信公众号教师文学月刊发布《“献礼建党100周年”教师文学征文大赛启事》，得到广大教师作家热情的回应。我们从应征的数百篇作品里面评选出了一等奖1篇、二等奖2篇、三等奖3篇、优秀奖3篇，策划了“献礼建党100周年”专辑，并邀约到雷锋家乡望城的实力派教师作家、雷锋研究学者何宇红的作品《雷锋在团山湖》，毛泽东研究专家胡松涛的作品《张思德与〈为人民服务〉》，在历史深处重温中国共产党人的初心和使命，在教师队伍中形成了良好的反响。

（二）举办第二届湖湘教师文学征文大赛，激励一线教育工作者多出好作品。

为推动文学教育乃至语文教育的发展，培植湖南教师文学的中坚力量，《爱你》于5月中旬开展第二届湖湘教师文学征文大赛，收到作品300余篇，分小说、诗歌、散文组颁奖。

（三）举办第二届湖湘教师写作训练营，共话文学之美、写作之乐。

为推动湖南文学创作和教育事业的进一步发展，2021年5月，《爱你》编辑部与《湖南教育》编辑部、湖南教育新闻网共同举办第二届湖湘教师写作训练营。7月12日至7月14日，韩少功、王剑冰、纪红建等多位文学大咖齐聚星城，来自全省各地的400多名中小学教师分享、聆听、对话，共同品味文学之美，体悟写作之乐。

四、做项目，“让文学的种子在教育基层生根”志愿服务项目入选中国作家协会2021年文学志愿服务示范性重点扶持项目

2021年3月，经中国作家协会社会联络部文学志愿服务示范性重点扶持项目评审小组论证，并报请批准，确定37个项目入选中国作家协会2021年文学志愿服务示范性重点扶持项目。其中，“让文学的种子在教育基层生根”志愿服务项目入选“文学志愿服务进基层”主题专项。项目围绕“促交流、提技能、扶新人、树典型、扎营地、验成果”6个目标开展，走进湖南文学资源相对匮乏地区，走进了学校、社区、乡村，结合教育基层系统需求，设立长沙麦田格、安化、沅陵三个文学创作基地，并举办三场专题讲座，聚焦基层教师作家和文学爱好者，受到十万名以上教师文学作者关注。

期刊观察之《创作》杂志

创新传播，关注乡村

《创作》杂志之前是青少年文学期刊，2021 改版为以青年为主要阅读群体的文学期刊，是一本双月刊。在 2018 年机构改革中，经长沙市编委会同意，长沙市文联“撤一建一”，注销了《创作》杂志社，于 2019 年 1 月注册成立了长沙市文联网络文艺发展中心，为公益一类事业法人单位，大大拓展了职能。现《创作》杂志编辑部是市文联网络文艺发展中心的内设机构。《创作》杂志在网络文艺发展中心出版，也更明确了《创作》杂志作为公益类期刊的使命和职责。

2021 年，市委宣传部给《创作》杂志划拨了 200 万元的工作经费，让《创作》杂志得以提质升级。

一、把握节点出版优质内容

2021 年，为了确定改刊方向，在经历了长达 4 个多月的休刊之后，5 月份，《创作》推出了契合“六一”儿童节主题改版后第一期的《创作》，杂志的插画、装帧设计风格统一，刊载的内容一半来自在长沙生活的优秀青年作家，一半来自知名的行业大家，全新的《创作》一共有六个栏目，内容涵盖诗歌、小说、散文、评论、访谈等，而封二、封三、封底则固定保留弘扬传统文化的诗歌鉴赏以及红色文化、画作鉴赏，杂志内容不局限于文学，而是更聚焦于审美情趣和文化之美；在之后的每个重大时间节点，《创作》都推出了相应的杂志内容贴合主题：7 月份，聚焦建党一百周年进行组稿，杂志的插画采用红色为主色调，封面是插画风格的橘子洲毛主席塑像，相应的推出“建党百年主题诗歌”栏目，选取的韩少功的《时间的作品》、袁道一的《火塘往事》；苏铁的《光辉的足迹》，还有采访的京剧梅花奖得主、《向警予》扮演者张璇、诗歌鉴赏《七绝·为女民兵题照》等内容，让红色文化浸润读者心灵；9 月份，《创作》推出的第三期，内容侧重选用契合国庆主题的文章，有专门的“国庆主题诗歌”栏目，还有革命烈士方志敏的《可爱的中国》（节选），也有石光明的《国歌的田野》，封底采用了董希文的油画《开国大典》；而在年底的第四期也侧重选择新春气息的一些文章，比如叶梦的《元宵节耍灯》。

按照时间节点进行组稿，让杂志更有主题性，层次也更加丰富，让杂志既有连续性，又能够单独成册，兼具期刊和图书的优点。

二、创新传播延续“经典吟诵”

中华文化有着悠久的“诗教”传统，文学一向被看做是正人心、化风俗的重要途径。习近平总书记在文艺工作座谈会上的讲话中说道，“文艺创作不仅要有当代生活的底蕴，而且要有文化传统的血脉。”“我们要结合新的时代条件传承和弘扬中华优秀传统文化，传承和弘扬中华美学精神。我们要坚守中华文化立场、传承中华文化基因，展现中华审美风范。”此前，他曾明确提出，“学诗可以情飞扬、志高昂、人灵秀”。在外交活动中，习近平总书记也经常引用古典诗文名句，实践“诗教”理念，大大增强了交流沟通的效果。

几年来，《创作》杂志在封二一直开设古诗词赏析，向青少年介绍历史上优秀的古典诗词。2020 年，更是在原有的基础上推出“经典吟诵”专栏，进行线上线下相结合的融媒体传播，将平面的杂志，变得更立体、更多维、更生动。

2021 年改版后，《创作》杂志“经典吟诵”栏目特邀了教育部优秀传统文化传承基地上海大学“中华古诗文吟诵和创作”基地为《创作》杂志提供内容，每期一篇的深度赏析，让孩子们更加充分地感受古诗文的魅力。

三、公益之路持续关注乡村

“素兰书屋”是由民进湖南省委副主委、著名儿童文学作家、湖南师大文学院教授也是《创作》杂志主编汤素兰发起的农村学校图书建设项目。每一期新鲜出炉的《创作》杂志，都会被第一时间寄送到每个“素兰书屋”当中。

不仅如此，《创作》杂志还正在积极对接各个乡村中小学、图书室，期待《创作》杂志能够去到更多的乡村，让更多的孩子阅读到更优质的内容，拥有更宽阔的视野，通过《创作》看到更大的世界。

四、凝心聚力发掘文学新人

《创作》杂志持续关注发掘文学新人，为本土作家提供平台。2021 年，《创作》不仅在正刊当中大量选用优秀青年作家的作品，也向各个区、县（市）的本土作家征稿，形成成果作品集增刊，增刊于 2022 年正式结集出版。

2021 年是《创作》杂志提质升级、改版创新的关键之年。在经历了年头长达 4 个月的休刊之后，《创作》重新出发，以全新的面貌问世，但改版不是一蹴而就，2022 年，《创作》杂志将为本土的优秀青年作家搭建更加广阔的舞台，更多的选用引领当代青年审美情趣的稿件。展望未来，改版提质创新仍是《创作》杂志肩上沉甸甸的使命，曾经在八十年代繁荣发展的《创作》，将在新时代迎接新的春天。

期刊观察之《散文诗》杂志

深度融合，《散文诗》生态的建设与发展

2020年时，《散文诗》开始以舍我其谁的姿态，对散文诗生态场域进行重构；2021年，《散文诗》实现内容与技术深度融合，初步构建核心产品、资源融合与新市场开拓一体化发展格局，新媒体矩阵后力充足，成功实现纯文学期刊从改革先发到全面先进的全新蝶变。

一、重视主题出版，严守出版安全

《散文诗》高度重视主题出版工作，为庆祝中国共产党成立100周年，杂志社4月发布征稿启事，以多种形式精心策划并组织推出系列出版与纪念活动，包括纪念专辑纸版与有声版的出版发行、纪念记事本的设计与印制、《英雄颂》MV制作与发布等。7月，该专辑隆重出版面世。专辑以散文诗的形式回顾和讴歌党领导革命、建设和改革的光辉历程，缅怀革命先辈的丰功伟绩，积极弘扬时代精神、民族精神，从不同视角，以多彩的诗歌艺术表现形式，深情讴歌了中国共产党血与火的百年历程，在思想和艺术上都达到了可喜的高度，亦体现了《散文诗》在不同历史时期和重大事件中，以记录者、见证者的姿态积极参与，坚持正确导向，坚定实践文学理想与坚守文化信念阵地的信心。专辑获评第4届“湖南

期刊主题宣传好文章”奖励，并选送中宣部参赛；头条作品制作的《英雄颂》MV 喜获湖南省第 6 届网络原创视听节目大赛三等奖。9 月，杂志社还积极响应省委宣传部号召，在官方微信平台发布“青山碧水新湖南”文艺创作征稿函，并遴选优秀作品在第 12 期专栏集中推出。主题出版强化了《散文诗》的传播力、引导力与公信力，彰显传统品牌价值，受到国内外专家及读者的推崇与赞誉。

二、夯实常规管理，推进期刊改革

一是严格落实“三审三校”制度。每月按时编辑出版上、下半月《散文诗》杂志，全年共出版 24 期，截至年底，总出版 566 期，总字数 3500 多万字。确保编校零差错，工作零失误。《散文诗》入选中国期刊协会“BIBF 2021 中国精品期刊展”证书，同时成为“首届‘方正电子’杯中国期刊设计艺术周入展期刊”，并荣获首届“方正电子”杯中国期刊设计艺术周优秀版式设计、优秀封面设计两项证书。

二是重建媒体生态，完成了老品牌引领到新动能赋能的再跨越。3 月 24 日，纪念《散文诗》有声版诞生暨成功改版一周年座谈会在益阳举行，国内期刊出版、文化教育、文学艺术、新媒体等各领域专家及省市各级领导 70 余人畅谈“数字时代语境下文学期刊的建设与发展”，大家对《散文诗》做好“文学”“市场”与“融合”三篇文章交口称赞。杂志社精心制作的改版转型纪念宣传片《致礼未来，以一个理想主义者的姿态前行》及《全国散文诗笔会宣传片》与国内首支原创单曲刊歌《散文诗之歌》MV，受到社会各界广泛转发与好评。《散文诗之歌》MV 发布一周点击量即逾 7 万。至年末，喜马拉雅《散文诗》（有声版）专辑已发布 1769 集，评分高达 9.3，播放量有望突破 100 万；官方公众号已编辑发布 536 期内容，关注人数 3 万余人，总阅读量 2000 余万；视频号平均点击量达 6000 多；与中国知网、龙源期刊网、博看网等数字平台合作的网络传播阅读点击排行一直靠前；开通的网上订阅专线及微店，均比较活跃。传播渠道和读者群的扩大，极大地夯实筑牢了杂志的社会基础。

三、开掘期刊社会职能，开展公益文化活动

一是创建品牌活动。全国散文诗笔会是中国最具影响力的散文诗品牌活动，是散文诗杂志社自新世纪以来着力打造的专属于散文诗的盛典，旨在倾力发现与扶植散文诗人，大力推介散文诗艺术，并从第10届起，同时颁发高规格、高水准的“中国·散文诗大奖”，被誉为“中国散文诗的黄埔军校”。9月12日至15日，杂志社联合甘肃省作家协会、中共合作市委、合作市人民政府、甘南州文学艺术界联合会共同举办的“青藏之窗·雪域羚城”全国散文诗大赛颁奖会、“第20届全国散文诗笔会”暨“第11届中国·散文诗大奖”颁奖会在甘肃省甘南藏族自治州合作市召开，来自全国各地的诗人代表及甘肃省作协、甘南州委、甘南州文联、合作市委、市政府领导等一起500余人欢聚一堂，共同分享与描绘《散文诗》的成长及散文诗事业的璀璨蓝图，新华社、《人民日报》、人民网、中国网、《文艺报》、《文学报》、中国作家网等30余家国内主流媒体相继对这一品牌活动进行了全面报道。全国散文诗笔会永在现场，见证时代，彰显了文学的崇高价值与意义。

二是实施公益文化活动。2月26日，杂志社联合上能艺术画院一起在资阳区富民村策划主办了“美丽新田园，诗意新生活；大手牵小手，共庆元宵节”乡村田野音乐朗诵诗会；4月7日，杂志社联合湖南三木电气股份有限公司走进益阳市第14中学举办“刊企联手·助力乡村文化振兴”活动，向学校捐赠了价值5000元的《散文诗》刊物；4月16日，《散文诗》“千校万班·诗教启蒙”微光计划走进益阳市第一中学；12月22日，作为湖南大学“岳麓讲坛·艺术人生”节目嘉宾，寸丹总编给在场老师、学生、嘉宾做了“散文诗的流变与审美”为题的学术讲座，深获师生及社会各界好评。《散文诗》用阅读点亮心灵，用诗歌培植绿林，自始至终关注西部山区孩子的阅读与学习，全年还给四川省阿坝藏族羌族自治州若尔盖县夏热尔村学校“暖巢一号”、四川省阿坝藏族羌族自治州阿坝县安羌乡中心学校“暖巢二号”及部分留守儿童捐赠杂志3000余

本。建党百年纪念记事本，给所有订户及部分学校中小学生免费赠送近10万本，里面丰富的红色题材诗歌锦句与绘画作品，启迪思考，铭记历史，宣扬民族精神，其产生的效用与价值，不可估量。

期刊观察之《文学天地》杂志

开拓创新，打造衡阳“文学雏雁”群体

《文学天地》是由衡阳市委宣传部主管、衡阳市文联主办，衡阳市乃至湘南地区唯一拥有国内统一连续出版物号且公开发行的文学期刊。1986年经国家新闻出版总署批准面向国内外公开发行，已有近40年的办刊历史。《文学天地》创刊的刊名由时任全国人大常委会副委员长周谷城题写，上个世纪九十年代，最高期发行量达到每年70万份，是非常有影响力的杂志。目前，是我市稀缺、宝贵的文化出版资源，是一块文学金字招牌，是弘扬传统文化、展示地域文化、凸显城市形象的独特窗口。

衡阳是一座文化名城，湖湘文化源远流长，文化名人层出不穷。古有辅佐蜀国的大臣蒋琬、发明造纸术的蔡伦、著名思想家王夫之、湘军水师统帅彭玉麟，今有著名作家、编剧琼瑶、“诗魔”洛夫、著名作家龙应台等。肩负着举旗帜、聚民心、育新人、兴文化、展形象的使命，承担着弘扬湖湘文化、培育新生代文化传人的责任，从2021年起，《文学天地》审时度势，重新定位，积极实施改版，改版后的《文学天地》立足衡阳本土，致力培育文学新人，力争通过近几年的努力，打造衡阳“文学雏雁”群体，同时推介本土作家，弘扬本土文化。

近年来，衡阳市文学天地杂志社始终把社会效益摆在首要位置，在坚持正确的政治方向、培育文学新人、弘扬社会正能量等方面作出了积极贡献。

一是牢记历史使命，坚持正确的政治方向。坚持正确的政治方向、出版导向和价值取向，牢记主流文学阵地的历史使命。《文学天地》深耕本土，刊物内容突出政治性，注重文学性，2021 年围绕建党 100 周年等重大活动、乡村振兴等中心工作，有针对性地出版了高质量的文学作品，注重讴歌时代，严格执行“三审三校”制，自觉承担起举旗帜、聚民心、育新人、兴文化、展形象的使命任务。

二是注重文化传承，着力培育文学新人。改版后的《文学天地》以提升青少年写作兴趣、培育文学新人为宗旨，致力于打造“文学雏雁”群体，培育新生代文化传人。2021 年，开设了“雏雁展翅”“少年情怀”“雁城诗话”等栏目，推出了 CCTV 第五季中国诗词大会冠军彭敏的散文、著名诗人陈群洲的诗歌等有思想、有温度、有品质的精品力作。近年来，杂志社经常走进校园、企业，举办读书会、讲座等活动，加强对校园文学社的指导，密切联系，携手提升青少年文学写作水平。2021 年，杂志社走访调研衡阳市各县区，以及市内部分中小学，详细了解文学队伍建设的情况，组织筹建衡阳市作家协会校园文学专业委员会，并组织“文学进校园”系列文学讲座、研学夏令营活动。全市青少年文学写作水平不断提升，《文学天地》所刊发的部分原创作品被一些期刊转载。

三是注重开拓创新，弘扬社会正能量。注重弘扬传统文学，近年先后邀请了著名剧作家、小说作家刘和平，著名学者王立新，著名诗人洛夫等文学大家来衡讲座，参与组织纪念王船山诞辰 400 周年学术研讨会，进一步激发了广大在校学生、文学爱好者对传统文学的热情。近年来，《文学天地》始终秉持着培养和服务本土文学爱好者，挖掘和弘扬本土文化的初心，一路前行，发掘和培养了上百名优秀的作家，从《文学天地》走出的有胡丘陵、聂沛、陈群洲、郭林春等一批作家、诗人。未来还将在这方面继续加大努力，也期待更多的文学新人在《文学天地》里茁壮成长。

期刊观察之《中国文学研究》杂志

展现文艺理论研究的宽阔视野和深刻思考

《中国文学研究》是由湖南师范大学主管和主办的省级文学类专业学术期刊，1985 年创刊。现任社长凌宇教授、主编赵炎秋教授。

作为一家研究中国文学理论的学术期刊，《中国文学研究》坚持四项基本原则，努力在马克思列宁主义、毛泽东思想、邓小平理论、“三个代表”重要思想、科学发展观、习近平新时代中国特色社会主义思想等重要思想的指导下来探讨中国古今文学的相关问题。在“促进改革的精神，坚持贯彻‘双百’方针，促进中国文学的健康发展，为社会主义精神文明建设做出贡献”这一办刊宗旨的指导下，2021 年度，《中国文学研究》继续坚持正确的出版导向，尤其重视主题宣传报道。为庆祝中国共产党建党 100 周年，期刊特设“马克思主义文艺理论研究”专栏，于第 3、4 期连续刊载了一组文章，分别为段吉方《回到语境与文本重读——推动与建设马克思主义文学批评的文本学研究》，方汉文《马克思“世界的文学”：中国化的新概念翻译与注解》，王杰、连晨炜《世界文学在中国的传播与马克思主义的发展》，高楠《重读〈德意志意识形态〉：对马克思恩格斯意识形态论与文学理论相关命题的思考》，胡亚敏《马克思〈历史学笔记〉与唯物史观的拓展——兼论对中国马克思主义文学批评的启示》。5 篇文章均围绕马克思主义文艺理论的当下语境和热点问题展开讨论，或进行理论阐发，或着眼论点争鸣，或重读经典文本，主题鲜明，内容厚重，深入宣传了中国共产党文艺思想的基本理论和伟大精神谱系，具有很强的理论性和现实意义，展现了国内马克思主义文艺理论研究的宽阔视野和深刻思考。这组专栏文章，不仅对于学界认识马克思主义文艺思想具有重要的理论意义，更是唱响主旋律、建构中国特色文学理论的献礼篇章，自 9 月、12 月陆续上传知网以来，短时间内有 1500 余次下载，在国内外文艺界产生了较为广泛的反响。段吉方和方汉文的文章在中国艺术研究院发布的《2021 年度中国马克思主义文艺理论学科发展研究报告》中作为重要成果被引用和论述。同时，组稿获第四届“湖南期刊主题宣传好文章”奖。

期刊长期以来注重围绕文学研究领域中的重大问题和关键问题，选择相关稿件，推动其研究向纵深方向健康发展。如 2021 年刊发的张巍《续佳句而成篇：中国古典诗歌的一种写作方式》是国家社会科学基金重大项目“历代古文选本整理及研究”（17ZDA247）阶段性研究成果，罗争鸣《再论张伯端生平及〈悟真篇〉的成书、主旨与宗教文学意义》是国家社会科学基金重大项目“历代道经集部集成、编纂与研究”（17ZDA248）的阶段性研究成果，郭英德《“弃诸生”与“习古文辞”——魏禧的人生选择与身份认同》是国家社会科学基金重大项目“中国古代散文研究文献集成”（14ZDB066）的阶段性研究成果，胡燕春《比较生态批评的兴起及其对中国的启示》是国家社会科学基金重大项目“世界汉学家口述中文与中华文化国际传播史：图文音像数据库建构”（20ZDB330）的阶段性研究成果，皆具有很高的学术价值，在学界产生了重要反响。

作为已有 30 余年历史的学术期刊，《中国文学研究》在业界享有良好的学术声誉。借助此品牌效应，编辑部以期刊为平台，重视其对中文学科发展的助推作用。11 月 12 日，编辑部就曾邀请湖南省作协主席王跃文、党组书记胡革平及创研室贺秋菊、向娟、罗小培等来文学院指导工作，就期刊预备重新开设“湖南文学与湖湘文化研究”栏目及湖南当代文学的创作与批评等问题展开交流。大家一致认为，栏目的开设，既是期刊融入湖南文化建设的重要途径，也是促进湖南当代批评繁荣的重要举措。省作协与编辑部可以通过协作，共同推进文学湘军再次兴盛，并在湖南高校中培养出一支优秀的批评队伍，力争将繁荣湖南文学创作和批评作为一个长期工作推进下去。

2021年，期刊共载文107篇，基金资助论文78篇，占比72.9%。截至2022年6月27日，仅在知网上总下载1316255次，总被引15822次。人大复印资料共全文转载文章10篇：李德辉《语录体行记的形成历程及学术价值》载《中国古代、近代文学研究》2021年1期；李定广/裘江《千古名篇〈登鹳雀楼〉的作者真相》载《中国古代、近代文学研究》2021年2期；林锋《从〈文章辨体〉到〈文体明辨〉——明代文体学的发展进路》载《文艺理论》2021年2期；郑天熙《明代黄佐〈六艺流别〉的文体学思想及其意义》载《文艺理论》2021年3期；苗霞《思想的自由和风景的迷离——张曙光诗歌艺术新变论》载《中国现代、当代文学研究》2021年3期；刘彦顺《艺术作品内容原发呈显的时态与时体——从审美时间哲学对伽达默尔“象征论”的细读与语法诊断》载《艺术学理论》2021年5期；杨水远《辩证综合的理论难度与中国当代文论的自否定创新》载《文艺理论》2021年8期；罗争鸣《再论张伯端生平及〈悟真篇〉的成书、主旨与宗教文学意义》载《中国古代、近代文学研究》2021年9期；江守义《中西小说真实作者意图伦理之比较》载《文艺理论》2021年11期；罗紫鹏《抉微与论文：清末民初文人对古代小说批评之检讨》载《中国古代、近代文学研究》2021年12期。期刊由此入选为人大“复印报刊资料重要转载来源期刊”。此外，期刊亦为全国中文核心期刊、CSSCI来源期刊和中国人文社会科学核心期刊，在2021年获得湖南省品牌社科期刊资助。

期刊观察之《文艺论坛》杂志

在不懈的努力中实现新跨越

《文艺论坛》（原名《理论与创作》《创作与评论》），创刊于 1988 年，是湖南省唯一以中国现当代文艺研究为主的文艺理论与批评学术期刊。《文艺论坛》认真学习贯彻习近平总书记关于文艺工作的重要论述，坚持以“坚守批评精神、营造思想空间、追求湖湘气派、兼容百家风格”为宗旨，推出了一系列高质量、高水准的学术成果，团结起一批优秀的中青年文艺批评家队伍，高雅的文化品位与厚重的理论品格得到双重彰显。

2021 年对《文艺论坛》来说是值得被记录和言说的一年。因为这一年我们实现了质的飞跃。在湖南省文联、省委宣传部领导的大力关心与支持下，首次入选最新一期南京大学“CSSCI 扩展版来源期刊”，短短三年间便进入 C 刊扩展版名录，创造了传统期刊向新兴刊物转型发展的最好成绩。除此之外，首次获得 2021 年度湖南省哲学社会科学基金学术期刊重点资助和省委宣传部第四届“湖南期刊主题宣传好文章”奖，《文艺论坛》编辑部主任佘晔也在湖南省期刊编辑论文大赛中勇夺一等奖。

回顾以往走过的路，这些成绩的取得来之不易，凝聚了编辑团队全部的努力和智慧。

第一，严把政治导向关。《文艺论坛》始终以习近平新时代中国特色社会主义思想为指导，认真学习贯彻习近平总书记关于文艺工作的一系列讲话精神，全年刊发稿件未发生任何政治导向错误。与此关联的是，《文艺论坛》始终站在文艺领域政治导向问题的第一现场，在全国率先开设“习近平文艺论述研究”专栏，对习近平有关文艺工作的重要论述进行专门研究，牢牢把握正确舆论导向、出版导向。2021 年，在加强期刊意识形态工作责任制的具体办刊过程中，坚持大历史观，大时代观，刊发一系列政治坚定、导向鲜明的稿件，积极唱响主旋律，大力弘扬正能量。

第二，严把内容质量关。《文艺论坛》始终坚持内容为王、质量为上的办刊方针，在稿件内容的组织和编排印校上压实责任，层层落实，精益求精。2021 年，我们特别策划了建党 100 周年的特别栏目“世纪凝眸：百年党史与现代中国文艺”，该栏目由名家张福贵先生、袁盛勇先生担纲特别主持，刊发了吴敏、赵卫东、方维保、李生滨等教授的文章；2021 还重点策划了“刘和平历史剧”“新世纪 20 年与中国文论的当代性”“中国新媒介文艺发展及批评实践”“数字时代的影像与体验”研究等单个专题，引起学术界广泛关注；品牌栏目“评论百家”有张志忠、夏可君倾情加盟，“新锐批评家”先后刊发了田淑晶、雷鸣、孙桂荣的专题稿，“起点批评”先后推出了周珉佳、魏华荣 、柳伟平、李佳贤、顾奕俊、周荣 6 位青年批评家的专栏；影视艺术研究方面头条推出了王一川、冯双白老师评《大地颂歌》的专题稿件，以及陈旭光、何美等专家的文章；阐释学研究方面刊发了卓今、杜寒风的深度宏文，等等。这些稿件都围绕文艺界、学术界关心、关注的重点问题进行探讨、有效引导，文化价值、学术价值和创新价值兼备，使刊物获得了良好的口碑和持续的关注度。

第三，严把管理制度关。《文艺论坛》编辑团队在主编科学的顶层设计和有效的具体指导下，一方面，全面落实意识形态工作责任制，主动加强阵地建设和平台管理，旗帜鲜明反对和抵制各种错误观点、错误言论，切实做到守土有责、守土负责、守土尽责；另一方面，期刊内部规章制度、机制建设建立健全，比如严格执行“三审三校”制和执行编辑、责任编辑制度等，严格遵守《出版管理条例》《期刊出版管理规定》和《湖南省文联报刊管理办法》《湖南省文联新媒体管理办法》等一系列规则制度，坚持将社会效益放在首位，实现刊物社会效益与经济效益的有机统一。

第四，严把影响效果关。《文艺论坛》作为一本当代专业文艺批评类学术期刊，拥有三十余年的办刊经验和阵容强大的编辑团队。这就保证了办刊的社会影响和宣传效果。2021 年度刊发稿件数十篇次被国内权威刊物《中国社会科学文摘》《中国高等学校文科学术文摘》《人大复印资料》等全文转载和摘编引用，刊物公众号的总点击量逾十万，这对于一家省级文艺理论类期刊来说非常不容易。

未来，《文艺论坛》将在主题策划、名家刊发、新人培养、同行交流上加大力度；利用新媒体技术和大数据平台，重视两微一端的管理和运营，重视国内权威期刊数据研究中心的数据分析；积极举办期刊活动，扩大交流面，不断刷新存在感和活跃度；同时加强刊物与中国文联、宣传部、文联其他各部门、各艺术门类的有效联系，盘活资源，实现统筹发展。我们相信，只要全体编辑人员勠力同心，以时不我待的紧迫感和“踔厉向未来”的责任感约好每一篇稿件，办好每一期刊物，《文艺论坛》一定能在中国当代文艺批评园地发出更大的光和热！

● 2021 年度市州文学概况 ●

2021 年长沙市文学工作概况

2021 年，长沙市作协以笔为马，不负韶华，用一部部优秀作品、一场场文学活动、一次次人才输出，凝聚人心，鼓舞士气，为长沙实施“三高四新”战略贡献文学力量。

这一年，党建引领坚强有力。长沙市作协组织学习党的创新理论，特别是习近平总书记“七一”重要讲话精神，举办 2021 年度深入学习贯彻习近平新时代中国特色社会主义思想暨贯彻落实长沙市第十四次党代会精神专题学习培训。

这一年，文学作品硕果累累。以纪红建的报告文学作品《大战“疫”》、志在飞的长篇小说《铁血师长陈树湘》、简媛的长篇小说《棘花》、胡小平的长篇小说《格局》、吴昕孺中篇小说《骑着白象的月亮》、赵燕飞短篇小说集《等待阿尔法》、张觅散文集《花木扶疏》、吴定芝散文集《冰与火的交响曲》、彭湖的童话《地球奶糖》、杨勇杰的诗歌《夜钓》、袁姣素的评论《大黑山下的奏鸣曲》等为代表的一大批作品深受好评。这之中，徐昌才的散文《唯有葵花向日开》获全国第五届叶圣陶文学奖；张光宇的《鸡蛋与石头的战争》入选中国科普作家协会 2021 年“科普科幻青年之星计划”30 部优秀作品，作家本人被授予“科普科幻青年之星”荣誉称号；曾散的长篇报告文学《青春中国》获评国家出版专项基金扶持项目；彭湖的儿童小说《云上日光》获曹文轩儿童文学奖，还有许多作家个人和作品获奖。据不完全统计，2021 年，长沙市作协会员出版长篇小说、网络长篇小说 13 部，长篇报告文学 8 部，中短篇小说

11 部，中篇报告文学 1 部，散文、诗歌集等 23 部、在全国省市级报刊发表作品 2000 多篇（首）。

这一年，文学活动影响非凡。长沙市作协坚持聚焦文艺队伍思想建设，引领文艺工作者带头践行社会主义核心价值观，组织会员参加省作协文学大讲堂名家讲座，邀请知名作家、儿童文学家为作协会员和中小学生授课 10 场次，培训学员千余人次。为庆祝中国共产党成立 100 周年，市作协联合长沙晚报文体副刊部承办“百年风华正青春·那一年，我入了党”庆祝中国共产党成立 100 周年主题征文活动，征文活动累计收到投稿 1000 余篇，长沙晚报橘洲副刊择优刊登几十余篇，有多篇选入学习强国平台。市作协还以湖南读书会为活动搭平台、以服务创品牌，全年共举办了近 8 期主题读书研讨活动，推广宣传作家达 10 余位，参与影响达 5 万人次。长沙市作协还组织作家到武汉参加第八届“三江笔会”，共话新时代文学工作者的新使命。3 月 26 日，长沙县果园镇“永远跟党走”——2021 年“笑满三湘”文艺志愿服务系列活动，作协主席唐樱率作家志愿服务队向长沙县春华镇中心小学乡村少年宫、田汉艺术小镇墨田书屋赠送图书、杂志近千册。4 月 23 日，在天心区实验小学作协主席唐樱与孩子们面对面举办“互动式”讲座，并带领大家深入了解“半条被子”等红色故事，让红色基因注入他们的内心深处。2021 年，长沙市作家协会作家志愿服务队走进乡村学校少年宫，志愿者们去到的学校有安沙镇时中小学乡村少年宫、榔梨镇大元中心小学乡村少年宫、青山铺镇中心小学乡村少年宫、开慧镇中心小学乡村少年宫、春华镇中心小学乡村少年宫、龙华小学乡村少年宫、春华中学乡村少年宫等，捐赠图书近 8000 册，服务学生人数近 5000 人，每到一个学校，都给孩子们送书、讲课。每一次的文学进校园，对于孩子们而言，是跟阅读和写作产生火花的珍贵机会，活动受到广大师生的欢迎和喜爱。2021 年度长沙市天心区作家协会组织会员举办了 15 场读书会，其中，“畅读生态好书，保护青山绿水”生态文学读书分享会 12 场，以沙龙形式在天心区 24 小时自助图书馆举办，读者反响好；与此同时，天心区作协还开展“庆祝中国共产党成立 100 周年——‘百年风华正青春’100 个红色小故事”主题征文活动。岳麓区作协围绕“书院求是”“橘洲天问”“不懈奋斗”“建党先声”“富国强军”“战斗堡垒”“一心为民”七个篇章开展致敬红色经典征文，收到征文 90 余篇，2021 年 5 月 30 日完成；岳麓区作协还组织了“百年风华 · 青春岳麓”采风活动，该活动于 2021 年 4 月 29 日启动，启动仪式上，谭谈、梁瑞郴、何立伟等名家大咖为活动授旗。长沙县作协组织编撰一本《红色印记》红色经典教育青少年读本，读本以长沙县革命先贤徐特立、李维汉、杨开慧、柳直荀、田汉、许光达、缪伯英、陈树湘等革命故事为题材，塑造红色经典，讲好红色故事。

这一年，文学人才层出不穷。2021 年，长沙市作协推荐 8 人加入中国作协，16 人加入省作协，推荐了多名作家分别参加毛泽东文学院中青年作家研讨班、湖南省第九期专题文学（生态文学）研修班的学习。汤素兰、何立伟、何顿、薛媛媛、余红代表长沙作家参加中国文联第十一次全国代表大会、中国作协第十次全国代表大会。

这一年，组织建设完善健全。长沙市委宣传部部务委员胡述斌等前往长沙市作协妙高峰创作基地作协党支部办公室考察指导工作。长沙市作家协会党支部加强“五化”建设，积极引导广大党员参加各项活动，开展“不忘初心、牢记使命”专题学习，在蓉园宾馆组织专题学习分享会。

2021 年株洲市文学工作概况

一、协会工作生机勃勃，组织建设不断加强

一年来，市作协做到了四个“加强”。

一是加强组织建设。2021 年 12 月 18 日，市作协成立了功能型党支部，坚持党对文艺的全面领导得到落实，作协主席团和党支部紧紧围绕“做人的工作”，自觉抵制违法失德等乱象，广泛团结凝聚作家和文学爱好者，提升了作协的向心力。

二是加强理论建设。积极组织主席团和理事会成员学习贯彻习近平总书记“七一”重要讲话和党的十九届六中全会精神，认真开展了党史学习教育。主席万宁参加了中国作协十大，当选为中国作协全国委员会委员，回来后分别在文联和作协主席团传达了习近平总书记的重要讲话精神。

三是加强队伍建设。加速培养青年作家、壮大文学新军力量，积极向省作协推介当地有成绩的作者。2021 年，4 名市作协会员加入湖南省作家协会；发展市级作协会员 40 人。

四是加强平台建设。2021 年，《文艺窗》全年出刊六期；继续维护好“株洲文艺”公众号，及时发表各类文学创作和活动信息。2021 年 8 月面向全市文艺工作者和文学爱好者征集抗疫文学作品，在“株洲文艺”公众号和《文艺窗》刊物上发表了一百多篇。

二、精心组织各类活动，激发会员创作热情

（一）积极开展文学讲座

4 月 24 日，安排市作协副主席张雄文参加株洲市读书活动月活动，并在市图书馆开展了一场题为《从〈雪峰山的黎明〉谈纪实文学创作》的讲座。

（二）积极拓展创作阵地，认真组织各类采风活动

1. 5 月 31 日，为庆祝建党 100 周年，组织长株潭三市作家近 40 余人前往九郎山采风，助力三市文艺工作者把握时代脉搏，努力创作彰显湖湘文化气质的优秀作品。

2. 作协主席万宁、副主席唐璐等人带领省文联和省作协领导，考察“绿水青山新湖南”启动仪式路线。

3. 11 月 27 日，市作协代表和省作协领导一起到茶陵“中国花湖谷”森林康养基地举行株洲首个“湖南文学创作示范基地”揭牌仪式。省作协、市作协、湖南万樟集团共同签署合作协议。省作协主席王跃文、市文联党组书记刘文星、市作协主席万宁等人为基地授牌。王跃文主席还给 60 多名茶陵县文学爱好者讲了一堂题为《文学的虚构艺术》的文学课。

4. 组织会员参与创作、编辑文艺扶持作品《红色故事汇》《魅力九郎山》《美丽乡村，渌口作协采风专辑》。其中，《红色故事汇》正式出版发行。《红色故事汇》获奖作品在《文艺窗》分期刊登，入选作品在《株洲文艺》连载。

5. 审定年度发表会员作品发表奖励，24 名会员和 10 名《文艺窗》优秀作者共获得 173128 元奖金。

三、营造良好氛围，创作成绩硕果累累

1. 重要报刊发表作品

万宁、聂鑫森、玉珍、张雄文等人在国家级报刊发表18篇作品。譬如：聂鑫森的《喜模》《绣花球》被《小说选刊》2021年第三第四期转载；玉珍的《爸爸喝酒》被《小说月报》转载；万宁的《妈妈成了一株植物》、张雄文的《拿剃刀的师者》、王亚的《十个苏东坡》被《散文选刊·上半月》选载；万宁的《在楼顶虚度时光》、张雄文的《辣蓼记》、玉珍的《动物札记》被《散文海外版》转载；田瑛的《一只蝴蝶飞走了》在《诗刊》发表；张雄文的《云龙在奔跑》在《人民日报》发表；等等。王亚、曾海等人在省级报刊发表48篇作品，譬如：王亚的《纸上声》在《天津文学》发表，万宁的《在一棵桃树下热泪盈眶》、曾海的《替罪猫》、聂耶的《一个叫水艿的辅警》在《湖南文学》发表；段淑芳的《流动芭蕾》在《湘江文艺》发表；等等。谭博文等人常规出版书籍6部，如谭博文的《淬火军刀》、管弦的《毒草芬芳》等。

2. 主要获奖或入选重要文集：

万宁的中篇小说《躺在山上看星星》（原发《中国作家》）入选人民文学出版社“建党百年百篇文学短经典”系列；张雄文出版的书籍《潮卷南海》被深圳市委组织部推荐为首届读书活动月10部佳作之一，同时被评为海天出版社2021年十大好书；万宁的散文《在屋顶虚度时光》、张雄文散文《辣蓼记》入选《散文海外版》主编的2021年精品散文集《扇上桃花》。

株洲市委宣传部第八届炎帝文艺奖评奖，万宁的中篇小说《乡村书屋》、聂鑫森的微小说《昨夜无故事》获一等奖。玉珍《玉珍的诗》、张雄文的《紫云下的书香》、空格键的《花朵（组诗）》获二等奖。

四、搭建平台，积极做好协调、服务工作

2021 年 5 月，安排副主席唐璐配合张雄文参加中国作协主办、中央电视台协办的“中国一日”活动，到中车株机车间的采访，两次被中央电视台报道。7 月，积极安排协助作家们报送炎帝文艺奖的作品。此外，还为 160 余名省级以上会员征订《湖南文学》。

五、热心公益，传递爱心

4 月 8 日，市作协召开理事会，并在大京学校开展以“书香润童年，留守不孤单”为主题的赠书活动，共捐献价值两万余元的书籍和书架。会后，副主席黄旭阳为大京学校全体师生进行文学讲座。

7 月底，疫情突袭株洲。市作协组织会员为抗疫捐款一万多元，安排 30 名会员走上街头当志愿者为市民服务。

2021年湘潭市文学工作概况

2021年，在省作协和市委宣传部、市文联的正确领导下，湘潭市作协各项工作开展顺利，并取得了如下成绩。

一、以丰富活动献礼建党百年

1月，湖南省散文学会、湘潭市作家协会共同在全省范围内开展“党在我心中”大型征文活动，收到征文近六百篇。评选出特别奖3篇，优秀奖20篇，佳作奖30篇，给予精神和物质奖励后，又邀请获奖作者代表到韶山参加颁奖仪式。2、3月，市作协积极发动会员参加市文联举办的“百年百首诗·诗颂党恩”诗歌征集活动，为党的百年华诞献礼。5月，为庆祝建党百年，全面展示湘潭高新区近30年来的创新创业成果，市作协派代表受邀参加高新区机关党委举办的“初心写高新”文学采风活动，受到社会好评。11月，市作协与市农业农村局合作，开启“湘潭最美新乡贤”采风活动，助力乡村振兴。市作协还在《湘潭文学》上增设了“建党百年”专栏，刊发会员们对党对人民的祝福和心声。

同时，指导湘潭县作协开展了“建党一百周年”主题征文；岳塘区作协策划，欧阳伟主编的《岳塘之光——新时代岳塘文学作品选》由百花洲文艺出版社出版，这是岳塘区文学成果的集中展示，也是岳塘区向建党100周年献上的一份厚礼；雨湖区作协承办了“窑湾故事汇——文说窑湾”征文活动，讴歌窑湾文化，宣扬“大美湘潭”，献礼建党百年。

二、以人民为中心促进文学创作

作品是作协工作的生命线，也是作家的态度和立场、使命和担当。据不完全统计，本年度市作协会员持续发力，出版图书 20 本，在国家级、省级刊物上发表作品 200 余篇（首），获得省级及以上奖项和荣誉多种，交出了一份振奋人心的答卷。其中徐秋良所著的《红土地上的寻找》由湖南人民出版社出版，先后被湖南省作协确定为“庆祝建党 100 周年”创作专项选题，中共湖南省委宣传部、中共湘潭市委宣传部确定为“庆祝建党 100 周年”献礼作品。徐秋良还有长篇小说《芙蓉绣庄》由青年出版社出版、短篇小说集《远方有诗》由团结出版社出版。此外，小说方面，陈沸湃、曾丽娟夫妇合著的长篇小说《命运 DNA》由作家出版社出版；楚荷的中篇小说《全家福》发表于《飞天》头条；容芬的《我只是个有趣的凡人：苏东坡》由台湾晶冠出版社出版；徐秋良、唐亦政等有中篇小说发《天津文学》《湖南文学》等；齐延龄、唐定伟等有短篇小说发表于《天津文学》《湖南文学》等；陈子赤、刘向阳等有多篇小小说发表于《小说月刊》《微型小说月报》等；刘向阳的小小说《庭院青山》被《作家文摘》转载。报告文学类有：蒋鸣鸣的《追赶》、欧阳伟的《火焰蓝 再出发》、楚荷的《宏善行》发表于《中国作家》；何红玲的《轮椅上的诗与远方》发表于《湖南日报》整版；鄢德全的报告文学集《活水源头》由线装书局出版；谷静的《何志襄传》由九州出版社出版；欧阳伟的长篇报告文学《脊梁——记全国模范法官周春梅》由湘潭大学出版社出版。散文类有谢枚琼的散文集《彼岸的林子》由文化发展出版社出版；易军湘的散文集《红叶不曾完美》由南海出版公司出版；杨荣的散文集《晓霞山上太阳花》由线装书局出版；还有陈爱民的《迎春花开》《憧憬着满满的丰收》发表于《人民日报》；鄢德全的《战地黄花分外香》发表于《光明日报》，《隐山读桥》《湖南觅古》发表于《中国艺术报》；王杏芬的《回乡的路通往春天》发表于《文艺报》；等等。诗歌类有谭清红主编的“湘女梦”诗丛一套九本由团结出版社出版；还有陈爱民、欧阳伟、赵叶惠、王家富、邹莹的诗发表在《诗刊》，等等。获奖方面主要有：刘晓银的散文《一张泛黄的委任状》在湖南省“建党百年”征文比赛中获得一等奖第一名，在民革中央开展的“百年中国梦，风雨同舟情”——庆祝中国共产党成立 100 周年征文活动中获一等奖；刘向阳的小小说《雕琢人生》获《湖南工人报》举办的“永远跟党走 奋进新征程——党徽在劳动中闪光”主题征文大赛二等奖，《火焙鱼》获《小小说月刊》举办的“百年辉光 红心颂党”小小说精品创作大赛优秀奖；谢枚琼散文获“炎黄杯”全国征文大赛优秀奖；“党在我心中”大型征文中，我市有冰静、何红玲、陈真、左怀文、段敏获优秀奖，马秋红、刘纲要、刘晓银、杨荣、雨露、袁刚毅、萧自强、曹方成、谭关渔、黎玉娥获佳作奖，可谓满载而归，催人奋进。

三、以培养为目标推进人才战略

2021 年，《湘潭文学》每季度如约而至，共刊发文学作品 60 余万字，为许多本地的文学新人提供了发展的平台。一年来，市作协为培养人才，特举办了“名刊名家伟人故里行”文学创作座谈会，邀请《西部》《青年作家》《绿洲》等名刊的编辑老师到伟人故里采风、讲学、改稿，大力推介湘潭的作家和作品。正因为有过硬的作品，陈爱民、谭清红 2 人加入了中国作协；朱艳红、胡荣波、邹莹、张伟、危丹 5 人加入了湖南省作协；青年作者容芬、赵向林 2 人被选送到毛泽东文学院学习；贺文春、潘颖芳等 8 人被批准加入市作协。

2021 年衡阳市文学工作概况

岁月不居，时节如流。2021 年对于衡阳市作家协会来说，是意义非凡的一年。市作协经历了具有里程碑意义的大事。在市委领导的关怀和文联领导的直接领导下，在协会工作人员的努力和广大会员积极支持下，今年作协的工作取得了如下成绩。

一、衡阳市作协第九届换届圆满成功，胡仲明当选作协主席

10 月 29 日，我市作协第九届换届圆满成功，胡仲明当选作协主席。这是我市文坛的大事、喜事、盛事，也是湖湘文坛的盛事，对于衡阳市文化事业的发展繁荣具有深远的意义。此次会议得到了各省市作协的高度关注重视，市作协提出了今后五年作协的奋斗目标：围绕中心，始终把服务发展作为第一要务；搭建平台，始终把服务会员作为第一宗旨；尽心尽力，始终把和谐发展作为第一目标。

二、创作成果硕果累累

据不完全统计，作协部分创作发表、获奖情况（省级及以上）如下：作协名誉主席陈群洲获第五届张家界国际诗歌节一等奖；李雪芬作品《苦菜花》在《诗刊》杂志发表；宁乔的作品《人间》在《辽河》杂志发表，《两个月亮》等六首诗歌在《诗潮》杂志发表；朱弦的《时间沙

漏》在《星星诗刊》发表，《芒果》在《诗刊》杂志发表，《小城大象》在《湖南文学》杂志发表，也被《昭阳文艺》冬季刊选载，长散文《菲律宾支教行旅》在《中国校园文学》上发表；邹贤中出版散文集《乡村图景》在《散文选刊》《散文海外版》《美文》《南风》《中国校园文学》《飞天》《速读》《新青年》《中国铁路文艺》刊物发表，在《南方都市报》《浙江工人日报》《中国审计报》《中国青年作家报》国家级、省级报纸发文，获得第八届野草文学奖、小说奖、全国大学生自然文学大赛一等奖、第三届广州青年文学奖、散文奖、第二届吴伯箫散文奖、优秀奖、《党员之友》和《飞天》征文奖；丁小平的作品在《文学港》《诗潮》《星星》《湖南诗歌年选》上发表；殷君发的作品在《湖南文学》《牡丹》上发表；贺楚建的作品在《广州文摘报》《湖南诗歌年选》《湖南工人报》《今日女报》上发表；刘宋民《时间的下落》（组诗）荣获第二届湖湘教师文学征文大赛诗歌组唯一的一等奖，《百年之后》（外二首）发表在《江河文学》；汤学汉的作品在《当代作家》上发表等。2021 年，我市作协会员作家们关注现实，潜心创作，文学创作多种体裁并现，文学创作上取得了一定的成绩。

三、特色专题采风

作协牢记创作是中心任务，作品是立身之本。根据作家创作的需要，组织了一系列到乡村采风的活动，从乡村出发，书写乡村，乡村是中国文明的精神源头，是百年新文学最重要的文学隐喻，更是当代文学正在发生的现场。习近平总书记讲到要“把文艺创造写到民族复兴的历史上、写在人民奋斗的征程中”。当前，乡村振兴、经济转型都迫切需要文学艺术家的关注支持，作家创作要坚持文艺为人民大众服务，让文学更贴近群众，反映人民生活，用文学的力量鼓舞人启迪人，把优秀的文化资源输送到基层，以文学为载体，激发会员创作出丰富多彩的衡阳故事、衡阳人物、衡阳旋律，用文化的力量促进乡村振兴。具体活动开展如下：

先后组织组织会员参加王船山故居采风暨纪念王船山先生诞辰 402

周年活动；参加船山故里曲兰镇的“月亮家”民宿采风创作基地授牌揭牌仪式和采风活动；缅怀先烈先贤，到戴今吾烈士故居、彭玉麟故居参观学习等。

四、加强队伍组织建设

发展新会员，培育文学新人，是作协的主要任务之一。作协经过选举换届，修改了协会章程，协会不断完善会员管理、发展等工作，重新开始会员入会登记、制作发放会员证、建立了会员资料档案，每位会员的档案内容包括：姓名、原名、笔名、性别、民族、籍贯、党派、学历、简历、职务、职称、社会职务、个人荣誉、作品种类、作品名称、作品获奖情况及本人照片等项。会员档案库为作协掌握会员第一手资料，更加高效、科学地管理、服务好会员打下了坚实的基础。截至年底，我市作协会员重新登记已有 179 位。作协通过不断扩大其影响力，越来越多的文学爱好者表示加入市作协的意愿，已经从中吸收部分会员，其他文学爱好者作为后备力量已经登记在册，等时机成熟再发展成为会员。协会推荐加入省作协 7 人：谭崇恩、郑海青、邓亚兰、唐娟、王重希、宁建军、陈学阳，推荐加入中国作协 6 人：成新平、陶雄喜、王娟、何彩维、邹贤中、李镇东。

回顾一年的工作，作协的工作中有苦有甜，有喜有忧，相信我市作协在各级领导的指导下，在市作协新一届的领导班子带领下，在广大文学爱好者的努力下，衡阳市作家协会的队伍一定会越来越壮大，文学事业定会勇攀高峰！

2021 年岳阳市文学工作概况

2021 年，岳阳市作协深入学习贯彻习近平总书记文艺工作论述重要精神，立德树人、以文化人，引领会员深入生活，深入基层，大力培养文学新人，讲好岳阳的生动故事，为岳阳文艺事业的繁荣作出了积极贡献。

一、主要文学活动

1. 开展了第五届岳阳文学奖的评比。通过个人申报、集体评定，全市评定了 30 件文学作品获得第五届岳阳文学奖，其中长篇小说 2 部，中篇小说 3 部，短篇小说 3 篇，报告文学 2 篇，散文 9 篇，诗歌 9 篇，文艺评论 1 篇。4 月 9 日，市委召开了第四届、第五届岳阳文学奖颁奖大会，市委书记王一鸥亲自参加大会，勉励全市广大作家深入生活，立足岳阳历史文化名城，讲好岳阳故事。

2. 举办夏季文学创作改稿班。7 月 9 日—10 日，市作协文学创作改稿班在平江县坪上书院举行。改稿班为期两天，共有 20 名学员参加。改稿会邀请了《湘江文艺》《湖南文学》等知名文学期刊的主编现场开展文学辅导。通过面对面、点对点等方式，提高青年作家创作水平，拓宽发稿渠道，推出一批精品力作。

3. 举办“忧乐文化”文艺讲堂活动。9 月 26 日，一级作家、岳阳市作协副主席黄军建老师在岳阳市文联大会议室举办“岳阳楼文化”专题党课，与会 50 余名会员认真聆听，纷纷表示获益匪浅。

4. 承担了“碧水青山新湖南”岳阳采风活动的组织安排。9 月 24 日至 28 日，市作协主席团和秘书处的全体同志，参与“碧水青山新湖南”湖南作家团的组织和接待工作，制订了接待方案，先后深入到洞庭湖、岳阳老城区、城陵矶新港区、临湘、汨罗、平江等地采风。周密细致的安排，受到了采风作家团的高度赞扬。

5. 举办岳阳市第八期中青年文艺创作培训班。10 月 17 日—22 日，由岳阳市作家协会第八期中青年文艺创作培训班在平江举办，50 余名中青年文学作者参加培训。此次培训以发展繁荣文艺创作为主题，以培养文学新人为已任，涵盖小说、报告文学、散文、诗歌、儿童文学等各个门类的创作培训，特邀王平、彭东明等一批著名的作家、评论家，为学员奉上文学艺术大餐。

6. 推动了市作协换届选举工作。主席团多次召开专题会议，认真推选了市作协主席候选人的候选人，12 月 4 日，召开了市作协四届理事第六次会议，对 5 名候选人进行了无记名选举，推选了舒文治为市作协主席候选人。目前，市作协正在稳妥推进换届。

7. 加强队伍建设。今年，湖南省作协会员增加 8 人：许艳辉、尹开岳、周钢、陈新、刘奇武、蒋馨爱、刘燕林、黄杨。王志龙、严若新、胡恒若等加入了省散文学会会员；选送了杨红燕、沈云霞 2 名同志到毛泽东文学院参加第二十期全省中青年作家培训班学习。今年，市作协对省市作协会员进行了摸底。

二、主要文学成果

2021 年，岳阳文学来势看好，佳作迭出，先后有 117 部（篇）作品在省以上刊物发表或出版。主要有：

1. 小说。彭东明长篇小说《坪上村传》发《十月》2018 年第 6 期并列为 2019 年中国作家协会重点作品扶持，该部作品荣获“毛泽东文学奖”；舒文治《来神腔》获《湘江文艺》首届双年奖优秀短篇小说奖以及“毛泽东文学奖”；潘绍东中篇小说《扬尘飞舞》原载《江南》2021年第3期《北京文学中篇小说月报》于2021年第6期转载。

2. 散文。孟大鸣《飞奔》发表于2021年第10期《散文》；徐敏《九连屋》发表于《散文海外版》2021年第1期；丁会云《坐看云起时》被《散文海外版》2021年第9期转载；方欣来散文《一条河流的方向》入选漓江出版社《2020年中国年度随笔》。

3. 诗歌。杜华、叶菊如、卢旺兴诗歌发表于《诗刊》；叶菊如有诗歌发表于《星星诗刊》以及《诗选刊》。

4. 纪实文学。彭东明长篇纪实《一生的长征》发表于2021年第3期《当代》，由湖南文艺出版社出版发行；方欣来长篇报告文学《湘路》发表于2021年第7期《中国作家》，由湖南教育出版社出版发行。

2021 年常德市文学工作概况

一、协会工作有声有色 组织建设井然有序

大胆改革，强化整章建制，规范协会管理，健全了主席团会议、理事会议等，完善了各项规章制度。全年共召开 7 次主席团工作会议，各项工作透明、有序，正朝着公正、透明、正常有序的轨道健康发展，形成了民主团结和谐的优良气氛。将各区县市作协主席增设为常务理事，创办了《常德作家》内刊。新设立了小说、诗歌、网络文学、散文、报告文学、儿童文学、文学评论七个专业委员。摸底、整理出 1993 年成立以来历届会员的信息录入和会员资格认证，整理完善党员台账资料，印刷出版了一本会员常用通讯录，多次为省作协、市委统战部、市文联等提供了各种类别会员信息名单。

二、加大人才培养，打造优秀文学人才队伍

1. 按协会章程和流程发展了 17 名市级会员，推荐加入省级会员 13 名，国家级会员 3 人。

2. 推荐 1 人参加毛泽东文学院生态文学研修班，推荐 2 人参加毛泽东文学院第十九期学习培训。推荐会员熊星接受采访，并由常德日报推出人物专访。

3. 副主席陈文双参加在北京举行的中国文联第十一次、中国作家第十届代表大会。

三、文学活动风生水起，会员创作热情高涨

1. 积极参与脱贫攻坚文艺创作、绿水青山新湖南等现实题材创作。我会参与撰写了《脱贫攻坚文艺创作的常德答卷》，并在常德日报发表，获得社会良好反响。据不完全统计，全市作者创作的脱贫攻坚、绿水青山新湖南等为主题的文学作品上千件，在各级报刊发表“青山碧水新湖南”主题创作近500篇以上。

2. 积极开展系列文学活动。承办举行了“沅澧颂歌——献礼中国共产党成立100周年”诗歌征集大赛，并编辑出版了获奖诗歌作品集。还组织骨干作家赴常德市紫菱图书馆开展交流，赠书活动，参与筹办紫菱图书馆常德市作家作品陈列馆。

四、文学氛围浓郁，喜获丰收，成绩创作再创新高

这一年，一大批骨干作者始终保持旺盛的创作势头，在全国获奖，作品被权威刊物发表、转载，入选多种选本集，出版多部作品集。

其中，副主席陈文双获第二届湖南文艺奖青年文学；熊星（寂寞读南华）获第二届湖南十大网络文学作家（作品）；龙向枚的绘本《天下的老鼠都一个样》获第七届“大白鲸”原创图画书金鲸作品奖；谢晓婷组诗《百年风华》获《诗刊》社建党百年征文优秀奖；谈雅丽散文集《江湖记：河流上的中国》获第九届冰心散文奖、第二届湘江散文奖，散文《红水河之声》获中国作家出版集团第三届丰子恺散文奖评委奖，短篇小说《阳光玫瑰》获湖南省文联脱贫攻坚主题文艺创作提名奖，组诗《青春中国：湖湘的红色坐标和灯塔》获陕西省“青春中国：庆祝建党100周年”诗歌大赛二等奖；唐益红获《上海文学》杂志社“我为太仓写首诗”现代诗创作大赛优秀奖；熊桂坊编剧的电影剧本《月照秋河》

在全国院线公映；编剧的微电影剧本《密杀时刻》获内蒙古红色作品单元一等奖；张黎华短篇小说《在夜里鸣叫的孔雀》获首届教师文学奖提名奖；伍月凤获“第十九届中国微型小说年度奖（2020））”；曾龙获中国十大闪小说新锐作家、美丽浙江网络文学大赛二等奖、深圳市群文奖一等奖等 32 个奖项；蒋世平获“范蠡传说”全国征文大奖赛三等奖；胡平获第四届“平乡好人杯”新诗大奖赛三等奖。

此外，共有陶少鸿、周碧华等 40 余位作家在省以上刊物发表作品或出版专集。

2021 年邵阳市文学工作概况

2021 年，邵阳市作家协会围绕庆祝中国共产党成立 100 周年，继续大力加强文艺精品创作生产，着力推动邵阳市文学事业高质量发展。

一、队伍建设再上新台阶

一年内，邵阳市作协深入学习党的十九届六中全会精神和习近平总书记在中国文联十一大、中国作协十大开幕式上的重要讲话。市作协负责人周伟出席中国作协第十次全国代表大会，何石、张泽欧、舒中民 3 人被吸收为中国作家协会会员，刘娜等 11 位作家被吸收为湖南省作家协会会员，两位青年作家参加毛泽东文学院中青年作家研讨班学习，刘诚龙被增补为湖南省“三百工程”文艺人才。市文联、市作协携手市新华书店打造的“邵阳文艺家沙龙”“名家讲座”继续做大做强，已推出本土 10 多位知名作家，扩大了社会影响。

市文联、市作协主办的《新花》文学期刊改版后扎根人民、关注现实，反响良好。本年度，市作协指导了北塔区作家协会的成立和武冈市作家协会的换届工作。洞口县文联、作协承办的第二届谢璞儿童文学奖颁奖典礼暨名家文学讲座活动取得圆满成功。

二、主题文学创作掀起新高潮

一是围绕庆祝中国共产党成立 100 周年，掀起主题文学创作高潮。邵阳市作协以“歌盛世·颂党恩”为主题，全力推出“云卷云舒·千篇美文写百年”工程，共评选出小说 56 篇，散文、报告文学 131 篇，现代诗 153 首，传统诗词曲赋 240 首，楹联 300 副，文艺评论 50 篇，歌词 50 首，剧本 20 个，合计 1000 篇优秀作品，结集出版，引起了广泛好评。各县市区作协在市作协的统一部署为龙头，掀起主题创作活动热潮。庆祝建党百年主题文学作品相继被各大报刊刊用，反响较好。其中，袁姣素的长篇小说《白驹过隙》在湖南文艺出版社出版，周伟的《驻村扶贫手记》入选中国言实出版社出版的《千秋伟业 百年风华——庆祝中国共产党成立 100 周年红色散文选粹》。

二是围绕“青山碧水新湖南”主题文艺创作，掀起生态文学创作热潮。按照省作协“青山碧水新湖南”主题文艺创作统一部署，邵阳市作协及时在全市开展征稿，积极发动作家广泛参与。据不完全统计，全市作家创作“青山碧水新湖南”主题文学作品 251 件，其中小说 4 篇，散文 120 篇，报告文学 6 篇，评论 1 篇，诗词 108 首，对联 10 幅，戏曲 1 部，小品 1 部，部分作品相继在报刊上发表。市作协在主办的《新花》内刊上相应地开设了“青山碧水新湖南”文学创作专栏。

三、精品力作不断涌现

一年内，肖仁福推出反腐长篇小说《阳光之下》。舒中民的长篇小说《网弈》被《啄木鸟》2021 年第 5、6 期转载。范朝阳的中短篇小说《月光里的少年》《河上卜居》《四方馆》在《延河》《牡丹》《湖南文学》等刊发表。邓润寅的短篇小说《你在哪里》《万年红》在《芙蓉》《湖南文学》等刊发表。周晓波的短篇小说《绝非如此简单》《服辜》在《湘江文艺》《奔流》等刊发表。赵登科、龙会吟、谢林涛的微小说被《小说选刊》《微型小说选刊》《小小说选刊》转载。刘诚龙的多篇散文杂文《恩高冲的稻田》《公子哥儿的消极气节》《王冕的清节》《吴伟节的苦节》等在《散文》《散文百家》《杂文月刊》等刊发表。周伟的散文《乡村春色深》《经秋分外明》等在《文艺报》《文学报》《散文百家》等刊发表。邓跃东的散文《丧礼上的歌声》《武威的殊途》《云山来信》《寻访故乡英雄气》等在《散文选刊》《散文海外版》《人民日报》等报刊发表。肖克寒的散文《香樟树下的古城》《红丘陵神曲》等在《人民日报》《湖南文学》等报刊发表。另有龙章辉、曾野、谢永华、张亦斌、羊玉姣、刘超武、贺君、廖军等在《人民日报海外版》《散文海外版》《作品》《湖南文学》《湘江文艺》《散文百家》等报刊发表。

李春龙的组诗《大兴村》《大兴郁花园二里》《像屋檐水一样停留》《北京慢》等相继在《人民文学》《诗刊》《星星诗刊》《钟山》《作家》《诗选刊》等刊发表、转载，诗歌《我们哪里都不想去》获《湘江文艺》首届双年优秀作品奖。刘娜的组诗《白色星球一圈一圈自转》《从前的泡桐花》《刘娜的诗》《夕阳照在婴儿床上》等相继在《诗刊》《星星诗刊》《芙蓉》《作品》《湘江文艺》等刊发表。雷晓宇的组诗《薄雾》在《人民文学》2021 年第 3 期发表。范朝阳的组诗《高处的事物》《做自己的上游》等在《星星诗刊》《草堂》等刊发表。林目清的诗歌《村支书日记》《夜，一个超大容量的洗衣机》《天空之下》等在《诗刊》《诗歌月刊》《湖南文学》等刊发表。张泽欧的诗歌《必将用上月光》《这烟雨，确实重了些》等在《诗刊》《星星诗刊》等刊发表。吴和君、李斌、唐志平、杨进汉、伍培阳、钟石山、李红霞、刘群力等的诗歌在《诗刊》《星星诗刊》《诗潮》《诗歌月报》《草原》《四川文学》等刊发表。

陶永灿的儿童小说《山里的野菊花》《拯救白公主》在《少年文艺》（上海版、江苏版）发表，谢长华的儿童散文《我和蜜蜂的故事》在《儿童文学》发表，陈静的儿童散文《守田水》《腊肉》在《儿童文学》《十月少年文学》发表并入选《2021 年中国儿童文学精选》。

2021 年益阳市文学工作概况

2021 年，益阳市作家协会在市委宣传部、市文联的领导和省作协的指导下，响应益阳市委、市政府提出的讴歌“益山益水，益美益阳”、传承益阳深厚文化底蕴的号召，围绕市委宣传部、市文联工作中心，开拓创新，求真务实，强化职能，热情服务，为团结作家队伍、鼓励文学创作、扶掖文学新人、繁荣本市文学创作、构建和谐社会做出了一定的贡献。

一、举办、参与各项活动，繁荣了地方文化

1. 为了庆祝中国共产党成立一百周年，在益阳市政协、中共益阳市委宣传部联合出版《星空璀璨——益阳百位优秀共产党人风采》一书的过程中。益阳市作家协会历时半年多，从策划、组稿、改稿到校审，在协会主席团的带领下排除一切困难，不计报酬，出色地完成了任务，为庆祝建党一百周年作出了应有的贡献。

2. 克服资金短缺、疫情影响等困难，在协会主席冯明德带领下，主席团开展了深入基层免费为会员换证活动，借此建立健全了会员的电子档案，真正地为广大会员办了实事。面对部分会员在创作时遇到的瓶颈与茫然，以冯主席为首的部分知名作家，前往各县市区协会进行创作情况摸底，并举行了多场“抓住主题、为家乡讴歌”现场面对面创作交流活动，获得了广大会员的一致好评。

3. 组织、推荐会员作品参与湖南省第二届文学艺术奖、毛泽东文学奖和青年文学奖评选活动。

4. 组织会员参与湖南省文联提倡的“青山绿水新湖南”题材创作征文并斩获佳绩。

5. 在市文联的重点扶植及奖励文艺作品中，益阳市作协的会员作品占据了百分之八十几的比例。这是益阳文艺界的盛事，也是益阳作家们的喜事，显示了益阳作家们较高的创作水平与情怀。

二、加强队伍组织建设，传承文学薪火

1. 为做好协会各项工作，经主席团研究并上报市文联决定，2021 年 6 月，益阳市作家协会进行了支部换届，通过差额选举产生了新的支部书记和委员。同时，通过投票选举增补了两位副主席。

2. 吸收和推荐会员。为发展、壮大创作队伍，凝聚高素质、高起点的未来创作力量，我会每年都积极吸收新会员并推荐会员加入湖南省作协，条件成熟的还推荐加入中国作协，并把这件工作制度化、常规化。今年我会共吸收新会员 30 名，并推荐 12 名会员加入省作协、3 名会员加入中国作协。

3. 举办创作改稿班，推荐了三名会员参加湖南省作家协会第二十期毛泽东文学院中青年学习班培训学习。

三、勤奋笔耕，文学创作取得了一定成绩

一年来，作家们关注现实、贴近时代、挖掘潜力、积极写作。我市文学创作多种体裁并现，小说、散文、诗歌、评论、儿童文学等各种文学作品的创作取得了一定的成绩。据不完全统计，今年我会由冯明德、郭辉、裴建平、王芳、一江、游军、彭润琪、杜卫兵、孙周等为代表的会员在国家级、省级及以上报刊共发表小说、散文、诗歌、评论、儿童文学等文学作品百余篇（首）。此外，更有大批的新人新作不断涌现，现

象喜人。

部分发表情况如下：

冯明德：《诗意河西走廊》发表于《诗潮》2021 年第 4 期；《月塘壋·人和巷》发表于《星星·诗歌原创》2021 年 4 期；《想象的长度》发表于《海燕》2021 年第 5 期；《心空，无碍白云飞》发表于《鹿鸣》2021 年第 6 期；《岁月的魔方》发表于《三峡诗刊》2021 第 3 期总第 64 期；《鹅卵石，呛了一口水》发表于《伊犁河》2021 年 5 期；《阔远的世界与小巷有关》（26 章）发表于《意文》2021 年 6 期；《印度诗旅》发表于《散文诗世界》2021 年 8 期；《水与月》（六章）发表于《岁月》2021 年第 9 期；《人和巷遗落的硬币》发表于《诗歌月刊》2021 年 9 期；《触觉》发表于《星星·散文诗》2021 年第 11 期。

郭辉：《天之蓝》（组章）发表于《星星·散文诗》2021 年第 1 期；《高度》发表于《星星·散文诗》2021 年第 9 期；《郭辉的诗》（3 首）发表于《诗刊·中华辞赋》2021 年 1 月第 6 期。

游军：获 2021 年谢璞儿童文学奖。

舒放：《别样的大湖》发表于《星星·散文诗》2021 年第 12 期。

一江：《要有》等 5 首诗歌发表于《十月》2021 年第 11 期。

彭润琪《一盏灯》发表于《星星·散文诗》2021 年第 11 期；《一个城市的密语》发表在《湖南文学》2021 年第 11 期。

李定新组诗《香岩村》（3 首）发表于 2021 年第 11 期《星星·诗歌原创》。

王芳：《骨骼：遗落、捡拾和重建》发表于《作品》2021 年第 6 期；《隐匿的证据》发表于《青年文艺》2021 年 8 期并入选《2021 年文学作品年选》；《冷静悲悯，蔚然深秀》发表于《长江丛刊》2021 年 7 月，同时发表于《青年报·生活周刊》；文集《失散的欢年》被评为第五届“叶圣陶教师文学奖”；作品《初雪飘落》获第三届三周文艺奖金奖；《写作是历劫也是修行·隐密之殇》于 2021 年 6 月发表在《经典美文》。

崔曙光的《外公戒烟》于 2021 年 9 月发表在第 C2 期《少年文艺》杂志。

陈定国长篇文学传记《悠悠诗情》于 2021 年 10 月由中国文联出版社出版。

熊梦红的长篇小说《苇花飘处》于 2021 年 7 月由南海出版公司出版。

熊向武由团结出版社出版个人第二部诗集《爱的箴言》。

2021 年娄底市文学工作概况

2021 年，娄底市作协在省作协的指导下，在市委、市政府以及市委宣传部、市文联的正确领导下，认真学习贯彻习近平新时代中国特色社会主义思想，贯彻落实习近平总书记在文艺工作座谈会上和全国第十、十一次文代会与第九、十次作代会上的重要讲话精神，积极作为，多出、快出创作成果，全市文学事业呈现出繁荣发展的良好局面。

一、用正确的政治信念武装头脑

一是对习近平总书记在全国十一次文代会、第十次作代会上的重要讲话精神进行了系统学习、深入传达。我市作协主席廖志理作为作代会代表，出席了本次盛会，并第一时间传达会议精神。12 月 28 日下午，市文联与市作协组织各协会、各县市文联、市作协主席团秘书处成员、各县市作协及重点作家、艺术家举行“学习贯彻文联十一大、作协十大会议精神宣讲报告会”，廖志理结合自己的学习体会，进行了详细宣讲，并将重要内容编印成小册子，发给各协会、各县市文联和作协组织学习。

二是加强作协党组织建设，增强党组织凝聚力。一年来，作协党支部组织有关会员，经常开展党日活动。组织学习习近平总书记关于文艺工作的重要论述，组织党员作家及相关作家，开展党日活动，5 月，党支部对作协办公室进行了重新布置，党建墙面目一新。

三是结合建党一百周年华诞，开展系列活动。各县市作协开展了建党一百周年征文活动；与市城管局、市残联等单位合作，开展了“庆百年华诞，展城管风采”及“向建党一百周年献礼：讴歌自强人生、谱写奋斗篇章”2021年篇文学采风活动。

二、用丰富的文学活动营造氛围

2021年初，市作协举办重点作家笔会，邀请《诗刊》主编李少军、霍俊明等现场指导，与作者进行文学对话。

3月，与市残联合作开展的文学采风活动。活动以“讴歌自强人生、谱写奋斗篇章”为主题向建党100周年献礼，组织有实力的作家为娄底残疾人立传。共采写了9篇有影响力的中长篇报告文学并结集出版，其中陈建明采写的报告文学《梦想像花儿一样》全文在《北京日报》用一个整版刊登。

6月，启动“庆百年华诞，展城管风采”大型文学采风活动，30余名作家深入到娄底市城市管理与综合执法局系统各单位、各项目、各先进个人进行了详细采访，共创作出报告文学、散文、诗歌等各类力作30多篇近20万字，一批作品在《湘江文艺》增刊、《娄底日报》、《娄底晚报》等报刊发表，并结集出版。

三、用多样的文学平台凝聚力量

一是加强与本地纸媒体的联系。在《娄底日报》开设了“笔走新娄底”专栏，全年发出会员采风作品30余篇，在《娄底日报》、《娄底晚报》各推出“诗歌”专栏一期。

二是打造了多个自媒体文学平台。精心打造“娄底作协”文学公众号，与“朴诗坊”公众号紧密协作，全年发出娄底作者作品100多篇（首）。娄星区“娄星文艺”、冷水江“江水冷”、涟源“冬树丫”等文学公众号全年发出文学作品1000篇次以上，产生了广泛的影响。

三是个人运营的公众号越来越引人注目。据不完全统计，娄底市级以上作协会员开设了个人公众号的人数达 20 余人，其中，袁杰伟的“杂文日报”、游宇明的“宇明游目”、谢新茂的“散淡心情”、李一红的“一湾红石”、刘跃苗的“一望草田”等个人公众号全年推出作品都在 50 篇（首）以上，在读者中产生了较大的影响。

四是网络文学得到较大发展。2020 年度，以起点中文网签约作家不信天上掉馅饼等作者为代表的我市网络文学作家创作势头不减，全年在网上推出网络文学作品 100 万字以上。更多作者成为湖南省网络作家协会会员。

通过搭建文学平台，给更多的作者提供了发表作品的园地，也以此为纽带，将更多的作家、文学爱好者联系在一起，给年轻人的成长提供了肥沃的土壤。一年来，李小今、陈建明等 6 人参加毛泽东文学院第 19 期学习班。李小菊等 9 位作者加入省作协，海叶、康雪、邓彪发等 3 人加入中国作协。

四、用更多的文学作品展示成果

组织文学活动、搭建文学平台，其最终目的都是在创作实践中取得更优秀的成绩。一年来，娄底文学创作成绩喜人。

市作协主席廖志理带头潜心创作，全年诗歌创作呈井喷式爆发，共在《诗刊》等刊物发表诗歌 100 多首。海叶在《散文诗世界》等刊物发表诗歌、散文诗 20 多首，散文诗组章《穿越唐诗的幽径》获中国作协“新时代向中华传统经典名篇致敬”全国征文活动一等奖。陈遗志在《诗刊》等刊物发表诗歌（组诗）14 首。游宇明在《杂文月刊》等报刊发表《家里的学区房》等杂文、散文作品 11 篇，《杂文选刊》转载其杂文 5 篇。罗拾庆的散文小说集《默默的爱恋》由中国科学文化出版社出版。张强勇的《秋染红日岭》等发表于《人民日报海外版》等刊物，并出版了散文集《乡村指纹》。刘群华散文《巍峨羌语》《马背上的青稞酒》等作品在《人民日报》等刊物发表，并获孙犁散文奖。刘道云、袁育文的《大矿山》由湖南电子音像出版社出版。刘道云的长篇小说《清风徐来》

入展湖南美术馆精准扶贫三湘巨变展，《第一书记》获湖南省精准扶贫文艺作品创作一等奖。冯剑鸣的《振兴，振兴》一书进入江西省农村书屋重点配置书目。刘美兰长篇小说《梦见仿吾公》出版。吴礼鑫的寓言《幸福女神来敲门》，获第二届谢璞儿童文学奖提名奖。

2021 年郴州市文学工作概况

2021 年，郴州市作家协会在湖南省作家协会的关心支持下，坚持以习近平新时代中国特色社会主义思想为指导，深入学习贯彻落实党的十九大精神和习近平总书记在中国文联十一大、中国作协十大开幕式上重要讲话精神，紧扣庆祝中国共产党成立 100 周年、抗击新冠肺炎疫情、乡村振兴等重大主题，团结和带领全市广大文学爱好者，坚持以人民为中心的创作导向，加强文学创作，不断推出讴歌党、讴歌祖国、讴歌人民、讴歌英雄的精品力作。

一、提高政治站位，把准文学创作方向

深入学习宣传贯彻落实习近平总书记在中国文联十一大、中国作协十大开幕式上的重要讲话精神，通过座谈研讨会、下基层宣讲等形式，组织全市文学爱好者掀起学习宣传贯彻习近平总书记在开幕式上的重要讲话精神的热潮。用党的创新理论武装头脑、指导实践，正确引领全市广大文学爱好者的政治立场，始终听党话、跟党走，自觉担当起“举旗帜、聚民心、育新人、兴文化、展形象”的使命任务。赴北京参会的中国文联十一大代表、市文联党组书记、主席、市作协主席王琼华第一时间组织召开市作协主席团会议，传达学习习近平总书记重要讲话精神，随即到北湖区、汝城县等基层文学工作者中开展宣讲作代会精神，共有 500 余人参加学习活动。

二、传承红色基因，讲好郴州红色故事

郴州是红色革命的摇篮，是“湘南起义”策源地、“第一军规”颁布地、“半条被子”故事的发生地，有着丰富独特的红色资源。郴州市作协认真贯彻落实习近平总书记考察郴州时的重要讲话精神，发扬革命传统，传承红色基因，扎实开展“深入生活·扎根人民”主题实践活动、“到人民中去·全市名家看沙洲”文学志愿采风活动暨红色文学公益讲座，组织全市文学骨干会员长期定点汝城县沙洲村、桂东县沙田第一军规广场等红色教育基地和革命老区，深入基层一线体验生活、积累素材，加强爱国主义题材、重大革命和历史题材等重点题材作品创作。聚焦庆祝建党100周年这一重大主题，组织开展了庆祝中国共产党成立100周年全市文学征文活动，积极引导全市广大文学工作者创作一批重点文学精品，生动鲜活讲好中国共产党故事，为党的百年大庆记载伟业、展示辉煌。活动得到了广大作者的热烈响应，共收到小说、散文、诗歌、报告文学等各种体裁作品2000余篇（首），选择优秀作品编辑出版《郴州文学》（建党100周年专刊）。据不完全统计，王琼华的《圆房记》、尹振亮的《“啊书记”》、欧阳华丽的《双倍党费》等本土作家的作品分别在《小说选刊》《湘江文艺》《湖南文学》发表。全年共开展创作采风活动10次，在省市纯文学刊物（文学副刊）发表作品200余篇、出版文学专著11部。

三、聚焦乡村振兴，书写绿色发展音符

实施乡村振兴战略是党的十九大作出的重大决策部署。习近平总书记在全国脱贫攻坚总结表彰大会上指出，乡村振兴是实现中华民族伟大复兴的一项重大任务。文学创作方法有一百条、一千条，但最根本、最关键、最牢靠的办法是扎根人民、扎根生活。郴州市作协紧扣乡村振兴这一重大主题，组织人员深入资兴市、永兴县、嘉禾县、临武县等地开

展乡村振兴定点创作活动。乡土散文作家黄孝纪返回常住家乡，以其出生地八公分村为写作样本，今年创作出版“八公分系列”散文集《故园农事》《八公分的味道》《节庆里的故乡》3部，散文集《一个村庄的食单》获第九届冰心散文奖。

绿水青山就是金山银山。为深入贯彻落实习近平生态文明思想，举办“青山碧水新郴州”主题文学征文，共收到小说、散文、报告文学（纪实文学）、诗歌等各种体裁作品1500余篇（首）。高质量完成“青山碧水新湖南·生态湖南行”郴州集中采访活动，中国作协名誉副主席、省文联原主席谭谈，《文艺报》副总编辑刘颋等40余位省内外著名作家应邀来郴，并创作推出一批深刻反映郴州生态建设、绿色低碳循环发展的优秀文学作品。散文《弥天大雾仰天湖》在红网刊发后，点击量近100万人次，用文学的方式有效展示了郴州、宣传推介了郴州。

四、记录时代荣光，打造本土文学名片

为推动全市文学繁荣发展，挖掘整理文学创作成果，继续协助市文联与广西师范大学出版社合作，编辑出版《2020郴州文艺作品年选》。按照思想精深、艺术精湛、制作精良的要求，办好《郴州文学》。为提高全市文学爱好者的创作水平，先后邀请省作协名誉主席梁瑞郴等来郴开展专题文学讲座。立足本土发现和培养文学新人，倾力打造一大批高水平创作人才，加大中、青年重点文学骨干队伍的建设力度，利用各种途径对他们进行有针对性的培养关怀，将毛春香等数位有培养前途、有发展潜力的文学骨干，积极推荐到毛泽东文学院等地学习深造。本土作家尹振亮、刘青鹏、廖天锡加入中国作协。郴州红色沙洲文学志愿服务传习被中国作协定为2021年度文学志愿服务示范性重点扶持项目。

2021年永州市文学工作概况

2021年，永州市作家协会在省作协的关心支持下，坚持以习近平新时代中国特色社会主义思想为指导，深入学习贯彻落实党的十九大精神和习近平总书记在中国文联十一大、中国作协十大开幕式上重要讲话精神，永州市作协面对新的时代，紧扣庆祝中国共产党成立100周年、乡村振兴等重大主题，坚持以人民为中心的创作导向，带领全市作家以高度的文化自信和锐意进取的创新精神，凝聚文学力量，不断书写时代精神，顽强攀登文学高峰。

一、党建引领文学界，听党话跟党走

一年来，永州市作协党支部树立党建工作是文学工作灵魂的思想，始终将党建工作摆在首要位置，努力践行新时代党的建设总要求，严格履行基层党建工作责任制，为我市文学繁荣发展提供坚强的政治保证。扎实开展党史学习教育，积极与市文联行业党委联合开展“永远跟党走·带着初心去打卡”“红色教育进机关、进校园、进文艺界”等现场研学活动，积极参加市文联社会组织行业党委表彰大会暨红色故事宣讲会等学习会议。积极开展特色主题党日活动。积极参加永州市文艺类社会组织行业党委联合开展文艺工作者“学党史祭英烈”等系列党日活动12次，认真学习领会习近平总书记在全国脱贫攻坚表彰大会、党史学习教育动员大会、庆祝中国共产党成立100周年大会、深入学习贯彻党的十九届六中全会精神，在全国十一次文代会、十次作代会上的重要讲话精神。严格落实意识形态工作责任制。定期参加市委宣传部和市文联召开的意识形态形势研判专题会议，切实加强文学阵地管理与文学领域综合治理，切实抓好文学领域宣传阵地的督促与检查，对全市文学界存在的意识形态隐患切实加强风险防控，对历史虚无主义等敏感创作问题予以高度重视。

二、讲好永州红色故事，推动潇湘文化破圈出圈

一年来，扩版升级《潇湘》杂志，重新定位，增加三分之一“潇湘文化”专栏专刊，增设“名家访谈”“潇湘密码”栏目，同步升级并创新“潇湘 xiaoxiang”公众号的编辑发布，着力打造潇湘文化大平台。全年编辑《潇湘》杂志4期，审稿120余万字，编辑20余万字文学作品，策划“庆祝中国共产党成立100周年”专辑与“千年打卡地，此处是潇湘”摄影专辑，更名升级“潇湘 xiaoxiang”公众号，质量得到明显提升。

三、精品生产营造文学创作的良好氛围

为深入贯彻落实好“源于人民、为了人民、属于人民”这一社会主义文艺的根本立场，市文联党组坚持以人民为中心的创作导向，紧紧围绕建党100周年这一重大主题，狠抓创作生产，今年我市相继出版15部文学作品集，永州籍作家林萧小说《白面奶奶》获得2020年“冰心儿童文学奖”。陈茂智创作的长篇小说《白帆船》荣获湖南省作协“百年辉煌——庆祝中国共产党成立100周年”主题文学创作扶持项目。郑正辉创作的长篇儿童小说《爸爸的四季》荣获湖南省“梦圆2020主题文学征文”长篇小说二等奖。王亮创作的《雷锋的故事》列入中国“红色经典文学”系列丛书之一。

四、文学队伍不断壮大

一年来，我市新增中国作协会员 1 人（应景小蝶）、中国诗歌学会会员 2 人、中国散文学会 2 人、省作协会员 5 人、省诗歌学会会员 19 人。积极做好第二届湖南省文学艺术奖评选表彰推荐工作，共推送文学作品奖 5 部，青年文学奖 1 名报省参评。坚持以“团结团结再团结，联系联系再联系”为市作协工作主基调，根据这一思路，今年市作协完成了协会的平稳换届，新的作协班子老中青搭配，增强了作协工作生机活力。

2021 年怀化市文学工作概况

一、通过开展各类征文活动，提高会员写作水平和创作能力

今年，是中国共产党成立 100 周年，为了纪念和弘扬中国共产党走过百年的辉煌历程，怀化市作协在中共怀化市委宣传部的指导下，开展了中国共产党成立 100 周年征文活动，号召作协会员和文学爱好者积极参加，用文学的形式，抒写和讴歌我们身边的模范共产党员和优秀党组织的感人事迹及奋斗精神，同时，锻炼文学创作队伍。经评委无记名投票，评选出最佳文笔奖十篇，最佳选题奖十篇，最佳优秀奖十篇。

同时，市作协携手市卫健委、市中医院联合开展“我与中医”的征文活动，旨在展示中医药在抗击新冠疫情的疗效作用，更好地弘扬和传承中华中医文化，征文收到数百件作品，经过组委会组织评委认真评选，评选出一等奖作品 2 篇（首），二等奖作品 5 篇（首），三等奖作品 6 篇（首），优秀作品 50 篇（首），并于 5 月 8 日，在市中医院礼堂举行了颁奖典礼，对获奖作品颁发证书和奖励。与此同时，举行了市作协和怀化日报共同举办的“百姓手记”征文颁奖活动，对 6 篇获奖作品颁发了获奖证书和奖励。

历年来，怀化市作协通过开展征文的形式，动员会员积极参加，以此提高写作水平和创作能力，锻炼队伍，收到了很好的效果。

二、办实事，开新局，多点创建文学创作基地，为投身乡村振兴的广大文学作者营造创作环境

2021 年，市作协继续深入开展学习习近平总书记在中国文联第十次和中国作协第九次全国代表大会上的重要讲话，明确市作协日常工作“两个坚定，两个坚持”的指导思想。即：坚定信念和信心，坚定创作主题和方向；坚持文学创作为人民服务的宗旨，坚持为广大作协会员服务的理念。

市作协以“学党史，悟思想，办实事，开新局”为契机，坚持文学以人民为中心，扎根基层，走进广大人民群众。11 月 26 日至 27 日，市作协组织精干的“文艺志愿服务队”，深入到靖州县太阳坪乡太阳坪村，开展到人民中去，“深入生活、扎根人民”的主题实践活动，贴近生活，收集创作素材，助力乡村振兴。

坚持为广大会员、文学爱好者办实事，做好服务工作，营造创作条件。继 2020 年于靖州首创“怀化文学基地”之后，今年，又在鹤城创建了两个文学创作基地，并于 5 月 6 日和 7 月 13 日举行了挂牌仪式。10 月 15 日，在中方县的马家溪“土地主生态农庄”；11 月 19 日，在辰溪县“酉庄·大酉书院”，分别举行了文学创作基地的签约及挂牌仪式。至此，怀化市作家协会携手企业，共同创建的“怀化文学创作基地”已经达到了五家。市作协计划三年内，将在全市每个县市区至少创建一个“怀化文学创作基地”，为广大作协会员深入采风创作，开展“深入生活，扎根人民”主题实践活动，营造宾至如归，“家”的创作环境和氛围。

三、继续实施“送出去、请进来”的人才培养战略，打造高水平本土文学创作队伍

为了着力提高作协会员的文学理论基础和创作水平，市作协开办了“名师讲座”的系列文学授课活动，《湖南文学》《湘江文艺》《北京文学》《清明》《湖南日报》等报刊的著名编辑，先后受邀来到怀化授课讲座。2021 年

5 月 7 日，市作协邀请了《中国铁路文艺》主编杨天祥先生来到怀化，做了题为“文学照亮人生”的专题文学讲座，参加听课的会员有 100 多人。

“请进来”的同时，我们还要“送出去”，坚持两条腿走路的人才培养战略，今年上半年，选送了三名优秀作者，参加了毛泽东文学院的专题文学创作培训学习；推荐了两名有潜质的年轻会员，到毛泽东文学院中青年作家研讨班的学习。今年以来，有两人成为中国作家协会会员、八名市级会员加入湖南省作家协会，十七人被吸收为怀化市作家协会会员。

据不完全统计，今年以来，市作协各级会员在《人民日报》《湖南日报》《散文百家》等省级以上文学报刊发表文学作品一百三十六篇（首）。我市青年作家李莹（吉祥夜）荣获第四届茅盾新人奖·网络文学提名奖。市作协主席江月卫当选为全国第十次作家代表大会代表。

2021 年湘西州文学工作概况

2021 年，湘西州作家协会在湖南省作家协会、湘西州委宣传部、湘西州文联的正确领导下，在社会各界的大力支持下，顺利圆满地完成了换届选举，开展了丰富多彩的文学采风和读书分享活动，并在培养青年作家、强化队伍建设等方面取得了有目共睹的成绩。

一、圆满完成换届选举

5 月 25 日，湘西作协第五次代表大会在吉首隆重举行，州委常委、州委宣传部部长涂碧波、省作协党组副书记、专职副主席游和平出席会议并讲话。大会选举产生州作家协会第五届委员会主席、副主席和委员会委员、秘书长成员，黄挺当选为主席。

涂碧波、游和平分别作了重要讲话，涂碧波强调，全州文学工作者要深入学习贯彻习近平总书记关于文艺工作的重要论述，始终坚持以人民为中心的创作导向。

游和平指出，要把深入生活搞创作与扎根基层服务群众结合起来，观照人民生活情感，表达人民心愿心声，让广大群众共享文艺发展成果，巩固文艺扶志扶贫成效，不断满足广大群众求知、求乐、求美的精神文化生活需要。

二、创作丰收成绩斐然

2021 年 12 月，为献礼家乡高铁通车，黄摩崖作词，倾情打造别具特色的文旅歌曲《远行帖》，作品以“下帖子”立意，用古风盎然又富有感召力的词曲和演唱，邀请天下游客乘坐张吉怀高铁，来与大湘西的奇山秀水亲密接触。《远行帖》一经面世，立即引来万众传唱火遍湘西。黄青松受邀担任编剧，五易其稿创作出话剧《姚彦》，以沉浸式观演方式在保靖县推出，首演以来，收到良好的社会反响。钟运军积极完成了湖南省作协深入生活项目，电影剧本《检察官》的创作，并上报省作协组联部；创作的电影剧本《你好，110》，已由公安部金盾影视文化中心立项申报。欧阳文章在《团结报》、新湖南等媒体刊物发表《湘西 80 后作家观察》《人性湘西的别样叙事——评田瑛小说〈生还〉》《湘西文学呼唤史诗级作品——兼谈黄青松的〈毕兹卡族谱〉和于怀岸的〈巫师简史〉》等文艺评论文章 5 篇。胡建文创作的长篇小说《好好活着》由百花洲文艺出版社出版发行。黄光耀已完成 20 万字的长篇小说《无常》的创作；凤凰县吴兆娥、田仁华等人：在 2021 年 7 月在《湖南文学》发表组诗《红色岁月》；2021 年 7 月在《湖南文学》发表诗歌《先驱者的光》等省级刊物上，发表作品 7 件，地市级刊物上发表作品有 20 多篇。胡建中创作的长篇小说《乌龙寨传奇》2021 年在《中国作家网》发表，长篇小说《风雨四合院》与四川成都力扬出版集团签约。谢慧的长篇报告文学《古丈守艺人》获“梦圆 2020”脱贫攻坚主题文艺创作三等奖。古丈县作协组织出版了《水镜村庄》文集。花垣县龙宁英、叶梅玉、刘红春等人在省级以上发表各类作品 40 多件。

三、各种活动有声有色

2021 年 3 月，州文联、州作协联合组织 20 余名作家、诗人开展采风活动，在古丈县焦溪、高望山等地深入乡村、茶企、建设工地，创作出散文、诗歌 50 余篇（首）。6 至 12 月，湘西网络文学委员会、青年文学委员会分别利用各自的优势，开展了一系列文学采风和创作活动，创作各类作品 110 余篇。7 月，与湘西州评论家协会在吉首大学成功举办了该校学生宋旭东作品《交叉感染》读书分享会，该校 60 多名爱好文学的学生参加了分享会，他们纷纷表示要向学长学习，创作出优秀的作品回报社会。10 月，由州作家协会主办的湘西诗人刘年新诗集，《世间所有的秘密》读者分享会在吉首市乾州古城内“半亩方塘”里举行。这是一次别开生面的读者分享会，“半亩方塘”内挤满了从各地赶来的读者朋友，谈诗歌、谈理想、谈人生，气氛热烈。

四、重点培养青年作家

培养青年作家，强化队伍建设，是湘西州作协工作的重中之重，一年以来，湘西州作协发扬以往历届作协班子的优良传统，在积极培养青年作家方面不遗余力，并为青年作家王爱、梁书正、刘年等人积极创造条件，使他们能够安心创作，一年来，青年作家们以骄人的成绩引领文学潮流。

3月15日，江西省作协与诗刊共同举办“光荣与梦想”庆祝建党100周年诗歌大赛，梁书正诗歌《遍地繁花》获二等奖。12月21日，经专家认真评审，全省50名网络作家获评文学创作职称，青年作家肖旋获评文学创作三级职称，成为湘西网络文学创作群体获评职称第一人。一年来，梁书正在省级以上公开造刊物发表诗歌20余首（组），并在各类全国诗歌大赛中屡获大奖。刘年诗集《世间所有的秘密》出版发行。王爱创作发表土家族文化散文、短篇小说5篇。

2021 年张家界市文学工作概况

2021 年，张家界市作家协会扎实推进学习教育，坚持聚焦文学创作，努力搭建各类平台，不断培养文学人才，关注时代鲜明主题，各项工作均取得较好成绩。

一、扎实推进学习教育

4 月 14 日，召开党员大会动员部署党史学习教育，支部书记讲党课，向张家界市革命烈士纪念塔敬献花篮；6 月 26—27 日，党史学习教育为民办实事“送书进校园”暨庆祝中国共产党成立 100 周年文学采风活动在慈利县三王村成功举办，为学生送去价值 4000 元的书册。全年给桑植县芙蓉学校等学校捐赠书籍累计 300 余册；6 月 27 日，开展“双述双评”，邀请市委统战部干部讲党课。

二、坚持聚焦文学创作

出版多部专著。1 月，钟锐儿童文学《歪歪探长》由中国民族文化出版社公开出版；熊立秀报告文学《我的奶娘叫李小妹》由百花洲文艺出版社出版发行；3 月，田满林长篇小说《澧水 1943》由东方出版社出版；4 月，宋旭东长篇小说《交叉感染》由南京出版社公开出版；11 月，罗长江《大地五部曲》由山东人民出版社出版发行。

发表多篇（首）文章，在省级（含）以上的报刊杂志发表文学作品400余篇（首）。石绍河散文《永定长寿藤》发表于《散文百家》（2021.01）；汪珍玺散文《番石榴》发表于《人民长江报》（2021.10）；陈颉诗歌《天平山植物志》发表于《诗潮》（2021.10）；谢德才散文《三撼冲天溪》发表于《散文选刊》（2021.02）；钟锐儿童文学“歪歪探长”系列故事在《少年儿童故事报》全年连载；龚爱民长篇小说《望郎歌》发表于《民族文学》（2021.02）；小北诗歌《豆腐记》发表于《星星》（2021.08）；宋梅花小小说《吉一刀》发表于《金山》（2021.10）；鲁絮评论《“一清二白”的爱——读谷俊德先生〈追爱张家界〉》发表于《湖南工人报》（2021.11）；江左融散文《我用今生，在澧水岸边等你》发表于《海外文摘》（2021.03）；谷晖诗歌《墓碑》发表于《中华辞赋》（2021.09）；胡小白诗歌《小雪》发表于《诗刊》（2021.01）；魏咏柏小小说《大雪》发表于《中国应急管理报》（2021.02）；苏明喜诗词《赞扶贫者》发表于《中华诗词》（2021.10）；方嘉喜诗词《戊戌三月十三重走金鞭溪》发表于《中华诗词》（2021.02）；李云霞童话《爱生气的杨点点》发表于《小溪流》（2021.01）；向国庆古诗词《浣溪沙·山村广场舞》发表于《中华诗词》（2021.05）；宁雪初辞赋《灯塔赋》发表于《中华辞赋》（2021.09）；李海瑛小说《微芒》发表于《脊梁》（2021.06）。

三、努力搭建各类平台

编纂出版集子。4月，出版《张家界的灿烂年华：张家界市2019年度优秀文学作品选》；6月，启动编纂《张家界作家辞典（修订本）》；10月，开通官方美篇认证账号；12月，完成《张家界市2020年度优秀文学作品选》《张家界市作家协会庆祝中国共产党成立100周年优秀文学作品选》征编工作。

参与各类征文。3月11日，召开《扶贫攻坚第一线》座谈会；参加湖南省退役军人事务局主办的“老兵永远跟党走 传承红色基因，续写军旅荣光”征文活动；4 月，承办“传承红色基因弘扬清廉文化——庆祝中国共产党成立 100 周年征文活动”；7 月，参加由中国作家协会《诗刊》社等举办的“张家界杯”全国诗词赋大赛；12 月，参加由《诗刊》社等举办的中国·张家界第五届国际旅游诗歌节。

推介会员作品。11 月，协助落实 2020 年度全市 53 件文学激励扶持作品有关激励，确定重点扶持激励作品 2 件；全年多次征集并推荐“潇湘家书”超过 100 余篇。

四、不断培养文学人才

1 月，罗建辉、向国庆加入中国少数民族作家学会；4 月，黄真龙参加全国基层作协负责人著作权保护培训（华南片区）学习；5 月，第五届主席团第二次会议暨党员大会调整了副秘书长，发展陈丽敏等 24 人为市作协会员；7 月，推荐石绍河、石继丽、向延波、刘明、刘晓平、李文锋、陈颉、罗长江、周保林、胡家胜、钟锐、高宏标为张家界市本土文艺人才专家库专家；10 月，推荐罗舜、姜凤燕到湖南省第二十期中青年作家研讨班学习；11 月，推荐印存校、滕军钊、罗春浓加入湖南省作家协会；推荐陈红滔加入湖南省散文学会；12 月，刘明通过二级文学创作（副高）职称评定；12 月，胡丘陵、向延波参加中国作家协会第十次全国作家代表大会。

五、关注时代鲜明主题

做好“青山碧水新湖南”文学创作组织工作。推荐郭红艳进入专题文学研修班学习，覃正波创建微信公众号“澧水之水”刊发大量主题作品，有一定影响力。

开展抗疫主题文学创作活动。7 月 30 日至 9 月 10 日，创作和发表的各类文学类作品有 248 件。

六、斩获多项大奖

3月，市作协荣获张家界市文联系统2020年度“先进单位”荣誉称号；刘宏荣获张家界市文联系统2020年度“先进个人”荣誉称号；5月，覃葛散文《坐着高铁去赶场》、田克清散文《父亲的档案》荣获湖南省散文学会等主办的庆祝建党100周年“党在我心中”主题征文“获奖作品”“优秀作品”；6月，党支部荣获“2020年度先进党支部”荣誉称号；黄真龙、刘明荣获“2020年度优秀党务工作者”荣誉称号；7月，黄真龙荣获张家界市两新领域优秀共产党员荣誉称号；11月，李文锋《火鸟》、罗长江《石头开花》等3件作品荣获张家界市第五届文学艺术优秀作品奖二等奖，石绍河《十八洞的树》、黄真龙《从沅水到澧水》、刘明《帝血武尊》等13件作品荣获三等奖，龚国倞《浣溪沙·缅怀毛主席》等3件作品荣获优秀奖。

2021年度省级文学学会（协会）文学概况

2021 年度湖南省诗歌学会工作概况

2021 年由于新冠肺炎疫情，湖南省诗歌学会的活动相比于往年明显减少。2021 年 3 月 27 日，湖南省诗歌学会 2021 年会长扩大会议召开。大会审批通过 2 个团体会员，吸收 180 位新会员，表彰了先进单位和集体。2021 年 4 月 24 日，湖南省诗歌学会授予张谷英村“湖南省诗歌创作基地”牌匾。2021 年 5 月 21 日，湖南省诗歌学会和湖南理工学院中文学院、湖南湘阴县文联共同主办第六届栗山诗会暨中国诗人环洞庭湖田野调查写作计划。

2021 年 5、6 月，湖南省诗歌学会在公众号上连续推出“悼念袁隆平院士诗歌专题”；6 月 12 日，追忆中华诗祖·吟咏诗歌原乡——“诗歌万里行”走进汨罗，同日，湖南省诗歌学会在邵东市“颂党恩·歌盛世”为主题的端午音乐诗会上，授予邵东市“湖南诗歌强市”；6 月 20 日，湖南省诗歌学会主办“庆祝建党百年华诞诗歌朗诵会暨《2020 湖南诗歌年选》首发式”；从 7 月 1 号开始，湖南省诗歌学会征集大量献给中国共产党百年华诞的诗歌作品，有梁尔源的《七十三个补丁的教义》、聂茂的《太阳的祝福》、丁琪的《我们都在大道上》等一大批优秀作品，并相继在公众号上推出。引起社会各界的关注；7 月 3 日，常德女诗人作品研讨会在毛泽东文学院举行；7 月 8 日晚，大型交响史诗组歌《心中的颂歌》在长沙音乐厅首演。词作者谭仲池系湖南省诗歌学会名誉会长，曾经担任过长沙市市长、湖南省文联主席、湖南省政协副主席。退休后仍笔耕不辍，写下了大量优秀的政治抒情诗。《心中的颂歌》是他献给中国共产党成立100周年的又一长篇力作；7月22日，由湖南省诗歌学会和湖南省科技厅共同举办的湖南"高新之光"科技诗歌采风创作活动在长沙启动。活动为期三天，与会诗人深入湖南各大高科技企业参观，写出了大量与科技有关的优秀作品，并结集出版《大国重器与诗歌的邂逅——湖南"高新之光"科技诗歌采风创作活动作品集》，收有谭仲池、曾凡华、谢克强、李犁、梁尔源、周占林、孙思、罗鹿鸣、刘起伦、草树、吴昕孺等三十余位省内外名家的力作；7月25日，宁乡市诗歌学会成立大会暨玉山书院诗歌朗诵会在玉山书院举行；9月26日，著名诗人未央逝世，学会公号第一时间相继推出《致敬未央——沉痛悼念未央先生》、《纪念未央先生作品选》、《怀念未央先生》；9月30日，为迎接中华人民共和国成立72周年，湖南省诗歌学会公众号隆重推出陈群洲的组诗《你会看到我们举过的红旗高高飘扬在祖国的蓝天》等诗歌作品；12月1日，学会改版公众号，设置了"学会资讯""名家新作""诗坛湘军""新发现""会员诗选"等栏目。新版一经推出，即受到广大会员的关注；12月19日，中国·张家界第五届国际旅游诗歌节颁奖盛典暨"行吟中国·大爱张家界"诗歌朗诵会在张家界成功举办，张绍民、陈群洲、李文锋在本届征文中获新诗一等奖。

2021年，湖南诗歌群体的创作仍然保持良好的上升态势，《诗刊》《星星》《绿风》《诗选刊》《诗歌月刊》《十月》《芙蓉》等国内重要期刊不断推出湖南诗人的精品力作；在出版和获奖方面，湖南诗人也格外引人注目：罗长江长篇叙事散文诗集《大地五部曲》出版、张战《张战的诗》出版、草树《淤泥之子》出版、向未长诗《十二因缘》出版、刘年《世界所有的秘密——刘年诗歌自选集》出版、李不嫁《明天的早餐在哪里》出版、梓河洲《爱的箴言》出版等等；梁尔源获中国诗歌网"2019－2020年度十佳诗集"奖，罗鹿鸣获第六届中国长诗奖最佳文本奖，梁书正获第十一届"诗探索·中国红高粱诗歌奖"，康雪获"第六届中国（海宁）·徐志摩诗歌奖"，刘卫获第三届中国徐霞客诗歌散文奖，肖歌获第六届栗山诗歌奖湖南诗人奖等等。

2021 年度湖南省散文学会工作概况

2021 年，省散文学会在省民政厅、省作协的关心、支持和指导下，学习贯彻习近平新时代中国特色社会主义思想，按照党的方针政策，遵循习近平总书记指出的文艺发展道路，团结广大会员，脚踏实地，积极向上，全心全意为广大会员服务，为湖南文学事业的繁荣与发展做出了应有的贡献。

一、坚持正确导向，将学习党史融入各项活动

一年来，省散文学会始终坚持正确的思想导向，充分发挥党支部的带头示范作用，按照上级主管部门的要求，积极开展党史学习教育，引领队伍坚决拥护以习近平同志为核心的党中央的领导。

为庆祝中国共产党建党 100 周年，省散文学会与湘潭市作家协会联合举办了“党在我心中”主题征文活动。自 1 月 8 日发布征文启事到 5 月 8 日截稿，4 个月时间共收到参评作品 572 篇，经过筛选和初评，100 篇作品进入终评。5 月 22 日，聘请了王跃文、梁瑞郴、陈新文、王涘海、杨丹等 5 位著名作家、编辑作为终评评委，坚持公平公正的原则，评选出特别奖作品 3 篇，获奖作品 20 篇，优秀作品 30 篇。6 月 27 日，湖南省散文学会、湘潭市作家协会联合主办的庆祝建党一百周年“党在我心中”主题征文颁奖典礼在伟人故里韶山举行，嘉宾和获奖作者 100 多人出席。并给获奖作者颁奖。颁奖典礼之后，中共湖南省委宣传部原副部

长、党史研究室原主任张志初为大家上了一堂题为“百年领航的‘青春密码’”的党史讲座。

2021 年 6 月 25 日，省民政厅召开庆祝中国共产党成立 100 周年社会组织表彰大会，中共湖南省社会组织综合委员会表彰了 20 个先进基层党组织和 20 个优秀党务工作者。省散文学会党支部加强党的建设，提高政治站位，积极开展党建活动受到了省社会组织综合党委的充分肯定，学会党支部书记、副会长刘良武同志获“优秀党务工作者”荣誉称号。

2021 年 10 月，省散文学会继在微信公众号连续刊发有关“青山碧水”散文作品后，又在《湖南散文》总第 26 期增设“青山碧水”专栏，刊发精品力作 8 篇。

2021 年 11 月 27 日，省散文学会举行学习中国共产党第十九届六中全会精神座谈会。会议由学会党支部书记刘良武主持，集中学习了党的十九届六中全会决议等文件精神，会长梁瑞郴，名誉会长刘克邦带领党支部成员参加学习。11 月 29 日，湖南作家网全文刊登了每个与会人员的学习心得体会。

二、规范运行，成功进行学会换届

按照省散文学会章程规定，5 月 30 日上午，湖南省散文学会第二次会员代表大会在毛泽东文学院召开。中国作协名誉副主席、省文联原主席谭谈，省作协党组书记胡革平，省作协原副主席水运宪，省作协党组副书记、专职副主席游和平等领导和嘉宾以及来自全省各地的 115 名会员代表出席会议。大会审议通过了学会第一届理事会工作报告、财务报告和《湖南省散文学会章程（修改草案）》，选举产生了学会第二届理事会、常务理事会领导班子成员，梁瑞郴任会长，沈念等 15 位同志任副会长，赵晨任秘书长，王涘海等 18 位同志任常务理事，王丽君等 60 位同志任理事。大会还聘请谭仲池、谭谈、水运宪、叶梦、刘克邦、邓宏顺为名誉会长，张天明、刘晓平、王硕男、安敏为名誉副会长，任命邓玉香等 12 位同志为副秘书长。

三、再接再厉，成功举办第二届“湘江散文奖”

2021年5月，省散文学会成功举办了第二届“湘江散文奖”。截止到5月1日，共收到符合要求的参评作品89部（篇），经评奖办公室审核，确定69部（篇）进入初评。

5月23日，共评选出获奖作品5部（篇）。其中散文集2部，散文3篇，散文评论空缺。

6月27日，第二届“湘江散文奖”颁奖典礼在韶山举行。来自全省各地的作家、文学评论家、编辑和文学爱好者100多人参加颁奖典礼，共同见证了在湖南文学界这一具有深刻意义和影响的盛会。

四、点面结合，认真做好学会日常工作

2021年，省散文学会始终坚持学会宗旨，把握方向，严格把关，突出特色，推出品牌，打造良好的“湖湘文化”名片，充分发挥纸质会刊《湖南散文》、微信公众号《湖南散文》的影响和宣传作用。

《湖南散文》全年出刊4期，刊发散文135篇、散文评论3篇，共40多万字，其中不乏许多原创精品力作。为配合庆祝活动，宣传党的丰功伟绩，《湖南散文》第三期将原有8个固定栏目改编成“红色记忆”“党在心中”“薪火相传”“新风新貌”4个新的栏目，增发44个页码、4万余字，以“庆祝中国共产党成立100周年专刊”刊出。

学会《湖南散文》微信公众号配合纸质会刊，同步运行，宣传名家经典，鼓励新锐精品力作，及时发布学会公告通知、传递学会活动资讯，在社会上引起较大反响，点击率也逐步上升，传播速度加快，覆盖面扩大，凸显了省散文学会的创新发展和影响力。

2021年3月，在2020年已经征集部分稿件的基础上，学会下发通知，再一次向会员发出通知，征集2019年至2020年在全国公开发行的文学期刊、省级以上报纸和会刊《湖南散文》发表的散文作品，按照符合

选稿条件、品质优先的原则，选出 108 篇、38 万字的优秀散文作为年选，定名为《山河清音》，由会长梁瑞郴作序，在湖南文艺出版社的大力支持下，于 11 月正式出版。

2021 年，会员笔耕不辍，潜心创作，硕果累累。二十多位会员的优秀作品在国刊、国报发表和选刊转载。多位会员获得全国、省市重要散文奖项。

2021 年，湖南省散文学会通过以上工作，取得了一定的成绩，发挥了应有的作用，为繁荣发展湖南文学做出积极的贡献。

2021 年度湖南省报告文学学会工作概况

2021 是中国共产党成立 100 周年。在这个意义重大的年份，我会奋勇向前，成绩斐然。在省作协和省民政厅的具体领导与支持下，在全体会员的共同努力下，我会积极推进我省报告文学的发展。现简要总结如下：

一、团队建设卓有成效

为进一步发展和壮大报告文学队伍，经会长办公会讨论决定，2021 年我会吸纳了新会员 15 名。迄今为止，学会总计有会员 213 人，其中理事 69 人。

二、作品研讨成果斐然

为服务好广大作家，我会积极主办或承办 2 场作品研讨会，1 场作品审稿会：12 月 30 日，主办长篇报告文学《湘路》作品研讨会；4 月 7 日，承办长篇报告文学《生命大决战》首发式暨作品研讨会；4 月 17 日，承办湖南公路长篇报告文学《湘路》作品审稿会。研讨会和审稿会旨在推介作家、作品，扩大精品力作的社会影响力，均取得良好效果。

三、主题党建扎实深入

为强化党支部队伍建设，在省社会组织党建中心的领导下，我会围绕“学党史、感党恩、跟党走”开展了一系列主题教育党建活动：1月27日，召开民主生活会，引导党员开展批评与自我批评；5月21日，赴红色基地雷锋纪念馆，缅怀革命先烈；6月29日，赴湖南党史陈列馆，重温入党誓词，牢记初心使命；7月1日，组织会员收看“庆祝中国共产党成立100周年大会”现场直播。在丰富扎实的主题党建活动中，我会作家们全面领会了党的宗旨、理念和思想，增强了对党的政治认同、思想认同、理论认同、情感认同。

四、文学活动丰富多彩

为永葆学会发展活力，我会积极组织丰富多彩的文学活动：3月7日，组织20余名作家走进望城区茶亭镇，书写新时代乡村蜕变故事；9月23日至25日，应娄底市工商联邀请，我会组织10多位报告文学作家赴娄底进行文学采风，积蓄文学营养，领略湖南文化的博大精深。此外，我会还组织了多场采风活动和文学交流活动，增强了学会凝聚力，丰富了会员文学创作生活。

五、阵地建设稳步推进

为进一步繁荣我省报告文学创作，推动报告文学事业发展，为我省报告文学领域的优秀作家和优秀作品搭建宣传与推介平台，我会编辑出版了《2020湖南报告文学年选》和4期《湖南报告文学》杂志，着手编辑了《2021湖南报告文学年选》。2020年年选从全国数十种文学期刊和公开出版的湖南报告文学作家的作品中几经遴选，最终从全面小康、全民抗疫、全景聚焦三个方面收罗了22部（篇）精品力作，共计30多万字，将报告文学作家的深入生活，报告文学作品的力量温度全面展示。《湖南报告文学》严格遵守办刊宗旨，遵循季刊模式，每年出版 4 期刊物。2021 年，针对相关主题，杂志特别开设了“理想照耀中国·庆祝中国共产党成立 100 周年”“乡村振兴特辑”“青山碧水新湖南特辑”等特别栏目，紧扣时代主题。《2021 年度湖南报告文学年选》征集范围包括湖南省内或湖南籍报告文学、纪实文学、传记文学作家，新闻媒体工作者等创作的报告文学类、纪实文学类、传记文学类作品，收集到相关稿件几十篇。我会将从作品中优中选优，客观全面展示 2021 年湖南报告文学风貌。

在过去的一年中，我会在摸索中前行，在前行中成长，取得了一些成绩，也还存在一些不足。在接下来的工作中，我会将牢记中国文联十一大、中国作协十大开幕式上，习近平总书记对广大文艺工作者提出的希望和要求，完善自我，超越自我。为广大报告文学作家做好服务的同时，积极引导湖南报告文学作家紧跟时代步伐，从时代的脉搏中感悟艺术的脉动，把艺术创造向着亿万人民的伟大奋斗敞开，向着丰富多彩的社会生活敞开，从时代之变、中国之进、人民之呼中提炼主题、萃取题材，展现中华历史之美、山河之美、文化之美，抒写中国人民奋斗之志、创造之力、发展之果，全方位全景式展现新时代的精神气象。

2021 年度湖南省网络作家协会工作概况

省网络作协成立 4 年来，始终率领作家听党话、跟党走，以优秀作品讴歌时代、讴歌人民。基本情况概括为“四有”。

有组织。省网络作协成立了党团组织，坚持政治引领，坚持服务人民，始终抓住出作品、出人才。

有平台。全国仅有两块“国字号”网络文学牌，其中之一的“中国网络文学小镇”落户湖南，成为网络作家作品的孵化地、品牌的打造地；

有队伍。我们有湘籍网络作家 2 万多人，活跃在全国文坛。重量级作品和作家在全国排名前三。

有梦想。以优秀作品、优秀人才融入湖南经济发展。力争以强势的文化推力，打造继广电、出版之后新的文化名片。

2021 年，重点在以下几方面做工作：

一、增强服务意识，为网络作家解决实际困难

在中国网络文学小镇，为妖夜、丁墨、愤怒的香蕉、流浪的军刀等 12 位湘籍优秀网络作家开辟独立的工作室，并打造新人作家众创空间、文学沙龙区，已有 15 位大神级网络作家，386 位知名网络作家入驻中国网络文学小镇。

为打破网络作家职称评审学历限制、台阶限制，解决长期以来网络作家“身份认证”问题，今年，在省人社厅和省作协、马栏山园区的大

力支持下，开展网络文学作家中高级职称专场评定（属全国首创）。评出一、二、三级作家5位、19位和26位，共50人。

协调中国网络文学小镇所在地马栏山园区，对作家引进及税收返还等执行奖励政策。网络文学是新媒体艺术之母，在内容为王的电影、电视、游戏、动漫、有声、无声等新媒体，湘籍网络作家都有不俗的业绩。目前已有丁墨等作家在马栏山园区注册其个人工作室，仅丁墨一人就有600多万元税交到园区。

网络文学作品雷同、抄袭现象严重，为加强作家著作权保护，我们为网络作家聘请了律师团队。

二、拓宽平台渠道，推介优秀网络作家作品

与人民网、新华网、湖南卫视、湖南日报等新闻媒体建立良好关系，积极推介优秀网络作家和网络文学作品。

设立聊天直播间，每期邀请入驻中国网络文学小镇的网络作家与网友直播对话，分享自己加入网络文学创作初心、笔名背后的故事，扩大作家和作品影响力。

三、创新工作方法，提高网络作家政治站位和文学素养

通过政治引领，引导网络作家自觉听党话、跟党走，夯实思想根基。我们联合长沙学院党委、马栏山众创园联合党支部、省市网络作协党支部，定期开展主题党日活动。

着力培养网络作家，通过大手牵小手，让更多的草根作家实现“明星作家”梦。目前已举办七期“新时代网络文学新型人才培训班”，接受中高层次培训的网络作家达328人。

积极推荐优秀网络作家十多人参加全国、省、市、区的新青年、新阶层的专题培训。

四、积极创造条件，助力网络作家赋能产业发展，参与社会实践

积极推荐优秀网络作家参与各大 IP 推荐会和产业招商会。网络作家妖夜、丁墨、流浪的军刀、蔡晋等分别与马栏山园区企业签订了合作协议，达成版权合作签约。

目前正筹备“网络作家赋能全省乡村振兴活动”和“新时代网络文学新型人才培训计划”。拟通过联合网络作家和新阶层人士举办系列活动，培养新时代网络文学人才，为乡村振兴赋能。

积极推进服务平台版权库备份和推介服务工作。把小说网站、作者、版权商、读者结合在一起，打通信息互通的渠道，让作家作品变现。目前平台有 1419 名作家资源、3800 多部网文 IP 资源入驻线上平台，通过 IP 资源库、作家资源库登记，预计到 2023 年年底，网络文学及衍生开发产值将达到 6 亿元。

已与掌阅、阅文、腾讯、爱奇艺、芒果 TV 等国内头部企业签订合作协议，形成集群效用，为动漫、视频、网剧、抖音等提供优质内容。目前已合作孵化作品 10 部，计划实现三年内作家和文创企业共同创造上亿元的产值目标。

五、作家创作丰收，会员作品在各大奖项中均有斩获

横扫天涯获茅盾新人奖，网络文学奖，吉祥夜获提名奖；可大可小作品《后手》入选建党百年、百家网站百部精品；应景小蝶作品《风骨》获 2021 年中国作协重点扶持；曾紫若作品《婚牢》获第五届中国“网络文学 +”大会“优秀影视 IP 作品”；空留获得 2021 咪咕年度作家；应景小蝶作品《风骨》获 2021 年咪咕文学 · 天玄宇宙年度作品奖；陈韵好荣获“湖湘好网民”行业新风奖。

2022 年重点工作有：向党的二十大献礼网络作家赋能“乡村振兴”全省采风活动和“新时代网络文学新型人才培训计划”；筹办中国·湖南网络文学周活动；省网络作协换届筹备工作；第二届网络文学职称专场评定工作。

2021年度湖南省儿童文学学会工作概况

笔墨光彩，源自生活，见证时代。2021年，湖南省儿童文学学会勇承职责，以“繁荣创作，共享平台，引领新风”为宗旨，积极培养儿童文学新人，开展了多项活动，在出人才、出作品、出影响、树形象方面，取得了瞩目的成绩。

一、新老同台，新作不断

学会会员积极投入创作，李少白、汤素兰、邓湘子、周静、皮朝晖、龙向枚等作家新老同台，以湖湘风物为背景、为土壤、为素材、为灵感，以童话、小说、散文、诗歌为体裁，出版了一批精品力作。

（一）图书

1月，邓湘子的《爱的笔记》，袁妲、周静的《漫画人类与病毒的战争》由湘少社出版。2月，皮朝晖的《面包狼的故事》4册由湘少社出版。4月，周静的《遥远的花溪村》由明天出版社出版。5月，李少白的诗集《每天长大一点点》由湘少社出版。6月，周静的《三宝的天空》由二十一世纪出版社出版。龙向梅《了不起的酷奇》由大连出版社出版。7月，左汉中绘、邓湘子撰文的《湘江北去》由湘少社出版。8月，方先义的《群英会试》由四川文艺出版社出版。11月，《周静原创童话》6册由湘少社出版。

（二）期刊

《儿童文学》刊发了谢长华的《我和蜜蜂的故事》。上海《少年文艺》刊发了陶永灿的《山里的野菊花》、龙向梅的《为你长一棵樱桃树》、唐池子的《外公》等。江苏《少年文艺》刊发了诺亚的《地球奶糖》、牧铃的《阿基米德的城堡》、陶永灿的《营救白公主》、毛云尔的《蜻蜓》、袁道一的《父亲的橘园》、李彩红的《狼行天下》、龙向梅的《借你一个狐狸胆》等。《十月·少年文学》刊载了周静的《月光光，亮堂堂》。《小溪流》共计刊发会员作品 35 篇。《花火》共计刊发会员作品 21 篇。

（三）年选

《只记花开不记年——2020 湖南儿童文学年度作品选》于 2021 年 12 月出版。年选共征集原创作品 38 篇，由吴双英撰写序言，包含李少白、蔡皋、汤素兰、李红叶、邓湘子、皮朝晖、周静、唐池子、方先义、阮梅、彭湖等老中青三代作家及评论家的佳作。

二、大奖小奖，成果丰硕

2021 年的湖南儿童文学是一个丰收年。从第七届开始，连续五届全国儿童文学奖，湖南从未缺席。《南村传奇》（汤素兰）获第十一届全国优秀儿童文学奖。《哑江》（彭湖）获得第八届上海好童书奖。《南村传奇》（汤素兰）、《天女》（周静）获“第五届湖湘优秀出版物奖”图书类特别荣誉奖。《天下的老鼠都一个样》（龙向梅）获第七届“大白鲸”原创幻想儿童文学奖金鲸奖，《我家住在大海里》（陈迎）获银鲸奖。《云上日光》（彭湖）获第三届曹文轩儿童文学奖之作家创作·中篇奖。《白面奶奶》（林萧）荣获“2020 年冰心儿童文学新作奖”。《梵天城的机器人》（方先义）获第四届世界华人科普奖新秀奖金奖。《周静童话原创》入选国家“十四五”出版重点规划。

三、线上线下，影响深远

（一）研讨活动

3月31日，《中国图画书创作的理论与实践》新书发布会在北京召开，陈晖、周翔、吴双英、刘蕾、林丹、卢芳等专家、出版人共同回顾中国原创图画书走过的三十年。4月1日，“在飞扬的幻想中追寻现实的脚步——皮朝晖‘面包狼的故事’系列新书发布会”在北京国展举行。崔昕平、安武林等专家展开现场对谈，仅ZAKER平台的观看人次就超过了20万。4月26日到27日，第四届亲子阅读产业峰会在长沙举行，蔡皋、朱自强、汤素兰、吴双英、萧翱子、周静等多位童书专家与亲子图书馆馆长面对面，开展深度专业分享。6月30日，“以绘本的方式打开湘江——《湘江北去》创作分享会”在长沙最美书店乐之书店举办。湖南省原副省长唐之享，夏远生、丁双平、刘清华、汤素兰、左汉中、邓湘子等专家出席活动。7月15日，“心怀家国，放眼世界——湘少社家国主题原创绘本发布会”在济南举办。张明舟、于金旺、杨壮、李晖、刘清华、刘星保、吴双英等专家领导出席了活动。该活动吸引了新华社等数十余家媒体报道。第十五届亚洲儿童文学大会线上视频会议于2021年8月21日到22日举行。大会以“带给儿童幸福的亚洲儿童文学”为主题，共有35位专家学者发表论文。“沃园农场生态童话”第一辑新书发布，王跃文、刘子兰、汤素兰、吴双英、李作霖、郑朋等教授专家以及师生代表近200人参加活动。

（二）赛事活动

6月20日，由游和平等担任评委的“童心向党——庆祝建党100周年”青少年创意书画文大赛在长沙市图书馆举行颁奖典礼，肖凌之、彭玻、李晖、王玉清、曾四清、陈壮军等领导嘉宾出席。

四、服务会员，维护运转

2021 年底学会新发展会员 15 人，目前共有会员 151 人。并学会微信公众号不定期推出儿童文学相关资讯、学会微信群积极在会员之间开展互动交流。在省民政厅的领导下，学会完善党组织建设工作，开展了“学党史、感党恩、跟党走”等主题党日活动。

2021 年已渐入尾声，感谢省作协、省民政厅等主管单位领导对学会的支持。2022 年，湖南省儿童文学学会将继续以服务作家为宗旨，以推动湖南儿童文学高质量发展为目标，继续奋勇开拓，共创湖南儿童文学的美好未来！

2021 年度湖南省寓言童话文学研究会工作概况

2021 年，湖南省寓言童话文学研究会在省作协的正确领导下，积极开展学术交流、促进创作繁荣、引导儿童阅读，积极服务会员，赢得了作家、读者和学校、社会的好评，开创了湖南省寓言童话发展的新局面。

一、主办“谢璞儿童文学奖”，擦亮了湖南的文学品牌

2021 年，由省作协指导，我会主办的谢璞儿童文学奖进行了第二次评奖，此奖立足湖南，面向全国，共收到参评作品 2000 多篇，20 篇作品获大奖（湖南作家皮朝晖、袁妲、流火、张声仁、游军等 5 人获大奖），30 篇作品获提名奖（湖南作家方先义、刘艳、冯霞、陈迎、陈茂智、王道清、刘红春、陈静、吴礼鑫等 9 人获提名奖），另有 6 名湖南少儿期刊编辑获“优秀编辑奖”。这项工作得到了省作协的高度重视，以及谢璞先生家乡洞口县委、县人民政府的大力支持，在洞口县举行了高规格的颁奖典礼，湖南日报以《在谢璞故里，栽下一棵未来的树》，作了深度报道，刊发副刊头条。

目前，此奖已产生的成果和主要意义有：一是极大地激发了广大作家和文学爱好者为少年儿童写作的热情，推出了一批好作品，为孩子们提供了优秀精神食粮；二是促进了刊物质量的提升；三是擦亮了湖南的文学品牌。此奖迅速在全国儿童文学及少儿期刊界受到关注，人民网、新华网、光明网、学习强国、中国作家网、华声在线、新湖南、文艺报、

文学报、湖南日报、潇湘晨报、长沙晚报等全国数十家媒体进行了报道。

二、开展主题征文活动

1.“我是故事家”系列征文活动。为提升少年儿童阅读兴趣，我会开展了第四届“我是故事家·读童话讲故事”征文大赛。学生参赛踊跃，共收到参赛作品近千篇，评选出“童话之星”10名、“童话之星·最佳人气奖”20名、“小故事家”10名、“小故事家·最佳人气奖”4名，“佳作奖”121名，34位教师（家长）获得“伯乐奖”。参赛佳作在漫画周刊童话故事系列期刊《魔术老虎》《幽默童话》《七彩童年》陆续刊发。通过大赛，激发了孩子的写作热情，让更多的孩子喜欢上了阅读，从而促进了他们的创造力和想象力开发，受到师生和家长的好评。

2. 第二届全国儿童漫画大赛评奖。此奖是我会为繁荣儿童漫画创作，配合“双减”政策的推广落实而举办的，面向全国成人和少儿漫画爱好者征稿，每年一届，第二届全国儿童漫画大赛成人组、少儿组各评出金、银、铜奖作品30幅（组）。人民网、中国新闻网、中青网、北青网、华声在线、新湖南、掌上长沙、潇湘晨报等数十家媒体进行了报道，在全国漫画和少儿期刊界反响热烈。

三、开展了高水平的会员创作研讨与交流活动

11月底，在遵守新冠肺炎疫情防控政策的前提下，我们克服困难，成功举办了2021年童话寓言创作论坛，论坛由儿童文学评论家李红叶主持，70余名会员参加了本次论坛，气氛热烈。寓言研究专家、湖南教育学院中文系主任陈蒲清，诗人、儿童文学作家、长沙市文联原主席李少白，一级作家、《小学生导刊》原副主编皮朝晖，以及方先义、吴振尘、周亚丽、谭群、肖云等在论坛上作了发言。本次论坛增强了我会的凝聚力，全体会员形成了用童话寓言共同书写我们对生活美好愿景的共识。

四、做好会员发展工作，焕发寓言童话创作研究与推广队伍的活力

2021 年，我们积极吸收在湘工作或湘籍从事寓言童话创作、研究及推广的专业人士、童话寓言爱好者和中小学教师入会，通过选拔和审核，吸收了新会员 15 人，目前，研究会的会员已经发展到了 204 人。2021 年，我们还向中国寓言文学研究会推荐和发展了 15 名湖南会员。

五、推介会员创作成果

研究会公众号及时传递本会信息，经常推介会员新书新作。“会员动态”等栏目及时发布会员文学创作动态及取得新成绩的消息，展示会员创作成果，并在全国少儿文学界进行推广宣传，受到广泛关注；收集寓言童话创作征稿、评奖、出版信息，及时发布并积极推荐会员作品；争取《漫画周刊》等少儿刊的支持，开辟寓言栏目，发表作品向会员倾斜。

习近平总书记指出，文艺是时代前进的号角，最能代表一个时代的风貌，最能引领一个时代的风气。2022 年，我们将认真贯彻落实湖南省第十二次党代会精神，在省作协的正确领导下团结会员开展活动，继续开创寓言童话文学创作新局面。

2021 年度湖南省文学评论学会工作概况

2021 年，是湖南省文学评论学会顶住新冠疫情压力，持续发力的一年。这一年，学会在省作协的指导下，在卓今会长的直接领导下，在龚旭东、罗宗宇、简德彬、杨厚均、余丹清、龙永干、任美衡、吴投文、吴正锋、张建安、岳凯华、易彬、晏杰雄等副会长的大力协助下，克服了疫情、人力、经费短缺上的困难，从组织架构、平台建设、学术会议活动等方面开展了较有成效的工作。

一、继续完善组织架构，健全学会日常运行机制

在卓今会长及诸位副会长的领导下，学会的日常工作机制获得了很大改观，学会公众号“湖南文学评论学会”继续得到完善和加强，会员能够在此公众号中获取学会会议及其他重要事项通知。另外，为了加强学会顶层决策及管理力度，专门设立了湖南省文学评论学会会长及秘书长工作群，学会重要事项线上交流已经打通。还有学会理事会群也在积极筹备当中。这些举措，从各个层级完善和便利学会的日常工作管理。截至目前，学会的组织机构已经得到了极大的改善。

二、推进平台建设，积极推进学会会刊编辑出版常态化

2020 年以来，卓今会长领导学会秘书处同人，积极筹办会刊《南方

文学评论》，使之成为广大会员参与学术活动、交流学术心得、分享学术智慧的重要学术平台。迄今，《南方文学评论已经编辑出版了第 1 辑和第 2 辑，第 3 辑也已交付出版社编辑出版，预计 2022 年 4 月正式出刊；第 4 辑也已完成了初步的组稿。刊物的正常有序发展，离不开学会学会主管单位——湖南省作家协会的鼎力支持，胡革平书记、王跃文主席曾先后对会刊表示高度的重视，省作协将继续为《南方文学评论》的有序出版提供充足的经费保障。

三、继续开展学术交流，积极召开学术会议

2021 年，虽然疫情依旧是我们日常生活中的关键影响因素，但我们还是努力克服困难，积极开展了相关的学术会议。在省作协的大力支持下，本年度与中国社会科学院文学研究所、全国马列文艺论著研究会、《求索》《探索与争鸣》等全国著名学术机构和学术期刊合作召开“中国共产党的一百年与中国化马克思主义文论的发展历程”学术研讨会暨全国马列文艺论著研究会第五届理事论坛，与湖南师范大学文学院合作召开“一带一路”沿线各国文学汉译、传播与影响研讨会暨第四届湖南省文学评论学会年会。以上会议均较为圆满地举行，赢得了参会领导、专家、学者的高度赞誉。在全国学术界产生较好的影响，中国社会科学网、新湖南、红网、湖南社会科学院网等网站有报道。

回首一年工作，本学会还是收获了一些成绩。不过，也存在着不少不足，且面临着一些新的难题。例如，学会会员准入和退出机制，会刊编辑、编务日常管理及出版、编辑经费长效保持和增长，会员信息及会员学术活动日常管理，等等，这些均需要我们在今后的工作中去解决和完善。

2021 年度湖南省岳麓诗社工作概况

一、沿革简述

湖南省岳麓诗社成立于 1983 年，当时参加诗社筹建工作的有省政协主席杨第甫、省委宣传部部长屈正中以及时任省长的刘正等。中共中央原总书记胡耀邦、全国人大原副委员长楚图南为《岳麓诗词》题写了刊名。历任社长已至三届：第一届社长为曾参加延安文艺座谈会的革命老干部高扬；第二届社长为原省纪委常务副书记赵焱森；第三届社长为原副厅级干部赵枫。理事会已至六届，共有在册会员 2800 余人。岳麓诗社组织编著出版了一批有影响的诗词书籍，如《黄兴颂》《南岳论廉》《清风颂》《共和颂》《华容之子》《人间正道》《英名天下》《冰心颂》《红军先驱》《乡情颂》《拾荒集》《诗词曲联教程》《潇湘唐咏》《师道传薪》等，共计 120 多本。至 2021 年底编印《岳麓诗词》季刊 146 期。

二、2021 年主要工作

开展"颂辉煌、迎新春"诗歌创作活动。年初，组织诗人创作一组歌颂祖国伟大成就、抗疫精神、扶贫精神、航天精神的优秀诗歌在湖南日报 1 月 29 日湘江周刊发表。

征编出版《榜样颂歌》，举办诗颂雷锋活动。在毛主席号召"向雷锋同志学习”58周年前夕，组织创作以诗颂雷锋为主题的诗词1200余首，从中挑选450余首结集出版《榜样颂歌》一书，该书成为国内唯一一部以格律诗为主，宣传歌颂雷锋精神的诗词（诗歌）作品集。3月4日在长沙雷锋纪念馆举行《榜样颂歌》首发仪及诗颂雷锋朗诵会，现场气氛热烈，湖南经视、湖南教育电视台进行了全程网络直播，全国主要新闻媒体进行了现场采访。

组织诗人艺术家赴永兴开展“学党史、忆先贤”诗书画采风活动。在建党百年华诞到来之际，于5月18日至19日组织部分艺术家赴永兴开展“学党史、忆先贤”诗书画采风活动，参观黄克诚大将故居和板梁起义纪念地；在现场即兴创作了一批赞扬革命先辈的丰功伟绩和崇高品德，传承红色基因，赓续共产党人精神血脉的诗书画作品。

举办“翰墨颂百年 丹青绘初心”大型诗、书、画展览。6月28日，在湖南徐悲鸿艺术馆举行庆祝中国共产党成立100周年诗书画展览，展出诗书画作品100幅，历时一周，并将作品汇集成册，受到社会广泛好评。

开展“诗书进校园 经典润心声”活动。9月16日上午，在长沙市天心区曙光小学启动“诗书画文化进校园”活动，曙光小学有100多名师生参加启动仪式。诗教专家言建忠、书画艺术家周国民分别为师生进行了近两个小时的诗词、书画创作知识培训讲课。10月20日，应长沙市天心区明德启南中学的邀请来到该校讲授诗词、书画传统文化课，启动“诗书画文化进校园”公益活动，极大地调动了该校师生学习诗词、书画的激情，提升了师生们的传统文化素养。

组织艺术家聚焦革命老区，助力乡村振兴。10月中旬，组织部分艺术家深入革命老区华容县禹山镇和东山镇，致力传播红色文化，助力乡村振兴。在华容县禹山镇，艺术家们瞻仰了无产阶级革命家何长工同志故居，聆听了何长工同志促成井冈山会师、改造王佐部队、创建红军大学等感人事迹，深切缅怀何长工同志，传承“为人民扛一辈子长工”的“长工精神”。学习参观后，艺术家们创作了一批诗词书画作品赠送给禹山镇。11月8日，邀请潇湘电影集团公司导演周祺及部分艺术家走进华容县东山镇，开展为期两天的“学党史颂小康　助力乡村振兴”采风创作活动，以文化艺术助力乡村振兴发展，用艺术深刻记录新时代中国特色社会主义新农村建设的伟大实践。

召开了岳麓诗社六届二次常务理事（扩大）会议。12 月 7 日在长沙召开了岳麓诗社六届二次常务理事（扩大）会议。会议的主题是：学习贯彻十九届六中全会精神，回顾总结 2021 年度工作，研究谋划新一年的工作任务。岳麓诗社常务理事、各分社社长、岳麓诗社顾问，岳麓诗社办公室、编辑部等，共 50 人出席会议。

2021 年度湖南省作家协会教师作家分会工作概况

2021 年，湖南省作家协会教师作家分会始终紧密团结在以习近平同志为核心的党中央周围，切实体会和践行习近平总书记“记录新时代，书写新时代，讴歌新时代”的文艺思想，以创新思维做好各项工作，现具体汇报如下：

一、出作品

办好会刊《爱你·教师文学》，打造一批品牌栏目。2021 年，会刊《爱你·教师文学》吸引更多国际国内知名作家、骨干作者加盟，推出了鲁迅文学奖得主阎连科、魏微，人民文学奖得主帕蒂古丽、罗伟章，浙江省作协副主席、小说月报百花奖得主钟求是，华语文学传媒大奖得主阿乙等人的作品；重视国内新锐作家的创作经验，以激励教师作家们写出更加多元化、年轻化、与当下共呼吸的文学作品，有“为小人物立传”、作品广受好评的魏思孝，有挑战传统叙事、被喻为“写作领域的发明家”的孙智正，有两度斩获国际电影节奖项、关注留守儿童的独立女导演黄骥等；我们还积极拓展国际影响力，刊发了美国弗吉尼亚理工大学宗教与文化系副教授倪湛舸的短篇小说。

3 月至 5 月，举办“献礼建党 100 周年”教师文学征文大赛，策划专辑。我们从应征的“献礼建党 100 周年”教师文学征文大赛数百篇作品里面评选出了一等奖 1 篇、二等奖 2 篇、三等奖 3 篇、优秀奖 3 篇。加上雷锋家乡望城的实力派教师作家、雷锋研究学者何宇红的作品《雷锋在团山湖》，毛泽东研究专家胡松涛的作品《张思德与〈为人民服务〉》，策划了“献礼建党 100 周年”专辑，将会刊《爱你 · 教师文学》2021 年 7 期大部分版面用于这个专辑。

5 月至 7 月，举办第二届湖湘教师文学征文大赛，激励基层教育工作者多出好作品，收到作品 300 余篇，分小说、诗歌、散文组颁奖。

9 月 11 日，分会官微转发省作协《“青山碧水新湖南”文艺创作征稿启事》，并在会员群约稿。杨冬胜、金迎春、蒋红霞、刘博华、洪敏、匡列辉等会员参与本次征文活动。

二、育人才

1 月至 6 月，组织首届教师文学奖评选，鼓励原创教师文学创作，倡导以人民为中心的创作导向。评选出小说、诗歌、散文组首奖各 1 名，奖金 10000 元/人，提名奖各 2 名，奖金 1000 元/人。湖南第一师范学院张战老师获首届教师文学奖诗歌奖，湖南新邵县教育局钟卫军老师（笔名四毛）获首届教师文学奖小说奖，长沙市怡雅中学卢望军老师获首届教师文学奖散文奖。8 月，会刊《爱你 · 教师文学》首席编辑彭剑斌获滇池文学奖“年度大奖”。10 月，分会副主席兼秘书长吴新宇、常务理事兼副秘书长江冬进入湖南省“三百工程”文艺人员库。同月，选送分会常务理事兼副秘书长肖柴原子参加毛泽东文学院举办的湖南省第二十期中青年作家培训班。

三、强队伍

3 月至 5 月，进行分会第三批会员发展。6 月，确定第三批会员人数为 114 名。截至目前，分会会员人数共计 674 名。在官网、官微公布第三批会员名单，并以湖南教育报刊集团名义向各市州、县教育局、教科院（所）、有关中小学校寄发通报文件，对新会员实行建群统一管理。

3 月，分会报送的“让文学的种子在教育基层生根”志愿服务项目入选中国作家协会 2021 年文学志愿服务示范性重点扶持项目。我们走进了湖南文学资源相对匮乏地区，走进了学校、社区、乡村，结合教育基层系统需求，目前已设立长沙麦田格、安化、沅陵三个文学创作基地，并举办三场专题讲座，聚焦基层教师作家和文学爱好者。

7 月，举办第二届湖湘教师写作训练营，韩少功、王剑冰、纪红建、汤素兰、张战等多位文学大咖齐聚星城，来自全省各地的 400 多名中小学教师分享、聆听、对话，共同品味文学之美，体悟写作之乐。

在今后的工作中，我们将以更深邃的视野，更自信的态度，牢记“国之大者”，展现中华文化形象。

2021年度湖南文学作品汇总

2021年度湖南长篇小说作品汇总

董爱民：《望郎歌》，《民族文学》2021年第2期（节选）
陈茂智：《白帆船》，上海文艺出版社
徐秋良：《红土地上的寻找》，湖南人民出版社
刘道云：《大矿山》，湖南电子音像出版社
胡小平：《格局》，湖南文艺出版社
杨远新：《春柳湖》，作家出版社
龚鹏飞：《燕子花》，百花洲文艺出版社
廖天锡：《瓦厂地》，文化发展出版社
魏枫：《金匠一号》，中国言实出版社
肖仁福：《阳光之下》，团结出版社
舒中民：《网弈》，《啄木鸟》2021年第5期
残雪：《水乡》，湖南文艺出版社
曾理：《绣坊街》，作家出版社
许艳文：《熵变》，文化发展出版社
简媛：《棘花》，湖南文艺出版社
赵燕飞：《明月几时有》，中国文史出版社
熊梦红：《苇花飘处》，南海出版公司
胡建文：《好好活着》，百花洲文艺出版社
曹阿娣：《一张轻飘飘的铜版纸》，广东经济出版社
陈忠：《逆向而生》，百花洲文艺出版社

刘金国：《洞庭听风》，九州出版社

冯剑鸣：《振兴 振兴》，江西人民出版社

徐秋良：《芙蓉绣庄》，中国青年出版社

2021 年度湖南中短篇小说作品汇总

（一）中篇小说

姜贻斌：《偷盗记》，《长城》2021 年第 1 期

向本贵：《业委会主任》，《民族文学》2021 年第 9 期

邓宏顺：《谁不说俺家乡好》，《芙蓉》2021 年第 2 期

何顿：《山人》，《芙蓉》2021 年第 4 期

潘绍东：《扬尘飞舞》，原载《江南》2021 年第 3 期，《北京文学中篇小说月报》于 2021 年第 6 期转载

陶少鸿：《鹤望兰》，《芙蓉》2021 年第 1 期

吴昕孺：《骑着白象的月亮》，《湘江文艺》2021 年第 2 期

廖静仁：《祖业祖业》，《湘江文艺》2021 年第 5 期

易清华：《月明之夜》，《长城》2021 年第 2 期

王平：《倒脱靴两章》，《湖南文学》2021 年第 3 期

李砚青：《小的海》，《四川文学》2021 年第 5 期

秦羽墨：《去明月寺练练枪法》，《边疆文学》2021 年 5 期，《中篇小说选刊》4 期，中篇

许玲：《一面墙》，《中国作家》2021 年第 2 期

（二）短篇小说

蔡测海：《父亲简史》，《芙蓉》2021 年第 5 期，《小说选刊》2021 年第 11 期

蔡测海：《纪念格村一颗牙齿》，《民族文学》2021 年第 12 期

残雪：《石头村》，《上海文学》2021 年第 11 期

残雪：《烟城》，《上海文学》2021 年第 2 期

郑朋（郑小驴）：《战地新娘》，《人民文学》2021 年第 12 期

唐吉虎：《眼光》，《人民文学》2021 年第 9 期

刘少一：《去背牛岭》，《民族文学》第 7 期

龙宁英：《扁齐寨的人》，《民族文学》2021 年第 10 期

马笑泉：《回荡》，《作品》2021 年第 6 期

于怀岸：《望龙山》，《山花》2021 年第 8 期

聂鑫森：《寻常百姓家》，《长城》2021 年第 1 期

沈念：《那夜》，《山花》，2021 年第 3 期，《小说月报》2021 年第 4 期转载

阿良：《路障》，《天津文学》2021 年第 4 期

青蓖：《人物实操课》，《湖南文学》2021 年第 4 期

彭湖：《一无所有的春天》：《湖南文学》2021 年第 2 期

（三）小小说

戴希：《命运》，《红豆》2020 年第 4 期，《小说选刊》2021 年第 1 期

戴希：《那时》，《小说选刊》2021 年第 8 期

欧阳华丽：《白莲》，《小说选刊》2021 年第 2 期

欧阳华丽：《放心》，《红豆》2021 年第 3 期首发，《小说选刊》2021 年第 4 期选载

聂鑫森：《绣球花》，《红豆》2021 年第 2 期首发，《小说选刊》2021

年第 3 期选载

聂鑫森:《喜模》,《小说选刊》2021 年第 4 期

唐波清:《父亲与经济学》,《常德晚报》,《小说选刊》2021 年第 1 期转载

魏咏柏:《这个城市有条大河》,《中国应急管理报》首发,《小说选刊》2021 年第 11 期转载

熊燕君:《睡了十分钟》,《小说选刊》2021 年第 5 期

2021年度湖南诗歌作品汇总

梁尔源：《光明山》，《诗刊》2021年4月上半月刊

梁尔源：《七十三个补丁》，《星星》2021年第7期

草树：《想象或诗学之本地抽象》，《诗刊》2021年2月上半月“每月诗星”

草树：《磁铁》，《诗刊》2021年7月下半月

草树：《白光》《杨树颂》，《诗刊》2021年9月上半月“第十二届青春回眸专号”

草树：《淤泥之子：树诗集2014-2020》，湖南文艺出版社

胡丘陵：《历程》，《诗刊》2021年7月上半月“建党百年专号”

胡丘陵：《诗志：1921—2021》，中国言实出版社

廖志理：《见维山》《枇杷》，《诗刊》2021年9月上半月“第十二届青春回眸专号”

刘年：《桐油寨》，《诗刊》2021年11月上半月“每月诗星”

刘年：《穿越雨季》，《绿洲》2021年第5期

张战：《花海》，《诗刊》2021年2月上半月“方阵”

张战：《张战的诗》，海天出版社

刘起伦：《晨练》，《诗刊》2021年6月上半月

刘起伦：《一个人的浏阳河》（二首），《星星》2021年7月上旬刊

李春龙：《大兴郁花园二里》，《诗刊》2021年5月上半月“方阵”

李春龙：《早发原乡地》，《湖南文学》2021年第9期

谈雅丽：《青春：湘江北去》，《诗刊》2021 年 7 月上半月“建党百年专号”

谈雅丽：《明澈的天空下》，《草原》2021 年第 3 期

谈雅丽：《科技蓝》，《光明日报》2021 年 9 月 3 日

谈雅丽：《江心岛》，《诗刊》2021 年 5 月下半月

谈雅丽：《香樟树》，《新华文摘》2021 年第 6 期

谈雅丽：《有如飞蛾扑火》，《中华辞赋》2021 年第 9 期

叶菊如：《枝头新闻》，《诗刊》2021 年第 4 期下半月刊

叶菊如：《洞庭湖记》，《星星》2021 年第 8 期

叶菊如：《窗口》，《飞天》2021 年第 1 期

叶菊如：《张谷英遇雨》，《湖南文学》2021 年第 8 期

叶菊如：《洞庭水浒与小天鹅书》，《诗选刊》2021 年第 9 期

叶菊如：《张谷英札记》，《文学港》2021 年第 9 期

叶菊如：《洞庭湖记》，《芳草》2021 年第 3 期

邓朝晖：《郴州旅舍》，《草堂》2021 年第 2 期

邓朝晖：《邓朝晖的诗》，《作品》2021 年第 2 期

邓朝晖：《黄昏的江堤 》，《当代人》2021 年第 4 期

邓朝晖：《有香气的上午》，《飞天》2021 年第 5 期

邓朝晖：《在成熟稠密的五月》《诗潮》2021 年第 9 期

唐益红：《将军令》，《诗刊》2021 年 11 月下半月

唐益红：《河流也有期待之美》，《星星》2021 年第 8 期上旬刊

罗玉珍：《火焰》，《诗刊》2021 年 8 月下半月“青年女诗人专号”

罗玉珍：《爸爸喝酒的日子》《黑暗中的女人》，《湖南文学》2021 年第 1 期

王馨梓：《清晨送诊》，《诗刊》2021 年 2 月下半月

王馨梓：《盛德村轶事》，《星星》2021 年第 2 期

王馨梓：《太阳越过了两丘田埂》，《阳光》2021 年第 5 期

王馨梓：《江边的钓鱼人》，《芙蓉》2021 年第 5 期

王馨梓：《黄昏还远远没有到来》，《草原》2021 年第 5 期

王馨梓：《少女的阁楼》，《湖南文学》2021 年第 9 期

康雪：《理想少年》，《诗刊》2021 年 8 月下半月“青年女诗人专号”

康雪：《向内的闪耀》《湖南文学》2021 年第 5 期

康雪：《老屋里的美人鱼》《湖南文学》2021 年第 5 期

梁书正：《在龙先兰家里》，《诗刊》2021 年 4 月上半月

梁书正：《我需要记录这样的村庄》，《山西文学》2021 年第 7 期

贺予飞：《星星的母亲》，《诗刊》2021 年 12 月上半月“第 37 届青春诗会专号”

文西：《海岸》，《诗刊》2021 年 8 月下半月“青年女诗人专号”

熊芳：《小欢喜》，《诗刊》2021 年 8 月下半月“青年女诗人专号”

熊芳：《向阳小学》，《诗刊》2021 年 4 月上半月

熊芳：《我与镜子》，《山花》2021 年第 1 期

熊芳：《能芳的诗》，《草堂》2021 年第 6 期

严彬：《槐花落下的时节》，《诗刊》2021 年 2 月下半月

严彬：《时光之尘》，《山花》2021 年第 6 期

梦天岚：《大风起兮（外二首）》，《星星》2021 年第 1 期

梦天岚：《蛛网（节选）》，《星星·散文诗》2021 年第 3 期

刘羊：《山间明月》，《诗刊》2021 年 10 月下半月

刘羊：《乡里人的说话方式》，《芙蓉》2021 年第 2 期

刘羊：《故乡镜头被不断推远又拉近》，《湖南文学》2021 年第 9 期

李海英：《迟到张谷英》，《湖南文学》2021 年第 8 期

李海英：《似曾相识的老屋》，《文学港》2021 年第 9 期

笨水：《难题》，《诗刊》2021 年 7 月下半月

宾歌：《施六金脱单记》，《诗刊》2021 年 1 月上半月

陈颉：《迎春花》，《诗刊》2021 年 10 月下半月刊

陈颉：《蒲公英，留下空虚的指认》，《江河文学》2021 年第 3 期

陈颉：《天平山植物志》，《诗潮》2021 年第 10 期

杜华：《同乘一辆车》，《诗刊》2021 年 6 月上半月刊

甘建华：《雪落荞麦早》，《诗刊》2021 年 8 月上半月刊

胡晟：《一颗流星把月光撞痛》，《飞天》2021 年第 8 期

胡晟：《风，推了门一下》，《太湖》2021 年第 1 期

胡晟：《你把命运搁浅在我的肩膀》，《山东文学》2021 年第 8 期

胡晟：《一条船哭不下去了》，《大江文艺》2021 年第 12 期

胡晟：《疼痛的远方》，中国作家出版社

胡平：《记忆中的一幕》，《湖南文学》2021 年第 1 期

胡平：《这些泥土深不可测》，《中华文学》2021 年第 1 期

胡平：《一块石头》，《延河．诗歌专号》2021 年第 2 期

胡平：《空镜子》，《牡丹》2021 年第 6 期上半月刊

胡平：《证明》，《青年文摘．彩版》2021 年第 5 期

胡平：《工具箱》，《速读》2021 年第 12 期

胡小白：《小雪》，《诗刊》2021 年 1 月

湖南锈才：《月亮，吐出古老的珍珠》，《星星》2021 年 12 月上旬

湖南锈才：《春水流》，《星星》2021 年 6 月下旬

黄斌：《4 月 2 日，在铜像广场》，《诗刊》2021 年 11 月下半月

黄劲松：《嘉陵江叙事曲》，《诗刊》2021 年 4 月下半月刊

黄劲松：《宛如夜空》，《中华文学》2021 年第 5 期

黎凛：《蝉》，《星星》2021 年第 3 期上旬

李虹辉：《坏掉的门铃》，《诗刊》2021 年 5 月下半月刊

李杰波：《雪山》，《诗刊》2021 年 2 月上半月“方阵”

刘娜：《从前的泡桐花》，《诗刊》2021 年 8 月下半月“青年女诗人专号”

刘娜：《夕阳照在婴儿床上》，《草原》2021 年第 3 期

罗鹿鸣：《格尔木河往事》，《诗刊》2021 年 1 月期上半月

卢旺兴：《洞庭湖》，《诗刊》2021 年 11 月下半月刊

卢旺兴：《小满》，《星星》2021 第 10 期诗歌理论刊

卢旺兴：《苦瓜》，《湖南文学》2021 年第 12 期

茉棉：《野荞麦》，《星星》2021 年第 1 期上旬刊

师飞：《倾听者》，《星星》2021 年第 9 期上旬刊

舒放：《别样的大湖》，《星星·散文诗》2021 年第 12 期

李群芳：《世界大抵如此》，《北京文学》2021 年第 4 期

苏启平：《青山记》，《星星·散文诗》2021 年第 2 期

苏启平：《黄姚，一个与梦有关的词语》，《星星·散文诗》2021 年第 2 期

苏启平：《临潭秘境》，《星星·散文诗》2021 年第 11 期

吴和君：《独角兽》，《诗刊 2021 年 9 月下半月刊

雄黄：《湘西手记》，《民族文学》2021 年第 8 期

杨漾：《马勒岗》，《诗刊》2021 年 4 月下半月刊

杨漾：《诗歌二首》《延河》2021 年 2 期

尹祺圣：《草木声》，《星星》2021 年第 4 期

赵燕飞：《在黄江，一棵异地重生的树》，《诗刊》2021 年 7 月下半月刊

周碧华：《陈家湾》，《作品》2021 年 3 月号

周碧华：《乡村的那些事儿》，《湘江文艺》2021 年第 5 期

朱继忠：《在田间》，《诗刊》2021 年 1 月下半月刊

朱开见：《朱开见的诗》，《青年作家》2021 年第 3 期

朱开见：《张谷英村的农家乐》，《湖南文学》2021 年第 8 期

朱开见：《张谷英三章》，《文学港》2021 年第 9 期

诗群：“邵东诗群（李春龙 范朝阳 郭竟成 唐志平 刘 娜 邓星照 吴和君 王 唯 龙 儿 范奕）”，《湘江文艺》2021 年第 2 期

诗群：“新湘派” 三人行（李春龙 刘 羊 王馨梓），《湘江文艺》2021 年第 3 期

2021 年度湖南散文作品汇总

王跃文：《喊山应》，湖南文艺出版社，2021 年 9 月
韩少功：《人生忽然》，湖南文艺出版社，2021 年 10 月
沈念：《世间以深为海》，北岳文艺出版社，2021 年 3 月
沈念：《大湖消息》，北岳文艺出版社，2021 年 12 月
罗长江：《大地五部曲》，山东人民出版社，2021 年 11 月
刘克邦：《涟水谣》，湖南文艺出版社，2021 年 6 月
韩少功：《萤火虫的故事》，《新华文摘》，2021 年 1 期
黄永玉：《只此一家王世襄》，《新华文摘》，2021 年 22 期
熊育群：《治水的人或神》，《散文海外版》，2021 年第 7 期
陈启文：《永远的袁隆平》，《新华文摘》，2021 年 15 期
彭学明：《天下淮安》，《散文海外版》，2021 年第 12 期
王继怀：《听雨》，《散文选刊》（上半月），2021 年 10 期
谭谈：《春走老山界》，《光明日报》，2021 年 5 月 7 日
谭谈：《一湖碧水入画来》，《人民日报》，2021 年 8 月 30 日
水运宪：《啸聚汨罗江》，《散文海外版》，2021 年第 12 期
梁瑞郴：《山水两重奏》，《湘江文艺》，2021 年第 6 期
马笑泉：《延边气质》，《民族文学》，2021 年第 5 期
马笑泉：《西峡爽气沁文心》，《人民文学》，2021 年第 2 期
沈念：《无界之地》，《人民文学》，2021 年第 2 期
沈念：《人间客》，《广州文艺》，2021 年第 5 期

龚鹏飞：《红色湖南赋》，红网，2021 年 5 月 3 日

刘克邦：《千年不老上甘棠》，《散文海外版》，2021 年第 10 期

张建安：《九洲塘》，《中国艺术报》，2021 年 8 月 13 日

袁道一：《逆光中的小镇》，《散文海外版》，2021 年第 5 期

甘建华：《边城的黑夜和白天》，《文艺报》，2021 年 11 月 10 日

谢德才：《留在韩家坪的社教岁月》，《散文海外版》，2021 年第 8 期

谢宗玉：《父母的鄱阳湖》，《星火》，2021 年第 3 期

万宁：《在楼顶虚度时光》，《散文海外版》，2021 年第 8 期

周伟：《乡村春色深》，《文学报》，2021 年 4 月 1 日

凌鹰：《鸟窝》，《散文海外版》，2021 年第 2 期

邓跃东：《葬礼上的歌声》，《散文选刊》（上半月），2021 年第 1 期

毛云尔：《吃草》，《散文》，2021 年第 7 期

熊幽：《向往的村庄》，《文学报》，2021 年 8 月 14 日

龙章辉：《投靠一棵草》，《散文海外版》，2021 年第 12 期

赵宇：《谷雨往事》，《散文》，2021 年第 9 期

易文中：《王国宝的" 艺术人生"》，《湘江文艺》，2021 年第 3 期

葛取兵：《扛板归：猫耳朵刺》，《少年文艺》（江苏），2021 年第 8 期

徐敏：《九连屋》，《散文海外版》，2021 年第 1 期

石绍河：《野地怪味菜》，《散文海外版》，2021 年第 8 期

赵燕飞：《来，我们玩跑得快》，《散文选刊》（上半月），2021 年第 12 期

邓湘子：《天有星光，大地稻香 - - 怀念袁隆平》，《新华文摘》，2021 年第 17 期

叶耳：《去乡》，《散文海外版》，2021 年第 11 期

王爱：《母思阿巴》，《芙蓉》，2021 年第 3 期

秦羽墨：《陌生的身体》，《星火》，2021 年第 4 期

王芳：《隐匿的证据》，《青年文学》，2021 年第 8 期

孟大鸣：《飞奔》，《散文》，2021 年第 10 期

王亚：《十个苏东坡》，《散文选刊》（上半月），2021 年第 6 期

粟远和：《一朵会唱歌的山花》，《民族文学》，2021 年第 12 期

张雄文：《拿剃刀的师者》，《散文选刊》（上半月），2021 年第 2 期

胡小平：《父亲的" 三入"》，《文艺报》，2021 年 9 月 13 日

清风：《我的农民父亲》，《散文海外版》，2021 年第 8 期

彭晓玲：《上东谣》，《湘江文艺》，2021 年第 5 期

申瑞瑾：《逃离或回望》，《芒种》，2021 年第 10 期

张强勇：《资江写意》，《湖南文学》，2021 年第 8 期

奉荣梅：《读见凤凰，沈从文的小学校与大学校》，《同舟共进》，2021 年第 12 期

蔡测海：《 诗画性灵胡立伟》，《湘江文艺》，2021 年第 4 期

张晓根：《对一座塔的沉思默想》，《湘江文艺》，2021 年第 2 期

丘脊梁：《闯入者》，《湖南文学》，2021 年第 11 期

刘正初：《春天的花鼓》，《中国文化报》，2021 年 2 月 25 日

甘健：《一碗甜酒冲蛋》，《教师博览》，2021 年第 4 期

刘鸿伏：《背背父亲》，《湘江文艺》，2021 年第 1 期

石光明：《九龄风度》，《湘江文艺》，2021 年第 3 期

2021 年度湖南报告文学作品汇总

彭东明：《一生的长征》，《当代》2021 年第 3 期；湖南文艺出版社

张雄文：《潮卷南海——深圳风雨一百年》，海天出版社

袁杰伟：《蜕变》，《中国报告文学》，2021 年第 8 期

覃盟：《红烛》，光明日报出版社

龚盛辉：《中国北斗》，山东文艺出版社

纪红建：《大战“疫”》，湖南人民出版社

韩生学：《生命大决战》，湘潭大学出版社

余艳：《新山乡巨变》，湖南文艺出版社

徐亚平：《所有花儿为你开》，湖南文艺出版社

王杏芬：《回乡的路通往春天》，《文艺报》，2021 年 11 月 10 日

尹红芳：《十七棵松的守望》，《湖南文学》，2021 年第 7 期

龙宁英：《绿色生命的香醇》，《中国艺术报》，2021 年 12 月 24 日

王丽君：《炊烟暖》，节选于《印记》，湖南教育出版社，2021 年

宋清平：《“怀青·七善轩”：再远的远方，也要从心出发》，《年轻人》A 版 2021 年 9 月刊

段华：《另一种飞翔》，湘潭大学出版社

刘子华：《逐梦海天》，湖南教育出版社

方欣来：《湘路》，《中国作家》2021 年第 7 期；湖南教育出版社，2021 年

张雪云：《江皋月华 云眇苍苍》，《文艺生活》2021．11 期下旬刊

胡小平：《李桃辉和她的无疆大爱》，《湖南日报》湘江周刊，2021年9月17日

贺为民、李支国：《生命谱就脱贫歌》，《中国报告文学》2021年第2期

徐达顺：《油菜花的呼唤》，《中国报告文学》，2021年第7期

丁纯蓝、唐常春：《晚霞耀山村》，《金融文坛》，2021年11期

杜华：《他从战场来》，《中国报告文学》，2021年第2期

徐文伟：《英雄不死》，《湖南日报》湘江周刊，2021年9月3日

余艳：《春天的芭蕾》，《北京文学》2021年第5期

袁杰伟：《世界锑都——锡矿山传》，《中国报告文学》，2021年第10期

张雄文：《渌水曲》，《湖南报告文学》2021年第4期

袁杰伟：《毛泽东的老师陈润霖的教育人生》，《中国人物传记》2021年第1期

刘本楚：《丹心向阳》，《中国报告文学》，2021年第8期

甘建华：《湖浪摇荡的大荒》，本文载于《阿吉老人》，张荣大主编，新华出版社

戴志刚：《丁玲故里秋正好》，《湖南日报》湘江周刊，2021年8月20日

范诚：《李自健：归来依旧是少年》，《文艺生活·艺术中国》2021年11期

杨华方：《伯乐与马力》，《文艺生活》2021年9期

陈建明：《梦想像花儿一样》，《北京日报》，2021年8月17日

黄菲药：《报告文学史论》，河北教育出版社

2021 年度湖南儿童文学作品汇总

汤素兰：《森林茶馆》，童话，湖南少年儿童出版社

汤素兰：《刺猬先生远行》，童话，《儿童文学》2021 年第 11 期

邓湘子：《爱的笔记》，札记，湖南少年儿童出版社

邓湘子：《河水拐弯》，小说，《少年文艺》（江苏）2021 年第 12 期

周静：《遥远的花溪村》，长篇小说，明天出版社

周静：《三宝的天空》，童话，二十一世纪出版社

周静："周静原创童话丛书"（6 册），童话，湖南少儿社，2021 年第 11 期

龙向梅：《为你长一棵樱桃树》，童话，《少年文艺》2021 年第 3 期

龙向梅：《借你一个狐狸胆》，童话，《少年文艺》2021 年第 9 期

龙向梅：《有风吹过》，小说，《少年文艺》2021 年第 6 期

龙向梅：《一只想叫蒲公英的老鼠》，童话，《儿童文学》2021 年第 9 期

龙向梅：《在路上》，创作谈，《儿童文学》2021 年第 11 期

龙向梅：《了不起的酷奇》（三册）童话，大连出版社

牧铃：《阿基米德的城堡》，小说，《少年文艺》（江苏）2021 年第 3 期

牧铃：《上学路上的惊险》，小说，《儿童文学》2021 年第 4 期

牧铃：《绿色的守望》，长篇小说，中国少年儿童出版社

牧铃：《孤狼·战舰》，长篇小说，接力出版社

毛云尔：《紫芒》，长篇小说，中国少年儿童出版社

毛云尔：《蜻蜓》，散文，《少年文艺》（江苏），2021 年第 5 期

毛云尔：《殊途》，散文，《少年文艺》（江苏）2021 年第 12 期

叶梦："男孩阿墨系列"，小说，湖南少年儿童出版社

皮朝晖：《面包狼的故事》，童话，湖南少年儿童出版社

阮梅：《奶奶的魔法大衣柜》，《儿童文学》2021 年第 12 期

谢长华：《我与蜜蜂的故事》，散文，《儿童文学》2021 年第 10 期及 11 期

葛取兵：《扛板归与猫耳朵刺》，散文，《少年文艺》（江苏）2021 年第 6 期

诺亚：《地球奶糖》，童话，《少年文艺》（江苏）2021 年第 2 期

诺亚：《长在纸上的叽叽喳喳》，童话 ，《少年文艺》（江苏）2021 年第 8 期

杨巧：《树下的小巴沙》，小说，《儿童文学》2021 年第 11 期

陶永灿：《山里的野菊花》，小说，《少年文艺》2021 年第 3 期

陶永灿：《营救白公主》，小说，《少年文艺》2021 年第 5 期

谢淼焱：《坝子口村的"女巫"》，小说，《少年文艺》（江苏）2021 年第 9 期

谢淼焱：《家书抵万金》，散文，《儿童文学》2021 年第 2 期

宋庆莲：《红土地上的星星》，长篇小说，中南大学出版社

宋庆莲：《银鱼来》，小说，《儿童文学》2021 年第 1 期

方先义：《龙隐书院 5：群英会试》，长篇童话，四川文艺出版社

方先义：《山神的赌约》，长篇童话，大连出版社

李彩红：《会抓鸟的石头》，小说，《儿童文学》2021 年第 4 期

李彩红：《狼行天下》，小说，《少年文艺》（江苏）2021 年第 7—8 期

余旦钦：《跟着爷爷去山村》，小说，《少年文艺》2021 年第 7 期

董妙林：《贵客来了》，小说，《少年文艺》2021 年第 3 期

郑正辉：《爸爸的四季》，长篇小说，2021 年第 3 期

袁道一：《父亲的橘园》，散文，《少年文艺》（江苏）2021 年第 6 期

黄亦鸣：《五谷杂粮》，散文，《少年文艺》（江苏）2021 年第 11 期

2021年度湖南网络文学作品汇总

流浪的军刀：《打行八将》，爱奇艺文学

应景小蝶：《风骨·国宝诡云》，咪咕文学网

唱歌的鼠：《天狗》，铁血中文网

不信天上掉馅饼：《刑警使命》，掌阅小说网

文傲：《尸体会说话》，三五更中文网

安如好：《机智的陪读爸爸们》，起点女生网

花浅夏：《送你一个小暖娃》，掌阅书城

空留：《幺女长乐》，咪咕阅读

不朽的你：《欲洗禅衣未有尘》，起点女生网

青铜穗：《花月颂》，起点女生网

心恋一生：《穿成病娇反派的小娇妻》，咪咕阅读

狂奔七七：《傅爷的小祖宗凶凶哒》，七猫中文网

万金金：《萌宝1V1：总裁爹地套路深》，番茄小说

云锦书：《一胎二宝：京太掉马99天》，傻鱼中文网

极品妖孽：《一仙独尊》，起点中文网

王佐：《黎明前的黑暗》，掌阅板栗创作平台

一梦黄粱：《西游之西天送葬团》，起点中文网

一夕成道：《全球神祇时代》，起点中文网

轻舟泛湖：《三国：开局激活无双系统》，疯读小说

暴富的宠儿：《废材嫡女：全能大佬燃炸天》，番茄小说网

洛小阳:《阴阳诡匠》，七猫中文网

曾紫若:《双魂语》，七猫中文网

有熊氏:《京都诡怪秘谭》，起点中文网。

2021 年度湖南文学理论与批评作品汇总

赵炎秋：《艺术视野下的文字与图像关系研究》，中国社会科学出版社

赵炎秋：《经典现实主义及其反思》，《学术研究》，2021 年第 6 期

常远佳、赵炎秋：《善与恶的双重悖论——论马洛悲剧中的“恶棍英雄”》，《湖南师范大学社会科学学报》，2021 年第 4 期

陆仪婷、赵炎秋：《共命运，同理想——论〈漫评人生〉中的精神共同体架构》，《湘潭大学学报（哲学社会科学版）》，2021 年第 6 期

文浩、赵炎秋：《现实主义文学中的作者意识与人物塑造问题新论》，《文艺争鸣》，2021 年第 7 期

文浩：《茅盾的“文艺民族形式论”管窥》，《中国文化研究》，2021 年第 4 期

季水河：《论马克思主义文学批评中国形态的成熟》，《社会科学辑刊》，2021 年第 6 期

季水河：《论新世纪 20 年中国马克思主义文艺理论研究的转向》，《文艺论坛》，2021 年第 6 期

季念、季水河：《论中国马克思主义文学批评的自觉》，《湖北大学学报（哲学社会科学版）》，2021 年第 4 期

陈术合、季水河：《资本、技术与权力的共谋——论欧美自然类纪录片的奇观化呈现》，《江淮论坛》，2021 年第 5 期

唐璟、季水河：《论高罗佩〈琴道〉的古琴音乐姿态艺术观》，《湘

潭大学学报（哲学社会科学版）》，2021 年第 6 期

肖百容、张宁：《抗日根据地旧体诗词创作与中国形象塑造》，《中国社会科学》，2021 年第 6 期

李珂、肖百容：《论林语堂小说的感觉叙事》，《湖南大学学报（社会科学版）》，2021 年第 4 期

杨经建：《“工农兵话语”对中国现代文学的“革命性”重构》（《厦门大学学报（哲学社会科学版）》，2021 年第 1 期

杨经建：《文学史意义上的话语创构——论 20 世纪末母语文学的理论性重构》，《当代作家评论》，2021 年第 4 期

伍丹、杨经建：《“红色经典”与中国式现代性建构》，《社会科学》，2021 年第 5 期

沈丽琴：《百年文学理论话语建构与思想传播》，《中国出版》，2021 年第 11 期

彭正德、江桑榆：《论红色基因及其在新时代的传承》，《湖南社会科学》，2021 年第 1 期

汤林峄、刘松娜：《新世纪中国女性主义文学批评的问题与展望》，《湘潭大学学报（哲学社会科学版）》，2021 年第 5 期

任东华：《批评的在场主义》，人民日报出版社

卓今：《阐释学与批评的实践问题》，《文艺争鸣》，2021 年第 1 期

卓今：《文学经典化的反思性阐释》，《文艺论坛》，2021 年第 1 期

卓今：《文学时间可能是点状的》，《文艺论坛》，2021 年第 1 期

卓今：《文学阐释学发凡》，《南方文坛》，2021 年第 2 期

卓今：《文学阐释学的“圈”问题及其双向困境》，《求索》，2021 年第 2 期

卓今：《文学经典的内部构成：原创性和可阐释性》，《中国文学批评》，2021 年第 3 期

卓今：《丰赡之美：当代长篇小说的反类型化写作——以《繁花》《无愁河的浪荡汉子·八年》《西南边》为例》，《中国社会科学院研究生院学报》，2021 年第 4 期

卓今：《扶贫人英雄传——评长篇非虚构作品〈扶贫志〉》，《中国文艺评论》，2021 年第 6 期

廖述务：《文学客观阐释论的路径及限度》，《文艺争鸣》，2021 年第 12 期

毛宣国的《意象美学的现代价值》，《社会科学战线》，2021 年第 12 期

易彬、张凡：《彭燕郊研究：回顾与前瞻——纪念彭燕郊诞辰一百周年》，《中国现代文学研究丛刊》，2021 年第 2 期

易彬、黄元：《彭燕郊陈实八十年代往来书信》，《新文学史料》，2021 年第 3 期

罗宗宇：《城里人下乡：叙事空间的打开与控制——沈从文小说〈三三〉解读》，《首都师范大学学报（社会科学版）》，2021 年第 6 期

罗宗宇、王彦杰：《当代少数民族作家培养政策及思考》，《民族文学研究》，2021 年第 3 期

申旗、罗宗宇：《扶贫攻坚的艺术报告——21 世纪扶贫报告文学简论》，《当代文坛》，2021 年第 2 期

周仁政：《〈药〉与革命——〈呐喊〉重读之三》，《鲁迅研究月刊》，2021 年第 6 期

龙永干：《鲁迅的“五四”观和“五四”叙事》，《湘潭大学学报（哲学社会科学版）》，2021 年第 3 期

龙永干：《现代伪士的示众与主体间离的怆然——也论〈起死〉》，《鲁迅研究月刊》，2021 年第 7 期

张乃午：《鲁迅影像及其视觉表征》，《文艺理论研究》，2021 年第 6 期

张乃午：《“静穆”与“奇观”：当代中国武侠电影的视觉范式》，《电影文学》，2021 年第 15 期

陈伟华：《文本再造、主题偏移与价值增生——论 20 世纪〈阿 Q 正传〉的跨媒介改编》，《鲁迅研究月刊》，2021 年第 8 期

彭林祥、李检：《李长之〈鲁迅批判〉的版本问题》，《鲁迅研究月

刊》，2021 年第 4 期

刘业超：《鲁迅与〈文心雕龙〉研究》，《东方论坛》，2021 年第 5 期

刘涵之：《小说新质与现代文艺高峰——以鲁迅、沈从文为中心》，《文艺争鸣》，2021 年第 7 期

赵树勤、路诗滢：《图文互释与空间转换——论李晨对沈从文小说的连环画改编》，《民族文学研究》，2021 年第 1 期

吴正锋：《论湘西少数民族文学与湘楚文化的关系》，《中国文学研究》，2021 年第 2 期

马新亚：《童年叙事、人性理想与总体性写作的可能——以马笑泉〈放养年代〉为中心的讨论》，《中国当代文学研究》，2021 年第 4 期

马新亚：《日常生活、“人”的本质目的性与“新道德”的本源——沈从文在启蒙主义的名与实之间选择》，《南方文坛》，2021 年第 5 期

李玮：《重新发现林语堂——评肖百容〈林语堂小说研究〉》，《中国文学研究》，2021 年第 2 期

宋丹：《林语堂〈红楼梦〉英译原稿诗词韵文翻译策略研究》，《中国文化研究》，2021 年第 1 期

宋丹：《林语堂〈红楼梦〉英译原稿诗词韵文翻译策略研究》，《中国文化研究》，2021 年第 1 期

李立平：《论林语堂的认同危机与角色转换》，《中国文学研究》，2021 年第 2 期

李玮：《重新发现林语堂——评肖百容〈林语堂小说研究〉》，《中国文学研究》，2021 年第 2 期

彭圆、屠国元：《朱自清散文意象翻译的认知诗学探究》，《外语研究》，2021 年第 2 期

张驰：《浪漫的间歇——抗战初期郭沫若的寓湘之旅》，《中国文学研究》，2021 年第 3 期

丰杰：《一种反殖民的成都镜像——从空间视域看初版《大波》的辛亥革命叙事》，《现代中国文化与文学》，2021 年第 3 期

马正锋：《从重庆到延安：艾青作为党的文艺工作者的生成》，《南方

文坛》，2021年第5期

黄莹：《别样的汪曾祺创作自述》，《现代中文学刊》，2021年第1期

黄菲药：《蔡测海的精神乡土或文化乡愁》，《民族文学》，2021年第12期

贺秋菊：《沉默中的乡村生长与叙事开掘——谈沈念的小说集〈灯火夜驰〉》，《长江文艺评论》，2021年第2期

欧阳友权：《网络文学虚拟审美的娱乐边界》，《社会科学辑刊》，2021年第1期

欧阳友权：《我国网络文学热的“冷”思考》，《华夏文化论坛》，2021年第2期

欧阳友权：《网络文学评价体系的“树状”结构》，《当代文坛》，2021年第6期

欧阳友权：《中国网络文学海外传播的形态、动力与屏障》，《贵州师范大学学报（社会科学版）》，2021年第6期

欧阳友权：《网络创作能否打造文学经典》，《上海文化》，2021年第8期

晏杰雄、刘敏：《“史”“论”结合：近距离“新”文学批评史范式的建构——欧阳友权〈当代中国网络文学批评史〉》（《中国现代文学研究丛刊》，2021年第6期

禹建湘：《构建网络文学网站社会效益评价体系——基于25家网站数据分析》（《中国文学批评》，2021年第3期

禹建湘：《建构中国网络文学多维评价体系》（《中国社会科学评价》，2021年第4期）

欧阳婷：《北美华文网络文学的历史脉络及其特点和局限》，《南方文坛》，2021年第2期

欧阳婷：《弥补网络文学批评的理论“短板”》，《中国图书评论》，2021年第3期

聂茂、付慧青：《王船山诗学思想与网络文艺的文艺性再造》，《中南大学学报（社会科学版）》，2021年第6期

聂茂、单宁夏：《乡村叙事中的文学想象——张天夫散文散论》，《文艺论坛》，2021 年第 3 期

岳璐、方世荣：《一条大路宽又阔：浅析精准扶贫题材纪录片的叙事范式》，《中国电视》，2021 年第 1 期

王作剩、何春耕：《〈文学的故乡〉艺术特征与传播价值》，《电视研究》，2021 年第 5 期

王作剩、何春耕：《〈文学的故乡〉：制播语境、审美特征与文化价值及其反思》，《电影文学》，2021 年第 9 期

张春、刘美淇：《从主旋律到新主流：中国叙事的变与不变》，《电影文学》，2021 年第 16 期

燕道成、刘翔：《纪录片〈中国〉的叙事策略及主流意识形态表达》，《中国电视》，2021 年第 8 期

袁会：《东方美学视域下中医药文化的影像建构——以中医药文化纪录片为例》，《中国电视》，2021 年第 8 期

蔡骐、唐玉莲：《解析自然纪录片的人文转向》，《中国电视》，2021 年第 6 期

李琦、闫志成：《叙事·记忆·认同——重大革命历史题材电视剧〈觉醒年代〉的主题呈现》，《传媒观察》，2021 年第 7 期

许静、雷跃捷：《〈闪耀的平凡〉：外国人视角的中国故事》，《中国广播电视学刊》，2021 年第 3 期

岳凯华：《回眸·讴歌·行动——〈百年正青春〉文艺晚会观感》，《文艺论坛》，2021 年第 4 期

2021 年度湖南作家作品获奖情况

2021 年 8 月 6 日，汤素兰《南村传奇》获第十一届全国优秀儿童文学奖。

2021 年 12 月 27 日，郑朋（郑小驴）获第四届茅盾新人奖，沈念提名。王冬（蝴蝶蓝）（湘籍）获第四届茅盾新人奖・网络文学奖，李莹（吉祥夜）提名。

2021 年 10 月 17 日，沈念《长鼓王》获第六届华语青年作家奖“双子星奖”。

2021 年 4 月 16 日，沈念《空山》获第十七届“十月文学奖”“中篇小说奖”。

2021 年 4 月 27 日，余艳《大国引擎》获第八届“徐迟报告文学奖”“中短篇报告文学奖”。

2021 年 10 月，谈雅丽散文集《江湖记》、黄孝纪散文集《一个村庄的食单》、陈夏雨散文《湘江源记》获第九届冰心散文奖。

2021 年 1 月 5 日，沈念散文《孤独建造时》获第十二届“万松浦文学奖”。

2021 年 8 月 28 日，彭剑斌《彭剑斌作品》获第十七届滇池文学奖年度大奖。

2021 年 10 月启动第二届湖南省文学艺术奖评奖工作，12 月 30 日举行终评会，一致通过评审结果。文学类共有 16 位作家作品获奖。具体情况如下：

1. 第二届湖南省文学艺术奖·毛泽东文学奖获奖作品

彭东明长篇小说《坪上村传》

黄青松长篇小说《毕兹卡族谱》

郑朋（郑小驴）长篇小说《去洞庭》

沈念中篇小说《长鼓王》

舒文治中篇小说《来神腔》

罗长江报告文学《石头开花》

陈群洲诗集《约等于虚构》

叶梦散文集《百手联弹》

刘诚龙（牛一鸣）散文集《回家地图》

汤素兰儿童文学《阿莲》

2. 第二届湖南省文学艺术奖·青年文学奖获奖作家

李春龙诗集《我把世界分为村里与村外》

秦蓓蕾（青蓖）短篇小说《让他停止打呼噜》

陈文双（秦羽墨）散文集《通鸟语的人》

江冬小说集《鲸鱼和老头的故事》

彭湖（诺亚）儿童小说《哑江》

3. 第二届湖南省文学艺术奖·终身成就奖获奖作家

谭 谈

附 录

2021年湖南文学大事记

1月

1月10日，第二届湖南十大网络文学作家（作品）颁奖仪式在长沙举行，雪珊瑚、可大可小、南音音、洛小阳、西楼月、叶天南、磨剑少爷、欧阳烈、寂寞读南华、独孤求剩等10人被评为“第二届湖南网络文学作家”；风卷红旗《永不解密》、陈韵好《撞上总裁赖上我》、曾紫若《婚牢》、一梦黄粱《兔子必须死》、何许人《荣耀之路》、应景小蝶《共待花开时》、只是小虾米《武逆》、半弯弯《强势婚爱》、唐以莫《盛少撩妻100式》、安如好《铜婚》等10部作品被评为“第二届湖南网络文学作品”。

1月12日，省作协组织召开重大题材创作跟踪推进会。对“百年辉煌”——庆祝中国共产党成立100周年主题文学创作确定的余艳的《追太阳》、胡丘陵的《诗志：1921—2021》、彭东明的《一生的长征》、徐秋良的《红土地上的寻找》、胡小平的《格局》、陈茂智的《白帆船》、郭红艳的《新阳》等7个长篇选题和全面建成小康社会暨新时代乡村题材创作的谭谈、邓宏顺、沈念、王琼华、陈茂智、张雪云、杨丰美等7位作家的长篇创作情况进行跟踪推进。

1月22日，省作协与湖南日报社共同启动《父辈的旗帜——我身边的老共产党员》征文活动，庆祝中国共产党成立100周年。

1月23日，胡小平长篇小说新作《青枫记》品读会在长沙举行。

1月27日，第七届“大白鲸”原创幻想儿童文学优秀作品征集活动的获奖名单揭晓，龙向梅的《天下的老鼠都一个样》、陈迎的《我家住在大海里》分别被评为图画书（文字稿）金鲸作品、图画书（文字稿）银鲸作品。

1月31日，中国诗歌学会召开第四次全国会员代表大会，梁尔源当选副会长，罗鹿鸣、胡丘陵、梁尔源三人当选常务理事，卜寸丹、向延兵、刘晓平、陈群洲、罗鹿鸣、胡丘陵、梁尔源七人当选理事。

2月

2月3日，画册《晚晴书屋》的首发暨捐赠仪式在毛泽东文学院举行。《晚晴书屋》记录了涟源市曹家村为山村老农建起一个集阅读、健身、休闲、娱乐的活动基地的历程。这是谭谈在山乡建起的第二处文化扶贫工程。

2月26日，湖南第五届元宵诗歌朗诵会在线上举行，朗诵作品来自湖南本土诗人的原创，散发着浓郁的湖湘文化气息，充满着湖湘时代精神风貌，向中国共产党百年华诞呈上的一份诗意献礼。

3月

3月2日上午，脱贫攻坚重大主题出版作品《立此存照：十八洞村精准扶贫档案实录》和《扶贫志》研讨会在长沙召开。中共湖南省委常委、省委宣传部部长张宏森出席研讨会并讲话。

3月7日，省报告文学学会与望城区茶亭镇人民政府联合主办“乡村振兴看茶亭”文学采风活动。

3月16日，中国作协公布了2021年重点作品扶持项目，共60项选题入选，彭东明长篇纪实文学《一生的长征》入选“庆祝建党百年、纪录全面小康”主题专项。

3月21日世界诗歌日，“感动中国2021十大艺术家网络展评活动”评选揭晓，永州00后诗人冯卓尔歌词《愿君长安》跻身前列。

3月28日，由湖南省作协、湘潭大学校友会联合举办“彭燕郊诞辰百年纪念暨诗学研讨会”。

3 月 29 日，省作协制订并发布《湖南省文学事业发展“十四五”规划》。

3 月 30 日，“建党百年 伟人故里行”百年路新征程诗歌创作工程座谈会在湘潭举行。中国作协党组成员、副主席、书记处书记李敬泽等出席座谈会。

3 月 31 日，中国作协公布了 2021 年文学志愿服务示范性重点扶持项目，15 个项目为“庆祝中国共产党成立 100 周年”主题专项，郴州市作协的《红色沙洲文学志愿服务传习》入选；22 个项目为“文学志愿服务进基层”主题专项，省教师作协分会的《“让文学的种子在教育基层生根”志愿服务活动》入选。

4 月

4 月 8 日，中国作协公布 2021 年度定点深入生活入选项目，共 32 个项目，余艳长篇小说《追太阳》入选。

4 月 14 日，第二届“杜甫杯”华语诗歌大赛获奖名单揭晓，1995 年出生的永州青年女诗人张樱子组诗《杜甫：仰望一个王朝的六种角度》荣获第二届“杜甫杯”华语诗歌大赛一等奖。

4 月 21 日，2021 年一季度“湘版好书”发布，纪红建《大战“疫”》、范诚《吊脚楼下的湘西》入选。

4 月 23 日，张雄文的长篇报告文学新书《潮卷南海——深圳风雨一百年》首发。

4 月 25 日，“文学照亮三湘”走进津市，中南大学文学院教授、博士生导师、著名作家阎真和资深传媒人、文化学者、湘菜文化代言人彭文杰主讲。

4 月 29 日上午，省作协召开全体干部职工大会，省委宣传部常务副部长蒋祖烜宣布省委关于省作协党组主要负责人调整的决定：胡革平同志任省作家协会党组书记。

5月

5月1日，陈沸湃曾丽娟夫妇长篇小说《命运DNA》新书发布会举办。该书为中国作协网络作品类重点扶持项目。

5月7日，省作协党组书记胡革平、中国作协网络文学委员会副主任欧阳友权深入中国网络文学小镇调研。省作协副主席、省网络作协主席余艳参加调研。

5月16日，湘乡市、湘潭县两地作协举办小小说创作经验交流会，40多位作家参加。

5月24日至27日，作家“红色雪峰山”创作之旅活动在怀化溆浦举行。作家徐贵祥、王久辛、徐剑、徐可、尹汉胤等，以及《中国作家》《诗刊》《文艺报》《解放军报》《民族文学》《南方日报》《十月》等报刊编辑参加。

5月25日，湘西土家族苗族自治州作家协会召开第五次会员代表大会，黄挺当选为主席。

5月30日，湖南省散文学会召开第二次会员代表大会，梁瑞郴当选为会长。

6月

6月1日，省委常委、省委宣传部部长张宏森一行来省作协调研。

6月11日，中国作家协会公布了2021年中国作家协会新会员名单，王行水、王丽君（女）、王春兰（王爱，女，土家族）、王娟（绛美人，女）、尹振亮、冯祉艾（女）、成新平、刘青鹏、李定新、李镇东（也人）、杨丰美（女）、杨莉（长安微暖，女，土家族）、杨清茨（女）、何石、何彩维、何瑛（应景小蝶，女）、邹贤中、张泽欧、张雪云（女，苗族）、陈小珍（陈小真）、陈文曙、陈爱民、罗永常、胡跃飞、姚筱琼（女，苗族）、陶雄喜、蒋志飞（志在飞）、舒中民、廖天锡、谭伟雄（梦天岚）、谭清红（女）、熊桂坊等32位湖南作家入选。截至2021年6月，全省共有中国作协会员443人。

6月11日，湘西州召开以“弘扬时代之歌培育网文产业”为主题的网络文学发展座谈会。

6月17日至23日，湖南省第九期专题文学（生态文学）研修班在毛泽东文学院举行，来自全省的作家及省水利厅、省生态环境厅、省林业局等行业系统的文学爱好者44人参加培训。中共湖南省委宣传部常务副部长蒋祖烜出席开班仪式并授课。

6月19日，“湖南少数民族文学研究中心”成立仪式暨湖南少数民族文学发展座谈会议在湖南大学召开。30余名作家和专家学者围绕“湖南少数民族文学的繁荣发展”与“湖南少数民族文学研究中心的建设”进行了座谈。

6月23日，省委第六巡视组向省委宣传部反馈巡视情况。省委宣传部主要领导出席反馈会议并就做好巡视整改工作讲话。省直宣传文化系统各厅局级单位、省管国有文化企业主要负责同志，省委宣传部机关四级调研员以上在职干部，新湘评论杂志社、省作家协会四级调研员以上在职干部列席会议。

6月27日，“党在我心中”主题征文活动暨第二届“湘江散文奖”在韶山举行颁奖典礼。湖南省散文学会“党在我心中”主题征文活动共评选出特别奖作品3篇，优秀奖作品20篇，佳作奖作品30篇。谈雅丽散文集《江湖记：河流上的中国》、葛取兵散文集《洞庭草木深》、甘健《母亲在黑夜唱起歌谣》、沈念《艽野里》、丘脊梁《骨髓深处的季节》获第二届“湘江散文奖”。

7月

7月1日，中国传记文学学会特别推出“建党百年·优秀党员传记作品推荐”榜单，湖南作家作品《杨开慧》《毛岸英》《常香玉》等入选榜单。

7月2日，万宁的中篇小说作品《躺在山上看星星》，纪红建的报告文学《曙光》入选人民文学出版社推出的“建党百年百篇文学短经典”系列第四卷“走进辉煌新时代”。

7 月 5 日，湘西州作家协会成立在吉首大学青年文学专业委员会。

7 月 12 日，第二届湖湘教师写作训练营在长沙开幕。同时首届教师文学奖揭晓：张战获诗歌奖，钟卫军获小说奖，卢望军获散文奖，李发强、张黎华、刘宋民、胡建文、张宏祥、羊玉姣获提名奖。

7 月 15 日，长篇革命历史小说《红土地上的寻找》首发式在湘潭举行，该作品为省作协“庆祝建党 100 周年”创作专项选题。

7 月 16 日，《2020 年度湖南文学发展报告》在《湖南日报》发布。

7 月 19 日上午，党组书记胡革平以“响应伟大号召，奋力推进湖南文学高质量发展”为题，给作协全体在职党员干部讲党课，深入学习习近平总书记在中国共产党成立 100 周年庆祝大会上的讲话。

7 月 20 日，“文学照亮三湘”走进娄底新化维山乡三联洞村“湖南文学创作示范基地”，省作协主席王跃文主讲《小说创作的虚构艺术》。

7 月 21 日，省作协与银星社区联合举办公益阅读志愿服务暨现场作文竞赛点评活动。社区中小学生和省作协干部职工子弟 33 人参加了活动。知名儿童文学作家邓湘子开展公益讲座。

7 月 21 日至 24 日，湖南省科技厅、湖南省诗歌学会在长沙、株洲两地联合主办“高新之光”科技诗歌采风创作活动。40 余位诗人参加了采风活动。

7 月 27 日，省作协召开青年干部学习贯彻习近平总书记“七一”重要讲话座谈会，10 位青年干部围绕座谈会主题，谈学习心得体会，结合工作实际谈自己在作协的成长经历以及如何更好地促进湖南文学繁荣发展。党组书记胡革平参加并讲话。

8 月

8 月 6 日，第十一届全国优秀儿童文学奖揭晓，汤素兰童话作品《南村传奇》获奖。这是汤素兰第四次获得该奖项。在此之前，她的童话作品《小朵朵与半个巫婆》《笨狼的故事》《奇迹花园》曾分别获得第四、五、八届全国优秀儿童文学奖。

8 月 27 日，《文艺报》评论专版刊发专题文章《奋力谱写新时代湖南文学高质量发展新篇章——湖南省作家协会五年工作综述》，文章全面总结了湖南省近五年来的文学创作和文学工作成绩。

9 月

9 月 10 日，省作协召开文娱领域综合治理暨加强文学工作者职业道德建设座谈会。省作协主席王跃文、省作协党组书记胡革平参加会议。

9 月 10 日，“青山碧水新湖南”文艺创作活动办公室发布《“青山碧水新湖南”文艺征稿启事》。此活动由省委宣传部、省生态环境厅、省水利厅、省林业局联合举办，省作协、省摄协承办。

9 月 15 日，潇影集团当燃影业一行来省作协就文学作品影视化改变与作家进行面对面座谈交流，省作协党组书记胡革平主持座谈会。

9 月 25 日，“青山碧水新湖南·生态湖南行”集中采访活动在东洞庭湖畔启动。省委宣传部副部长、省文明办主任、一级巡视员肖凌之向采访团授旗，省作协党组书记、采访团团长胡革平接旗。谭仲池、彭东明、沈念、水运宪、蔡测海、姜贻斌、胡竹峰、季亚娅等近 40 名省内外著名作家参加为期 5 天的采访。

9 月 25 日，“中国网络文学三十年”国际高峰论坛在长沙举行。论坛由中南大学文学与新闻传播学院、中国作协网络文学委员会中南大学研究基地（CTTI 智库）、中国文艺理论学会网络文学研究分会、湖南省网络文学研究基地联合主办，以线下线上相结合的方式同步进行。欧阳友权、陈定家、顾彬、徐爽、张晶、单小曦、王春林等 70 多位国内外知名学者与会，网络作家妖夜、丛林狼、不信天下掉馅饼及晋江文学城、阅文集团有关领导应邀与会。

9 月 26 日上午 10 点，省作协原主席、著名作家未央在长沙因病逝世，享年 91 岁。

10 月

10 月 12 日，湖南省第二十期中青年作家研讨班、第十期新疆作家班在毛泽东文学院举行开学典礼。湖南省作家协会党组书记胡革平，湖南省作家协会主席、一级巡视员王跃文，新疆维吾尔自治区文联党组成员、秘书长、新疆作家协会副主席熊红久，新疆维吾尔自治区作家协会负责人王族等出席开学典礼。湖南学员47位，新疆学员20位参加。

10月12日，《雪峰文化·袁隆平与雪峰山》专刊与读者见面，是研究和收藏袁隆平生平事迹不可多得的珍贵资料。

10月15日，第二届谢璞儿童文学奖评选结果揭晓，《破烂熊的梦想》等8篇童话、5首（组）童诗、3篇小说、2篇散文、2则寓言，共20篇作品获奖。梁小平等8人获优秀编辑奖。

10月16日，"文学照亮三湘"走进娄星区"娄星文艺讲堂"，红建主讲《文学与时代同行》。

10月16日，"青山碧水新湖南"文艺创作系列活动之"生态湖南行"采访团赴郴州市采访创作。省内外著名作家、郴州有关单位负责人及新闻媒体40余人参加为期五天的深入采访活动。

10月18日，第八届"上海好童书"颁奖典礼在上海举行，湖南青年作家诺亚（笔名）的少年成长小说《哑江》获奖。

10月29日，衡阳市作家协会召开第九次会员代表大会，胡仲明当选主席。

10月30日，第十九届中国微型小说年度奖（2020）揭晓，伍月凤《卷发》获得二等奖。

11月

11月5日，长篇报告文学《另一种飞翔》首发式暨作品研讨会在岳阳召开。

11月6—8日，张觅的《古代女性诗词小传》系列获第二十三届（2019、2020年度）华东地区古籍优秀图书奖之古籍优秀通俗读物奖。

11月14日上午，张战的诗集《张战的诗》、王跃文散文集《喊山应》新书发布。

11月15日，中国作家协会公布了7个2021年度网络文学理论评论支持计划入选项目，湖南青年评论家贺予飞的《网络类型小说的审美研究》入选；公布了2个专项项目，中南大学研究基地《中国网络文学年鉴（2021）》入选。

11月21日，湖南省作家协会第八届主席团第九次会议在长沙召开。会议传达学习了党的十九届六中全会精神，审议通过了省作协2021年新发展会员名单，研究了其他有关文学事项。

湖南省作家协会2021年度新会员名单（134人）

省直（27人）：彭邵辉、吴良琴、龙在林、谭 群、贾 锋、杨 丹、付瑞芳、吴凯风、肖新田、贺予飞、郑 艳、王德和、罗宗宇、丁 莹、姚建刚、李 卓、孟企平、章仙踪、童中贤、关波涛、李晓平、王金华、胡亮、刘小红、黄一泓、蔡自兴、沈 学

长沙（19人）：肖辉跃、高正伟、朱恋淮、陈 丹、邵龙江、唐 丽、黄晓佳、刘丙坤、谭晓琴、王雄文、蔡建和、胡 宇、鲁 丹、王亚男、罗畅、宋晓明、黄 镌、佘利娥、彭鑫鉴

衡阳（8人）：郑海青、邓亚兰、廖 宸、唐 娟、王重希、宁建军、陈学阳、谭崇恩

株洲（4人）：郭淑珍、屈继元、彭运南、周慧文

湘潭（5人）：朱艳红、胡荣波、邹 莹、张 伟、危 丹

邵阳（11人）伍炳勋、刘群力、夏太峰、黄复兴、刘 娜、饶兴军、吴和君、曾伟子、邓润寅、张伟赞、曾春光

岳阳（8人）：许艳辉、尹开岳、周 钢、陈 新、刘奇武、蒋鑫爱、刘燕林、黄 杨

常德（13人）：钟兴琨、李先平、许立君、聂国骏、张年冬、杨国权、周则强、李祖新、曾 龙、彭 滔、易 生、张黎华、苏大平

张家界（3人）：印存校、腾军钊、罗春浓

益阳（12人）：李胜财、刘益希、唐 鹏、张洛嘉、郭公平、曹富乐、刘懿波、杨 琼、张庆如、朱银祥、陈 勇、刘建纯

郴州（2人）：朱碧涛、朱金萍

永州（4人）：何 畅、朱纯璐、王忠平、毛歆炜

怀化（8人）：袁乐乐、黄少丽、袁劲松、向晓钟、汪桂玲、曹怀

平、明大熔、陈黎明

娄底（6人）：杨亲福、罗晓峰、谢展南、邱凤姣、李小菊、梁文武

湘西（4人）：徐助全、田仁华、吴兆娥、向胜军

11月21日上午，在湘中国作协会员大会在长沙举行。会议传达学习党的十九届六中全会精神和中国作家协会第九届主席团第九次（扩大）会议精神。会议由湖南省作家协会主席、一级巡视员王跃文主持。

11月26日，省作协干部职工赴青天寨创作基地进行爱心捐书活动。据悉，本次共捐赠文化类书籍200余册，为基地提供了丰富的精神食粮，营造了浓厚的书香氛围。

11月26日至28日，常德举办重点作者写作训练营暨“青山碧水新湖南”创作采风活动。4名特邀知名编缉与90余名本地作者在青山碧水中学习交流，创作热情高涨。

11月27日，“文学照亮三湘”走进湘乡，省作协名誉主席姜贻斌作《小说的探索与创新》主题讲座。

11月27日，省作协在株洲中国花湖谷挂牌“湖南省文学创作示范基地”。省作协主席王跃文为茶陵文学爱好者作了题为《文学虚构艺术》的讲座。

11月30日至12月1日，湖南省作协组织20余名作家前往湘西州花垣县十八洞村开展主题文学创作调研。

12月

12月5日，省作协、中国金融作协、湖南省作家研究中心联合举办“新时代创业主题书写暨长篇小说《格局》研讨会”。《格局》为省作协庆祝中国共产党成立100周年重点选题作品。

12月12日，湖南作家代表团35名代表出席中国文联第十一次全国代表大会、中国作协第十次全国代表大会，省委常委、省委宣传部部长杨浩东送行。

12月14日，上午，出席中国文联第十一次全国代表大会、中国作协第十次全国代表大会开幕式的湖南代表，在人民大会堂聆听习近平总书

记发表重要讲话。下午，湖南代表团学习讨论习近平总书记在中国文联第十一次全国代表大会、中国作协第十次全国代表大会开幕式上的重要讲话。中国作协党组书记、副主席、书记处书记张宏森出席讨论会。

12 月 29 日上午，湖南新时期文学名家展在毛泽东文学院揭幕，未央文学成就展和谭谈文学成就展领衔开展。

12 月 30 日，方欣来长篇报告文学《湘路》作品研讨会在长沙举行。

组织机构

湖南省作家协会党组

胡革平　省作协党组书记

王跃文　省文联党组成员、副主席，省作协党组副书记、主席、一级巡视员

游和平　省作协党组副书记、专职副主席、机关党委书记、一级调研员

湖南省作家协会主席团

王跃文　主席

游和平　专职副主席

万　宁　副主席（兼）

马笑泉　副主席（兼）

刘清华　副主席（兼）

汤素兰　副主席（兼）

何　顿　副主席（兼）

余　艳　副主席（兼）

沈　念　副主席（兼）

胡丘陵　副主席（兼）

莫　傲　副主席（兼）

龚旭东　副主席（兼）

阎　真　副主席（兼）
彭东明　副主席（兼）
谢宗玉　副主席（兼）

湖南省作家协会部室负责人

曾宪军　省作协办公室主任
娄　成　省作协组联部主任
贺秋菊　省作协创研室主任
蒋丽萍　省作协机关党委（人事处）常务副书记（处长）
谢宗玉　湖南毛泽东文学院管理处主任
黄　斌　《湖南文学》主编

图书在版编目（CIP）数据

湖南文学蓝皮书. 2022 / 王跃文，胡革平主编. --
湘潭 : 湘潭大学出版社，2022.11
ISBN 978-7-5687-0927-9

Ⅰ. ①湖… Ⅱ. ①王… ②胡… Ⅲ. ①中国文学—当代文学—文学研究—湖南—2022 Ⅳ. ①I206.7

中国版本图书馆 CIP 数据核字（2022）第 218024 号

湖南文学蓝皮书（2022）

HUNAN WENXUE LANPISHU（2022）

王跃文 胡革平 主编

责任编辑：单　越　王正杰
封面设计：李　平
出版发行：湘潭大学出版社
社　　址：湖南省湘潭大学工程训练大楼
电　　话：0731-58298960 0731-58298966（传真）
邮　　编：411105
网　　址：http://press.xtu.edu.cn/
印　　刷：长沙创峰印务有限公司
经　　销：湖南省新华书店
开　　本：710 mm×1000 mm 1/16
印　　张：24.5
字　　数：350 千字
版　　次：2022 年 11 月第 1 版
印　　次：2022 年 11 月第 1 次印刷
书　　号：ISBN 978-7-5687-0927-9
定　　价：98.00 元